古典文獻研究輯刊

二六編

曾永義 主編

第 10 冊

陳師道與其師友

蔣成德 著

國家圖書館出版品預行編目資料

陳師道與其師友／蔣成德 著 -- 初版 -- 新北市：花木蘭文化
事業有限公司，2022〔民 111〕
目 2+208 面；19×26 公分
（古典文學研究輯刊　二六編；第 10 冊）
ISBN 978-626-344-000-5（精裝）
1.CST：（宋）陳師道 2.CST：傳記
820.8　　　　　　　　　　　　　　　　　　　　111009916

古典文學研究輯刊
二六編　第 十 冊　　　　　　　　ISBN：978-626-344-000-5

陳師道與其師友

作　　者　蔣成德
主　　編　曾永義
總 編 輯　杜潔祥
副總編輯　楊嘉樂
編輯主任　許郁翎
編　　輯　張雅淋、潘玟靜、劉子瑄　美術編輯　陳逸婷
出　　版　花木蘭文化事業有限公司
發 行 人　高小娟
聯絡地址　235 新北市中和區中安街七二號十三樓
　　　　　電話：02-2923-1455／傳真：02-2923-1452
網　　址　http://www.huamulan.tw 信箱 service@huamulans.com
印　　刷　普羅文化出版廣告事業
初　　版　2022 年 9 月
定　　價　二六編 23 冊（精裝）新台幣 62,000 元　　版權所有‧請勿翻印

陳師道與其師友

蔣成德　著

作者簡介

蔣成德，江蘇阜寧人。徐州工程學院編審。原徐州市政協常委、九三學社徐州教育學院主委、原《徐州教育學院學報》副主編。江蘇省中華詩學研究會理事，徐州楹聯家協會理事。出版《思與詩——郁達夫研究》《思想家型的編輯家——章炳麟　梁啟超　魯迅研究》《中國近現代作家的編輯歷程》《思想者詩人郁達夫論》《地域文史縱橫》等專著。參著《中國無產階級革命家詩詞鑒賞》。曾在《新文學史料》《郭沫若學刊》《深圳大學學報》等刊物發表論文數十篇。

提　　要

　　陳師道是北宋時期的著名詩人，文學大家，是「江西詩派」的宗主之一，在中國文學史上佔有重要地位。他與其師曾鞏、亦師亦友之蘇軾以及蘇門「四學士」黃庭堅、秦觀、晁補之、張耒一直保持十分密切而友好的關係。而他的這些師友都是北宋中後葉的著名人物。在文學史上，陳師道雖是一代大家，但對其關注並不夠，研究也相對較少，遠不及其師曾（鞏）蘇（軾）之盛；雖然史稱黃（庭堅）陳（師道），二宗並舉，但與黃庭堅相比，對陳師道的研究就差得太遠了。故本書從交誼的角度，以繫年的方法，勾勒其與曾、蘇、黃、秦、晁、張這些北宋史上的大家的交遊與關係，以凸顯其在文學史上的實際地位，並藉此觀照北宋中葉的文人狀況與文化人相互之間的情誼；從中看到他們交往中那種情之深，誼之厚，實已超越親情，勝若父子與兄弟的關係。這般情誼之交，在文學史上並不多見；放在今天，更其難得，這對今天日漸稀薄的人際關係是一面很好的鏡子。今人應由此汲情取義，重建新的人際關係的道德文明。最後還對二十世紀八十年代以來陳師道研究進行敘錄，以見最近四十年來陳師道研究的基本情況，以期對學術研究提供幫助與參考。

目次

前　言

　　陳師道（1052～1101）是北宋時期的著名詩人，文學大家，在文學史上佔有重要地位。他與其師曾鞏（1019～1083）、亦師亦友之蘇軾（1036～1101）以及蘇門「四學士」黃庭堅（1045～1105）、秦觀（1049～1100）、晁補之（1053～1110）、張耒（1054～1114）一直保持十分密切而友好的關係。

　　陳師道最服膺的是曾鞏，終生師事之而執弟子禮，所謂「平生子曾子，白首得重論」（《送河間令》）。陳師道像孔子的弟子稱孔子那樣尊稱曾鞏為「夫子」。早在 16 歲時，陳師道即以文謁曾鞏，「曾大器之」（魏衍《彭城陳先生集記》），遂受業於曾。雖然有人質疑陳師道見曾鞏的時間過早，但這對陳師道事曾之義毫無影響。陳師道亦非僅僅是文學於曾，更主要的還是在對「王氏之學」的傾向上與曾鞏的一致性。早年，曾鞏與王安石善，王拜相執政後，推行新法，多有弊端，曾鞏誠告王「結交謂無嫌，忠告期有補」，然結果卻是「直道詎非難，盡言竟多迕」（《過介甫歸偶成》）。最後也就漸漸疏遠了王，並且在王安石當朝時，曾鞏一直自擇外補。陳師道不喜王學，故亦不應科舉。其《送邢居實序》即說：「王氏之學，如脫塹耳。案其形模而出之，不待修飾而成器矣。求為桓璧彝鼎，其可得乎？」此正是陳師道與曾鞏精神相通之處。而曾鞏對這個門人，也很提攜。不僅奇其文，盛稱其《黃樓銘》「如秦石」（《宋史·陳師道傳》），還讓陳師道為其父曾易占作《神道碑》；更闢其為實錄檢討，以期與己一起共事，合編《五朝國史》。曾兩薦之，皆為朝廷以布衣難之而未果。事雖未成，而情實已在。故曾鞏逝世後，陳師道悲痛欲絕，作《妾婦吟》曰：「有聲當徹天，有淚當徹泉。」哀慟之情真可謂感天動地，以致欲「殺身以相從」。又作《挽南豐先生》曰：「丘原無起日，江漢有東流。」由此可見

陳師道對其師的尊崇。故人謂有陳之挽詩,「他人詩皆可廢矣」(方回《瀛奎律髓》卷四十九)。

對蘇軾,陳師道「拳拳服膺,終始欽仰」(鄭騫《陳後山年譜》),敬而事之,尊稱「大蘇」「蘇長公」。陳、蘇之間,有幾個重要的節段是始識於徐州,再會於京師,相送於南都,唱和於潁州。陳師道對蘇軾在文學上的成就、文壇上的地位之尊崇當然是自不待言的,故當蘇軾為徐守時,陳師道與其兄陳師仲即去拜訪,遂結下情誼。蘇軾亦非常器重陳師道的才華,特讓他為黃樓作銘。在潁州時,又欲攬其門下為弟子。陳師道為不背其師曾鞏而只自稱為「客」,時蘇軾為潁守,是陳師道的上司,而陳師道又是因蘇軾之薦而為徐州教授、潁州教授的。但陳師道不因此而屈己,作《觀兗國文忠公家六一堂圖書》曰「向來一瓣香,敬為曾南豐」,陳師道一直呼曾鞏為「南豐先生」,或曰「子曾子」。蘇軾知後,亦不勉強,不生氣,不因已有恩於陳而使之屈。此亦可見蘇軾心胸之闊大,襟懷之寬廣。也正因為陳師道有此氣節,才更為蘇軾所欣賞。故蘇軾作薦狀不僅稱道其「文詞高古,度越流輩」;更賞識其「苟非其人,義不往見」(《薦布衣陳師道狀》),「介特之操,處窮益勵」(《答陳傳道書》之四)。所謂「苟非其人,義不往見」即是指其不俯首低眉於權貴。蘇軾《與李方叔書》即曰:「陳履常居都下逾年,未嘗一至貴人之門,章子厚欲一見,終不可得。」讚譽之情溢於言表。陳師道雖未拜軾為師,然實際上還是心儀之而崇拜有加,作詩讚曰:「一代蘇長公,四海名未已。」(《次韻應物有歎黃樓》)「一代不數人,百年能幾見。」(《送蘇公知杭州》)雖然,陳師道詩學黃庭堅,然實際上陳師道學習借鑒蘇軾的地方也很多。或化用其詩,如《送孝忠二首》之二:「士患聲名早,官今歲月催。」首句用蘇軾《和仲子治》:「養氣勿吟哦,聲名忌太早。」或化用其詞,如《別觀音山主》:「不應清夜月,故作別時圓。」則是用蘇軾的《水調歌頭》:「不應有恨,何事長向別時圓?」或化用其文,如《別黃徐州》之「一日虛聲滿天下,十年從事得途窮」,首句用蘇軾《答劉涇書》中句:「向在科場時,不得已作應用文,不幸為人傳寫,以此得虛名滿天下。」陳詩中此例甚多。除此之外,陳師道無論是與曾鞏還是與蘇門四君子之間,其和詩都不如與蘇軾和詩之多。僅在潁州半年間,陳蘇兩人唱和之詩就有二十餘首。而蘇軾在潁,一共作詩不過六十餘首(周必大《益公題跋》:「東坡以元祐六年秋到潁州。明年春,赴維揚……按公在潁僅半年,集中自《放魚》長韻而下,凡六十餘詩。」)可見,陳師道對蘇軾其人

其詩的喜愛程度。當然，陳師道對蘇軾更主要的還是在精神上的相通，這表現在兩人對王安石「新學」之所非。蘇軾言：「文字之衰，未有如今日者也。其源實出於王氏。王氏之文，未必不善也，而患在於好使人同己。自孔子不能使人同，顏淵之仁，子路之勇，不能以相移。而王氏欲以其學同天下！地之美者，同於生物，不同於所生。惟荒瘠斥鹵之地，彌望皆黃茅白葦，此則王氏之同也。」（《答張文潛縣丞書》）陳師道則言：「探囊一試黃昏湯，一洗十年新學腸。老生塞口不敢嘗。向來狂殺今尚狂，請公別試囊中方。」（《贈二蘇公》）詩中所言「一洗十年新學腸」，即是指王安石的「新學」，這與蘇軾所言「王氏欲以其學同天下」，正相一致，故余嘉錫《四庫提要辯證》卷二十二云：「新學之行，始於熙寧八年之頒《三經新義》，至是已十年有餘，朝廷猶用以取士，一時文體，務為剽竊穿鑿。後山之所甚惡也，故為二蘇言之。」前引陳師道的《送邢居實序》所說「王氏之學，如脫塹耳」，也是一個意思。由此可見陳、蘇二人見解相同，兩心相通。故當蘇軾知杭州經應天（今商丘）時，陳師道託疾私行，從徐州前往應天見蘇，直把蘇送至宿而歸，而自身則因此受到彈劾（劉安世《論陳師道不合擅去官守遊宴事》）移至潁州。後來，更因受蘇牽連為元祐餘黨，「罷官六年」，以致「內無一錢之入，艱難困苦，無所不有，溝壑之憂，近在朝夕」（陳師道《與魯直書》）。儘管如此，陳師道亦並不後悔。陳師道深知蘇軾的性格，而勸其「為朝重慎」（《上蘇公書》），勸其早休以免禍（《寄侍讀蘇尚書》：「經國向來須老手，有懷何必到壺頭。遙知丹地開黃卷，解記清波沒白鷗。」又《奉陪內翰二友醴泉避暑》：「回天卻日有餘力，小試席間留翰墨。請公慎用補天手，入佐后皇和五石。」）；蘇軾遠謫儋州後，陳師道作《懷遠》詩：「海外三年謫，天南萬里行。生前只為累，身後更須名。未有平安報，空懷故舊情。斯人有如此，無復涕縱橫。」以表達對蘇軾的思念。聽聞蘇軾去世後，又特記下「太學生為蘇舉哀」事。縱觀陳師道與蘇軾之關係，形是門客，其實超之，當在亦師亦友之間。

　　陳師道與蘇軾的門人「四學士」黃庭堅、秦觀、晁補之、張耒的關係因是同輩也就更其相投。在這四人中，陳師道與黃庭堅最為親近。陳師道文學於曾鞏，而於詩則學於黃庭堅。在識黃之前，陳師道雖作詩「數以千計」而不知「師法」，識黃之後，則「盡焚其稿而學焉」（陳師道《答秦觀書》），並稱「吾此一瓣香，須為山谷道人燒也」（朱弁《風月堂詩話》卷上），更尊稱黃庭堅為「黃公」或「豫章公」。到晚歲，陳師道對貶謫到涪州的黃庭堅十分關切，

在《與魯直書》中一連十幾問：「邇來起居何如？不至乏絕否？何以自存？有相恤者否？令子能慰意否？風土不甚惡否？平居與誰相從？有可與語否？仕者不相陵否？何以遣日，亦著文否？近有人傳《謁金門》詞，讀之爽然，便如侍語，不知此生能復相從如前日否？」所問多是日常起居，雖是瑣事，卻更見真情。清人趙駿烈即盛讚陳師道不獨從黃學詩，以黃為師，尤其是佩服黃庭堅不叛東坡的凜然之節：「夫涪翁與米元章、李伯時同為東坡友，後米與李皆叛坡，而彼獨為坡遠謫，瀕死不悔，大節凜然，照耀千古，後山之所模範者在是，獨詩乎哉！」（《陳後山集》卷首）黃庭堅對陳師道亦十分推重，親切地稱其為「吾友」或「陳侯」，盛讚陳師道的「文章似揚馬，欬唾落明珠」（《和邢惇夫秋懷十首》之九），「方駕於翰墨之場，亦望而可畏者也」（《題蘇子由黃樓賦草》）。鄭重推薦秦觀弟秦覯向陳師道學文，其《與秦少章覯書》曰：「庭堅心醉於《詩》與《楚辭》，似若有得，然終在古人後。至於論議文字，今日乃當付之少游及晁、張、無己，足下可從此四君子一二問之。」在《與歐陽元老》書中，則更是對陳師道推崇備至，稱「陳履常正字，此天下士也」，在《答王子飛書》中不僅稱「陳履常正字，天下士也」，還囑咐他如「公有意於學者，不可不往掃斯人之門」。在陳師道去世後，黃庭堅傷感無比，既歎息「文星已宵墜」（《雜簡》），更「恐斯文之將墜」（《與徐師川書》）。所以，在文學史上也一直是「黃陳」並稱或「陳黃」共舉，兩人還都是江西詩派之二宗。之所以能如此，主要還是兩人在精神氣質上相投契。（宋）魏了翁即道出了兩人本是「寧死無辱」之「一等人」：「山谷黃公之文，先正矩公稱許者眾矣。……其間如後山，不予王氏，不見章厚，於邢、趙姻婭也，亦未嘗假以詞色；褚無副衣，匪煥匪安，寧死無辱，則山谷一等人也。張文潛之詩曰：『黃郎蕭蕭日下鶴，陳子峭峭霜中竹。』是其為可傳真在此而不在彼矣。」（《鶴山先生大全文集》卷五十三）黃、陳二人情誼深厚，習性相投，旨趣契合，惺惺相惜。自宋神宗元豐七年兩人相遇，一直到生命的最後，二十年間，相知相交，互有詩文書信往來，或贈答，或唱和；或陳師道為山谷母寫《銘》，或黃庭堅為後山祖作《書》；尤其是在各自被貶或罷官之時，還千里問詢，互道珍重，感情十分純真誠摯，毫無文人相輕之習。黃、陳二人交誼甚篤，互相推重，實為文壇之佳話。

陳師道與秦觀、晁補之、張耒都是皇祐年間生人，年紀相仿，秦略長於陳，陳又略長於晁、張，故其相處融洽。陳師道稱秦為「傑士」（陳師道《秦少游字序》），秦觀稱陳師道為「高士」（鄒浩《送郭照赴徐州司里序》）；陳師道

為秦母作《先夫人行狀》，秦觀則為陳父作《墓誌銘》，可見兩人非同尋常之關係。尤其是秦觀深知陳師道之為人，不僅贊「其文妙絕當世」，更仰慕其以「行義稱焉」（鄒浩《送郭照赴徐州司里序》）。故當傅堯俞欲見陳師道請秦為介時，秦觀說：「師道非持刺字，俛顏色，伺候乎公卿之門者，殆難致也。」若不深知其為人，是斷不能為此語的。所以鄒浩說「少游不妄人物，其言二公所以待履常者如此。」（《送郭照赴徐州司里序》）而晁補之、張耒兩人敬佩陳師道之節操，認為陳師道其人「孝悌忠信，聞於鄉閭。學知聖人之意，文有作者之風。懷其所能，深恥自售，恬淡寡欲，不干有司，隨親京師，身給勞事，蛙生其釜，慍不見色。」兩人特聯名向朝廷推薦陳師道為太學錄，曰：「方朝廷振起滯才，風勸多士，謂如師道一介，亦當褒采不遺，伏睹太學錄五員，係差學生。見今有闕。師道雖不在學籍，而經行詞藝，宜充此選。某等職預考察，不敢蔽而不陳。伏乞選差師道充太學錄。倘不任職，某等同其罪罰。謹具申國子監，乞謄申禮部施行。」（晁補之《太學博士正錄薦布衣陳師道狀》）兩人甘冒「罪罰」之險，舉薦一個白衣之士，這在今天是不可想像的。薦狀雖存於晁集而實為兩人之合撰（冒廣生之說）。黃庭堅對二人之薦舉，也稱讚不已：「吾聞舉逸民，故得天下喜。兩公陣堂堂，此士可摩壘。」（《奉和文潛贈無咎篇末多見及以既見君子云胡不喜為韻》）雖然，陳師道婉拒其薦，卻是深感二人之情誼的。當晁補之赴貶所經徐州時，陳師道與其「相從數日，頗見言色」（《與魯直書》）。兩人還互為對方之母作《墓誌銘》或《挽詞》。陳師道在潁州時，作《送叔弼寄秦張》，詩後曰「因聲督張秦，書來不應緩」，詩送歐陽叔弼，而又心懷張耒，希望張耒能像過去給他寫《與陳三書》一樣時常來書。張耒大約比陳師道小兩歲，故有時以家中的排行昵稱其「陳三」，但更尊稱其為「陳夫子」，或因陳師道官於彭澤而比之以高潔之陶淵明稱其為「彭澤令」。

　　綜觀陳師道與曾鞏、蘇軾、黃庭堅、秦觀、晁補之、張耒的交往，情之深，誼之厚，實已超越親情，勝若父子與兄弟。這般情誼之交，在文學史上並不多見；放在今天，更其難得，這對日漸稀薄的人際關係不啻是一劑清涼散。今人應由此汲情取義，重建新的人際關係的道德文明。

　　陳師道在與其師友交往的過程中，同時還與曾鞏的弟弟曾肇、蘇軾的弟弟蘇轍、其子蘇迨、黃庭堅的弟弟黃叔達、秦觀的弟弟秦覯、晁補之的弟弟晁無斁等亦有來往，時有詩歌唱和，有的如曾肇對陳師道還有大幫助。為反映陳師道與其師友的交誼，本書亦略及這些人，以勾勒其全貌。

第一章　陳師道與曾鞏

第一節　陳師道與曾鞏交誼繫年

宋真宗天禧三年己未（1019 年）

曾鞏生，一歲，字子固，北宋建昌軍南豐縣（今江西南豐）人。據《南豐縣志·序》：「南豐，盱水之上游。初，隸撫。宋割撫之南城縣置建昌軍，遂隸建昌。壯哉，縣也。稱為江右最，人物有曾子固，文章名天下，而南豐益以重。」〔註1〕

父曾易占，時年四十一歲，以文章有名，為撫州宜黃、臨川二縣尉。曾鞏五歲時隨父在臨川讀書，年十二即能文。林希《曾鞏墓誌》曰：「十二歲能文，語已驚人，日草數千言。」〔註2〕其弟曾肇《亡兄曾鞏行狀》亦曰：「年十有二，日試六論，援筆而成，辭甚偉也。」〔註3〕十六歲時，隨父在江蘇如皋任所，為學甚勤。曾鞏《學舍記》自述：「予幼則從先生受書，然是時，方樂與家人童子嬉戲上下，未知好也。十六七時，窺六經之言與古今文章，有過人者，知好之，則於是銳意欲與之並。」〔註4〕十八歲時已有文名。曾肇《亡兄曾鞏行狀》曰：「未冠，名聞四方。」〔註5〕曾鞏當二十歲時得歐陽修文章，

〔註1〕轉引自李震：《曾鞏年譜》，1 頁，蘇州：蘇州大學出版社，1997。
〔註2〕曾鞏：《曾鞏集》，下冊，798 頁，北京：中華書局，1984。
〔註3〕曾鞏：《曾鞏集》，下冊，791 頁，北京：中華書局，1984。
〔註4〕曾鞏：《曾鞏集》，上冊，284 頁，北京：中華書局，1984。
〔註5〕曾鞏：《曾鞏集》，下冊，791 頁，北京：中華書局，1984。

口誦而心記之，其後又屢受歐陽修指點提攜，文章日進，二十四歲時即以文章名天下。慶曆七年（1047 年），其父病卒，曾鞏葬父後，即在南豐居父憂。

仁宗皇祐四年壬辰（1052 年）

曾鞏三十四歲，與其兄應進士試未中，仍居南豐。

陳師道生，一歲，字履常，一字無己，號後山。

陳師道《御書記》曰：「臣生於皇祐四年。」〔註6〕陳師道的出生地或在徐州，或在其父任上雍丘（今河南杞縣）。陳師道出生時，其父陳琪為雍丘主簿。

按：關於陳師道的生年，在現今各種文學史、人物詞典中，大都說陳師道生於皇祐五年癸巳（1053 年），這大約是從魏衍的《彭城陳先生集記》中所說「年十六，謁南豐先生曾公鞏」而加以推測的，如（元）方回《桐江續集》卷第三十二之《唐師善月心詩集序》即說：「陳後山生於皇祐五年癸巳。……後山年十六已見知於曾南豐。」〔註7〕後人受此影響甚大，多持此說。如清人楊希閔著《曾文定公年譜》亦說「無己皇祐五年生」〔註8〕。今之《中國文學大辭典》以及錢鍾書的《宋詩選注》、朱東潤主編的《中國歷代文學作品選》、吳文治的《中國文學史大事年表》、游國恩、章培恒、袁行霈各自主編的《中國文學史》、社科院文學研究所的《中國文學史》《宋代文學史》還有《劍橋中國文學史》等都把陳師道的生年寫作 1053 年。然這是不對的，因為陳師道在《御書記》中明說自己是「生於皇祐四年」，即 1052 年。除此之外，試考之相關詩文亦可得到證明。晁補之在《答陳履常秀才譖贈》詩中說：「男兒三十四方身，布衣不化京洛塵。」〔註9〕此詩作於元豐四年，即 1081 年，逆推至皇祐四年（1052 年），正好三十年，是年，陳師道恰好三十歲，所以晁補之才說他「男兒三十四方身」。又張耒的《與陳三書》說他「年過三十為布衣」〔註10〕，具體「年過三十」「過」了多少，張耒沒有說。此書寫於元祐元年，即 1086 年，那麼陳師道應為 35 歲，這在他與晁補之於此年（即元祐元年）合撰的《太學博士正錄薦布衣陳師道狀》中又得到了證明：「伏見徐州布衣陳師道，

〔註6〕陳師道：《後山居士文集》，下冊，710～711 頁，上海：上海古籍出版社，1984。
〔註7〕方回：《桐江續集》卷三十二，四庫全書影印本。
〔註8〕轉引自李震：《曾鞏年譜》，240 頁，蘇州：蘇州大學出版社，1997。
〔註9〕《全宋詩》，第一九冊，卷一一二九，12813 頁，北京：北京大學出版社，1995。
〔註10〕張耒：《張耒集》，下冊，848 頁，北京：中華書局，1990。

年三十五」〔註11〕，這裡即明說他是「年三十五」。故從陳師道的自述與他人的詩文，皆可證明陳師道是生於皇祐四年，即 1052 年。

神宗熙寧元年戊申（1068 年）

曾鞏五十歲，居京師開封。

曾鞏自嘉祐二年丁酉（1057 年），與其弟曾布（字子宣）俱中進士第。同科蘇軾、蘇轍、程顥、張載等亦中進士。《南豐縣志》卷第九：「嘉祐二年丁酉章衡榜（進士）：曾鞏、曾牟、曾布、曾阜。」〔註12〕次年，曾鞏為太平州司法參軍。從慶曆至嘉祐初，曾鞏文名已播天下二十餘年。林希《曾鞏墓誌》曰：「由慶曆至嘉祐初，公之聲名在天下二十餘年，雖窮閻絕徼之人，得其文手抄口誦，惟恐不及，謂公在朝廷久矣。而公方以鄉貢中進士第，為太平州司法參軍。」〔註13〕嘉祐五年庚子（1060 年），冬，因歐陽修舉充館職，被召編校史館書籍。歐陽修《舉章望之曾鞏王回等充館職狀》曰：「太平州司法參軍曾鞏，自為進士，已有時名。其所為文章，流佈遠邇，志節高爽，自守不回。……其章望之、曾鞏、王回，臣今保舉，堪充館閣職任。」〔註14〕自嘉祐五年在京師開封編校史館書籍，至今年，又為集賢校理，兼判官告院。

是年，陳師道來謁。

陳師道十七歲。

嘉祐八年癸卯（1063 年），陳師道十二歲時，隨父在冀州（今河北冀州市）任所，時其父為冀州度支使（亦稱觀察支使），陳師道《後山談叢》曰：「嘉祐末，先人為冀州度支使。」〔註15〕後又隨父至沔陽。《先君行狀》曰：「復為冀州觀察支使。治平二年，遷大理寺臣，知隴州沔陽縣。」當其父以國子博士通判絳州，待次於雍丘時，陳師道得間至京師開封，拜謁曾鞏。雍丘距開封不足五十（華）里，曾鞏名播天下，師道乃慕名而謁。《先君行狀》即曰：「神宗即位，加太子中舍。以殿中丞通判金州，以國子博士通判絳州，

〔註11〕晁補之：《太學博士正錄薦布衣陳師道狀》，見《全宋文》一二五冊，卷二七一四，349 頁，上海：上海辭書出版社，合肥：安徽教育出版社，2006。

〔註12〕轉引自李震：《曾鞏年譜》，173～174 頁，蘇州：蘇州大學出版社，1997。

〔註13〕曾鞏：《曾鞏集》，下冊，798 頁，北京：中華書局，1984。

〔註14〕李震編：《曾鞏資料彙編》，上冊，12 頁，北京：中華書局，2009。

〔註15〕陳師道：《後山談叢》，載朱易安等主編《全宋筆記》，第 2 編，第 6 冊，101 頁，鄭州：大象出版社，2006。

待次於雍丘。」〔註16〕故魏衍《彭城陳先生集記》曰:「先生姓陳,諱師道,字履常,一字無己,彭城人。……年十六,謁南豐先生曾公鞏,曾大器之,遂業於門。」〔註17〕魏言十六,乃足歲,虛齡十七。

陳師道在其詩文中亦屢言其見曾鞏事。

陳師道《答晁深之書》曰:「始僕以文見曾南豐,辱賜以教曰:『愛子以誠,不知言之盡也。』僕行方內,才得此爾。」〔註18〕

又《送邢居實序》曰:「吾始得生,年十五六,識度氣志已如成人,有其質也。如木之始生,玉之始豏。顧其所成就何如耳?生可不勉乎。……吾年如生時,見子曾子於江漢之間,獻其說餘十萬言,高自譽道,子曾子不以為狂,而報書曰:『持之以厚。』吾之不失其身,子曾子之賜也。」〔註19〕

又《答江端禮書》曰:「僕之不敏,勤無成能,惟於修文,略有師法,愧無異聞,虛辱盛意。若曰:量子以為教,如醫之量藥以當病,如工之量材以當用,子曾子蓋能之矣,僕非其任也。嗟乎,子之不逢夫子也!與僕遊者眾矣,莫有問焉,子何問之下耶?嗟乎,夫子之失子也,尚幸來臨,願言其詳。」〔註20〕

他人對此事的記述則有:

謝克家《後山居士集序》:「彭城後山居士陳無己師道,苦節勵志,自其少時,早以文謁南豐曾舍人。曾一見奇之,許其必以文著,時人未之知也。」〔註21〕謝克家乃陳師道的姨甥〔註22〕,比陳師道小十一歲,曾從其遊。謝言「其少時」,當知其實。

方回《桐江續集》卷第三十二之《唐師善月心詩集序》:「陳後山生於皇祐五年癸巳。……後山年十六已見知於曾南豐。」〔註23〕方為元人,其說本自魏衍。

黃宗羲《宋元學案》卷四:「陳師道,字履常,一字無己,彭城人。好學

〔註16〕陳師道:《後山居士文集》,下冊,832頁,上海:上海古籍出版社,1984。

〔註17〕冒廣生補箋:《後山詩注補箋》,上冊,卷首,2頁,北京:中華書局,1995。

〔註18〕陳師道:《後山居士文集》,下冊,546～547頁,上海:上海古籍出版社,1984。

〔註19〕陳師道:《後山居士文集》,下冊,728～731頁,上海:上海古籍出版社,1984。

〔註20〕陳師道:《後山居士文集》,下冊,540頁,上海:上海古籍出版社,1984。

〔註21〕陳師道:《後山居士文集》,上冊,2頁,上海:上海古籍出版社,1984。

〔註22〕鄭騫:《陳後山年譜》,42頁,臺北:聯經出版事業公司,1984。

〔註23〕方回:《桐江續集》卷三十二,四庫全書影印本。

苦志，年十六，以文謁曾子固，大奇之，許以文著時，留受業焉。」〔註24〕
黃為清人，其說本自謝克家與《宋史》本傳。

　　按：關於陳師道謁見曾鞏的時間，有兩種不同的說法。

　　一是熙寧元年說。以魏衍為代表。魏為其師撰《彭城陳先生集記》言其
「年十六，謁南豐先生曾公鞏，曾大器之，遂業於門」〔註25〕。魏言十六，
乃是足歲，虛齡十七。陳師道自述「臣生於皇祐四年（1052年）」，自皇祐四
年後推十六年即神宗熙寧元年（1068年）。陳兆鼎的《陳後山年譜》即持此說。

　　二是熙寧八年說。楊希閔《曾文定公年譜》云：「魏衍《彭城陳先生集記》
謂無己年十六謁南豐。考無己皇祐五年生，十六為熙寧元年，南豐是時官京
師，恐無由謁見。至七年，南豐知襄州，無己年二十二，謁見於江漢之間，情
事較合，魏記恐誤。」〔註26〕此說以陳師道《送邢居實序》有「見子曾子於
江漢之間」一語為據。鄭騫的《陳後山年譜》認為楊譜「其說極是」。但楊說
證據不足，鄭為之補考曰：「後山去年（即熙寧七年——引者注）在金州，而
《先君事狀》云，其父罷金州任後，『以國子博士通判絳州，待次於雍丘』，熙
寧九年四月卒於其地。據此推測其時間，後山隨父離金州當在本年或去年下
半年。此行有兩途可循：其一，自金州北去，至長安，東出潼關，經洛陽而至
開封。其二，自金州沿漢水南下，至襄州，經鄧州東北行而至開封。前者須逾
秦嶺，後者似較便捷，故予推測其路線為後者，曾南豐此時正在知襄州任。」
下引楊譜後繼續說：「陳氏父子固未必即循此路線，後山謁曾亦可能係偶然單
獨至襄，而非必隨父回開封途中經由；然其事在熙寧六七八等三年中南豐知
襄州時，亦即後山二十二三四歲時，則可以斷言。後山十六歲時，南豐不在
襄州；且後山非神童，十六歲時未必能有『餘十萬言』之撰述也。」〔註27〕

　　鄭騫關於陳氏父子循行路線的推測或有可能，在襄州謁見曾鞏也無問題。
但說陳師道非神童，「十六歲時未必能有『餘十萬言』之撰述」，倒也未必。後
山雖非早慧，但其「少時」「好學」則是公認的。魏衍《彭城陳先生集記》曰：
「先生……幼好學，行其所知，慕古作者，不為進取計也。」〔註28〕謝克家《後
山居士集序》亦曰：「自其少時，早以文謁曾南豐曾舍人。」《宋史·陳師道傳》

〔註24〕黃宗羲：《宋元學案》，第1冊，216頁，北京：中華書局，1986。
〔註25〕冒廣生補箋：《後山詩注補箋》，上冊，卷首，2頁，北京：中華書局，1995。
〔註26〕轉引自李震：《曾鞏年譜》，240頁，蘇州：蘇州大學出版社，1997。
〔註27〕鄭騫：《陳後山年譜》，43～44頁，臺北：聯經出版事業公司，1984。
〔註28〕冒廣生補箋：《後山詩注補箋》，上冊，卷首，2頁，北京：中華書局，1995。

曰「少而好學苦志，年十六，早以文謁曾（鞏）」〔註29〕。黃宗羲《宋元學案》
則曰陳無己「好學苦志，年十六，以文謁曾子固」〔註30〕。以上所引，或說
其「少時」，「幼」時，或說其「好學苦志」。古人「幼時」當為七八歲，陳師
道自己說幼年即讀《史記》。見《餘師錄‧曾子固》：「《逸事》云：陳後山初攜
文卷見南豐先生，先生覽之，問曰：『曾讀《史記》否？』後山對曰：『自幼年
即讀之矣。』」〔註31〕而「少時」則為十五六歲。孔子說自己：「吾十有五而
志於學。」（《論語‧為政》）所以後世稱 15 歲為「志學之年」。陳師道亦自云：
「仆於詩，初無師法，然少好之。」〔註32〕故魏衍、謝克家等人說陳師道「少
時」「好學」，正應該是十五六歲時。如此「幼」「少」之時，又「好學」，且「苦
志」，且「不為進取計」，欲以「文學名後世」，怎麼就不可以有「餘十萬言」
呢？據傳陳師道「為文至多，少不中意，則焚之，存者才十一也」〔註33〕。
此亦並非虛言，而是本自師道自述：「仆於詩，初無師法，然少好之，老而不
厭，數以千計。及一見黃豫章，盡焚其稿而學焉。」〔註34〕又陳師道《送邢
居實序》自述道：「吾始得生，年十五六，識度氣志已如成人，有其質也。如
木之始生，玉之始躋。顧其所成就何如耳？生可不勉乎。……吾年如生時，
見子曾子於江漢之間，獻其說余十萬言，高自譽道。」〔註35〕邢居實即邢惇
夫，居實是其字。據晁說之《邢惇夫墓表》（宣和四年四月）云：惇夫「逮年
十四五，讀書已甚博。其年十六七，文章各擅體制；十八九則議論凜然，自成
一家法。甫年二十，而病不起矣。國中之士識與不識，無不嗟惜。」〔註36〕
邢惇夫生於神宗熙寧元年（1068 年），其卒在元祐二年（1087 年）二月八日，
虛齡二十。邢居實「年十四五，讀書已甚博。其年十六七，文章各擅體制」，

〔註29〕《宋史》卷四四四《陳師道傳》，《二十五史》第 8 冊《宋史》下，1487 頁，
上海：上海古籍出版社，1986。
〔註30〕黃宗羲：《宋元學案》，第 1 冊，216 頁，北京：中華書局，1986。
〔註31〕見鄭騫：《陳後山年譜》，44 頁，臺北：聯經出版事業公司，1984。
〔註32〕陳師道：《答秦覯書》，見《後山居士文集》，下冊，542 頁，上海：上海古籍
出版社，1984。
〔註33〕謝克家：《後山居士集序》，見《後山居士文集》，上冊，3 頁，上海：上海古
籍出版社，1984。
〔註34〕陳師道：《答秦覯書》，見《後山居士文集》，下冊，542 頁，上海：上海古籍
出版社，1984。
〔註35〕陳師道：《後山居士文集》，下冊，728～731 頁，上海：上海古籍出版社，1984。
〔註36〕晁說之：《邢惇夫墓表》，見《全宋文》第一三〇冊，卷二八一八，306 頁，上
海：上海辭書出版社，2006。

也正是「少時」，那麼陳師道說「吾始得生，年十五六，……吾年如生時」，亦即是說如邢之十四五六歲之「少時」。既然邢居實能在「十六七文章各擅體制」，而「好學苦志」的陳師道「幼」「少」之時，為什麼就不可以有「餘十萬言」之撰述呢？邢居實「年甫二十而病不起」，即於元祐二年（1087 年）去世，陳師道的《送邢居實序》肯定是「送」在邢十九歲前。又晁補之亦是十六歲「少時」謁見曾鞏，並從其遊。與陳師道謁曾當在先後之間〔註37〕。若拘泥於「吾年如生時，見子曾子於江漢之間」，必是曾鞏於熙寧八年（1075 年）知襄州時，陳師道見曾鞏，則陳師道已二十四歲，邢居實僅二十已去世，怎麼能是「吾年如生時」呢？

故魏衍說陳師道「年十六謁南豐」，言之鑿鑿，不可能有誤。魏為陳師道之高足，從其學有七年之久〔註38〕，且亦未仕，頗有師道遺風。陳師道去世後，其集即為魏所編，其中多有記述陳師道生前為魏所說之事，如：「少游之墨，嘗許先生為他日墓誌潤筆。先生嘗語衍，作此時，少游尚無恙。然終先逝去。衍謹書。」〔註39〕那麼「年十六謁南豐」也定是師道生前為魏衍所說，故魏衍才能有此確切之記述。魏衍《彭城陳先生集記》作於政和五年（1115 年），去曾鞏卒年不過四十三年，去陳師道卒年不過十四年，故魏說當是可信的。今仍從魏說。

熙寧二年己酉（1069 年）

曾鞏五十一歲。

時為英宗實錄檢討官。不逾月，罷，出通判越州（今浙江紹興）。

曾鞏好友王安石為右諫議大夫，參知政事，欲變舊法以通天下之利。

陳師道十八歲，隨父居開封。

熙寧三年庚戌（1070 年）

曾鞏五十二歲，通判越州。

陳師道十九歲，隨父居開封。

陳師道《先君行狀》曰：「先君罷沔陽，人有薦君於丞相荊公，荊公書其

〔註37〕李震：《曾鞏年譜》，266 頁，蘇州：蘇州大學出版社，1997。

〔註38〕魏衍：《彭城陳先生集記》：「衍從先生學者七年。」見《後山詩注補箋》，上冊，卷首，16 頁，北京：中華書局，1995。

〔註39〕冒廣生補箋：《後山詩注補箋》，上冊，187 頁，北京：中華書局，1995。

姓名於便坐。既至，使相度百司利害。久之，罷歸吏部。省吏謂君曰：『故知君不辦此，善事呂嘉問，其進久矣。』」〔註 40〕王安石去年二月自翰林學士參知政事，本年十二月拜相〔註 41〕。鄭騫的《陳後山年譜》即據陳師道的《先君行狀》推測說：「後山之父罷汧陽可能在熙寧元年，在開封謁見安石受其任使，當在去年及本年兩年中。此時期曾鞏亦在開封，官館閣校勘，見楊希閔《曾文定公年譜》。但陳曾兩人並未識面，因後山明言初謁南豐於江漢之間，而非開封也。」〔註 42〕此說不確。曾鞏去年雖在開封為英宗實錄檢討官，然不逾月即罷，出通判越州了，至本年仍在越州，陳師道在開封又何由得見曾鞏？曾鞏與王安石雖為好友，但對他的變法多有忠告，如《過介甫》：「日暮驅馬去，停鑣叩君門。頗諳肺腑盡，不聞可否言。淡爾非外樂，恬然忘世喧。況值秋節應，清風蕩歊煩。徘徊望星漢，更復坐前軒。」又《過介甫歸偶成》：「結交謂無嫌，忠告期有補。直道詎非難，盡言竟多迕。知者尚復然，悠悠誰可語？」〔註 43〕等詩，卻未被採納。朱熹《朱子語類》卷一百三十亦云：「曾子固初與介甫極厚善，入館後，出倅會稽令，集中有詩云：『知者尚復然，悠悠誰可語？』必是曾諫介甫來，介甫不樂，故其當國不曾引用。後介甫罷相，子固方召入。」〔註 44〕故在王安石為相時，曾鞏外補，出判越州。而陳師道父是為人薦於王安石的，一來一去，故陳曾無由得見。

不過鄭騫說「後山之父罷汧陽可能在熙寧元年，在開封謁見安石受其任使，當在去年及本年兩年中」，既然罷汧陽是在熙寧元年，那為什麼就不可以在熙寧元年見王安石呢？而這不正也是陳師道在熙寧元年在開封謁見曾鞏的時候嗎？熙寧元年，曾鞏和王安石俱在開封，師道父謁見王安石，師道則謁見曾鞏，不正好說明陳師道「年十六」謁曾鞏，並非虛言嗎？

熙寧四年辛亥（1071 年）

曾鞏五十三歲，仍通判越州。

四或五月，改知齊州（今山東濟南）軍州事。

〔註 40〕陳師道：《後山居士文集》，下冊，833 頁，上海：上海古籍出版社，1984。

〔註 41〕《宋史》卷二一三《宰輔表》：「十二月丁卯……王安石自右諫議大夫參知政事加禮部侍郎同平章事。」見《二十五史》第 7 冊《宋史》上，672 頁，上海：上海古籍出版社，1986。

〔註 42〕鄭騫：《陳後山年譜》，39 頁，臺北：聯經出版事業公司，1984。

〔註 43〕曾鞏：《曾鞏集》，上冊，63 頁，北京：中華書局，1984。

〔註 44〕李震編：《曾鞏資料彙編》，上冊，109 頁，北京：中華書局，2009。

陳師道二十歲，隨父在金州（今陝西安康）。

本年二月，更定科舉法，專以經義、論策試進士，是為王安石新學考試之始。陳師道不喜王學，故不應科舉。《送邢居實序》即言：「王氏之學，如脫鑿耳，案其形模而出之，不待修飾而成器矣。求為桓璧彝鼎，其可得乎？」〔註45〕這與曾鞏以詩諫王安石「忠告期有補」正相暗合。然「此際正當弱冠進取之年，可謂生不逢時」〔註46〕。

熙寧六年癸丑（1073年）

曾鞏五十五歲。

去年與今年仍在知齊州軍州事。九月去齊，徙知襄州（今湖北襄陽）軍州事。由齊適襄，道經徐州，作《彭城道中》：「百步洪聲潦退初，白沙新岸湊舟車。一時屠釣英雄盡，千載河山戰伐餘。楚漢舊歌流俚耳，韓彭遺壁冠荒墟。可憐馬上縱橫略，只在邳橋一卷書。」詩末並加注曰：「呂梁洪上有雲夢、梁王二城，其旁之人以謂雲夢即韓信城，梁王即彭越城是也。」〔註47〕

李震《曾鞏年譜》言，此年陳師道謁曾鞏於漢水邊〔註48〕。此不確，應是熙寧八年，見後。

陳師道二十二歲，在金州。

本年或因有事返徐，適逢曾鞏經徐，而謁之。陳鵠《耆舊續聞》卷二：「陳無己少有譽。曾子固過徐，徐守孫莘老薦無己。往見，投贄甚富，子固無一語，無己甚慚，訴於莘老。子固云：『且讀《史記》數年。』」〔註49〕

熙寧八年乙卯（1075年）

曾鞏五十七歲。

去年和今年仍知襄州軍州事。九月，以孫頎替知襄州。有《襄州乞宣洪二郡狀》曰：「臣今任至今年九月成資，已蒙差太常少卿孫頎替臣成資闕。今臣去替祇有數月。竊念臣為有私便，欲乞就移洪州或宣州一任，情願守待遠闕。」〔註50〕

〔註45〕陳師道：《後山居士文集》，下冊，729頁，上海：上海古籍出版社，1984。
〔註46〕鄭騫：《陳後山年譜》，40頁，臺北：聯經出版事業公司，1984。
〔註47〕曾鞏：《曾鞏集》，上冊，120頁，北京：中華書局，1984。
〔註48〕李震：《曾鞏年譜》，302頁，蘇州：蘇州大學出版社，1997。
〔註49〕李震編：《曾鞏資料彙編》，上冊，174頁，北京：中華書局，2009。
〔註50〕曾鞏：《曾鞏集》，下冊，479頁，北京：中華書局，1984。

秋，去襄歸。冬，至洪州（今江西南昌），權知洪州軍州事，充江南西路兵馬都鈐轄。

陳師道二十四歲。

大約九月前已隨父離金州往開封，途經襄州。時曾鞏尚未離襄，陳師道攜文往謁。此即所謂「見子曾子於江漢之間」，陳師道以及後人亦多記述此事。

陳師道《送邢居實序》：「吾年如生時，見子曾子於江漢之間，獻其說餘十萬言，高自譽道，子曾子不以為狂，而報書曰：『持之以厚。』吾之不失其身，子曾子之賜也。」〔註51〕

朱熹在《朱子語類》卷一三九中說：「南豐過荊、襄，後山攜所作以謁之，南豐一見愛之，因留款語，適欲作一文字，事多，因托後山為之，且授以意。後山文思亦澀，窮日之力方成，僅數百言。明日以呈南豐，南豐云：『大略也好，只是冗字多，不知可為略刪動否？』後山因請改竄，但見南豐就坐，取筆抹數處，每抹處連一兩行，便以授後山。凡削去一二百字，後山讀之，則其意尤完，因歎服，遂以為法。所以後山文字簡潔如此。」〔註52〕

王正德《餘師錄‧曾子固》：「《逸事》云：陳後山初攜文卷見南豐先生，先生覽之，問曰：『曾讀《史記》否？』後山對曰：『自幼年即讀之矣。』南豐曰：『不然，要當且置他書，熟讀《史記》三兩年爾。』後山如南豐之言讀之。後再以文卷見南豐，南豐曰：『如是足矣。』」〔註53〕

朱弁《風月堂詩話》卷上：「陳無己與晁以道俱學文於曾子固。子固曰：『二人所得不同，當各自成一家。然晁文必以著書名於世。』……他日二人相與論文，以道曰：『吾曹不可負曾南豐。』」〔註54〕

神宗元豐元年戊午（1078年）

曾鞏六十歲。

熙寧九年（1076年）、十年（1077年）均在洪州任上。熙寧十年春授直龍圖閣，移知福州軍州事，兼福建路兵馬鈐轄。林希《曾鞏墓誌》曰：「進直龍圖閣，知福州，兼福建路兵馬鈐轄，賜緋章服。」〔註55〕曾鞏辭不往，

〔註51〕陳師道：《後山居士文集》，下冊，730～731頁，上海：上海古籍出版社，1984。
〔註52〕李震編：《曾鞏資料彙編》，上冊，110頁，北京：中華書局，2009。
〔註53〕見鄭騫：《陳後山年譜》，44頁，臺北：聯經出版事業公司，1984。
〔註54〕李震編：《曾鞏資料彙編》，上冊，90頁，北京：中華書局，2009。
〔註55〕曾鞏：《曾鞏集》，下冊，799頁，北京：中華書局，1984。

作《辭直龍圖閣知福州狀》（見《曾鞏集》卷第三十三），狀上不允，遂以八月初九日到任。曾鞏《福州謝到任表》：「已於今月初九日到任上訖。」〔註56〕故今年知福州軍州事。到九月，召判太常寺，去閩，赴京，至江寧府，接敕牒一道，差權知明州（今浙江寧波）。

是年，曾鞏為其妹夫王平甫文集作序。序云：「平甫自少已傑然以材高見於世。為文思若決河，語出驚人，一時爭傳頌之。其學問尤敏，而資之以不倦。至晚愈篤，博覽強記，於書無所不通，其明於是非得失之理為尤詳。其文閎富典重，其詩博而深矣。」〔註57〕後山因之而作《王平甫文集後序》，云：「南豐先生既敘其文，以詔學者。先生之沒，彭城陳師道因而伸之，以通於世，誠愚不敏，其能使人後其所利，而隆其所棄者耶？因先生之言，以致其志，又以自勵云爾。」〔註58〕文云「先生之沒」，當是在曾鞏去世後所作。方回《瀛奎律髓》曰：「王安國，字平甫。有《校理集》百卷行世，尤富於詩，曾南豐作序，陳後山作後序。」〔註59〕曾、陳同為王平甫文集作序，可見二人之關係。陳師道還作有《題平甫帖》曰：「足知落筆千言疾，尚想揮毫一坐傾。」其「千言疾」亦是用曾鞏去年所作《祭王平甫文》中語：「至若操紙為文，落筆千字，徜徉恣肆，如不可窮。」〔註60〕

陳師道二十七歲。

熙寧九年（1076年），師道隨父居雍丘，四月二十三日，父卒，師道扶喪歸徐州。熙寧十年（1077年），在徐守制家居。時蘇軾自密州移徐州，師道偕兄往謁，是為蘇、陳相見之始。是年秋，徐州大水，蘇軾率民抗洪。蘇軾《獎諭敕記》曰：「熙寧十年七月十七日，河決澶州曹村埽。八月二十一日，水及徐州城下。至九月二十一日，凡二丈八尺九寸，東西北觸山而止，皆清水無復濁流。水高於城中平地有至一丈九寸者，而外小城東南隅不沉者三版。」〔註61〕到本年蘇軾為紀念去年治水，於徐州東門築黃樓。蘇轍、

〔註56〕曾鞏：《曾鞏集》，下冊，414頁，北京：中華書局，1984。
〔註57〕曾鞏：《王平甫文集序》文後云此文作於「元豐元年」。見《曾鞏集》，上冊，201頁，北京：中華書局，1984。
〔註58〕陳師道：《王平甫文集後序》，見《後山居士文集》，下冊，720頁，上海：上海古籍出版社，1984。
〔註59〕見冒廣生補箋：《後山詩注補箋》，上冊，279頁，北京：中華書局，1995。
〔註60〕曾鞏：《曾鞏集》，下冊，528頁，北京：中華書局，1984。
〔註61〕孔凡禮點校：《蘇軾文集》，第2冊，380頁，北京：中華書局，1986。

秦觀兩人均有《黃樓賦》，而陳師道作《黃樓銘》。

元豐二年己未（1079 年）

曾鞏六十一歲，知明州軍州事。

五月三十日，有徙知亳州之命。遂移守亳州（今安徽亳州）。曾鞏自明州至亳，從上虞進入運河，經越州、杭州、秀州、蘇州、常州。入夏又道經楚州（今江蘇淮安）、泗州（今江蘇盱眙）〔註62〕。在泗州候旨時，陳師道攜文往謁，曾鞏贊其《黃樓銘》「如秦石」〔註63〕。

陳鵠《西塘集‧耆舊續聞》卷二：「子固自明守亳，無己走泗州，間攜文謁之。甚歡，曰：『讀《史記》有味乎？』故無己於文以子固為師。」〔註64〕陳鵠之言當本自曾鞏《移知亳州乞至京迎侍赴任狀》：「所有回降朝旨，乞降至泗州付臣。」〔註65〕陳言與曾鞏所言於時、地皆相合。陳師道攜去年所作之《黃樓銘》謁曾，曾鞏稱道其「如秦石」。

陳師道二十八歲。

聞曾鞏在泗州，遂由徐前往拜謁，攜所作《黃樓銘》等文，為曾鞏稱道。

鄭騫《陳後山年譜》對陳鵠之說有質疑。陳鵠《耆舊續聞》卷二：「子固自明守亳，無己走泗州，間攜文謁之……」鄭譜曰：「後山於《送邢居實序》中明言見南豐於江漢之間，其事無可疑者，何來見於徐州及泗州之說……右引《耆舊續聞》及《餘師錄》，皆是以訛傳訛。」〔註66〕

按：曾鞏曾於熙寧六年由齊至襄，經過徐州，作《彭城道中》，此時陳師道隨父在金州，或因有事返徐而謁曾，待考。然由徐州到泗州則應是沒有問題的。一是徐州到泗州路途很近。二是哲宗元祐四年，陳師道為徐州教授，當年五月，蘇軾自翰林學士知杭州，途徑應天（今河南商丘），陳師道未經知州許可私往謁送。能由徐州到應天，為什麼就不能由徐州到泗州呢？且那是在任，私自行動是要被問責的。而去泗州則無此問題。所以，李震《曾鞏年譜》據曾鞏《移知亳州乞至京迎侍赴任狀》：「所有回降朝旨，乞降至泗州付臣。」

〔註62〕李震：《曾鞏年譜》，381 頁，蘇州：蘇州大學出版社，1997。

〔註63〕《宋史》卷四四四《陳師道傳》：「嘗銘黃樓，曾子固謂如秦石。」見《二十五史》第 8 冊《宋史》下，1487 頁，上海：上海古籍出版社，1986。

〔註64〕李震編：《曾鞏資料彙編》，上冊，174 頁，北京：中華書局，2009。

〔註65〕曾鞏：《曾鞏集》，下冊，486 頁，北京：中華書局，1984。

〔註66〕鄭騫：《陳後山年譜》，44 頁，臺北：聯經出版事業公司，1984。

而認為「陳鵠所言與曾鞏所言於時、地皆切合。」〔註67〕

元豐四年辛酉（1081 年）

曾鞏六十三歲。

元豐三年仍知襄州，後移知滄州（今河北滄縣）。（有《授滄州乞朝見狀》，《曾鞏集》卷第三十四）道由京師受神宗召見。神宗留曾鞏勾留三班院。到本年仍在京判三班院。八月奉敕充史館修撰。又奉旨專典史事，編《五朝國史》，管勾編修院，判太常寺，兼禮儀事。入謝，神宗諭以自擇其屬。遂薦邢恕以為史館檢討，又薦陳師道，朝廷以白衣難之。孫覿《鴻慶居士集》卷第三十二之《題秦會之跋〈後山居士集〉》曰：「秦會之嘗跋《後山居士集》云：曾南豐辟陳無己、邢和叔為英宗皇帝實錄檢討……」〔註68〕魏衍《彭城陳先生集記》亦曰：「元豐四年，神宗皇帝命曾典史事，且謂修史最難，申敕切至。曾薦為其屬，朝廷以白衣難之。方復請，而以憂去，遂寢。」〔註69〕

陳師道三十歲。

本年在開封，謁曾鞏，蒙曾薦，為朝廷以白衣難之而罷。秋，南遊吳越。陳師道《顏長道詩序》曰：「元豐四年，邑子陳師道西遊京師，遂見夫子於北門。」〔註70〕又《思白堂記》云：「元豐四年，予遊吳。……其秋八月，就捨錢塘，問思白之堂，而往觀焉。」〔註71〕

李震《曾鞏年譜》：「七月二十四日，詔曾鞏充史館修撰。八月初，曾鞏奉召，並辟陳師道，朝廷以白衣難之，陳師道遂遊吳。」〔註72〕

曾鞏還薦陳師道去見林希。陳師道《上林秀州書》曰：「……師道鄙人也，然有聞於南豐先生，不敢不勉也。先生謂師道曰：『子見林秀州乎？』曰：『未也。』先生曰：『行矣。』師道承命以來謹因先生而請焉。詩文二卷，敬以自效，不敢以為能也。謹僂待命，惟閣下賜之。」〔註73〕

林希亦有《跋故三司副使陳公詩後》曰：「元豐四年七月，於吳興始識

〔註67〕李震：《曾鞏年譜》，383 頁，蘇州：蘇州大學出版社，1997。

〔註68〕李震編：《曾鞏資料彙編》，上冊，84 頁，北京：中華書局，2009。

〔註69〕冒廣生補箋：《後山詩注補箋》，上冊，卷首，3 頁，北京：中華書局，1995。

〔註70〕陳師道：《後山居士文集》，下冊，743 頁，上海：上海古籍出版社，1984。

〔註71〕陳師道：《後山居士文集》，下冊，652 頁，上海：上海古籍出版社，1984。

〔註72〕李震：《曾鞏年譜》，415 頁，蘇州：蘇州大學出版社，1997。

〔註73〕陳師道：《後山居士文集》，下冊，528 頁，上海：上海古籍出版社，1984。

公孫師仲、師道，遂得公之遺稿以觀。」〔註74〕亦證陳師道確曾遵曾鞏之命
而去見了林希。

關於曾鞏是否曾薦陳師道亦有爭論，現錄諸家之說。

認為曾鞏未薦陳師道者以朱熹為代表。朱熹《朱子語類》卷第一百三十
九：「廣因舉秦丞相教其子孫作《文說》，中說後山處。曰：『他都記錯了。南
豐入史館時，止為檢討官，是時後山尚未有官，後來入史館，嘗薦邢和叔。雖
亦有意薦後山，以其未有官而止。』」〔註75〕

又朱熹《南豐先生年譜後敘》：「丹陽朱熹曰：……其說又以謂公為史官，
薦邢恕、陳無己為《英錄》檢討，而二子者受學焉。綜其實不然。蓋熙寧初，
詔開實錄院論次英宗時事，以公與檢討一月免。豈公於是時能有以薦士？或其
不然，一也；恕治平四年始登進士第，元豐中用公薦，為史館檢討，與修《五
朝國史》，其事見於實錄矣。為實錄院檢討而與修《英錄》於熙寧之初，則未有
考焉，其不然二也；師道見公於江漢之間，而受教焉。然竟公時為布衣，元祐
中乃用薦起家，為郡文學，是公於史館猶不得以薦之，況熙寧時豈有檢討事哉？
其不然三也。一事而不然者三，則公所以教恕者，其在元豐史館之時乎？未可
知也。此予所謂牴牾者。斯人為世所重，又自以知公，故予不得不考其實，而
辨其不然者，其書世或頗有，以故不論，著其是非者焉。」〔註76〕

認為曾鞏薦陳師道者則有魏衍、陸游和劉克莊。

魏衍《彭城陳先生集記》云：「元豐四年，神宗皇帝命曾典史事。且謂修
史最難，申敕切至。曾薦為其屬，朝廷以白衣難之。方復請，而以憂去，遂
寢。」〔註77〕

又陸游《老學庵筆記》卷七：「秦會之跋《後山集》，謂曾南豐修《英宗
實錄》，辟陳無己為屬。孫仲益書數百字詆之，以為無此事。南豐雖嘗預修
《英宗實錄》，未久即去，且南豐自為吏屬，烏有辟官之理？又無己元祐中
方自布衣命官，故仲益之辨，人多是之。然以予考其實，則二公俱失也。南豐
元豐中還朝，被命獨修《五朝史實》，許辟其屬，遂請秀州崇德縣令刑恕為之。
用選人已非故事，特從其請，而南豐又援經義局辟布衣徐禧例，乞無己檢討，

〔註74〕轉引自冒廣生補箋：《後山詩注補箋》，上冊，143頁，北京：中華書局，1995。
〔註75〕李震編：《曾鞏資料彙編》，上冊，110頁，北京：中華書局，2009。
〔註76〕李震編：《曾鞏資料彙編》，上冊，113～114頁，北京：中華書局，2009。
〔註77〕冒廣生補箋：《後山詩注補箋》，上冊，卷首，3頁，北京：中華書局，1995。

廟堂尤難之。會南豐上《太祖紀敘論》，不合上意，修《五朝史》之意浸緩。未幾，南豐以憂去，遂已。會之但誤以《五朝史》為《英宗實錄》耳。至其言辟無已事，則實有之，不可謂無也。」〔註78〕

又劉克莊《後村詩話‧後集》卷第一：「秦會之嘗記曾南豐辟陳後山為史屬，且塗改後山史稿，世謂元無此事，乃秦謬誤，殆以人廢言也。按魏衍為《後山集記》，明言元豐四年神宗命曾典史局，曾薦後山為屬，朝廷以白衣難之。衍乃後山高弟，《集記》作於政和五年，秦說有據，非誤。」〔註79〕

今人李震於《曾鞏年譜》中再辨之曰：「孫覿云曾鞏卒於元豐四年，誤，應為元豐六年。曾鞏薦邢恕事，《行狀》《墓誌》皆已敘明，惟薦陳師道事，自秦會之議出，宋人多有考辨，劉克莊、陸游所辨甚明。蓋雖薦而朝廷以白衣難之，命尚未下。又考，是年陳師道在京師。陳師道《顏長道詩序》（《後山居士文集》卷第十六）云：『元豐四年，邑子陳師道西遊京師，遂見夫子於北門。』《思白堂記》（卷第十四）云：『元豐四年，予遊吳。……其秋八月，就舍錢塘，問思白之堂，而往觀焉。』七月二十四日，詔曾鞏充史館修撰。八月初，曾鞏奉詔，並辟陳師道，朝廷以白衣難之，陳師道遂遊吳。」〔註80〕

秋八月，陳師道在南遊吳越，就舍錢塘（時其兄陳師仲為錢塘主簿）期間，見關景仁，而作《贈關彥長》。詩曰：「少年初識字，已誦《子虛賦》。嘗疑天上人，已離人間去。蹉跎二十年，久自歎遲暮。倦遊梁宋間，卻踏江湖路。此地始逢君，秋陽破朝霧。白首鬢毛新，青衫顏色故。問君胡為然，竟坐文字誤。人事久難知，高才常不遇。論人較賢智，富貴寧在數。不見竹林詩，山王俱不與。湖塘發高興，山林有佳處。迨此閑暇時，觀遊莫辭屢。功名如附贅，得失何用顧。但當勤秉燭，長願隨杖屨。」〔註81〕關景仁，字子開，一字彥長，會稽人，一作錢塘，即今之杭州。尚書職方員外郎關魯之子。其子尚有關景輝、關景宣，皆是曾鞏的妹婿（曾鞏《福昌縣君傅氏墓誌銘》：「景宣，予妹婿也。」）。故曾鞏在為關景仁的妻子作《夫人周氏墓誌銘》中說：「予與之親且舊，故為之序而銘之。」因這層關係，曾鞏還為關魯寫有《祭關職方文》《福昌縣君傅氏墓誌銘》（傅氏是關魯之妻）。陳師道作為曾鞏的門生，

〔註78〕李震編：《曾鞏資料彙編》，上冊，102～103 頁，北京：中華書局，2009。
〔註79〕李震編：《曾鞏資料彙編》，上冊，132 頁，北京：中華書局，2009。
〔註80〕李震：《曾鞏年譜》，414～415 頁，蘇州：蘇州大學出版社，1997。
〔註81〕冒廣生補箋：《後山詩注補箋》，下冊，472～473 頁，北京：中華書局，1995。

所以與關景仁也就「相厚」了。關曾為錢塘令，此時當已致仕在家〔註82〕。詩中所謂「此地始逢君，秋陽破朝霧」也即此意。另外一層原因是，關景仁於英宗治平二年（1065年）曾為徐州豐縣令。曾鞏在其《夫人周氏墓誌銘》中即說：「夫人諱琬，字東玉，姓周氏。……夫人嫁關氏，為徐州豐縣令景仁之妻，為尚書職方員外郎、贈尚書都官郎中諱魯之子夫。」〔註83〕而陳師道即是徐州人。由這兩層關係，所以陳師道遊吳而「就捨錢塘」期間才會有此詩作。除此詩外，陳師道尚有《古怨贈關彥長》《賀關彥長生日二首》當亦是此時所作。大約陳師道在賀關生日時去過關彥長在杭州的家，而有《二亭記》，文曰：「錢塘關氏於其居之右地，積土為阪，伐石為壇，而藝以藥，阪之下有甘井焉。挾以二室，左竹右木，斷而不斷。命其阪曰藥阪，壇為芝壇，井曰丹井，左曰巢亭，右曰節亭。」〔註84〕此文所記與曾鞏《祭關職方文》所記亦相合：「孰為公居，水竹之寰；孰為公園，正據湖山。」〔註85〕

元豐五年壬戌（1082年）

曾鞏六十四歲。

居京師，官史館修撰。四月，擢試中書舍人，屬門人陳師道為其父曾易占撰神道碑。方復薦陳師道，會以憂去，遂寢。

陳師道三十一歲。

本年自杭州北歸，攜家居開封，以授徒自給。受命為曾鞏父曾易占撰《光祿曾公神道碑》：「公諱易占，字不疑，建昌南豐人，故屬撫州。以蔭為太廟齋郎，歷撫州宜黃、臨川尉。……徙司法參軍，遷鎮東節度推官，舉監真州倉，以課遷太子中允、太常博士，知泰州如皋、信州玉山二縣……公祖延鐸，散騎常侍。祖仁旺，贈水部員外郎。考致堯，戶部郎中、直史館，贈諫議大夫。妣某氏。公夫人周氏、吳氏、朱氏。公子曄，不仕；鞏，中書舍人；牟，安仁令；宰，湘潭簿；布，龍圖閣直學士；肇，吏部郎中……慶曆七年，公年六十九，道病，卒於南京。皇祐元年，葬龍池鄉青風裏源頭。公以子恩累贈光祿卿，夫人分封京兆、父城、仁壽郡太君。公子舍人謂其門人陳師道曰：公之葬，

〔註82〕據冒廣生箋：「《後山集》中贈彥長詩凡三見，皆在致仕之後。」《後山詩注補箋》，下冊，513頁，北京：中華書局，1995。

〔註83〕曾鞏：《曾鞏集》，下冊，613頁，北京：中華書局，1984。

〔註84〕陳師道：《後山居士文集》，下冊，656～657頁，上海：上海古籍出版社，1984。

〔註85〕曾鞏：《曾鞏集》，下冊，534頁，北京：中華書局，1984。

既以銘載於墓中，今幸蒙恩，追榮三品，復立碑於墓道，以顯揚其勞烈，明示來今，是以命汝為之銘。師道幸以服役奉明命，雖愚不敢，其何敢辭！退考次其行治，慨然興歎，其試何小，其效何大邪！及讀其書，又有大者，而未試也；因書以逆志，而又知其懷之有言，言之有不盡。則其雄深偉奇，驚世而善俗者，猶其餘也。世徒見其仕而不遇，仁而不年，以為公恨，此固命之適而士之常，豈足道哉！顧常以為志不見於仕則發之於文，文不施於今則必傳之於後，有能行其言則不窮矣，此公之志也，其可謂盛哉！故述而銘之，以勵其子，亦以自勵，又以勵後人。其銘曰：人之多言，言不由德。德必有言，惟公之賢。嗚呼哀哉，得時無命。功名其餘，夫復何恨！何以觀德，南阡之碑。其言不忘，後世之師。公則已矣，其言可試。其誰終之，在公孫子。」〔註86〕

　　據陳師道《思白堂記》云：「元豐四年，予遊吳。……其秋八月，就捨錢塘，問思白之堂，而往觀焉。……明年而余北歸。又明年而為之記。不知余文使人思之如兩侯否？」〔註87〕故知陳師道當於元豐五年至京師。《神道碑》云「公子舍人」，事當在是年四月曾鞏擢試中書舍人後。

元豐六年癸亥（1083 年）

曾鞏六十五歲。

曾鞏持母喪過金陵，病於江寧。四月丙辰，卒於江寧府。林希《曾鞏墓誌》：「六年四月丙辰卒於江寧府，享年六十有五。」〔註88〕

陳師道三十二歲。

　　是歲居開封。聞師曾鞏死，為作《南豐先生挽詞二首》，其一：「早棄人間事，真從地下遊。丘原無起日，江漢有東流。身世從違裏，功言取次休。不應須禮樂，始作後程仇。」其二：「精爽回長夜，衣冠出廣庭。勳庸留琬琰，形象付丹青。道喪餘篇翰，人亡更典刑。侯芭才一足，白首《太玄經》。」〔註89〕

　　元人方回《桐江集》卷五《劉元輝詩評》一章評價此詩道：「《挽曾南豐》《別三子》詩，可見無一字俗，無一語長。」〔註90〕

　　又方回《瀛奎律髓》卷四十九之《南豐先生挽詞》批語道：「『丘原無起日，

〔註86〕陳師道：《後山居士文集》，下冊，824～830 頁，上海：上海古籍出版社，1984。
〔註87〕陳師道：《後山居士文集》，下冊，652～655 頁，上海：上海古籍出版社，1984。
〔註88〕曾鞏：《曾鞏集》，下冊，800 頁，北京：中華書局，1984。
〔註89〕冒廣生補箋：《後山詩注補箋》，上冊，26～28 頁，北京：中華書局，1995。
〔註90〕方回：《桐江集》，329 頁，南京：江蘇古籍出版社，1988。

江漢有東流。」惟曾南豐足以當之。『侯芭才一足，白首《太玄經》』，非陳後山亦不可以此自許也。並挽溫公詩三首，他人詩皆可廢矣。」〔註91〕

　　陳師道還作有《妾薄命二首》，其一：「主家十二樓，一身當三千。古來妾薄命，事主不盡年。起舞為主壽，相送南陽阡。忍著主衣裳，為人作春妍。有聲當徹天，有淚當徹泉。死者恐無知，妾身長自憐。」其二：「葉落風不起，山空花自紅。捐世不待老，惠妾無其終。一死尚可忍，百歲何當窮？天地豈不寬？妾身自不容。死者如有知，殺身以相從。向來歌舞地，夜雨鳴寒蛩。」〔註92〕

　　任淵注「忍著主衣裳，為人作春妍」曰：「此二句及下篇『向來一瓣香，敬為曾南豐』之句，皆以自表，見其不忍更名他師也。」〔註93〕

　　洪邁《容齋三筆》卷六曰：「張籍在他鎮幕府，鄆帥李師古又以書幣辟之，籍卻而不納，而作《節婦吟》一章寄之，曰：『君知妾有夫，贈妾雙明珠。感君纏綿意，繫在紅羅襦。妾家高樓連苑起，良人執戟明光裏。知君用心如日月，事夫誓擬同生死。還君明珠雙淚垂，何不相逢未嫁時？』陳無己為潁州教授，東坡領郡，而陳賦《妾薄命》篇，言為曾南豐作，其首章云：『主家十二樓，一身當三千。古來妾薄命，事主不盡年。起舞為主壽，相送南陽阡。忍著主衣裳，為人作春妍？有聲當徹天，有淚當徹泉。死者恐無知，妾身長自憐。』全用籍意。……薄命擬況，蓋不忍師死而遂倍之，忠厚之至也！」〔註94〕洪邁說陳師道仿張籍的《節婦吟》，用籍之意，固是對的，但說「陳無己為潁州教授，東坡領郡，而陳賦《妾薄命》篇」，這是時間弄錯了。因《妾薄命》作於元豐六年，而陳師道為潁州教授是在元祐五到八年間。

　　蔡正孫《詩林廣記》後集卷之六：「後山自注云：『為曾南豐作。』……謝疊山云：『元豐間，曾鞏修史，薦後山有道德，有史才，乞自布衣召入史館。命未下而曾去，後山感其知己，不願出他人門下，故作《妾薄命》。鞏，南豐人，歐陽公之客。後山尊之，號曰「南豐先生」。』」〔註95〕

哲宗元祐元年丙寅（1086年）

　　陳師道三十五歲。

〔註91〕李震編：《曾鞏資料彙編》，上冊，181頁，北京：中華書局，2009。
〔註92〕冒廣生補箋：《後山詩注補箋》，上冊，4～6頁，北京：中華書局，1995。
〔註93〕冒廣生補箋：《後山詩注補箋》，上冊，4頁，北京：中華書局，1995。
〔註94〕李震編：《曾鞏資料彙編》，上冊，100～101頁，北京：中華書局，2009。
〔註95〕李震編：《曾鞏資料彙編》，上冊，169～170頁，北京：中華書局，2009。

本年仍居開封。時蘇軾兄弟及蘇氏門人黃庭堅、晁補之、張耒亦在開封，陳師道與他們多有唱和。張耒有《陳履常惠詩有曾門一老之句。不肖二十五歲，謁見南豐舍人於山陽。始一書而褒與過宜陽有同途至亳之約，耒以病不能如期，後八年始遇公於京師。南豐門人惟君一人而已，感舊慨歎因成鄙句，願勿他示》〔註96〕。此是陳師道在曾鞏去世後與友唱和時自稱「曾門一老」，以不忘曾鞏之意。陳師道於本年則作有《送江楚州》，詩曰：「濠梁初得意，闕里舊論詩。」楚州即今之淮安。江楚州為何人，《淮安府志‧職官表》中沒有記載。任淵注此詩句推測說「豈後山與楚州皆出南豐之門耶？」又詩曰：「欲託山陽簿，翁歸不受私。」後山於詩後自注曰：「南豐之子綰為山陽簿。」〔註97〕於此可見陳師道與曾鞏的兒子亦有往來，若無深交，何以相「託」呢？在曾肇《亡兄行狀》與林希《曾鞏墓誌》均只言「綰，太平州司裏參軍」。韓維《曾鞏神道碑》也只說是「綰，瀛洲防禦推官，知揚州天長縣事」〔註98〕。皆未言「綰為山陽簿」。故陳詩可補以上三文之缺。

元祐六年辛未（1091 年）

陳師道四十歲。

師道於元祐二年（1087 年）四月乙巳（二十四日）由蘇軾等人薦為徐州州學教授；元祐五年（1090 年）徙為潁州教授，本年仍在潁州，時蘇軾正為潁州守。是年作《觀兗國文忠公家六一堂圖書》，因曾鞏、蘇軾都是文忠公歐陽修門人，而己又是曾鞏門人，故其詩同時亦懷其師曰：「生世何用早，我已後此翁。頗識門下士，略已聞其風。中年見二子，已復歲一終。呼我過其廬，所得非所蒙。先朝群玉殿，冠佩環群公。神文煥王度，喜色見天容。御榻誰復登，帝書元自工。黃絹兩大字，一覽涕無從。似欲託其子，天意與人同。歷數況有歸，敢有貪天功。集古一千卷，明明並群雄。誰為第一手，未有百世公。廟器刻科斗，寶樽播華蟲。緬懷弁服士，酬獻鳴璁瑢。插架一萬軸，遺子以固窮。素琴久絕弦，棋酒頗闕供。向來一瓣香，敬為曾南豐。世雖嫡孫行，名在亞子中。斯人日已遠，千歲幸一逢。吾老不可待，草露濕寒螀。」〔註99〕

〔註96〕張耒：《張耒集》，上冊，379 頁，北京：中華書局，1990。
〔註97〕冒廣生補箋：《後山詩注補箋》，上冊，30 頁，北京：中華書局，1995。
〔註98〕轉引自李震《曾鞏年譜》，322 頁，南昌：江西人民出版社，2019。
〔註99〕冒廣生補箋：《後山詩注補箋》，上冊，96～100 頁，北京：中華書局，1995。

陳鵠《耆舊續聞》卷二言其詩曰：「元祐初，東坡率莘老、李公擇薦之，得徐州教授，徙潁州。東坡出守，無己但呼二丈，而謂子固南豐先生也。《過六一堂》詩略云：『向來一瓣香，敬為曾南豐。世雖嫡孫行，名在惡子中。斯人日已遠，千歲幸一逢。吾老不可待，草露濕寒蜇。』」〔註100〕

任淵注「向來一瓣香，敬為曾南豐」曰：「曾鞏子固，建昌南豐人，於歐公猶宗門中嫡子，而後山又師南豐，乃其孫也。後山以東坡薦得官。作此詩時，東坡政為郡守，終無少貶阿附之意，可謂特立之士矣。然後知東坡之大，必能受之也。」〔註101〕

哲宗元符元年戊寅（1098 年）

陳師道四十七歲。

師道自紹聖元年（1094 年）夏罷潁任，其後居開封（紹聖二年，1095 年），在曹州（紹聖三年，1096 年），歸徐州家居（紹聖四年，1097 年），至本年仍在徐州。是年作《送河間令》：「今日中牟令，當年太守孫。獨能憐此老，肯避席為門。寒日風濤壯，邊城簿領繁。平生子曾子，白首得重論。」〔註102〕任淵注曰：「子曾子，謂曾鞏子固。」而此河間令，則為曾鞏甥。詩尾聯「平生子曾子，白首得重論」，即是說自己平生以曾南豐為師。

陳師道與曾鞏弟曾肇（字子開）亦多有交往。時曾肇為吏部侍郎，知泰州。陳師道作詩《寄泰州曾侍郎》：「八年門第故違離，千里河山費夢思。淮海風濤真有道，麒麟圖畫豈無時。今朝有客傳河尹，是處逢人說項斯。三徑未成心已具，世間惟有白鷗知。」頸聯化用唐人楊敬之《贈項斯》的「平生不解藏人善，到處逢人說項斯」句以表達對曾肇的感激識拔之情。故冒廣生先生箋曰：「雖全用古人兩句，而屬詞切當，上下意混成，真脫胎法也。」曾肇遂亦和之，《次後山陳師道見寄韻》曰：「故人南北歎乖離，忽把清詩慰所思。松茂雪霜無改色，雞鳴風雨不愆時。著書子已通蝌蚪，竊食吾方逐鷾斯。便欲去為林下友，懶隨年少樂新知。」詩後並注曰：「無己書言作《尚書傳》，故云。」〔註103〕陳師道再寄詩奉答：「千里馳詩慰別離，詩來吟詠轉悲思。靜中取適庸非計，林下相從會有時。生理只今那得說，交情從昔見於斯。

〔註100〕李震編：《曾鞏資料彙編》，上冊，175 頁，北京：中華書局，2009。
〔註101〕冒廣生補箋：《後山詩注補箋》，上冊，99 頁，北京：中華書局，1995。
〔註102〕冒廣生補箋：《後山詩注補箋》，上冊，274 頁，北京：中華書局，1995。
〔註103〕冒廣生補箋：《後山詩注補箋》，上冊，267～268 頁，北京：中華書局，1995。

含毫欲下還休去，懷抱何由得細知。」(《寄答泰州曾侍郎》)〔註104〕

　　另陳師道尚有一首《寄子開》，此詩未繫年，在冒箋中是作為逸詩列於卷之下，今一併附於此。詩曰：「致君意氣日方中，許國精誠月貫虹。一代英豪出門第，當時毀譽豈窮通。風流身致羲黃上，日夜心隨汲洛東。從使少年輕我輩，只留顏面對吾公。」〔註105〕

　　由上陳師道與曾肇的詩歌往還，可知陳師道在曾鞏之後與其弟曾肇亦有交往。曾肇稱陳師道為「故人」，陳師道則稱道他是「項斯」，並說「交情從昔見於斯」。正因為有此因緣，才有其後陳師道蒙曾肇如項斯般的汲引。

　　《宋史·曾肇傳》：「肇，字子開，舉進士，調黃岩簿，用薦為鄭州教授，擢崇文校書館閣校勘兼國子監直講、同知太常禮院。……元祐初，擢起居舍人，未已為中書舍人。……崇寧初，落職，謫知和州。……四年，歸潤而卒，年六十一。……肇天資仁厚，而容貌端嚴。自少力學，博覽經傳，為文溫潤有法。更十一州，類多善政。紹興初，諡曰文昭。」〔註106〕

元符三年庚辰（1100年）

　　陳師道四十九歲。

　　師道於哲宗紹聖元年夏罷潁學，其因或云進非科第（見謝克家《後山居士集序》），或云坐元祐餘黨（見陳師道《與曾樞密啟》），隨後幾年居於徐州，直到本年七月，除棣州（今山東惠民）教授。為棣州教授時，嘗遊鵲山院，因曾鞏曾遊是院而懷之：「積石橫成嶺，行楊密映門。人聲隱林杪，僧舍遠雲根。頓攝塵緣盡，方知象教尊。只因羊叔子，名字與山存。」(《遊鵲山院》)元方回《瀛奎律髓》云：「羊叔子謂南豐。」陳師道亦於詩後自注云：「南豐先生出守日常遊是院。」〔註107〕羊叔子即羊祜，泰山南城人，西晉時著名政治家和文學家。陳師道以羊祜比曾鞏，以為他的名字會與山長存。陳師道尚有《登鵲山》詩：「小試登山腳，今年不用扶。微微交濟濼，歷歷數青徐。樸俗猶虞力，安流尚禹謨。終年聊一快，吾病失醫盧。」〔註108〕此詩與《遊鵲山院》是同時之作。方回《瀛奎律髓》認為：「此詩（指《登鵲山》——引者）後山

〔註104〕冒廣生補箋：《後山詩注補箋》，下冊，305頁，北京：中華書局，1995。
〔註105〕冒廣生補箋：《後山詩注補箋》，下冊，543頁，北京：中華書局，1995。
〔註106〕《宋史》卷三一九《曾肇傳》，《二十五史》第8冊《宋史》下，第1172頁，上海：上海古籍出版社，1986。
〔註107〕冒廣生補箋：《後山詩注補箋》，下冊，519頁，北京：中華書局，1995。
〔註108〕冒廣生補箋：《後山詩注補箋》，下冊，519～520頁，北京：中華書局，1995。

年四十八，為棣州教授所作。明年下世。」〔註109〕後山年四十八，乃是足歲，虛齡為四十九，正是元符三年。故知《遊鵲山院》乃作於是年。曾鞏有《鵲山亭》一詩：「大亭孤起壓城顛，屋角峨峨插紫煙。濼水飛綃來野岸，鵲山浮黛入晴天。少陵騷雅今誰和？東海風流世謾傳。太守自吟還自笑，歸來乘月尚留連。」又《鵲山》：「一峰孤起勢崔嵬，秀色挼藍入酒杯。靈藥已從清露得，平湖長泛宿雲回。翰林明月舟中過，司馬虛亭竹外開。我亦退公思蠟屐，會看歸路送人來。」〔註110〕據李震《曾鞏年譜》，此兩首詩係於熙寧五年（1072年），時曾鞏為齊州知州，故有是作。此也正可說明後山的《遊鵲山院》確是因曾鞏而作。此時曾鞏已去世18年，可見後山念師感情之深，而不忘師也。

　　是年十一月，陳師道改除秘書省正字。任淵《年譜》曰：「元符三年庚辰，是歲，後山在徐州。正月，徽宗即位。七月，除棣州教授。其冬往赴；未至間，十一月，除秘書省正字。」〔註111〕任淵《年譜》認為陳師道除棣州教授「未至」即改除秘書省正字。不確。陳師道有《元符三年七月蒙恩復除棣學喜而成詩》一詩，寫其蒙恩而喜。又有《雞籠鎮》一詩，其自注即曰：「入棣州界。」此注原缺，今《全宋詩·陳師道卷》據越本、四庫本、張本補入。詩曰：「河市新經集，雞籠舊得名。初聞北人語，意作故鄉聲。客久艱難極，情忘去就輕。空虛仍廢忘，何以慰諸生。」〔註112〕因棣州在徐州之北，故曰「初聞北人語」，此也正說明他是入棣而赴任，只是陳師道赴棣州教授任不久即改除。方回《瀛奎律髓》認為陳師道是「至棣未久，即除正字」〔註113〕，此說才是對的。此外尚有《別鄉舊》《宿合清口》《宿柴城》《寒夜》諸詩，都是赴棣州教授時所作。在《別鄉舊》中說「平生郡文學，鄧禹得三為」，在《寄兗州張龍圖文潛二首》（其一）中又說「三為郡文學，大勝鄧元侯」〔註114〕，皆是說自己為徐州、潁州、棣州教授事。除了詩，陳師道尚有《上棣州守啟》《與棣州幕職啟》（《後山居士文集》卷十三），應是到任後所寫之文。陳師道的這次起用應與曾鞏的兩個弟弟曾肇、曾布有關。本年曾布（字子宣）自知樞密院事進拜右相，曾肇（字子開）自中書舍人遷翰林學士。故陳師道的起用極有可能由二曾汲引。後山為曾鞏門人，

〔註109〕見冒廣生補箋：《後山詩注補箋》，下冊，519頁，北京：中華書局，1995。
〔註110〕曾鞏：《曾鞏集》，上冊，104，114頁，北京：中華書局，1984。
〔註111〕冒廣生補箋：《後山詩注補箋》，上冊，目錄，20頁，北京：中華書局，1995。
〔註112〕冒廣生補箋：《後山詩注補箋》，下冊，375，420頁，北京：中華書局，1995。
〔註113〕見冒廣生補箋：《後山詩注補箋》，下冊，375頁，北京：中華書局，1995。
〔註114〕冒廣生補箋：《後山詩注補箋》，下冊，388，405頁，北京：中華書局，1995。

與其弟曾布、曾肇均有往來。本年除棣州教授後，陳師道曾寄書曾布，題為《上曾樞密書》，又有《與曾樞密啟》。啟曰：「向緣餘黨，例罷故官。一廢七年，日有投荒之懼，十生九死，卒完填壑之軀，既逃影而匿行，故使人之忘己。比再蒙於除吏，敢自比於常人！稍紓平生之懷，復修左右之問。永惟陳跡，未賜削除。引領師門，莫知遠邇。恭惟某官，材兼文武，身任安危。毅然處群枉之中，隱爾如九鼎之重。仁人之言屬於耳，公家之利知則為。鎮撫四夷，已告功於清廟；平章百揆，方申命於大廷。重念某早辱知憐，晚罹憂患，每竊聞於親舊，數見問於死生。白首玄文，終不移於素志；日暮途遠，已有愧於初心。傾倒之誠，敷陳罔既。秋陽尚熾，幾務惟繁。伏冀上為廟朝，精調寢寤」〔註115〕冒廣生先生按語曰：「後山除棣學，及此居館職，疑皆由布論薦，故有此書。然措詞卻有體。」〔註116〕又有寄曾肇的書，題為《賀翰林曾學士啟》，啟曰：「兄弟相望，乃平世之榮光，魯衛同升，亦熙朝之故事。」〔註117〕

徽宗建中靖國元年辛巳（1101 年）

陳師道五十歲。

在開封，官秘書省正字。十一月二十三日，預郊祀禮，因家貧無重裘，又「不著趙挺之棉襖」〔註118〕，而感寒得疾，於十二月二十九日卒。

魏衍《彭城陳先生集記》：「歿於建中靖國元年十二月之二十九日，年四十九（此為足歲——引者注）。友人鄒公浩，買棺以殮。朝廷特賜絹二百匹，嘗與往來者共賻之，然後得歸。」〔註119〕

第二節　陳師道論曾鞏

陳師道有兩首和曾鞏的詩，任淵注後山詩未繫年；曾鞏的原詩，《曾鞏集》亦未見。今附之於文後，以見其慕師之情。

〔註115〕陳師道：《後山居士文集》，下冊，638～639 頁，上海：上海古籍出版社，1984。
〔註116〕冒廣生補箋：《後山詩注補箋》，上冊，卷首，13 頁，北京：中華書局，1995。
〔註117〕陳師道：《後山居士文集》，下冊，640 頁，上海：上海古籍出版社，1984。
〔註118〕傅璇琮：《黃庭堅和江西詩派資料彙編》，下冊，500 頁，北京：中華書局，1978。
〔註119〕冒廣生補箋：《後山詩注補箋》，上冊，卷首，14～16 頁，北京：中華書局，1995。

1.《和南豐先生西遊之作》：「孤雲秀壁共崔嵬，倚壁看雲足懶回。睡眼剩縁寒綠洗，醉頭強為好峰抬。山僧煮茗留寬坐，寺板題名卜再來。有愧野人能自在，塵樊束縛久低徊。」

2.《和南豐先生出山之作》：「側徑籃舁兩眼明，出山猶帶骨毛清。白雲笑我還多事，流水隨人合有情。不及鳥飛渾自在，羨他僧住便平生。未能與世全無意，起為蒼生試一鳴。」

另在《後山詩話》與《後山談叢》中亦有數處論及其師曾鞏，現從中輯錄有關曾鞏的論述，以見陳曾關係之全貌。

（一）《後山詩話》

1. 韓退之《上尊號表》曰：「析木天街，星宿清潤，北嶽醫閭，神鬼受職。」曾子固《賀赦表》曰：「鈞陳太微，星緯咸若，崑崙渤澥，波濤不驚。」世莫能輕重之也。後當有知之者。（第50條）

2. 世語云：「蘇明允不能詩，歐陽永叔不能賦。曾子固短於韻語，黃魯直短於散語。蘇子瞻詞如詩，秦少游詩如詞。」（第65條）

（二）《後山談叢》

1. 曾鞏論王安石

子曾子初見神宗，上問曰：「卿與王安石布衣之舊，安石何如？」對曰：「安石文學行義，不減揚雄，然吝，所以不及古人。」上曰：「安石輕富貴，非吝也。」對曰：「非此之謂。安石勇於有為，吝於改過。」上頷之。（卷四）

2. 李南式善待參寥

參寥徙兗，布衣李南式，家甚貧，供蔬菽洗補，恩意甚篤。他日為曾子開言之，子開曰：「吾輩當為公報之，使知為善之效。」（卷六）

第三節　宋元明清各家論陳、曾之關係

宋及金元明清各代均有對陳師道與曾鞏關係的論述，現據有關資料，選輯若干條，論述相同或相近的只用最早的。

1. 端禮謂公曰：「友人陳師道，南豐曾子固門生也，才高學古，介然不群於俗，今有書令端禮致左右。」公讀已，曰：「一言誠足以知人，陳君書詞不俗，必賢者也。江君稱其不群於俗，某雖未見其人，敢以為信然。某未嘗以詩書入京，故不能為謝，子幸致意謝之。」（宋・徐積《節孝集》卷三十一《語錄》）

2. 陳無己與晁以道俱學於曾子固。子固曰:「二人所得不同,當各自成一家。然晁文必以著書名稱於世。」無己晚得詩法於魯直。他日二人相與論文,以道曰:「吾曹不可負曾南豐。」又論詩,無己曰:「吾此一瓣香,須為山谷道人燒也。」(宋‧朱弁《風月堂詩話》卷上)

3. 後山居士集序。彭城後山居士陳無己師道,苦節勵志,自其少時,早以文謁南豐曾舍人,曾一見奇之,許其必以文著,時人未之知也。(宋‧謝克家《後山居士文集》卷首)

4. 與曾伯端書(節錄)。呂居仁作《江西宗派》,既云宗派,固有次第。陳無己本學杜子美,後受知於曾南豐,自言「向來一瓣香,敬為曾南豐。」非其派也。(宋‧孫覿《鴻慶居士集》卷十二)

5.《題秦會之跋後山居士集》。秦會之嘗跋《後山居士集》云:曾南豐辟陳無己、邢和叔為英宗皇帝實錄檢討。初呈稿,無己便蒙許可。至邢乃遭橫筆,微聲稱「亂道」。余按曾子固(按:曾子固應為曾子開)著《亡兄行述》云,南豐嘗為英宗實錄檢討官,不逾月而罷,通判越州,而《類稿》中有《鑑湖序》,則熙寧二年也。其後守齊、襄、洪、福、明、亳六州,凡十三年,還朝為中書舍人,才數月,丁母憂,憂未除而卒。是元豐四年也。按謝克家《敘後山居士集》,元祐蘇東坡卒,諸侍從薦無己,繇布衣特起為徐州教授,則無己之任,在南豐之歿七、八年矣。南豐為檢討官,不逾月,安能辟二公?自熙寧至元祐二十餘年,陳無己始入仕,南豐墓木拱矣。會之乃牴牾如此。故事實錄有修撰檢討官,國史有編修官,以首相監總一代大冊典,朝廷除授,極天下文章之選,非辟闢也。試官考卷與鄉先生課試諸生之文,則有橫筆,邢和叔造宣仁太后之謗,排王珪,附蔡確,至今人聞其名,往往縮頸。南豐雖作者,敢加橫筆於邢和叔之文乎?會之為宰相,乃不知史官非辟闢。既知尊稱南豐、無己,而不知二公之先後。又云病起聞雞唱,不寐,書付塤、堪。余曰:幸付塤、堪,若以示識者,則橫筆作微聲,如公所云矣。(宋‧孫覿《鴻慶居士集》卷三十二)

6. 呂舍人作《江西宗派圖》,自是雲門、臨濟始分矣。……陳無己詩云:「向來一瓣香,敬為曾南豐。」則陳無己承嗣鞏和尚為何疑?余嘗以此語客,為林下一笑,無不撫掌。(宋‧周紫芝《竹坡詩話》)

7. (陳師道)妾薄命二首。後山自注曰:「為曾南豐作。」按《漢書‧許後傳》曰:「奈何妾薄命,端遇竟寧前。」故曹植樂府有《妾薄命》篇。「主家

十二樓」，鮑照《煌煌京洛行》曰：「鳳樓十二重。」按《漢書》雖有「五城十二樓」，事與此意不同，故不援引，後仿此。「一身當三千」，白樂天詩曰：「漢宮佳麗三千人，三千寵愛在一身。」後山以五字導之，語簡而意盡。集中如此甚眾。「古來妾薄命，事主不盡年。起舞為主壽，相送南陽阡。」言樂未畢而哀繼之也。劉禹錫詩：「向來行哭里門道，昨夜畫堂歌舞人。」後山盡用此意。莊子曰：「可以盡年。」《漢書‧高帝紀》曰：「項伯亦起舞。」劉禹錫《紇那曲》曰：「願郎千萬壽，長作主人翁。」陶淵明《輓歌》：「向來相送人，各已歸其家。」《漢書‧原涉傳》：「涉父為南陽太守，父死，涉大治，起冢舍買地開道立表，署曰：南陽阡。」「忍著主衣裳，為人作春妍。」此二句及下篇「向來一瓣香，敬為曾南豐」之句，皆以自表，見其不忍更名他師也。樂天《燕子樓》詩曰：「鈿暈羅衫色似煙，一回看著一潸然。自從不舞《霓裳曲》，疊在空箱得幾年。」後山蓋用此意而語尤高古。東坡詩云：「為人作容姿。」「有聲當徹天，有淚當徹泉。」劉子安《史通》載溫子升永安故事曰：「怨痛之響上徹青天。」韓退之詩：「上呼無時聞，滴地淚到泉。」《漢書‧賈山傳》曰：「下徹三泉。」「死者恐無知」，《家語》：「子貢問孔子曰：『死者有知乎？將無知乎？』」「妾身長自憐」，謝靈運《銅雀臺》詩曰：「況乃妾身輕。」《楚辭‧九辯》曰：「惆悵兮而私自憐。」李太白《去婦詞》曰：「孤妾長自憐。」世或苦後山之詩，非一過可了，近於枯淡。彼其用意直追《騷》《雅》，不求合於世俗，亦惟恃有東坡、山谷之知也。自此兩公外政，使舉世無領解者，渠亦安暇恤哉？（宋‧任淵《後山詩注》卷一）

8.「葉落風不起，山空花自紅」兩句，曲盡丘原淒慘意象。《文選》潘安仁《悼亡》詩：「落葉委埏側，枯荄帶墳隅。」《南史》謝貞詩：「風定花猶落。」「捐世不待老，惠妾無其終」，《左傳》曰：「抑君賜不終。」注云：「惠賜不終也。」「一死尚可忍，百歲何當窮」，忍死尚可，所死實難。詩意謂安得速死以從其主也。《晉宣帝紀》：「魏明帝曰：『死乃復可忍，吾忍死待君。』」退之詩：「百年未老不得死。」「天地豈不寬，妾身自不容」，孟郊詩：「出門即有礙，誰謂天地寬。」《莊子》云：「不容身於天下。」「死者如有知，殺身以相從。向來歌舞地，夜雨鳴寒蛩。」師死而遂背之，讀此詩亦少知愧矣。《南史》：「范縝曰：『王子知其祖先神靈所在，而不能殺身以從之。』」淵明詩：「向來相送人。」老杜詩：「回首可憐歌舞地。」《爾雅》曰：「蟋蟀，蛩。」（同上）

9. 南豐先生挽詞二首。「早棄人間事」，《漢書·張良傳》：「願棄人間事，欲從赤松子耳。」「真從地下遊」，《漢書·朱雲傳》：「臣得下從龍逄、比干於地下足矣。」故白樂天《哭劉夢得》詩曰：「賢豪雖歿精靈在，應共從之地下游。」「丘原無起日」，《禮記·檀弓》：「趙文子與叔譽觀乎九原，文子曰：『死者如可作也，吾誰與歸？』」注云：「作，起也。」老杜詩：「多病馬卿無日起。」「江漢有東流」，此言九原雖不可作，而文章之令名常與江漢俱存。老杜所謂「爾曹身與名俱滅，不廢江河萬古流。」王介甫《贈南豐》詩曰：「曾子文章世無有，水之江漢星之斗。」故此引用。「身世從違裏」，《選》詩曰：「身世兩相棄。」又淵明《歸去來詞》曰：「世與我而相違。」退之詩：「觀以彝訓或從違。」南豐仕宦不偶，晚得掌誥以憂去，遂死。蓋從違各半也。「功言取次休」，《左傳》：「穆叔曰：『太上有立德，其次有立功，其次有立言。』」《晉書·杜預傳》：「預常言：『德不可以企及，立功立言可庶幾也。』」「不應須禮樂，始作後程仇」，後山自謂也。《文中子》卷末載：「魏徵曰：『大業之際徵也。』嘗與諸賢侍，文中子謂徵及房杜曰：『先輩雖聰明特達，然非董、薛、程、仇之比，雖逢明主，必愧禮樂。』」按，程元、仇璋皆文中子高弟，後山自謂其材本自不及程仇，不待議禮樂，而判優劣也。「精爽回長夜」，《左傳》曰：「心之精爽是謂魂魄。」王仲宣詩：「長夜何冥冥。」「衣冠出廣庭」，謂喪事陳衣也。「勳庸留琬琰，形象付丹青」，《周禮》：「王功曰勳，民功曰庸。」明皇《孝經序》曰：寫之琬琰，庶有補於將來。」老杜詩：「形象丹青逼。」王介甫作蘇才翁挽詞曰：「音容歸繪畫，才業付兒孫。」「道喪餘篇翰，人亡更典型」，老杜詩：「磨滅餘篇翰。」《詩》云：「人之云亡，邦國殄瘁。」又曰：「雖無老成，尚有典刑。」「侯芭才一足，白首《太玄經》」，亦後山自謂也。《楊雄傳》：「鉅鹿侯芭常從雄居，受其《太玄》《法言》。」《呂氏春秋》：「魯哀公問於孔子曰：『樂正夔一足信乎？』」李太白詩：「誰能書閣下，白首《太玄經》。」（同上）

10. 觀兗國文忠公家六一堂圖書。歐陽文忠封兗國。「生世何用早，我已後此翁」，柳子厚《答袁饒州論陸先生春秋書》曰：「若吾生前距此數十年，則不得是學矣。今適後之不為不遇也。」此句頗用其意，且為下句張本。曹子建《求自試表》曰：「士之生世，入則事父，出則事君。」「頗識門下士」，南豐、東坡皆六一門下士，東坡《送曾子固》詩曰：「醉翁門下士，雜沓難為賢。」「略已聞其風」，《莊子·雜篇》曰：「墨翟禽滑釐聞其風而悅之。」……「素琴久絕弦」，《晉書·陶潛傳》：「蓄素琴一張，弦徽不具。」《韓詩外傳》：

「鍾子期死，伯牙擗琴絕弦。」「綦酒頗闕供」，自「集古一千卷」以下至此，已見前卷《贈叔弼》詩。《春明退朝錄》曰：「宗袞嘗言律，云可從而違。堪供而闕，亞六經之文。」《明皇幸蜀記》：「韋諤曰：『先無闕擬，又恐闕供。』」此借用。「向來一瓣香，敬為曾南豐。世雖嫡孫行」，「向來」見上注諸方開堂至第三。「瓣香」，推本其得法所自，則云：「此一瓣香，敬為某人」云云。曾鞏子固，建昌南豐人，於歐公猶宗門中嫡子，而後山又師南豐，乃其孫也。後山以東坡薦得官，作此詩時，東坡政為郡守，終無少貶阿附之意，可謂特立之士矣，然亦知東坡之大，必能受之也。「名在惡子中」，此後山自貶損也。《前漢・尹賞傳》：「賞為長安令，舉長安中輕薄少年惡子悉籍記之。」「斯人日已遠，千歲幸一逢」，老杜詩：「古人日已遠，青史字不泯。」東坡《答舒煥書》云：「歐陽公，天人也。天之生斯人，意其甚難，非且使之休息千百年恐未能復生斯人也。」「吾老不可待，草露濕寒蛩」，「草露濕寒蛩」，自言哀傷之意寄於詩什，如秋蟲之悲鳴也。歐公詩蓋云：「堪笑區區郊與島，螢飛濕露吟秋草。」老杜詩：「草露亦多濕。」（同上）

11. 陳無己《賦宗室畫詩》云：「滕王蛺蝶江都馬，一紙千金不當價。」又作《曾子固挽詞》云：「丘園無起日，江漢有東流。」近世詩人莫及。（宋・許顗《彥周詩話》）

12. 陳無己平生尊黃魯直，末年乃云：「向來一瓣香，敬為曾南豐。」南豐人或疑之，不知曾子固出歐公之門，後山受業南豐。此詩乃潁州教授時觀六一堂圖書作，為南豐先生燒香，宜哉。（宋・朱翌《猗覺僚雜記》上）

13. 張籍陳無己詩（節錄）。張籍在他鎮幕府，鄆帥李師古又以書幣辟之，籍卻而不納，而作《節婦吟》一章寄之……。陳無己為潁州教授，東坡領郡，而陳賦《妾薄命》篇，言為曾南豐作，其首章云：「主家十二樓，一身當三千。古來妾薄命，事主不盡年。起舞為主壽，相送南陽阡。忍著主衣裳，為人作春妍。有聲當徹天，有淚當徹泉。死者恐無知，妾身長自憐。」全用籍意。（宋・洪邁《容齋隨筆》卷六）

14. 陳無己字稱歐陽公。陳無己作《平甫文集後序》，以字稱歐陽文忠公，至曾子固，則曰「南豐先生」，又曰「先生之後陳師道」。嗚呼！無己學於南豐，尊之宜矣！然尊其父而輕其祖，何也？唐立夫曰：「四海歐陽永叔也，無己何尊焉？至於得道之師，則不可以不別。」（宋・周必大《二老堂雜誌》卷四）

15. 廣又問：「後山文如何？」曰：「後山煞有好文字，如《黃樓銘》《館職策》皆好。」又舉數句，說人不怨暗君、怨明君處，以為說得好。廣又問：「後山是宗南豐文否？」曰：「他自說曾見南豐於襄、漢間。後見一文字，說南豐過荊、襄，後山攜所作以謁之，南豐一見愛之，因留款語，適欲作一文字，事多，因託後山為之，且授以意。後山文思亦澀，窮日之力方成，僅數百言。明日，以呈南豐，南豐云：『大略也好，只是冗字多，不知可為略刪動否？』後山因請改竄。但見南豐就坐，取筆抹數處，每抹處連一兩行，便以授後山。凡削去一二百字。後山讀之，則其意尤完，因歎服，遂以為法。所以後山文字簡潔如此。」廣因舉秦丞相教其子孫作《文說》，中說後山處。曰：「他都記錯了。南豐入史館時，止為檢討官，是時後山尚未有官。後來入史館，嘗薦邢和叔，雖亦有意薦後山，以其未有官而止。」廣、揚錄云：「秦作《後山敘》，謂南豐辟陳為史官，陳元祐間始得官，秦說誤。（宋・朱熹《朱子語類》卷一百三十九）

16. 問：「嘗聞南豐令後山一年看《伯夷傳》，後悟文法，如何？」曰：「只是令他看一年，則自然有得意處。」（同上）

17. 題六君子古文後（節錄）。古不以文名，而其文垂後，邈不可及。……南豐之密而古，後山之奇而古，是皆可仰可師。（宋・陳造《江湖長翁文集》卷三十一）

18. 陳後山學文於南豐學詩於山谷儒學本作陳後山之學。陳後山學文於曾子固，學詩於黃魯直，嘗有詩云：「向來一瓣香，敬為曾南豐。」然此香獨不為魯直，何也？（宋・陳善《捫虱新話》卷九）

19. 陳師道在同時四人中，惟詩推敬黃庭堅，若文學識尚自視非其輩倫，言論未嘗及也。所師獨曾鞏，至與孔子同稱，歐、蘇皆不滿也。（宋・葉適《水心先生文集》卷五十）

20. 蘇明允不能詩。《後山詩話》載：世語云「蘇明允不能詩，歐陽永叔不能賦，曾子固短於韻語，黃魯直短於散語，蘇子瞻詞如詩，秦少游詩如詞。」苕溪漁隱引蘇明允「佳節每從愁裏過，壯心還傍醉中來」等語，以謂後山談何容易，便謂老蘇不能詩，何誣之甚！僕謂後山蓋載當時之語，非自為之說也。所謂明允不能詩者，非謂其真不能，謂非其所長耳。且如歐公不能賦，而《鳴蟬賦》夫不佳邪？魯直短於散語，而《江西道院記》膾炙人口，何邪？漁隱云爾，所謂癡兒面前不得說夢也。（宋・王楙《野客叢書》卷六）

21. 大田王老先生諱象祖，字德甫，嘗以文見水心。……予弱冠時，嘗投以書。答書云：「文字之趨日靡矣。皇朝文統大，而歐、蘇、曾、王次，而黃、陳、秦、晁、張皆卓然名家，輝映千古。……」（宋・車若水《腳氣集》）

22. 妾薄命二首。後山自注云：「為曾南豐作。」天社任淵云：「按《漢書・許後傳》曰：『奈何妾薄命，端遇竟寧前。』故曹植樂府有《妾薄命篇》。」謝疊山云：「元豐間，曾鞏修史，薦後山有道德，有史才，乞自布衣召入史館。命未下而曾去，後山感其知己，不願出他人門下，故作《妾薄命》。鞏，南豐人，歐陽公之客。後山尊之，號曰『南豐先生』。」其一：「主家十二樓，一身當三千。古來妾薄命，事主不盡年。起舞為主壽，相送南陽阡。忍著主衣裳，為人作春妍。有聲當徹天，有淚當徹泉。死者恐無知，妾身長自憐。」謝疊山云：「『主家十二樓，一身當三千。』十二樓，言粉白黛綠，列屋而閒居者頗多也。妙在『當』字，言其專房之寵也。」任天社云：「白樂天詩云：『漢宮佳麗三千人，三千寵愛在一身。』後山以五字道之，語簡而意盡。」又云：「『忍著主衣裳，為人作春妍。』此句與下篇『向來一瓣香，敬為曾南豐』之句，皆以自表，見其不忍更名他師也。」其二：「葉落風不起，山空花自紅。捐世不待老，惠妾無其終。一死尚可忍，百歲何當窮。天地豈不寬，妾身自不容。死者如有知，殺身以相從。向來歌舞地，夜雨鳴寒蛩。」謝疊山云：「『葉落風不起』，如李太白詩『雨落不上天，覆水難重收』。此意謂人才凋零，如秋風掃敗葉，葉已墜地，雖有風，不能吹之上樹矣。此言人之云亡，邦國殄瘁，世道日降，人物隨之，更不可扶持興起也。『山空花自紅』，意謂有松柏、杞梓、梗楠、豫章棟樑之材，始可謂之山。今山無林木，徒有野花自紅，不成山矣。正如朝廷無支撐世道之人，班行寂寥，惟有富貴之士，隨時苟祿，不成朝廷矣。『捐世不待老，惠妾無其終。』此二句無限意味。後山亦自歎南豐薦引雖力而未遂，不期南豐死之速也。」任天社云：「『一死尚可忍，百歲何當窮。』言忍死尚可，祈死實難。意謂安得速死，以從其主也。師死而遂背之，讀此詩者，亦少知愧矣。」（宋・蔡正孫《詩林廣記》後集卷六）

23. 南豐先生挽詞二首。其一：「早棄人間事，真從地下游。丘原無起日，江漢有東流。身世從違裏，功言取次休。不應須禮樂，始作後程仇。」任天社云：「『丘原無起日，江漢有東流。』此言九原雖不可作，而文章之令名，當與江漢俱存。老杜所謂：『爾曹身與名俱滅，不廢江河萬古流。』王介甫曾有《贈南豐》詩曰：『曾子文章世無有，水之江漢星之斗。』故此引用。末句乃後山

自謂也。《文中子》卷末載：魏徵曰：『大業之際，徵也嘗與諸賢侍。文中子謂徵及房、杜曰：「先輩雖聰明特達，然非董、薛、程、仇之比。雖逢明主，必愧禮樂。」』按：程元、仇璋皆文中子高弟。後山自謂其材本不及程、仇，不待議禮樂而判優劣也。」《許彥周詩話》云：「無己作《曾子固挽詞》云：『丘園無起日，江漢有東流。』近世詩人莫及也。」其二：「精爽回長夜，衣冠出廣廷。勳庸留琬琰，形象付丹青。道喪餘篇翰，人亡更典刑。侯芭才一足，白首《太玄經》。」任天社云：「末句亦後山自謂也。《揚雄傳》：『鉅鹿侯芭，常從雄居，受其《太玄》《法言》。』《呂氏春秋》：『魯哀公問於孔子，曰：「樂正夔，一足矣。」』李太白詩：『誰能書閣下，白首《太玄經》。』（同上）

24. 觀兗國文忠公家六一堂圖書。「生世何用早，我已後此翁。……向來一瓣香，敬為曾南豐。……」任天社云：「……」又云：「南豐、東坡皆六一門下士。南豐修史薦後山，以布衣入史館，命未下而曾去國，後以東坡薦得官。此詩云：『向來一瓣香，敬為曾南豐。』後山雖感東坡而不以為知己。作此詩時，東坡正為郡守，終無少貶阿附之意，可謂特立之士矣。然亦知東坡之大，必能受之也。」（同上）

25. 陳無己後山集（節錄）。晁氏曰：陳師道無己，彭城人，少以文謁南豐；南豐一見奇之，許其必以文著。（宋・馬端臨《文獻通考》卷二百三十七，經籍六十三）

26. 神宗患本朝《國史》之繁，嘗欲重修《五朝正史》，通為一書。命曾子固專領其事，且詔自擇屬官。以彭城陳師道應詔，朝廷以布衣難之。未幾，撰《太祖皇帝總敘》一篇以進，請繫之《太祖本紀》篇末，以為《國史》書首。其說以為太祖大度豁如，知人善任，使與漢高祖同，而漢祖所不及者，其事有十，因具論之，累二千餘言。神宗覽之不悅，曰：「為史但當實錄以示後世，亦何必區區與先代帝王較優劣乎？且一篇之贊已如許之多，成書將復幾何？」於是書竟不果成。（宋・徐度《卻掃編》卷中）

27. 讀篔窗荊溪集跋（節錄）。《續稿》學水心文，造語用字全似蹈襲，則不可矣。……陳後山學南豐文、山谷詩，不如此模仿也。（元・方回《桐江集》卷三）

28. 讀後山詩感其獲遇山谷（節錄）後山為文早師南豐。（同上卷五）

29. 「丘園無起日，江漢有東流」，惟曾南豐足以當之。「侯芭才一足，白首《太玄經》」，非陳後山亦不可以此自許也。並挽溫公詩三首，他人詩皆

可廢矣。（同上卷四十九）

30. 後山地位去豫章不遠，後山文師南豐，詩師山谷，故後山詩文高妙一世。（元・王構《修辭鑑衡》卷一）

31. 陳師道，字履常，一字無己，彭城人。少而好學苦志，年十六，早以文謁曾鞏，鞏一見奇之，許其以文著，時人未之知也，留受業。熙寧中，王氏經學盛行，師道心非其說，遂絕意進取。鞏典五朝史事，得自擇其屬，朝廷以白衣難之。……嘗銘黃樓，曾子固謂如秦石。……官潁時，蘇軾知州事，待之絕席，欲參諸門弟子間，而師道賦詩有「向來一瓣香，敬為曾南豐」之語，其自守如是。（元・脫脫《宋史》卷四百四十四）

32. 後山不背南豐。陳後山少為曾南豐所知，東坡愛其才，欲牢籠於門下，不屈，有「向來一瓣香，敬為曾南豐」之句。又《妾薄命》云：「主家十二樓，一身當三千。忍著主衣裳，為人作春妍。」亦為南豐作。然《送東坡》則云：「一代不數人，百年能幾見？風帆目力盡，江空歲年晚。」推重嚮慕甚至，特不肯背南豐爾，志節可尚也。一生清苦，妻子寄食外家，《寄外舅郭大夫》云：「嫁女不離家，生男已當戶。」《得家信》云：「深知報消息，不敢問何如？」況味可知也。詩格極高。呂本中選江西宗派，以嗣山谷，非一時諸人所及。（明・瞿佑《歸田詩話》卷中）

33. 《後山先生集序》（節錄）。然先生並世有二程夫子者，昌明道學於河洛之間，摳衣之士，幾徧天下，斯誠千載之一時也。而先生方且學文於曾南豐，學詩於黃山谷，周旋於蘇東坡、秦淮海之間，而不知遊二程之門，以學其道。是以雖有其成，而人猶有所憾，以為持是資而能知所從，聖賢可學而至，則其所可傳者，豈止於是哉。此為深可惜耳。（明・王鴻儒《後山先生集序》）

34. 陳後山先生詩引（節錄）。公字無己，諱師道，後山其號也。……業曾子固之門，甚奇之。元豐間，神宗敕曾典史牒事，曾謂編史任重，薦公為屬，朝廷以布衣難之，方復請，而以憂去。（明・潘是仁《陳後山詩集》卷首）

35. 答陳人中論文書（節錄）。宋自歐、曾、蘇、王外，如貢父、原父、師道、少游、補之、同甫、文潛、少蘊數君子，皆卓卓名家。（明・艾南英《天傭子集》卷五）

36. 後山師曾黃。《猗覺僚記》云：陳後山平生尊黃山谷，末年乃云：「向來一瓣香，敬為曾南豐。」人或疑之，非也。無己少學文於子固，後學詩於魯直，各有師承。是詩（《觀克國文忠公家六一堂圖書》）又有句云：「世雖嫡孫行，名

在惡子中。」又《與林秀州書》云：「有聞於南豐先生，不敢不勉。」《答晁深之書》云：「始僕以文見南豐，辱賜以教。」云云。又《妾薄命》二篇，至有「殺身以相從」之語，自注「為曾南豐作」，其推尊至矣。至《答秦觀書》云：「仆於詩初無師法，一見黃豫章，盡焚其稿而學焉。」其自敘源流甚明白。唯於兩蘇公，雖在及門六子之列，而其言殊不然。其《答李端叔書》云：「兩公之門，有客四人：黃魯直、秦少游、晁無咎，長公之客也；張文潛，少公之客也。」言外自寓倔強之意，此則不可解耳。（清·王士禎《帶經堂詩話》卷六《題識類》）

37. 南豐究不以詩見長，此因後山之故，而黨及南豐，純是門戶之見。（清·紀昀《唐宋詩三千首》卷十六，節序類《上元》批語）

38. 二詩（按：指陳師道《南豐先生挽詞》二首）俱沉著。後山之於南豐，其分本深，故輓歌不似酬應。（同上卷四十九，傷悼類《南豐先生挽詞》批語）

39. 後山古文。其古文之在當日殊不擅名，然簡嚴密栗，可參置於昌黎、半山之間。雖師子固，友子瞻，而面目精神迥不相襲，似較其詩為過之。顧世不甚傳，則為諸公盛名所掩也。（清·紀昀《後山集抄序》）

40.《南豐先生挽詞》馮班評：（「早棄人間事」二句）後山不通至此乎？（「丘原無起日」二句）亦偉拓。（「勳庸留琬琰」二句）俗平。（「侯芭才一足」二句）不通。（清·馮舒、馮班、何焯評閱《瀛奎律髓》卷四十九傷悼類）

41. 予讀陳後山集……如《觀六一堂圖書》云：「誰為第一手，未有百世公。」謂公論也，韻似歐腳。又云：「平生一瓣香，敬為曾南豐。世雖嫡孫行，名在惡子中。」謂曾為六一門人，己又師曾，如子之子為孫也。稱謂殊太過，以「惡子」自謙尤不倫，門戶之見深，不自知其言之卑矣。（清·潘德輿《養一齋詩話》卷六）

42.《妾薄命二首》。琵琶不可別抱，而天地不可容身，雖欲不死何為，二詩脈理相承，最為融洽。（清·范大士《歷代詩發》第二十五宋）

43. 後山集序（節錄）。……至其古文雅健峻潔，能探古人之關鍵，其於南豐駸駸乎登其堂而窺其奧奧矣。第以其素嗜釋氏之學，差不及南豐之湛深經術爾。（清·王原《趙駿烈刻本〈後山集〉》卷首）

44. 又案：彭城陳後山名師道，字履常，一字無己，好學苦志，以文謁曾子固，子固為點去百十字，文約而義意加倍。後山大服，坡公知潁日待之厚，欲參諸門弟子間，後山賦詩有「向來一瓣香，敬為曾南豐」之語，其傾倒於子固如此。（清·楊希閔《鄉詩摭談正集》卷三）

第二章　陳師道與蘇軾

第一節　陳師道與蘇軾交誼繫年

宋仁宗景祐三年丙子（1036 年）

蘇軾生，一歲。

景祐三年十二月十九日，蘇軾生於四川省眉山縣紗縠行，字子瞻，號東坡、坡仙、蘇仙、眉陽居士、東坡居士、東坡道人、玉局老等，賜諡文忠。

蘇軾七歲始讀書，八歲入小學。蘇軾自言：「軾七八歲時，始知讀書。」〔註1〕又：「眉山道士張易簡教小學，常百人，予幼時亦與焉。居天慶觀北極院，予蓋從之三年。」〔註2〕其母程氏親授蘇軾、蘇轍兄弟以書，並以氣節勵二子。《程夫人墓誌銘》：「夫人喜讀書，皆識其大義。軾、轍之幼也，夫人親教之……每稱引古人名節以勵之，曰：『汝果能死直道，吾無戚焉。』」〔註3〕故蘇軾少時即奮勵有當世志。《次韻柳子玉過陳絕糧》其二曰：「早歲便懷齊物志。」〔註4〕十六歲前，蘇軾一直居家讀書。

蘇轍小蘇軾三歲，生於仁宗寶元二年（1039 年），字子由，號欒軒長老、穎濱遺老、欒城公等，賜諡文定。蘇轍六歲時入學，從兄讀書，自是至出蜀，

〔註1〕蘇軾：《上梅直講書》，見孔凡禮點校《蘇軾文集》，第 4 冊，1386 頁，北京：中華書局，1986。

〔註2〕蘇軾：《眾妙堂記》，見孔凡禮點校《蘇軾文集》，第 2 冊，361 頁，北京：中華書局，1986。

〔註3〕《程夫人墓誌銘》，轉引自孔凡禮《三蘇年譜》，第 1 冊，81 頁，北京：北京古籍出版社，2004。

〔註4〕王文誥輯注：《蘇軾詩集》，第 1 冊，275 頁，北京：中華書局，1982。

未嘗相捨。《欒城集》卷七《逍遙堂會宿》引:「轍幼從子瞻讀書,未嘗一日相捨。」〔註5〕

仁宗皇祐四年壬辰(1052年)

蘇軾十七歲,蘇轍十四歲,居家讀書。

陳師道生,一歲,字履常,一字無己,號後山。

《御書記》云:「臣生於皇祐四年。」〔註6〕其出生地在徐州或可能在其父任所雍丘(今河南杞縣)。

神宗熙寧十年丁巳(1077年)

蘇軾四十二歲。

蘇軾自嘉祐二年丁酉(1057年)與其弟蘇轍應省試,一同中進士第。同科有曾鞏、程顥、張載等。葉夢得《石林詩話》卷下云:「至和、嘉祐間,場屋舉子為文尚奇澀,讀或不能成句。歐陽文忠公力欲革其弊,既知貢舉,凡文涉雕刻者,皆黜之。……是榜得蘇子瞻(軾)為第二人,子由(轍)與曾子固(鞏)皆在選中,亦不可謂不得人矣。」〔註7〕當年蘇軾即除大理評事簽鳳陽府判官,其後入直史館(治平三年丙午,1066年)。《蘇軾墓誌銘》:「英宗在藩聞公名,欲以唐故事召入翰林,宰相限以近例,欲召試秘閣……及試二論,皆入三等,得直史館。」〔註8〕又授官告院,兼判尚書祠部(熙寧二年乙酉,1069年)。《宋史·蘇軾傳》:「熙寧二年,還朝。王安石執政,素惡其議論異己,以判官告院。」〔註9〕又為杭州通判(杭倅,熙寧四年辛亥,1071年)。《佚文匯編》卷四《與子明》第六簡:「軾近乞外補,蒙恩除杭倅□闕。」〔註10〕又移知密州(熙寧六年癸丑,1073年)。到熙寧十年丁巳(1077年),即本年,蘇軾知徐州。《實錄》:「熙寧十年二月癸巳,尚書祠部員外郎、直史館、權知河中府蘇軾知徐州。」〔註11〕四月二十一日,蘇軾到徐州,其弟蘇轍亦隨到。有《徐州謝上表》

〔註5〕蘇轍:《逍遙堂會宿》,見《欒城集》上冊,158頁,上海:上海古籍出版社,1987。

〔註6〕陳師道:《後山居士文集》,下冊,710～711頁,上海:上海古籍出版社,1984。

〔註7〕吳文治主編:《宋詩話全編》,第3冊,2706頁,南京:鳳凰出版社,1998。

〔註8〕見孔凡禮《三蘇年譜》,第1冊,461頁,北京:北京古籍出版社,2004。

〔註9〕《宋史》卷三三八《蘇軾傳》,見《二十五史》第8冊《宋史》下,1218頁,上海:上海古籍出版社,1986。

〔註10〕孔凡禮點校:《蘇軾文集》,第6冊,2520頁,北京:中華書局,1986。

〔註11〕見孔凡禮《三蘇年譜》,第2冊,916頁,北京:北京古籍出版社,2004。

（《蘇軾文集》卷二十三），《徐州謝兩府啟》（《蘇軾文集》卷四十六）。

　　蘇轍與蘇軾同科中進士後，授秘書省校書郎，充商州軍事推官（嘉祐六年，1061年），又為陳州教授（熙寧三年，1070年），又改齊州掌書記（熙寧六年，1073年）。當蘇軾改之徐州時，蘇轍自京師迎軾，同到徐州，在徐百餘日，於八月十六日離徐赴南京（今河南商丘）留守簽判任。

　　蘇軾、蘇轍在徐始與陳師仲（傳道）、陳師道（履常）兄弟相識。蘇軾《答陳師仲主簿書》曰：「曩在徐州，得一再見。」〔註12〕蘇轍《答徐州陳師仲書》其一：「去年轍從家兄遊徐州，君兄弟始以客來見。一揖而退，漠然不知君之胸中也。既而聞之君之鄉人，君力學行義，不妄交遊，既已中心異之。」〔註13〕二蘇之書，皆敘今年事。蘇軾的書中有「先吏部詩，幸得一觀，輒題數字，繼諸公之後」語，「先吏部」是指陳師道的祖父陳洎，再據蘇軾的《題陳吏部詩後》：「故三司副使吏部陳公，軾不及見其人。……元豐四年十一月廿二日，眉陽蘇軾。」則知此書是寫於元豐四年（1081年）。蘇轍的書言「去年轍從家兄遊徐州」，則知是寫於元豐元年（1078年）。從蘇轍答陳師仲的信中可知，二陳拜蘇，「一揖而退」，且「不妄交遊」，似少再接觸。故二蘇初在徐時，觀試劍石、遊百步洪、登雲龍山，陳氏兄弟與他們均少唱和。但蘇軾曾為陳師道講述過關朗（子明）的《易傳》等乃阮逸偽撰。陳師道的《後山談叢》「阮逸作偽書」條曰：「世傳《王氏元經薛氏傳》、《關子明易傳》、《李衛公對問》皆阮逸所著，逸以草示蘇明允，而子瞻言之。」〔註14〕又何薳《春渚紀聞》卷五《古書託名》亦曰：「先君為武學傳授日，被旨校正武舉《孫》、《吳》等七書。先君言，《六韜》非太公所作，內有考證處，先以稟司業朱服，服言，此書行之已久，未易遽廢也。又疑《李衛公對問》亦非是。後為徐州教授，與陳無己為交代。陳雲，嘗見東坡先生言，世傳王氏《元經》、《薛氏傳》、關子明《易傳》、《李衛公對問》，皆阮逸著撰。逸嘗以草示奉常公也。」〔註15〕

　　陳師仲，字傳道，生卒年不詳。陳師道兄。曾為下邳主簿，錢塘主簿，河中司錄參軍。能詩文，與蘇軾、蘇轍、秦觀均有交往。

〔註12〕　蘇軾：《答陳師仲主簿書》，見孔凡禮點校《蘇軾文集》，第4冊，1428頁，北京：中華書局，1986。

〔註13〕　蘇轍：《欒城集》，上冊，490頁，上海：上海古籍出版社，1987。

〔註14〕　陳師道：《後山談叢》卷二，見朱易安等主編《全宋筆記》，第2編，第6冊，90頁，鄭州：大象出版社，2006。

〔註15〕　何薳：《春渚紀聞》，73頁，北京：中華書局，1983。

陳師道二十六歲。

陳師道少時即隨父在任所，或雍丘、或汧陽（今陝西汧陽）、或開封、或金州。到熙寧九年（1076年），陳師道隨父居雍丘，當年四月二十三日，其父卒於任所。陳師道扶喪回徐州。本年，陳師道在家守制時，與其兄陳師仲同往見蘇軾兄弟。

陳師道《秦少游字序》曰：「熙寧、元豐之間，眉蘇公之守徐，余以民事太守，間見如客。」〔註16〕

神宗元豐元年戊午（1078年）

蘇軾四十三歲，知徐州。

自去年七月十七日，黃河決於澶州曹村埽，八月二十一日，黃河水及徐州城，到九月九日，水穿城下，泥滿城頭。蘇軾率民抗洪，築長堤，發公廩，濟困窮，廬於城上。至十月初，河復故道，城全民安。到今年，為紀念去年抗洪，蘇軾於徐州城東築黃樓，八月十二日，樓成。九月九日重陽，蘇軾大合樂以慶黃樓之成。

蘇轍作《黃樓賦》並敘，曰：「熙寧十年秋七月乙丑，河決於澶淵，東流入巨野，北溢於濟，南溢於泗。八月戊戌，水及彭城下。余兄子瞻適為彭城守。水未至，使民具畚鍤、畜土石、積芻茭、完窒隙穴，以為水備，故水至而民不恐。自戊戌至九月戊申，水及城下者二丈八尺，塞東西北門，水皆自城際山，雨晝夜不止。子瞻衣制履屨，廬於城上，調急夫，發禁卒以從事，令民無得竊出避水。以身帥之，與城存亡，故水大至而民不潰。方水之淫也，汗漫千餘里，漂廬舍，敗冢墓，老弱蔽川而下，壯者狂走，無所得食，槁死於丘陵林木之上。子瞻使習水者浮舟楫、載糗餌以濟之，得脫者無數。水既涸，朝廷方塞澶淵，未暇及徐。子瞻曰：『澶淵誠塞，徐則無害。塞不塞，天也，不可使徐人重被其患。』乃請增築徐城，相水之衝，以木堤捍之。水雖復至，不能以病徐也。故水既去，而民益親。於是即城之東門為大樓焉，堊以黃土，曰：『土實勝水。』徐人相勸成之。轍方從事於宋，將登黃樓，覽觀山川，弔水之遺跡，乃作黃樓之賦。其辭曰：子瞻與客遊於黃樓之上，客仰而望、俯而歎曰：『噫嘻殆哉！在漢元光，河決瓠子，騰蹙巨野，衍溢淮、泗，梁、楚受害二十餘歲。下者為污澤，上者為沮洳。民為魚鱉，郡縣無所。

〔註16〕陳師道：《後山居士文集》，下冊，723頁，上海：上海古籍出版社，1984。

天子封祀泰山，徜徉東方，哀民之無辜，流死不藏，使公卿負薪以塞。宣房《瓠子之歌》，至今傷之。嗟維此邦，俯仰千載。河東傾而南洩，蹈漢世之遺害。包原隰而為一，窺吾墉之摧敗。呂梁齟齬，橫絕乎其前；四山連屬，合圍乎其外。水迴洑而不進，環孤城以為海。舞魚龍於隍壑，閱帆檣於睥睨。方飄風之迅發，震鞞鼓之驚駭。誠蟻穴之不救，分閶闔之橫潰。幸冬日之既迫，水泉縮以自退。棲流柹於喬木，遺枯蚌於水裔。聽澶淵之奏功，非天意吾誰賴？今與我公，冠冕裳衣，設幾布筵，斗酒相屬，飲酣樂作，開口而笑，夫豈偶然也哉！』子瞻曰：『今夫安於樂者，不知樂之為樂也，必涉於害者而後知之。吾嘗與子憑茲樓而四顧，覽天宇之宏大。繚青山以為城，引長河而為帶。平皋衍其如席，桑麻蔚乎旆旆。畫阡陌之縱橫，分園廬之向背。放田漁於江浦，散牛羊於煙際。清風時起，微雲靄靄。山川開合，蒼莽千里。東望則連山參差，與水皆馳。群石傾奔，絕流而西。百步湧波，舟楫紛披，魚鼈顛沛，沒人所嬉。聲崩震雷，城堞為危。南望則戲馬之臺，巨佛之峰，巋乎特起。下窺城中，樓觀翱翔，嵬峨相重。激水既平，眇莽浮空。駢洲接浦，下與淮通。西望則山斷為玦，傷心極目。麥熟禾秀，離離滿隰。飛鴻群往，白鳥孤沒。橫煙淡淡，俯見落日。北望則泗水淼漫，古汴入焉，匯為濤淵，蛟龍所蟠。古木蔽空，烏鳥號呼。賈客連檣，聯絡城隅。送夕陽之西盡，導明月之東出。金鉦湧於青嶂，陰氛為之辟易。窺人寰而直上，委餘彩於沙磧，激飛檻而入戶，使人體寒而戰慄。息洶洶於群動，聽川流之蕩潏。可以起舞相命，一飲千石，遺棄憂患，超然自得。且子獨不見夫昔之居此者乎？前則項籍、劉戊，後則光弼、建封。戰馬成群，猛士成林。振臂長嘯，風動雲興。朱閣青樓，舞女歌童。勢窮力竭，化為虛空。山高水深，草生故墟。蓋將問其遺老，既已灰滅而無餘矣。故吾將與子，弔古人之既逝，閔河決於疇昔。知變化之無在，付杯酒以終日。』於是眾客釋然而笑，頹然而就醉。河傾月墮，攜扶而出。」〔註17〕

蘇軾非常高興，以為「子由之文實勝僕，而世俗不知，乃以為不如。其為人深不願人知之，其文如其為人，故汪洋淡泊，有一唱三歎之聲。而其秀傑之氣，終不可沒。作《黃樓賦》，乃稍自振厲，若欲以警發憒憒者。而或者便謂僕代作，此尤可笑」〔註18〕。遂為之刻石，並以絹親書之。《書子由

〔註17〕蘇轍：《欒城集》，上冊，417～419頁，上海：上海古籍出版社，1987。
〔註18〕孔凡禮點校：《蘇軾文集》，第4冊，1427頁，北京：中華書局，1986。

黃樓賦後》曰：「子城之東門，當水之衝，府庫在焉。而地狹不可以為甕城，乃大築其門，護以磚石。府有廢廳事，俗傳項籍所作，而非也。惡其淫名無實，毀之，取其材為黃樓東門之上。元豐元年八月癸丑，樓成。九月庚辰，大合樂以落之。始余欲為之記，而子由之賦已盡其略矣，乃刻諸石。」〔註19〕

又有詩《九日黃樓作》：「去年重陽不可說，南城夜半千漚發。水穿城下作雷鳴，泥滿城頭飛雨滑。黃花白酒無人問，日暮歸來洗靴襪。豈知還復有今年，把盞對花容一呷。莫嫌酒薄紅粉陋，終勝泥中千柄鋪。黃樓新成壁未乾，清河已落霜初殺。朝來白霧如細雨，南山不見千尋剎。樓前便作海茫茫，樓下空聞櫓鴉軋。薄寒中人老可畏，熱酒澆腸氣先壓。煙消日出見漁村，遠水鱗鱗山齾齾。詩人猛士雜龍虎，楚舞吳歌亂鵝鴨。一杯相屬君勿辭，此景何殊泛清霅。」〔註20〕

又有《黃樓致語口號》：「百川反壑，五稼登場。初成百尺之樓，適及重陽之會。高高下下，既休畚鋪之勞；歲歲年年，共睹茱萸之美。恭惟知府學士，民人所恃，憂樂以時。度餘力而取羨材，因備災而成勝事。起東郊之壯觀，破西楚之淫名。賓客如雲，來四方之豪傑；鼓鍾殷地，竦萬目之觀瞻。實與徐民，長為佳話。 一新柱石壯岩闈，更值西風落帽辰。不用遊從誇燕子，直將氣焰壓波神。山川尚遠當時國，城郭猶飄廣陌塵。誰憑闌干賞風月，使君留意在斯民。」〔註21〕

本年，蘇轍有前引之《答徐州陳師仲書》。蘇轍除了《黃樓賦》外，其在徐期間還寫了數篇有關徐州的詩文，如《陪子瞻遊百步洪》《逍遙堂會宿二首》《過張天驥山人郊居》《初發彭城有感寄子瞻》《彭城漢祖廟試劍石銘並敘》《徐州漢高帝廟祈晴文代子瞻》等。其後寫到徐州的詩文尚有《中秋見月寄子瞻》（「西風吹暑天益高，明月耿耿分秋毫。彭城閉門青嶂合，臥聽百步鳴飛濤。使君攜客登燕子，月色著人冷如水。筵前不設鼓與鍾，處處笛聲相應起。浮雲卷盡流金丸，戲馬臺西山鬱蟠。杯中淥酒一時盡，衣上白露三更寒。扁舟明日浮古汴，回首邐迤巡陵谷變。河吞巨野入長淮，城沒黃流只三版。明年築城城似山，伐木為堤堤更堅。黃樓未成河已退，空有遺跡令人看。城頭見月應更好，河流深處今生草。子孫幸免魚鱉食，歌舞聊寬使君老。

〔註19〕孔凡禮點校：《蘇軾文集》，第5冊，2062頁，北京：中華書局，1986。
〔註20〕王文誥輯注：《蘇軾詩集》，第3冊，868～869頁，北京：中華書局，1982。
〔註21〕王文誥輯注：《蘇軾詩集》，第7冊，2509～2510頁，北京：中華書局，1982。

南都從事老更貧，羞見青天月照人。飛鶴投籠不能出，曾是彭城坐中客。」
〔註22〕）《次韻子瞻人日獵城西》（「將賢士氣振，令肅軍聲悄。晨登戲馬臺，
一試胡騕裹。」〔註23〕）《送將官歐育之徐州》（「輕衫駿馬走春風，未識彭
城氣象雄。青山只在白門外，明月盡屬黃樓中。」〔註24〕）《和子瞻自徐移
湖將過宋都途中見寄五首》（其一：「東武厭塵土，彭門富溪山。從兄百日留，
退食同躋攀。輕帆過百步，船底驚雷翻。肩輿上南麓，眼界涵川原。愛此忽
忘歸，願見且三年。我去已匆匆，兄來亦崩奔。永懷置酒地，繞郭多雲煙。」
其二：「我昔去彭城，明日河流至。不見五斗泥，但見三竿水。驚風鬱飆怒，
跳沫高晬睊。瀲灩三月餘，浮沉一朝事。分將食魚鱉，何暇顧鄰里？悲傷念
遺黎，指顧出完壘。繚堞對連山，黃樓麗清泗。功成始逾歲，脫去如一屣。
空使西楚氓，欲語先垂涕。」其三：「千金築黃樓，落成費百金。誰言史君
侈，聊慰楚人心。高秋吐明月，白璧懸青岑。晃蕩河漢高，恍恨窗戶深。邀
我三日飲，不去如籠禽。史君今吳越，雖往將誰尋。」其四：「欲買爾家田，
歸種三頃稻。因營山前宅，遂作泗濱老。奇窮少成事，飽暖未應早。願輸囊
中裝，田家近無報。平生百不遂，今夕一笑倒。它年數畝宮，懸知迫枯槁。」
其五：「梁園久蕪沒，何以奉君遊？故城已耕稼，臺觀皆荒丘。池塘塵漠漠，
雁鶩空遲留。俗衰賓客盡，不見枚與鄒。輕舟捨我南，吳越多清流。」〔註25〕）
以及《次韻劉貢父登黃樓懷子瞻二首》《送王適徐州赴舉》《答徐州教授李昭
玘書》等。

　　《宋史·蘇轍傳》曰：「蘇轍，字子由，年十九，與兄軾同登進士科，又
同策制舉。……政和二年卒，年七十四，追復端明殿學士。淳熙中，諡文定。
轍性沉靜簡潔，為文汪洋淡泊，似其為人不願人知之，而秀傑之氣終不可掩
其高處，殆與兄軾相迫。所著《詩傳》、《春秋傳》、《古史》、《老子解》、《欒城
文集》並行於世。」〔註26〕

　　陳師道二十七歲，仍家居。
　　當予蘇軾九月九日黃樓之會。據蘇軾《九日黃樓作》自注：「坐客三十

〔註22〕 蘇轍：《欒城集》，上冊，183～184頁，上海：上海古籍出版社，1987。
〔註23〕 蘇轍：《欒城集》，上冊，194頁，上海：上海古籍出版社，1987。
〔註24〕 蘇轍：《欒城集》，上冊，196頁，上海：上海古籍出版社，1987。
〔註25〕 蘇轍：《欒城集》，上冊，199～200頁，上海：上海古籍出版社，1987。
〔註26〕 《宋史》卷三三九《蘇轍傳》，見《二十五史》第8冊《宋史》下，1220、1222
　　　　 頁，上海：上海古籍出版社，1986。

餘人，多知名之士。」〔註27〕故應蘇軾之命作《黃樓銘》，曰：「熙寧十年，
京東路安撫使臣某、轉運使臣某、判官臣某稽首言：河決澶州，南傾淮泗，彭
城當其衝。夾以連山，扼以呂梁，流泄不時，盈溢千里，平地水深丈餘。下顧
城中，井出脈發。東薄兩隅，西入通沝，南壞水垣，土惡不支，百有餘日而後
已。守臣蘇軾深惟流亡為天子憂，夙夜不忘，以勞其人，興發戍兵，固弊應
卒。外為長楗，乘高如虹，以殺其怒；內為大堤，附城如環，以待其潰。築二
防於南門之外，以通南山，以安危疑。發倉庾，明勸禁，以惠困窮，以督盜
賊。宣布恩澤，巡行內外，吏民向化，興於事功。法施四邑，誠格百神，可謂
有功矣。宜有褒嘉，以勸郡縣。十月二日甲子奏京師，明年元豐，正月甲子，
制誥諭意。臣軾惟念祗承謨訓，人神同力，敢自為功，以速大戾！而明揚褒
大，無以報稱，乃作黃樓於東門，具刻明詔，以承天休而有德意，使其客陳師
道又為之銘。臣師道伏惟呂尚、南仲內撫百姓，外平諸侯，《詩》美文武；尹
甫、召虎南伐淮夷，北伐玁狁，功歌宣王。君能使人以盡其才，臣能有功以報
其上，古之義也。臣師道又惟感而通之者道也，行而化之者德也，制法明教
者政也，治人成功者事也。昔之詩人，歌其政事，則並其道德而傳之，後王有
作，可舉而行。顧臣之愚，何與於此，誠樂君臣之盡道云。忘其不佞，冒死上
《黃樓銘》。其詞曰： 皇治惟成，修明法度，協和陰陽。十有一年，天災時
行，河失其防。齊魯梁楚，千里四遠，潰亂散亡。皇仁隱憂，臨遣信臣，以惠
東方。羸老不窮，安慰撫養，發散積倉。流人如歸，居人忘危，完聚癃傷。天
敘地平，明聖成能，人神效祥。靈平告成，百穀豐盈，萬邦樂康。郡縣祗畏，
允迪聖謨，終事無荒。皇功不居，歸休臣民，邇昭遠揚。守臣拜手，誇大休
嘉，使民不忘。改作黃樓，以臨泗上，述修故常。庶臣無佞，原始念終，銘之
石章。以告成功，以揚德聲，永永無疆。」〔註28〕

　　蘇轍所作《黃樓賦》，蘇軾書的石碑，陳師道後亦有詩道及。《黃樓絕句》：
「樓上當當徹夜聲（任注：樓有東坡所書子由《黃樓賦》碑。），預人何事
有枯榮。已傳紙貴咸陽市，更恐書留後世名。」又《次韻應物有歎黃樓》：
「一代蘇長公，四海名未已。投荒忘歲月，積毀高城壘。斯樓亦何與，與人壓
復起。紛紛徒爾為，長劍須天倚。循分即可久，吾行誰與止。邇來賢達人，五
十笑百里。賴有寇公子，眾毀聞獨美。直氣懾狂童，牽聯皆可紀。少公作長句，

〔註27〕王文誥輯注：《蘇軾詩集》，第 3 冊，869 頁，北京：中華書局，1982。
〔註28〕陳師道：《後山居士文集》，下冊，752～757 頁，上海：上海古籍出版社，1984。

班揚安得擬。頗有喜事人，睥睨欲槌毀。一朝陵谷變，天語含深旨。驚倒樓前人，今朝有行履。」〔註29〕詩中蘇長公、少公即是指蘇軾與蘇轍。南宋吳曾的《能改齋漫錄》云：「當時以東坡為長公，子由為少公。陳無己《答李端叔》云：『蘇公之門，有客四人，黃魯直、秦少游、晁無咎則長公之客也，張文潛，則少公之客也。』」〔註30〕詩的首句極贊蘇軾，謂其名播四海。由「投荒積毀」句來看，似指蘇軾投老炎荒，遠謫儋州，時在元符二年（1099年）。故知詩當作於晚年，因此詩未繫年列在逸詩卷上，然與蘇軾有關，故暫繫於此。陳師道還有一首五律《黃樓》：「樓以風流勝，情緣貴賤移。屏亡老畢篆，市發大蘇碑。更覺江山好，難忘父老思。只應千載後，覽古勝當時。」〔註31〕大蘇即蘇軾。元時，方回過徐，曾覽黃樓遺跡，大為感慨，曰：「回比過彭城，登覽黃樓遺跡，所謂老畢篆、大蘇碑猶存，而樓僅有破礎在瓦礫中，居人寂寞。」〔註32〕則黃樓到元時已破敗不堪了。如今，為紀念蘇軾在徐治水之績，又重建了黃樓，且比前更為壯觀。正應了陳師道所預言的「只應千載後，覽古勝當時」了。

　　本年，陳師道家曾有訴訟之事，蘇軾以官民避嫌，遂與二陳停止往來。蘇軾《答陳師仲主簿書》曰：「曩在徐州，得一再見。及見顏長道輩，皆言足下文詞卓瑋，志節高亮，固欲朝夕相從。適會訟訴，偶有相關及者，遂不復往來。此自足下門中不幸，亦豈為吏者所樂哉！想彼此有以相照。已而，軾又負罪遠竄，流離契闊，益不復相聞。今者蒙書教累幅，相屬之厚，又甚於昔者。知足下釋然，果不以前事介意。幸甚！幸甚！」〔註33〕具體「訟訴」為何事，不詳。冒廣生先生以為「疑即後山仲父訟於有司事」〔註34〕。大約自九月九日黃樓之會，師道作銘後，即「不復往來」了吧。直到蘇軾謫居黃州時，始復通訊。這也就難怪蘇軾在徐，蘇軾、陳師道之間少有交遊、唱和了。但有此一《銘》，足見蘇軾對陳師道的器重與賞識。時陳師道僅一布衣，是「以民事太守」。

〔註29〕冒廣生補箋：《後山詩注補箋》，下冊，394，474～475頁，北京：中華書局，1995。

〔註30〕冒廣生補箋：《後山詩注補箋》，下冊，475頁，北京：中華書局，1995。

〔註31〕冒廣生補箋：《後山詩注補箋》，下冊，395頁，北京：中華書局，1995。

〔註32〕四川大學中文系唐宋文學研究室編：《蘇軾資料彙編》，第3冊，841頁，北京：中華書局，1994。

〔註33〕孔凡禮點校：《蘇軾文集》，第4冊，1428頁，北京：中華書局，1986。

〔註34〕冒廣生補箋：《後山詩注補箋》，下冊，535頁，北京：中華書局，1995。

元豐二年己未（1079 年）

蘇軾四十四歲。

三月，蘇軾罷徐州任，以祠部員外郎，直史館知湖州軍州事，作詞別徐。《江神子·別徐州》：「天涯流落思無窮。既相逢，卻匆匆。攜手佳人，和淚折殘紅。為問東風餘幾許？春縱在，與誰同！　隋堤三月水溶溶。背歸鴻，去吳中。回首彭城，清泗與淮通。欲寄相思千點淚，流不到，楚江東。」又《減字木蘭花》副題即是「彭門留別」，詞曰：「玉觴無味，中有佳人千點淚。學道忘憂，一念還成不自由。　如今未見，歸去東園花似霰。一語相開，匹似當初本不來。」〔註35〕詩則有《罷徐州，往南京，馬上走筆寄子由五首》。

另，蘇軾在徐期間所作詩詞文甚多，約有三百餘篇，有關徐州的，如禱水退文《禱靈慧塔文三首》，有記黃樓之會《鹿鳴宴》《徐州鹿鳴宴賦詩敘》，有記遊《百步洪二首》《登望諓亭》《放鶴亭記》，有訪友《遊張山人園》，有銘記《徐州蓮華漏銘》《記徐州殺狗》，有書表《徐州上皇帝書》《徐州謝獎諭表》《徐州賀河平表》，有送弟《子由將赴南都，與余會宿於逍遙堂，作兩絕句……》等。

在徐時，蘇軾嘗畫贈陳師仲（傳道）。此畫以徐州平岡三百里為背景，畫面則是枯株、瘦石之景物。畫今不存。據道潛《參寥子詩集》卷九《過彭城觀陳傳道知錄所藏東坡公畫》云：「枯株瘦石兩相望，南北悠悠徑路長。卷盡平岡三百里，風枝雨葉更飄揚。」〔註36〕

陳師道二十八歲，在徐家居。

尊稱蘇軾為大蘇，極贊其書。《從寇生求茶庫紙絕句》曰：「南朝官紙女兒膚，玉版雲英比不如。乞與此翁元不稱，他年留待大蘇書。」〔註37〕這在何薳《春渚紀聞》卷八《十三家墨》中亦有記述，曰：「余為兒時，於彭門寇鈞國家見其先世所藏李廷珪下至潘谷十三家墨。斷珪殘璧，粲然滿目。其廷珪小挺，歲久不見膠彩，而書於紙間視之，其黑皆非餘墨所及。東坡先生臨郡日，取試之，為書杜詩十三篇，各於篇下書墨工姓名，因第其品次云。」〔註38〕雖然陳師道並無書名，陳師道也自謂「此翁元不稱」（此翁即陳師道自謂），但蘇軾卻很看中其書。張泰來《江西詩社宗派圖錄》云：「坡公最重

〔註35〕薛瑞生：《東坡詞編年箋證》，222，224 頁，西安：三秦出版社，1998。
〔註36〕《全宋詩》，第一六冊，卷九一九，10780 頁，北京：北京大學出版社，1995。
〔註37〕冒廣生補箋：《後山詩注補箋》，下冊，392～393 頁，北京：中華書局，1995。
〔註38〕何薳：《春渚紀聞》，127 頁，北京：中華書局，1983。

後山書，曾有一帖，已遺荊州李翹叟。繼亡其本，借來謄出，適為役夫盜去，鬻於僧寺，追取得之，復歸翹叟。翹叟猶恐此卷再為盜所有也，扃鐍藏之。公聞之，不禁拊掌。」〔註39〕惜陳師道的書雖為蘇軾所重，卻未能流傳下來。

元豐四年辛酉（1081 年）

蘇軾四十六歲。

元豐二年四月，蘇軾離徐至湖州（今浙江湖州）上任，不久即因詩案下獄，幸免不死，謫居黃州（今湖北黃岡）。至本年仍在黃州。而陳氏兄弟前因家訟與蘇軾停止往來後，自此復交。即在本年十一月二十二日，蘇軾應所請，為其祖父陳泊（字亞之）撰寫《題陳吏部詩後》：「故三司副使吏部陳公，軾不及見其人。然少時所識一時名卿勝士，多推尊之。邇來前輩凋喪略盡，能稱誦公者，漸不復見，得其緒言遺事，皆當記錄寶藏，況其文章乎？公之孫師仲，錄公之詩二十五篇以示軾。三復太息，以想見公之大略云。元豐四年十一月廿二日，眉陽蘇軾。」〔註40〕陳師仲還為蘇軾編輯了《超然》《黃樓》兩部詩集，《超然》是蘇軾在密州時的詩文結集，《黃樓》則是蘇軾在徐州時的詩文結集。蘇軾致書感謝。《答陳師仲主簿書》曰：「先吏部詩，幸得一觀，輒題數字，繼諸公之末。」時陳師仲為錢塘主簿。書又云：「見為編述《超然》、《黃樓》二集，為賜尤重。從來不曾編次，縱有一二在者，得罪日，皆為家人婦女輩焚毀盡矣。不知今乃在足下處。……足下所至，詩但不擇古律，以日月次之，異日觀之，便是行記。」〔註41〕蘇轍亦有書寄陳師仲，書曰：「蒙惠書論詩，許以五百篇為惠。……轍少好為詩，與家兄子瞻所為，多少略相若也。子瞻既已得罪，轍亦不復作詩。……」〔註42〕據書中「子瞻既已得罪」推，此書大約寫於本年。

陳師道三十歲。

本年陳師道至開封。當九月九日，蘇軾與黃州太守徐大受（君猷）會於棲霞樓，賦《南鄉子》（霜降水痕收）。詞曰：「霜降水痕收，淺碧鱗鱗露遠洲。酒力漸消風力軟，颼颼。破帽多情卻戀頭。　　佳節若為酬，但把清樽斷送秋。萬事到頭都是夢，休休。明日黃花蝶也愁。」〔註43〕陳師道即和了兩首，

〔註39〕冒廣生補箋：《後山詩注補箋》，下冊，393 頁，北京：中華書局，1995。
〔註40〕孔凡禮點校：《蘇軾文集》，第 5 冊，2133 頁，北京：中華書局，1986。
〔註41〕孔凡禮點校：《蘇軾文集》，第 4 冊，1428，1429 頁，北京：中華書局，1986。
〔註42〕蘇轍：《欒城集》，上冊，491 頁，上海：上海古籍出版社，1987。
〔註43〕薛瑞生：《東坡詞編年箋證》，289 頁，西安：三秦出版社，1998。

並注明「九日用東坡韻」。其一：「晴野下田收。照影寒江落雁洲。禪榻茶爐深閉閣，颼颼。橫雨旁風不到頭。　　登覽卻輕酬。剩作新詩報答秋。人意自闌花自好，休休。今日看時蝶也愁。」其二：「潮落去帆收。沙漲江迴旋作洲。側帽獨行斜照裏，颼颼。卷地風前更掉頭。　　語妙後難酬。回雁峰南未得秋。喚取佳人聽舊曲，休休。瘴雨無花孰與愁。」〔註44〕雖然陳師道認為「子瞻以詩為詞，如教坊雷大使之舞，雖極天下之工，要非本色」〔註45〕，但陳師道的這兩首詞卻完全是步蘇詞之韻，可見他對蘇詞還是很喜愛的。和詞未必即作於本年，因蘇詞作於本年，故將陳師道的和詞繫於此。

　　陳師道在京師，曾鞏曾薦其為英宗皇帝實錄檢討，為朝廷以白衣難之而罷。陳師道遂南遊吳越，「其秋八月，就捨錢塘」〔註46〕，而作《登鳳凰山懷子瞻》，詩云：「蜿蜒曲龍腹，山間隱樓觀。孤高伏龍角，浮圖刺雲漢。修林霜雪餘，落葉青紅亂。想見洞中人，不知時節換。咳唾落江東，江東兩眼中。舉頭觸浮雲，失腳驚飛鴻。逢人自笑謀身拙，坐使紅塵生白髮。入山便欲棄人間，出山又與松筠別。數篇曾見使君詩，前後登臨各一時。妙舞新聲難得繼，清風明月卻相宜。朱欄行遍花間路，看盡當年題壁處。更有何人問使君，青春欲盡花飛去。」（自注：子瞻云：「應問使君何處去，憑花說與春風知。」）詩後注引蘇軾詩，蘇軾原題為《留別釋迦院牡丹呈趙倅》，此詩作於杭州，故陳師道到杭登山，見此詩而有是懷。冒廣生為陳詩作補曰：「後山之謁蘇，在元祐元年，此詩作於元豐四年，猶未識蘇也。」〔註47〕此誤。陳師道在熙寧十年（1077年），蘇軾知徐州時，即已謁蘇，到本年，已別四年。故陳師道到杭州而有「懷子瞻」，因蘇軾在熙寧四年（1071年）曾為杭州通判。

元豐五年壬戌（1082年）

蘇軾四十七歲。仍在黃州。

陳師道三十一歲。

　　本年陳師道與蘇軾未有交往。但陳師仲與蘇轍有詩書往還。陳師仲曾寄詩給蘇轍，時蘇轍謫居在筠州（今四川宜賓），得陳師仲詩即作《次韻陳師仲主簿見寄》，詩曰：「朽株難刻畫，枯葉任凋零。舊友頻相問，村酤獨未醒。

〔註44〕唐圭璋編：《全宋詞》，第1冊，585，586頁，北京：中華書局，2011。
〔註45〕吳文治主編：《宋詩話全編》，第2冊，1022頁，南京：鳳凰出版社，1998。
〔註46〕陳師道：《後山居士文集》，下冊，652頁，上海：上海古籍出版社，1984。
〔註47〕冒廣生補箋：《後山詩注補箋》，下冊，496頁，北京：中華書局，1995。

山牙收細茗，江實得流萍。頗似申屠子，都忘足被刑。」〔註48〕惜陳詩不存。

元豐七年甲子（1084 年）

蘇軾四十九歲。

本年蘇軾由黃州移汝州（今河南汝州）。

陳師道三十三歲。

奉母留居開封。聞蘇軾移汝州，《後山談叢》卷六「撫州杖鼓鞚」條記述曰：「蘇公自黃移汝，過金陵見王荊公，公曰：『好個翰林學士，某久以此奉待。』公曰：『撫州出杖鼓鞚，淮南豪子以厚價購之，而撫人有之保之已數世矣，不遠千里，登門求售。豪子擊之，曰：「無聲！」遂不售。撫人恨怒，至河上，投之水中，吞吐有聲，熟視而歎曰：『你早作聲，我不至此！』」〔註49〕

元豐八年乙丑（1085 年）

蘇軾五十歲。

本年蘇軾赴汝州途中過南都（即應天府，今河南商丘，為北宋之南京），與陳師道相晤。時陳師道曾暫客南都，《後山談叢》曰：「元豐末，予客南都。」〔註50〕

三月初五日宋神宗卒，蘇軾與陳師道商論作帖與江淮發運路昌衡，以慰宋神宗之喪。然中輟。陳師道於此記之曰：「往在南都，奉神宗諱，見蘇尚書作路發運帖，莫知當慰與否也，相與商論，竟復中輟。乃知前輩禮法猶在，而近世士大夫之寡聞也。」〔註51〕

陳師道三十四歲。

在京師開封，適值秦觀應舉中第亦在京。陳師道《秦少游字序》曰：「元豐之末，余客東都，秦子從東來……」〔註52〕夏五、六月間，知樞密院事章惇，囑秦觀示意師道往見之，將薦於朝，師道辭不往。故蘇軾《與李方叔書》

〔註48〕蘇轍：《欒城集》，上冊，279 頁，上海：上海古籍出版社，1987。

〔註49〕陳師道：《後山談叢》卷六，見朱易安等主編，《全宋筆記》，第 2 編，第 6 冊，118 頁，鄭州：大象出版社，2006。

〔註50〕陳師道：《後山談叢》卷六，見朱易安等主編，《全宋筆記》，第 2 編，第 6 冊，107 頁，鄭州：大象出版社，2006。

〔註51〕陳師道：《後山談叢》卷五，朱易安等主編，《全宋筆記》，第 2 編，第 6 冊，107 頁，鄭州：大象出版社，2006。

〔註52〕陳師道：《後山居士文集》，下冊，724 頁，上海：上海古籍出版社，1984。

贊其有節曰：「陳履常居都下逾年，未嘗一至貴人之門，章子厚欲一見，終不可得。」〔註53〕

又蘇軾的堂兄蘇不疑（字子明）卒於本年，陳師道與其堂兄亦有交往，曾有詩記與蘇不疑避暑。《同蘇不疑避暑法惠寺》曰：「酷暑不可處，相將尋晝涼。清談蔭廣廈，甘寢就方床。蓮剝明珠滑，瓜浮紺玉香。因知北窗臥，自信出羲皇。」〔註54〕

蘇不疑（1068年前後），字子明，蘇軾堂兄。宋進士，「承議郎，通判嘉州」〔註55〕。

哲宗元祐元年丙寅（1086年）

蘇軾五十一歲。

本年蘇軾以七品服入侍延和，改賜銀緋。二月又遷中書舍人。其弟蘇轍於正月十四日亦就任右司諫。蘇氏兄弟一同進京入朝（開封）。

蘇軾到京，有《答張文潛縣丞書》，寄望於陳師道等人能振起當時趨於衰陋之文風。其文曰：「軾頓首文潛縣丞張君足下：久別思仰。到京公私紛然，未暇奉書。……文字之衰，未有如今日者也。其源實出於王氏。王氏之文，未必不善也，而患在於好使人同己。自孔子不能使人同，顏淵之仁，子路之勇，不能以相移。而王氏欲以其學同天下！地之美者，同於生物，不同於所生。惟荒瘠斥鹵之地，彌望皆黃茅白葦，此則王氏之同也。近見章子厚言，先帝晚年甚患文字之陋，欲稍變取士法，特未暇耳。議者欲稍復詩賦，立《春秋》學官，甚美。僕老矣，使後生猶得見古人之大全者，正賴黃魯直、秦少游、晁無咎、陳履常與君等數人耳。」〔註56〕此雖非專答陳師道之書，然寄望於陳師道還是很明顯的。

蘇轍在京任諫官，不因與陳師道有舊而袒護其親，於十八日上《乞責降成都提刑郭槃狀》，狀曰：「右司諫蘇轍言，臣竊見朝廷近日察知蜀中賣鹽、榷茶及市易比較收息，為遠人所苦，委成都提點刑獄郭槃體量事實。臣觀此三事，利害易見，甚於黑白，凡有耳目，莫不聞知。而郭槃觀望阿附，公行欺罔，

〔註53〕孔凡禮點校：《蘇軾文集》，第4冊，1420頁，北京：中華書局，1986。
〔註54〕冒廣生補箋：《後山詩注補箋》，下冊，524頁，北京：中華書局，1995。
〔註55〕蘇轍：《伯父墓表》，見《欒城集》，上冊，521頁，上海：上海古籍出版社，1987。
〔註56〕孔凡禮點校：《蘇軾文集》，第4冊，1427頁，北京：中華書局，1986。

其所奏報，並不指言實弊。見今西川數州，賣邛州、蒲江井官鹽，每斤一百二十文。為近年咸泉減耗，多夾雜沙土。而梓夔路客鹽及民間小井白鹽，販入遂州，其價止七八十。以此，官中須至抑配，深為民害。檠不念民間朝夕食此貴鹽，出錢不易，卻言限內難以報應。只此一事，已見情弊。至於榷茶之法，以賤價大秤侵損園戶，以重篕峻限虐害遞鋪，以折博興販攪擾平民，其餘百端非理，難以遍舉。臣近已一一奏聞，乞委所差官體量詣實。檠畏憚茶官陸師閔事勢，不敢依限體量，此又足以見其意在拖延，觀望附會。至於市易比較收息，始因提舉官韓玠以靈泉小縣收息增羨，遂督責諸縣，以靈泉為比，務令多得息錢。檠以韓玠叔祖縝見任右僕射，意欲趨附，不敢體量實狀，妄言韓玠不曾以戶口比較息錢。又代韓玠巧說詞理，言諸路推行市易之法，不獨成都，不可獨治一路，及事已在三赦前。檠以監司被命相度逐事利害，朝廷元不令檠定奪韓玠罪名。檠之職分，但當具的確事實聞奏。至於韓玠，或行遣，或釋放，或原赦，或不原赦，自是臨時聖旨指揮，非檠人臣所當預定。今既不依朝旨相度，卻於職分之外擅引三赦，意謂朝廷不合相度赦前之事，附下罔上，肆行胸臆，情理難恕。況檠資品鄙陋，嘗通判鳳翔，坐失入死罪，去官係監。當資敘，因緣權倖致位監司，而附會欺謾，略無顧憚。其韓縝係韓玠有服之親，顯有妨礙。臣未委縝如何進呈，作何行遣？臣乞降聖旨，先行罷黜郭檠所有賣鹽、榷茶、市易等事，乞別委官體量施行。謹錄奏聞，伏候敕旨。」〔註57〕狀中郭檠即是陳師道的岳父，陳師道於詩中稱外舅，如《送外舅郭大夫檠西川提刑》《寄外舅郭大夫》。蘇轍於狀中直斥郭檠「資品鄙陋」，毫不避諱。郭因其彈劾而罷西川提刑。

本年七月，蘇轍還應陳師仲請為其祖父陳泊（字亞之）詩集作《題陳亞之詩帖》：「轍頃在南都，傳道陳君以鹽鐵公詩草相示。轍甚愛公詩之精，且嘉君之孝恭，不墜世德。後六年，自歙州還京師，見君於鄖陽，復出此詩為示。不可以再見而不之志也。丙寅正月七日，趙郡蘇轍題。」〔註58〕

陳師道三十五歲，居開封。

陳師道知蘇軾亦在京師，很是高興，作《絕句》，任淵於注中作按語說：此《絕句》「舊本乃《秋懷十首》之二，其後刪去，而僅存耳。此篇全章云：

〔註57〕蘇轍：《欒城集》，中冊，803～804頁，上海：上海古籍出版社，1987。
〔註58〕陳宏天、高秀芳點校：《蘇轍集》，第4冊，1446～1447頁，北京：中華書局，1990。

『翼翼陳州門，萬里遷人道。雨淚落成血，著木木立槁。今年蘇禮部，馬跡猶未掃。昔人死別處，一笑欲絕倒。』元祐初，後山來京師，寓居陳州門。故《秋懷》詩又有『朝暮陳州門，悠悠此何為』之句。時東坡新自登州，召為禮部郎中，復入帝城，此後山所喜也。」〔註59〕

　　陳師道不因蘇轍奏劾其岳父而有怨恨，而是有詩寄贈蘇氏兄弟，詩題為《贈二蘇公》，詩曰：「岷峨之山中巴江，桂椒柟櫨楓柞樟。青金黃玉丹砂良，獸皮鳥羽不足當。異人間出駭四方，嚴王陳李司馬揚。一翁二季對相望，奇寶橫道驥伏箱。誰其識者有歐陽，大科異等固其常。小卻盛之白玉堂，典謨雅頌用所長。度越周漢登虞唐，千載之下有素王。平陳鄭毛視荒荒，後生不作諸老亡。文體變化未可量，萬口一律如吃羌。妖狐幻人犬陸梁，虎豹卻走逢牛羊。上帝惠顧祓不祥，天門夜下龍虎章。前驅吳回後炎皇，絳旗丹轂朱冠裳。從以甲冑萬鬼行，乘風縱燎無留藏。天高地下日月光，授公以柄扶病傷。士如稻苗待公秧，臨流不渡公為航。如大醫王治膏肓，外證已解中尚強。探囊一試黃昏湯，一洗十年新學腸。老生塞口不敢嘗。向來狂殺今尚狂，請公別試囊中方。」〔註60〕詩中所言「一洗十年新學腸」，即是指王安石的「新學」，任淵注「新學，謂王介甫經學」，這與蘇軾前所言「王氏欲以其學同天下」，正相一致，故余嘉錫《四庫提要辯證》卷二十二云：「味其語意，確是元祐元年之作。蓋新學與新法不同。後山此詩，先言『文體變化』『萬口一律』，乃詆其學，非詆其法也。新法雖不合人情，然後山方為處士，非所宜言，且自宣仁訓政以來，已次第更張之矣，無取乎草澤私議。惟新學之行，始於熙寧八年之頒《三經新義》，至是已十年有餘，朝廷猶用以取士，一時文體，務為剽竊穿鑿。後山之所甚惡也，故為二蘇言之。」〔註61〕可見陳、蘇之見是相同的。而「請公別試囊中方」則更是希望蘇軾能拿出治「新學」的「囊中方」來。

　　九月十二日，蘇軾以試中書舍人為翰林學士，是為內翰。時人張重有《上蘇子瞻內翰》詩。陳師道則作有《奉陪內翰二友醴泉避暑》，詩曰：「疾雷倒海不成雨，墨雲御日蠶不吐。深院迴廊晝日長，青簾朱幕風鈴語。神仙中人龍作馬，翠旌絳節從天下。竹冠芒屨柴綺裘，曳杖林間觀物化。清池照眼自生涼，

〔註59〕冒廣生補箋：《後山詩注補箋》，上冊，19頁，北京：中華書局，1995。
〔註60〕冒廣生補箋：《後山詩注補箋》，上冊，20～25頁，北京：中華書局，1995。
〔註61〕見孔凡禮：《三蘇年譜》，第3冊，1786頁，北京：北京古籍出版社，2004。

修竹回陰欲過廊。樽酒未空高興動，含毫欲下雲飛揚。俗間道士業符醫，未語已作庸人樣。但知一扇博百金，豈識雙松到千丈。蠅頭小字密著行，四座歡叫醒而狂。忽驚天姥到庭戶，風篁露草鳴寒螿。回天卻日有餘力，小試席間留翰墨。請公慎用補天手，入佐后皇和五石。」〔註62〕冒箋謂「內翰當屬東坡」。蘇軾前曾因詩案下獄，故此處「請公慎用補天手」，勸其為朝重慎以免禍。

元祐二年丁卯（1087年）

蘇軾五十二歲。

在京師，薦陳師道為徐州州學教授。《宋會要選舉四十》：「元祐二年四月十九日，以徐州布衣陳師道為亳州司戶參軍，充徐州教授，以翰林學士蘇軾等薦也。」〔註63〕蘇軾《薦布衣陳師道狀》曰：「元祐二年四月十九日，翰林學士朝奉郎知制誥蘇軾，同傅堯俞、孫覺狀奏：右臣等伏見徐州布衣陳師道，文詞高古，度越流輩，安貧守道，若將終身，苟非其人，義不往見。過壯未仕，實為遺才。欲望聖慈，特賜錄用，以獎士類。兼臣軾、臣堯俞，皆曾以十科薦師道，伏乞檢會前奏，一處施行。謹錄奏聞，伏候敕旨。」〔註64〕

又蘇軾《與李方叔書》曰：「屢獲來教，因循不一裁答，悚息不已。……陳履常居都下逾年，未嘗一至貴人之門，章子厚欲一見，終不可得。中丞傅欽之、侍郎孫莘老薦之，軾亦掛名其間。會朝廷多知履常者，故得一官。軾孤立言輕，未嘗獨薦人也。爵祿砥世，人主所專，宰相猶不敢必，而欲責於軾，可乎？」〔註65〕

王明清《揮麈三錄》卷一云：「陳無己元祐三年始以東坡先生、傅欽之、李邦直、孫同老薦於朝，自布衣起為教授。」鄭騫就此說：記年與諸書均不合，三字乃二字，形近之誤，薦後山者亦無李邦直，同老當是莘老之誤〔註66〕。

陳師道三十六歲。

先居開封，其年正月，適司馬光葬，陳師道為作《丞相溫公挽詞三首》，

〔註62〕冒廣生補箋：《後山詩注補箋》，下冊，499～500頁，北京：中華書局，1995。
〔註63〕見鄭騫：《陳後山年譜》，80頁，臺北：聯經出版事業公司，1984。
〔註64〕孔凡禮點校：《蘇軾文集》，第2冊，795頁，北京：中華書局，1986。
〔註65〕孔凡禮點校：《蘇軾文集》，第4冊，1420頁，北京：中華書局，1986。
〔註66〕王明清：《揮麈三錄》卷一，237～238頁，北京：中華書局，1961。鄭說見鄭騫《陳後山年譜》，80頁，臺北：聯經出版事業公司，1984。

其三尾聯「一為天下慟，不敢愛吾廬」，任淵注曰：「東坡《祭歐公文》曰：『蓋
上為天下慟，而下以哭其私。』其反而用之，言不復哭吾之私也。」〔註67〕

　　四月，因蘇軾等人薦充徐州教授。陳師道有《謝徐州教授啟》云：「四月
二十八日，蒙恩授亳州司戶參軍，充徐州教授。」〔註68〕蓋詔命始下在二十
四日，聞命則在二十八日，故陳言如此。亳州司戶參軍是虛職，徐州教授是
實職。《啟》文中「誤膺公舉，所譽過情」；又說「此蓋某官仁而偏愛，明以有
容；為國求才，與人同樂」。這裡的「公」「某官」應即是指蘇軾。

　　在赴任將至徐州時，陳師道作《示三子》詩：「去遠即相忘，歸近不可忍。
兒女已在眼，眉目略不省。喜極不得語，淚盡方一哂。了知不是夢，忽忽心未
穩。」此詩頸聯則是化用蘇軾的詩句，任淵注曰「東坡《贈朱壽昌》詩：『喜
極無言淚如雨。』」〔註69〕

　　是年夏，陳師道赴徐州教授任。陳師道《持善序》曰：「元祐二年春，
徐之東禪主者懷超，夢出庭中，見二大師象繫於木下，怪而問之，對曰：『此
陳教授氏之物也。』是夏，師道始承命至，則館於東禪。豈於二大士緣有素
乎？」〔註70〕

　　陳師道有一篇《賀水部傳》文，寫元祐二年，蘇軾與一道者相交往的事，
文曰：「……熙寧中，東坡居士為密州，歲大旱，請雨常山。既歸而雨，居士
卻蓋以行。賀從道旁見之，以為可授道也，欲往而疑無素，乃止。元祐二年，
全年八十餘矣，見居士於東都，曰：『賀不忘君，語數及之。』已而求去，曰：
『賀約歲首過我於龜蒙，不可失也。』居士因全以詩寄之。後全復來，出賀
書，曰：『將使若人通言於君。』若人，居士向所見異人而人無知者。世言道
家為方之外，而賀獨喜與人事，豈世之所稱自為不足，而賀之道又以及人耶？
不然，老氏之道同於楊朱，難與儒釋並矣。賀一見東坡，欲強授之。士之求
仙，自修足矣，而世方區區弊精神、卑詞厚幣，以致四方之士而幸一得，是果
足以得之耶？其不為賀笑乎？」〔註71〕此文寫一姓賀的道人因東坡求雨之誠，
以解密州之旱，知其性有善根，故欲「授道」於東坡。文雖非一定作於此年，
但乃是記本年之事，故繫於此。

〔註67〕冒廣生補箋：《後山詩注補箋》，上冊，41頁，北京：中華書局，1995。
〔註68〕陳師道：《後山居士文集》，下冊，605頁，上海：上海古籍出版社，1984。
〔註69〕冒廣生補箋：《後山詩注補箋》，上冊，54頁，北京：中華書局，1995。
〔註70〕陳師道：《後山居士文集》，下冊，738頁，上海：上海古籍出版社，1984。
〔註71〕陳師道：《後山居士文集》，下冊，848～849頁，上海：上海古籍出版社，1984。

元祐三年戊辰（1088 年）

蘇軾五十三歲，在京師。

前年（元祐元年，1086 年），陳師道妻父郭槩因蘇轍彈劾而罷西川提刑。今年，郭又因其婿御史趙挺之而擢為監司。蘇軾再上《乞郡劄子》予以指斥。劄曰：「元祐三年十月十七日，翰林學士朝奉郎知制誥兼侍讀蘇軾劄子奏……挺之妻父郭槩為西蜀提刑時，本路提舉官韓玠違法虐民，朝旨委槩體量，而槩附會隱庇，臣弟轍為諫官，劾奏其事，玠、槩並行黜責。……貼黃。郭槩人材凡猥，眾所共知，既以附會小人得罪，近復擢為監司者，蓋畏挺之之口，欲以苟悅其意。……」〔註 72〕

陳師道三十七歲，在徐州教授任。

前蘇轍斥其妻父郭槩「資品鄙陋」，今蘇軾又斥其「人材凡猥」，陳師道皆無怨意，對二蘇仍然如故。只是在《送外舅郭大夫夔路提刑》一詩中，對郭槩進行了規勸。詩曰：「天險連三峽，官曹據上游。百年雙鬢白，萬里一身浮。可使人無訟，寧須意外憂。平生晏平仲，能費幾狐裘。」冒廣生箋此詩曰：「《瀛奎律髓》：後山妻父郭槩，頗喜功利。前為西川提刑，以妻及三子託之。送行古詩有云：『功名何用多，莫作非分慮。』今又為夔路提刑，謂身已老矣，使民無訟，自當無意外憂。晏平仲一狐裘三十年，外物亦不足多也，蓋規誡之。」〔註 73〕由此可知，陳師道還是深知其妻父郭槩之為人的，所以對二蘇無怨恨之心，而對妻父則多「規誡」之意。

本年十月，知徐州杜純為陝西路轉運使，陳師道作《送杜侍御純陝西轉運》，詩中有「向來此地幾送迎，草間翁仲口不喑。十年兩熟飽可待，一歲四守人何心」句，任淵注曰：「言徐州數易守臣，人必不安其生者。……《水經注》曰：『鄐南千秋亭，壇廟之東，枕道有兩石翁仲，南北相對。』……東坡《罷徐州寄子由》詩曰：『道邊雙石人，幾見太守發。有知當解笑，撫掌冠纓絕。』則徐州有石人可知。後山此詩，蓋用東坡意。」〔註 74〕

冬，陳師道作《雪後黃樓寄負山居士》，尾聯「不盡山陰興，天留憶戴公」。黃樓乃蘇軾知徐時所建，此似借典而憶蘇公。任淵注引蘇東坡《訪張山人》

〔註 72〕孔凡禮點校：《蘇軾文集》，第 3 冊，827～829 頁，北京：中華書局，1986。
〔註 73〕冒廣生補箋：《後山詩注補箋》，上冊，64 頁，北京：中華書局，1995。
〔註 74〕冒廣生補箋：《後山詩注補箋》，上冊，61 頁，北京：中華書局，1995。

詩「萬木鎖雲龍，天留與戴公」後，即說陳師道這兩句詩乃是「借用」〔註75〕。

元祐四年己巳（1089 年）

蘇軾五十四歲，在京師。

三月，以翰林學士知杭州。五月起行，於赴任途中得陳師仲書，蘇軾有答簡，《答陳傳道書》（之一）曰：「來書乃有遇不遇之說，甚非所以安全不肖也。某凡百無取，入為侍從，出為方面，此而不遇，復以何者為遇乎？」〔註76〕

陳師仲再奉簡，敘收錄錢塘詩之事，蘇軾再復謂：錢塘詩「一一煩收錄」，據此，陳師仲當有繼《超然》《黃樓》二集之後，編《錢塘集》之意。又謂「錢塘詩皆率然信筆」，「當俟稍暇，盡取舊詩文，存其不甚惡者，為一集」。此錢塘詩當指蘇軾熙寧倅杭時所作。

蘇軾在信中還告知陳師仲，其弟陳師道到應天送行事：「數日前，履常謁告，自徐來宋相別，王八子安偕來，方同舟東下，至宿而歸。」（《答陳傳道書》（之二））〔註77〕

陳師道三十八歲，在徐州教授任。

本年五月，蘇軾赴杭經南都應天府，陳師道自徐告疾來南都與蘇軾相會，留守李承之宴，陳師道亦與會。師道去南都會蘇，為擅自離守，故遭致彈劾。

劉安世《元城先生盡言集》卷六《論陳師道不合擅去官守遊宴事》曰：「臣昨見朝廷用近侍之薦，起陳師道於布衣而任以徐州教授，其為恩禮固已厚矣。臣聞蘇軾出守錢塘，經由南都，師道以誠告徐守孫覽，願往見軾，而覽不之許，乃託疾在告，私出州界，與軾遊從凡累數日。而又同赴留守李承之宴會，不憚眾目。及其東下送之，經宿而後歸。監司不敢繩，州郡不敢詰，猖狂怠傲，旁若無人，搢紳喧傳，頗駭物聽。臣竊謂：士於知己，不無私恩，既效一官，則有法令。師道與軾交結，固不足論；至於擅去官次，陵蔑郡將，則是以私欲而勝公義，厚權勢而忽詔條，徇情亂法，莫此為甚。循名觀行，恐無以副朝廷尊賢下士之意。伏望聖慈，特降指揮，令本路不干礙官司依公體量。如果有實，乞正其罪，以為後來之戒。取進止。」〔註78〕劉安世，號元城，

〔註75〕冒廣生補箋：《後山詩注補箋》，上冊，66 頁，北京：中華書局，1995。

〔註76〕孔凡禮點校：《蘇軾文集》，第 4 冊，1574 頁，北京：中華書局，1986。

〔註77〕孔凡禮點校：《蘇軾文集》，第 4 冊，1574 頁，北京：中華書局，1986。

〔註78〕劉安世：《元城先生盡言集》卷六《論陳師道不合擅去官守遊宴事》，轉引自鄭騫：《陳後山年譜》，85 頁，臺北：聯經出版事業公司，1984。

本年任左司諫。文中「覽」應為「覺」之誤。孫覽乃孫覺之弟，宋史有傳，但此人未曾知徐州。此時守徐州的是彭汝勵，並非孫覺。陳師道《徐州學記》即說：「元祐四年，中書舍人番陽彭公出守，使其從事告於廟而新之，又加其舊。明年學成，公率其屬文武之士祭以告焉。」〔註 79〕至於孫覺，鄭騫《陳後山年譜》曰：「彈章為當時人文字，亦云孫覺，未悉何故？古書記事，故未能完全吻合，且此人為誰，無關弘旨，不必詳考矣。」劉論「上綱上線」，未免太過誇張。「宋人公牘，無論制誥章疏，敘述當事者之過失罪狀，每多鋪張誇大，過甚其詞，此彈章即其一例。」〔註 80〕但此彈劾後來還是致陳師道改任潁州教授。《宋史·陳師道傳》：「……起為徐州教授。又用梁燾薦為太學博士，言者謂在官嘗越境出南京見軾，改教授潁州。」〔註 81〕然有一事，《宋史》本傳失載，即陳師道為劉安世所糾而有「差替」，後復為徐州教授。故陳師道又有《謝再授徐州教授啟》。冒廣生先生在箋中說：「此記（指《謝再授徐州教授啟》）及《宋史》本傳皆不言後山有再授徐州教授事。當是既為安世所糾，奉有差替。已而事寢，得回本任耳。」〔註 82〕《謝再授徐州教授啟》曰：「中臺絕望，邈如天漢之光；孤官易危，慄若秋霜之實。方去留之未定，顧聲問之不遑。逮此逾時，復伸故意。昨緣知舊出守東南，念一代之數人，而百年之幾見。間以重江之阻，莫期再歲之逢。使一有於先顛，為兩途之後悔。又謂中山之相，仁於放麑；亂世之雄，疑於食子。惟其信之既篤，所以行之不疑。豈意喧傳，遂煩公議。方眾言之成市，雖百虎而可疑。賴日月之並明，而仁人之在上。深知曲折，公賜保全。憐其母子之窮，還以斗升之祿。原恩有自，攬涕無從。願為執鞭，喜有逢於晏子；期之異日，報不後於奇章。」〔註 83〕文中「昨緣知舊出守東南」，即是指蘇軾赴杭事；「念一代之數人，而百年之幾見」，則是陳師道《送蘇公知杭州》詩「一代不數人，百年能幾見」之語。「間以重江之阻，莫期再歲之逢。使一有於先顛，為兩途之後悔。」則為自己赴南都送行作出解釋或者說是辯護。看來冒先生的推測應該是對的。

〔註 79〕陳師道：《後山居士文集》，下冊，661 頁，上海：上海古籍出版社，1984。

〔註 80〕鄭騫：《陳後山年譜》，86 頁，臺北：聯經出版事業公司，1984。

〔註 81〕《宋史》卷四四四《陳師道傳》，見《二十五史》第 8 冊《宋史》下，1487 頁，上海：上海古籍出版社，1986。

〔註 82〕冒廣生補箋：《後山詩注補箋》，上冊，卷首，7〜8 頁，北京：中華書局，1995。

〔註 83〕陳師道：《後山居士文集》，下冊，610〜611 頁，上海：上海古籍出版社，1984。

蘇軾在南都逗留期間曾登樓而遊，陳師道有《從蘇公登後樓》，詩曰：「倏作三年別，才堪一解顏。樓孤帶清洛，林缺見巴山。五月池無水，千年鶴自還。白鷗沒浩蕩，愛惜鬢毛斑。」〔註84〕陳師道元祐二年因蘇軾薦為徐州教授，至今年，首尾正好三年，故言「倏作三年別」。蘇軾前因詩案下獄，此故言「白鷗沒浩蕩，愛惜鬢毛斑」，勸其退隱以安晚景。

蘇軾離南都，陳師道為之送行，至宿而歸。並作《送蘇公知杭州》：「平生羊荊州，追送不作遠。豈不畏簡書，放麑誠不忍。一代不數人，百年能幾見。昔為馬口銜，今為禁門鍵。一雨五月涼，中宵大江滿。風帆目力短，江空歲年晚。」〔註85〕任淵於此詩目下注曰：「東坡出知杭州，道由南京。後山時為徐州教授，告徐守孫覺，願往見。而覺不之許，乃託疾謁告，來南京送別。同舟東下，至宿而歸。事見東坡《送陳傳道書》及劉安世彈章。」〔註86〕任注有誤，時知徐州者乃彭汝礪，而非孫覺。若是孫覺，則孫覺乃是薦師道者，未必不從陳請。又冒箋「昔為馬口銜」，《後山居士文集》則作「昔如馬口銜」。

陳師道於南都送蘇軾後回徐州。於本年秋作《和江秀才獻花三首》，其三曰：「江公孤憤不宜秋，吟作秋蟲到白頭。過我可為千日醉，從公難作百錢遊。」〔註87〕任淵注次句曰：「東坡詩云：吟詩莫作秋蟲聲，天公怪汝鉤物情，使汝未老華髮生。」又注末句云：「詩意謂官居不可放浪也。東坡詩：芒鞋青竹杖，自掛百錢遊。」這是用化用蘇詩的方式以表達對蘇軾的懷念。

本年三月初四日，中書舍人劉攽（字貢父）卒，蘇軾與劉攽在元祐同朝期間，過從甚密，《後山談叢》卷六「劉攽蘇軾互謔」條嘗為記述云：「世以癩疾鼻陷為死證，劉貢父晚有此疾，又嘗坐和蘇子瞻詩罰金。元祐中，同為從官，貢父曰：『前於曹州，有盜夜入人家，室無物，但有書數卷爾。盜忌空還，取一卷而去，乃舉子所著五七言也。就庫家質之，主人喜事，好其詩不捨手。明日盜敗，吏取其書，主人略吏而私錄之，吏督之急，且問其故，曰：「吾愛其語，將和之也。」吏曰：「賊詩不中和他。」』，子瞻亦曰：『少壯讀書，頗知故事。孔子嘗出，顏、仲二子行而過市，而卒遇其師，子路趫捷，躍而升木，顏淵懦緩，顧無所之，就市中刑人所經幢避之，所謂「石幢子」者。既去，

〔註84〕冒廣生補箋：《後山詩注補箋》，上冊，67頁，北京：中華書局，1995。
〔註85〕冒廣生補箋：《後山詩注補箋》，上冊，68～70頁，北京：中華書局，1995。
〔註86〕冒廣生補箋：《後山詩注補箋》，上冊，68頁，北京：中華書局，1995。
〔註87〕冒廣生補箋：《後山詩注補箋》，上冊，74頁，北京：中華書局，1995。

市入以賢者所至，不可復以故名，遂共謂「避孔塔」。』坐者絕倒。」〔註88〕

元祐五年庚午（1090年）

蘇軾五十五歲，在杭州。

陳師仲有書致蘇軾，蘇軾簡答之。《答陳傳道五首》之三曰：「某近絕不作詩，蓋有以，非面莫究。頃作神道碑、墓誌數篇。碑蓋被旨作，而文以景仁丈世契不得辭。欲寫呈，又未有暇，聞都下已開板，想即見之也。某頃伴虜使，頗能誦某文字，以知虜中皆有中原文字，故為此碑，欲使虜知通好用兵利害之所在也。昔年在南京，亦嘗言此事，故終之。」並贊其日作一詩〔註89〕。

陳師道三十九歲。

本年在徐州教授任，冬移潁州（今安徽阜陽）。時蘇軾子蘇迨自杭赴京師禮部試，經潁州時，陳師道有詩送別。《送蘇迨》：「胸中歷歷著千年，筆下源源赴百川。真字飄揚今有種，清談絕倒古無傳。出塵解悟多為路，隨世功名小著鞭。白首相逢恐無日，幾時書札到林泉。」〔註90〕孔凡禮將其繫於本年，而任淵的《後山詩注》則繫於元祐六年，今從孔。

又，陳師道還有《贈秦觀兼簡蘇迨二首》，其二有句「道與阿平應絕倒」，任淵注曰：「阿平蓋以屬仲豫。」〔註91〕仲豫乃蘇迨字。全詩見「陳師道與秦觀」章。

蘇迨（1070～1126），蘇軾次子，初名叔寄、竺僧，字仲豫。曾任承務郎、饒州太常博士、進士、朝漢大夫、參廣東省政、朝散郎、尚書駕部員外郎。著有《正蒙序》《洛陽論議》。

元祐六年辛未（1091年）

蘇軾五十六歲。

二月寒食日，蘇軾罷杭州守，八月五日為龍圖閣直學士知潁州。八月二十二日，蘇軾到潁州任，直到明年二月，在潁整半年時間。

蘇軾官潁時，欲收陳師道為門弟子，陳師道以曾子固弟子自守。《宋史‧

〔註88〕陳師道：《後山談叢》卷五，朱易安等主編，《全宋筆記》，第2編，第6冊，112～113頁，鄭州：大象出版社，2006。

〔註89〕孔凡禮點校：《蘇軾文集》，第4冊，1575頁，北京：中華書局，1986。

〔註90〕冒廣生補箋：《後山詩注補箋》，上冊，102頁，北京：中華書局，1995。

〔註91〕冒廣生補箋：《後山詩注補箋》，上冊，91頁，北京：中華書局，1995。

陳師道傳》：「官潁時，蘇軾知州事，待之絕席，欲參諸門弟子間，而師道賦詩有『向來一瓣香，敬為曾南豐』之語，其自守如是。」〔註92〕時陳師道正為潁州教授，此可看著蘇軾對人才的愛惜，而陳師道又重視操守。雖然陳師道未為蘇氏門弟子，但當蘇軾知潁時，兩人唱和則非常之多，是蘇、陳交往中歷年之最。蘇軾《復次韻謝趙景貺、陳履常見和，兼簡歐陽叔弼兄弟》詩題下《施注》曰：「東坡在潁半載，自《放魚》以後，凡五六十詩，蓋陳、趙、兩歐陽相與周旋，而劉景文季孫自高郵來，履常之兄傳道又至，故賦詠獨多。」〔註93〕《王直方詩話》「東坡挑二歐詩」條云：「東坡云：在潁時，陳無己、趙德麟輩適亦守官於彼，而歐陽叔弼與季默亦又居閒，日相唱和。而二歐頗不作詩，東坡以句挑之……」〔註94〕現縷述其唱和之事。

1. 九月某日，潁州西湖徙魚，蘇軾作《放魚》二首。其一《西湖秋涸，東池魚窘甚，因會客，呼網師遷之西池，為一笑之樂。夜歸，被酒不能寐，戲作放魚一首》曰：「東池浮萍半黏塊，裂碧跳青出魚背。西池秋水尚涵空，舞闊搖深吹荇帶。吾僚有意為遷居，老守縱饞那忍膾。縱橫爭看銀刀出，濺灂初驚玉花碎。但愁數罟損鱗鬣，未信長堤隔濤瀨。瀄瀄發發須臾間，團團洋洋尋丈外。安知中無蛟龍種，尚恐或有風雲會。明年春水漲西湖，好去相忘渺淮海。」其二《復次放魚韻，答趙承議、陳教授》曰：「擾擾萬生同大塊，搶榆不羨培風背。青丘已吞雲夢芥，黃河復繞天門帶。長譏韓子隘且陋，一飽鯨鯢何足膾。東坡也是可憐人，披抉泥沙收細碎。逝將歸修八節灘，又欲往釣七里瀨。正似此魚逃網中，未與造物遊數外。且將新句調二子，湖上秋高風月會。為君更喚木腸兒，腳扣兩舷歌《小海》。」〔註95〕

陳師道次其韻作《次韻蘇公西湖徙魚三首》其一：「窮秋積雨不破塊，霜落西湖露沙背。大魚泥蟠小魚樂，高丘覆杯水如帶。魚窮不作搖尾憐，公寧忍口不忍繪。修鱗失水玉參差，晚日搖光金破碎。咫尺波濤有生死，安知平陸無灘瀨。此身寧供刀幾用，著意更須風雨外。是間相忘不為小，濠上之意誰得會。枯魚雖泣悔可及，莫待西江與東海。」後四句，任注曰：「言外郡亦

〔註92〕《宋史》卷四四四《陳師道傳》，《二十五史》第 8 冊《宋史》下，1487 頁，上海：上海古籍出版社，1986。

〔註93〕王文誥輯注：《蘇軾詩集》，第 6 冊，1791 頁，北京：中華書局，1982。

〔註94〕《王直方詩話》之五十三，見吳文治主編《宋詩話全編》，第 2 冊，1152 頁，南京：鳳凰出版社，1998。

〔註95〕王文誥輯注：《蘇軾詩集》，第 6 冊，1787～1790 頁，北京：中華書局，1982。

足為樂，優游卒歲，可以避禍也。」其二：「赤手取魚如拾塊，布網鳴舷攻腹背。豈知激濁與清流，恐懼駢頭牽翠帶。居士仁心到魚鳥，會有微生化餘膾。寧容網目漏吞舟，誰能烹鮮作苛碎。我亦江湖釣竿手，誤作輕車從下瀨。生當得意落鷗邊，何用封侯墜鳶外。不如此魚今得所，置身暗與神明會。徑須作記戒鯨鯢，防有任公釣東海。」其三：「詩成筆落驥歷塊，不用安西題紙背。小家厚斂四壁立，拆東補西裳作帶。堂下穀觫牛何罪，太山之陽人作膾。同生異趣有如此，餅懸甖閒終一碎。流水長者今公是，雨花散亂投金瀨。人言充庖須此輩，慈觀更須容度外。賜牆及肩人得視，公才盤盤一都會。有憐其窮與不朽，我亦牽聯書《玉海》。」〔註96〕「賜牆及肩人得視」四句乃是贊蘇詩，以南朝齊張融的《玉海》「以比《東坡集》」（任淵語）。後蘇軾復次韻。蘇軾的《放魚》詩僅二首，而陳師道則作了三首，故清初的查慎行（別名查初白）《蘇詩補注》認為陳師道的第二首詩「為趙景貺作，誤入《後山集》。蓋景貺以宗室子登第，屈身幕職，故作此感慨，非履常作也」。冒廣生則箋曰：「今按：《東坡集》用此韻僅二首，後山何以作至三首？而第三首中有『賜牆及肩人得窺（「窺」字當是「視」——引者注）』句，與《答魏衍黃預勉余作詩》云『我詩淺短子貢牆，眾目所視無留藏』同一語氣。初亦疑第一、第三首確為後山作，而第二首主初白說為景貺作，誤收集中。及檢宋本《坡門酬唱集》，則三首均屬之後山，初白說仍不可從。」其實，陳師道和三首，當亦是逞才吧。次韻酬唱本來即是乘興而為。

2. 九月十五日，蘇軾與客聽琴西湖，蘇軾賦詩《九月十五日，觀月聽琴西湖示坐客》：「白露下眾草，碧空卷微雲。孤光為誰來，似為我與君。水天浮四坐，河漢落酒樽。使我冰雪腸，不受曲蘗醺。尚恨琴有弦，出魚亂湖紋。哀彈奏舊曲，妙耳非昔聞。良時失俯仰，此見寧朝昏。懸知一生中，道眼無由渾。」〔註97〕

陳師道有和詩，題為《次韻蘇公觀月聽琴》：「清湖納明月，遠覽無留雲。人生亦何須，有酒與桐君。自醉寧問客，一樽復一樽。平生今不飲，意得同醺醺。清言冰玉質，壞衲山水紋。殫精有後悟，畜耳無前聞。潛魚避流光，歸鳥投重昏。信有千丈清，不如一尺渾。」〔註98〕後蘇軾亦復次韻。但此詩

〔註96〕冒廣生補箋：《後山詩注補箋》，上冊，105～110頁，北京：中華書局，1995。

〔註97〕王文誥輯注：《蘇軾詩集》，第6冊，1790頁，北京：中華書局，1982。

〔註98〕冒廣生補箋：《後山詩注補箋》，上冊，111～112頁，北京：中華書局，1995。

在查慎行《蘇詩補注》中列為趙令時作，而另附陳師道《次韻蘇公西湖觀月聽琴》一詩，曰：「公詩端王道，亭亭如紫雲。落世不敢學，謂是詩中君。獨有黃太史，抱杓挹其尊。韻出百家上，誦之心已醺。黃鐘毀少合，大裘擯不文。世事如病耳，蟻鬥作牛聞。苦懷太史惠，養豹煙雨昏。後世無高學，舉俗愛許渾。」〔註99〕比較這兩首詩，還是第一首詩更像是陳師道所作。任淵注第一首後四句曰：「四句皆勸蘇公含垢納污之意。《涉潁》詩亦云：至潔而納污，此水真吾師。蘇公《送魯遠翰》詩云：皎皎千丈清，不如尺水渾。故後山言信有以印之。」

3. 蘇軾以上之《九月十五日》韻，再作詩，題為《復次韻謝趙景貺、陳履常見和，兼簡歐陽叔弼兄弟》：「能詩李長吉，識字揚子雲。端能望此府，坐嘯獲兩君。逝將江湖去，浮我五石樽。眷焉復少留，尚為世所醺。或勸莫作詩，兒輩工織紋。朱弦寄三歎，未害俗耳聞。共尋兩歐陽，伐薪照黃昏。是家有甘井，汲多終不渾。」〔註100〕

陳師道次其韻，《再次韻蘇公示兩歐陽》：「公詩周魯後，曳曳垂天雲。府中顧長康，風味如曲君。非公無此客，請壽兩山樽。叔季大儒後，偏醒亦同醺。心與柏石堅，章成綺繡紋。多難獨不補，少戇今無聞。時無古今異，智有功名昏。可使百尺底，不作數斗渾。」後四句，任注曰：「四句皆勸公潔身高退之意。」〔註101〕

4. 蘇軾與陳師道諸人泛舟潁水，賦詩《泛潁》：「我性喜臨水，得潁意甚奇。到官十日來，九日河之湄。吏民笑相語，使君老而癡。使君實不癡，流水有令姿。繞郡十餘里，不駛亦不遲。上流直而清，下流曲而漪。畫船俯明鏡，笑問汝為誰？忽然生鱗甲，亂我須與眉。散為百東坡，頃刻復在茲。此豈水薄相，與我相娛嬉。聲色與臭味，顛倒眩小兒。等是兒戲物，水中少磷緇。趙陳兩歐陽，同參天人師。觀妙各有得，共賦泛潁詩。」〔註102〕

陳師道次其韻，《次韻蘇公涉潁》：「沖風不成寒，脫木還自奇。坐看白日晚，起行清潁湄。三穴未為得，一舟不作癡。（任淵於此二句下注曰：「二句似託意，以坡避謗請郡為得策。」）路暗鳥遺音，江清魚弄姿。宇定怪物變，

〔註99〕查慎行補注：《蘇詩補注》，中冊，1009 頁，南京：鳳凰出版社，2013。

〔註100〕王文誥輯注：《蘇軾詩集》，第 6 冊，1792 頁，北京：中華書局，1982。

〔註101〕冒廣生補箋：《後山詩注補箋》，上冊，115～116 頁，北京：中華書局，1995。

〔註102〕王文誥輯注：《蘇軾詩集》，第 6 冊，1794～1795 頁，北京：中華書局，1982。

意行覺舟遲。公與兩公子，妙語含風漪。但怪笑談劇，莫知賓主誰。得句未肯
吐，鬱鬱見睫眉。相從能幾何，行樂當及茲。生忍自作難，百憂間一嬉。時尋
赤眼老，不探黃口兒。解公頭上巾，一洗七年緇。至潔而納污，此水真吾師。
須公曉二子，人自窮非詩。」〔註103〕

5. 陳師道不飲酒，蘇軾欲破其酒戒，作詩《次韻趙景貺督兩歐陽詩，破
陳酒戒》：「商也哀未忘，歲月忽已秋。祥琴雖未調，余悲不敢留。矧此乃韻
語，未入金石流。羲之生五子，總角出銀鉤。吾家有二許，下筆兩不休。君言
不能詩，此語人信不？千鍾斯為堯，百榼斯為丘。陋矣陶士衡，當以大白浮。
酒中那有失，醉則不驚鷗。明當罰二子，已洗兩玉舟。」〔註104〕時歐陽棐、
歐陽辯（歐陽修子）母喪，兩兄弟尚在服中。歐陽棐、歐陽辯母薛夫人卒於元
祐四年八月，故有「君言不能詩，此語人信不」之句，益勸之。蘇軾詩後者題
為《叔弼云，履常不飲，故不作詩，勸履常飲》：「我本畏酒人，臨觴未嘗訴。
平生坐詩窮，得句忍不吐。吐酒茹好詩，肝胃生滓污。用此較得喪，天豈不足
付。吾儕非二物，歲月誰與度。悄然得長愁，為計已大誤。二歐非無詩，恨子
不飲故。強為釂一酌，將非作愁具。成言如皎日，援筆當自賦。他年五君詠，
山、王一時數。」〔註105〕

陳師道有《次韻蘇公勸酒與詩》：「五士三不同，煩公以詩訴。強酒古所辭，
妙語神其吐。自念每累人，舉扇無我污。復使兩歐陽，縮手不分付。平生西方
社，努力須自度。不憂龜九頭，肯畏語一誤。頓悟而漸修，從此辭世故。公看
萬金產，寧能一朝具。兩生文章家，夙記《鳴蟬賦》。請公堅城壘，兵來後無
數。」〔註106〕任淵於首句「五士三不同」注曰：「東坡守潁時，趙德麟作簽判，
後山為學官，其兄傳道來過，而歐陽叔弼、季默，家居於潁。東坡送傳道詩所
謂『五君從我遊』是也。兩歐陽以新免母喪，不肯作詩，後山以持律不飲酒，
故云三不同。」同時陳師道還作有《次韻德麟督叔弼季默詩及破余酒戒》詩：
「歲月不相貸，夜床衾簟秋。朝來明鏡中，作意多少留。惟酒可為娛，顧我非
其流。丈夫意氣合，佩玦不循鉤。意行無人非，駿發不中休。相逢問何如，頗
復中之不。清坐豈不好，致真豈糟丘。兩歐以詩鳴，與俗同沉浮。百鳥畏嘲弄，

〔註103〕冒廣生補箋：《後山詩注補箋》，上冊，112～114 頁，北京：中華書局，1995。
〔註104〕王文誥輯注：《蘇軾詩集》，第 6 冊，1798～1799 頁，北京：中華書局，1982。
〔註105〕王文誥輯注：《蘇軾詩集》，第 6 冊，1799～1800 頁，北京：中華書局，1982。
〔註106〕冒廣生補箋：《後山詩注補箋》，上冊，116～117 頁，北京：中華書局，1995。

往和長鳴鷗。相寧忍快便，風飄萬斛舟。」〔註107〕詩謂「惟酒可為娛，顧我非其流」，雖是次韻趙德麟詩，然仍是回答蘇軾的「破陳酒戒」。

6. 蘇軾臂痛，作三絕句，《臂痛謁告，作三絕句示四君子》：其一：「公退清閒如致仕，酒餘歡適似還鄉。不妨更有安心病，臥看縈簾一炷香。」其二：「心有何求遣病安，年來古井不生瀾。只愁戲瓦閒童子，卻作泠泠一水看。」其三：「小閣低窗臥宴溫，了然非默亦非言。維摩示病吾真病，誰識東坡不二門。」〔註108〕

陳師道次其韻，《次韻蘇公謁告三首》：其一：「靜中有業官成集，醉裏無何老是鄉。文寶向來無一物，卻須天女與拈香。」其二：「竭澤回波不作難，未應平地起風瀾。是身非有從何病，試下先生一著看。」其三：「紙帳薰爐作小春，狸奴白牯對忘言。更無人問維摩詰，始是東坡不二門。」〔註109〕

7. 蘇軾賦詩挑歐陽棐（叔弼）、歐陽辯（季默）兄弟，時棐、辯閒居於穎，蘇軾作《景貺、履常屢有詩，督叔弼、季默倡和，已許諾矣，復以此句挑之》：「君家文律冠西京，旋築詩壇按酒兵。袖手莫輕真將種，致師須得老門生。明朝鄭伯降誰受，昨夜條侯壁已驚。從此醉翁天下樂，還應一舉百觴傾。（自注：文忠公贈蘇、梅詩云：我亦願助勇，鼓旗噪其旁。快哉天下樂，一醺宜百觴。）」〔註110〕

陳師道有《次韻蘇公督兩歐陽詩》：「吟聲正可候蟲鳴，酒面猶須作老兵。豈有文章妨要務，孰知詩律自前生。向來懷璧真成罪，未必含光不屢驚。血指汗顏終縮手，此懷端復向誰傾。」〔註111〕

8. 十月十四日，蘇軾以病在告獨酌，招諸君子明日賞月，各賦詩，蘇軾作《十月十四日以病在告獨酌》曰：「翠柏不知秋，空庭失搖落。幽人得嘉蔭，露坐方獨酌。月華稍澄穆，霧氣尤清薄。小兒亦何知，相語翁正樂。銅爐燒柏子，石鼎煮山藥。一杯賞月露，萬象紛酬酢。此生獨何幸，風纜欣初泊。誓逃顏、跖網，行赴松、喬約。莫嫌風有待，漫欲戲寥廓。泠然心境空，彷彿來笙鶴。」

又《獨酌試藥玉滑盞，有懷諸君子。明日望夜，月庭佳景不可失，作詩招之》：「鎔鉛煮白石，作玉真自欺。琢削為酒杯，規摹定州瓷。荷心雖淺狹，

〔註107〕冒廣生補箋：《後山詩注補箋》，下冊，480頁，北京：中華書局，1995。
〔註108〕王文誥輯注：《蘇軾詩集》，第6冊，1800～1801頁，北京：中華書局，1982。
〔註109〕冒廣生補箋：《後山詩注補箋》，下冊，571～572頁，北京：中華書局，1995。
〔註110〕王文誥輯注：《蘇軾詩集》，第6冊，1802頁，北京：中華書局，1982。
〔註111〕冒廣生補箋：《後山詩注補箋》，上冊，118～119頁，北京：中華書局，1995。

鏡面良渺瀰。持此壽佳客，到手不容辭。曹侯天下平，定國豈其師。一飲至數石，溫克頗似之。風流越王孫，詩酒屢出奇。喜我有此客，玉杯不徒施。請君詰歐、陳，問疾來何遲。呼兒掃月榭，扶病及良時。」〔註112〕

陳師道有《次韻蘇公獨酌》：「雲月酒下明，風露衣上落。是中有何好，草草成獨酌。使君顧謂客，老子興不薄。飲以全吾真，醉則忘所樂。未解飲中趣，中之如狂藥。起舞屢跳踉，罵坐失酬酢。終然厭多事，超然趨淡薄。功名無前期，山林有成約。身將歲華晚，意與天宇廓。醒醉各有適，短長聽梟鶴。」〔註113〕

又《次韻蘇公獨酌試藥玉滑盞》：「仙人棄餘糧，玉色已可欺。小試換骨方，價重十冰甈。灌以長白虹，渺若江海瀰。浮之端不惡，舉者亦何辭。但愧聞道晚，早從雁門師。律部無明文，可復時中之。汝陽佳少年，三斗出六奇。家有持杯手，兩好當一施。風吹酒面灰，月度杯心遲。百年容有命，一笑更須時。」〔註114〕

9. 蘇軾遊西湖，賦《木蘭花令‧次歐公西湖韻》：「霜餘已失長淮闊。空聽潺潺清潁咽。佳人猶唱醉翁詞，四十三年如電抹。　　草頭秋露流珠滑。三五盈盈還二八。與余同是識翁人，惟有西湖波底月！」〔註115〕

陳師道亦賦《木蘭花令》，於題下自注曰：「汝陰湖上同東坡用六一韻」，詞曰：「湖平木落搖空闊。葉底流泉鳴復咽，酒邊清漏往時同，花裏朱弦纖手抹。　　風光過手春冰滑。十事違人常七八。不將白髮並黃花，擬下清流攬明月。」〔註116〕

10. 十月二十八日，蘇軾與趙令時、陳師道同訪歐陽棐和歐陽辯，作詩《與趙、陳同過歐陽叔弼新治小齋，戲作》：「江湖渺故國，風雨傾舊廬。東來三十年，愧此一束書。尺椽亦何有，而我常客居。羨君開此室，容膝真有餘。拊床琴動搖，弄筆窗明虛。後夜龍作雨，天明雪填渠。（自注：時方禱雨龍祠。作此句時，星斗燦然。四更風雨大至，明日，乃雪。）夢回聞剝啄，

〔註112〕 王文誥輯注：《蘇軾詩集》，第 6 冊，1807～1809 頁，北京：中華書局，1982。
〔註113〕 冒廣生補箋：《後山詩注補箋》，下冊，480～481 頁，北京：中華書局，1995。
〔註114〕 冒廣生補箋：《後山詩注補箋》，下冊，481 頁，北京：中華書局，1995。
〔註115〕 薛瑞生：《東坡詞編年箋證》，599 頁，西安：三秦出版社，1998。
〔註116〕 唐圭璋編：《全宋詞》，第 1 冊，585 頁，北京：中華書局，2011。

誰乎趙陳予。添丁走沽酒，通德起挽蔬。主孟當啖我，玉鱗金尾魚。一醉忘
其家，此身自籧篨。」〔註117〕

　　陳師道亦有詩，《次韻蘇公題歐陽叔弼息齋》：「行者悲故里，居者愛吾廬。
生須著錐地，何賴汗牛書。丈室百尺床，稱子閉門居。百為會有還，一足不願
餘。紛紛老幼間，失得了懸虛。客在醉則眠，聽我莫問渠。論勝已絕倒，句妙
方愁予。竹幾無留塵，霜畦有餘蔬。相從十五年，不為食有魚。時須一俛仰，
君可待籧篨。」〔註118〕詩中「相從十五年，不為食有魚」，蘇軾與陳師道相識
始於熙寧十年（1077 年），至本年元祐六年（1091 年），正好是 15 年。

　　11. 十一月一日，蘇軾禱雨張龍公行祠，得小雪，與陳師道等人飲於聚星
堂。蘇軾賦詩《聚星堂雪》，此詩小引敘其事，謂步歐陽修守潁時聚星堂，各
賦一詩。蘇詩小引曰：「元祐六年十一月一日，禱雨張龍公，得小雪，與客會
飲聚星堂。忽憶歐陽文忠公作守時，雪中約客賦詩，禁體物語，於艱難中特
出奇麗。爾來四十餘年，莫有繼者。僕以老門生繼公後，雖不足追配先生，而
賓客之美，殆不減當時，公之二子，又適在郡，故輒舉前令，各賦一篇。　窗
前暗響鳴枯葉，龍公試手初行雪。映空先集疑有無，作態斜飛正愁絕。眾賓
起舞風竹亂，老守先醉霜松折。恨無翠袖點橫斜，只有微燈照明滅。歸來尚
喜更鼓永，晨起不待鈴索掣。未嫌長夜作衣稜，卻怕初陽生眼纈。欲浮大白
追餘賞，幸有回飆驚落屑。模糊檜頂獨多時，歷亂瓦溝裁一瞥。汝南先賢有
故事，醉翁詩話誰續說。當時號令君聽取，白戰不許持寸鐵。」〔註119〕惜師
道詩未留。

　　12. 是年十月，潁州因久旱不雨，州守蘇軾為禱雨，乃遣其子蘇迨與陳師
道禱雨，並作《祈雨迎張龍公祝文》曰：「維元祐六年，歲次辛未，十月丙辰
朔，二十五日庚辰，龍圖閣學士左朝奉郎知潁州軍州事蘇軾，謹請州學教授
陳師道，並遣男承務郎迨，以清酌庶羞之奠，敢昭告於昭靈侯張公之神。……」
〔註120〕十一月又作《送張龍公祝文》曰：「維元祐六年，歲次辛未，十一月乙
酉朔，十日甲午，龍圖閣學士左朝奉郎知潁州軍州事兼管內勸農使輕車都尉
賜紫金魚袋蘇軾，謹以清酌庶羞之奠，敢昭告於昭靈侯張公之神。……惟師道、

〔註117〕　王文誥輯注：《蘇軾詩集》，第 6 冊，1812～1813 頁，北京：中華書局，1982。
〔註118〕　冒廣生補箋：《後山詩注補箋》，上冊，119～120 頁，北京：中華書局，1995。
〔註119〕　王文誥輯注：《蘇軾詩集》，第 6 冊，1813～1814 頁，北京：中華書局，1982。
〔註120〕　孔凡禮點校：《蘇軾文集》，第 5 冊，1924 頁，北京：中華書局，1986。

迨，復餞公還。諮爾庶邦，益敬事神。尚饗。」〔註121〕禱雨張龍公祠後，陳師道有詩，蘇軾有和，《次韻陳履常張公龍潭》：「明經宣城宰，家此百尺瀾。鄭公不量力，敢以非意干。玄黃雜兩戰，絳青表雙蟠。（自注：事見《龍公碑》。）烈氣斃強敵，仁心惻飢寒。精誠禱必赴，苟簡求亦難。蕭條麥麰枯，浩蕩日月寬。念子無吏責，十日勤征鞍。春蔬得雨雪，少助先生盤。龍不憚往來，而我獨宴安。閉閣默自責，神交清夜闌。」〔註122〕並書。

　　陳師道原詩《龍潭》：「清淵下無際，落日回風瀾。凜然毛髮直，敢以笑語干。坡陀百尺臺，蔥翠萬木蟠。驚飆振積葉，清霜作朝寒。水旱或有差，精禱神其難。魚龍同一波，信有水府寬。向來三日雨，賴子一據鞌。何以報嘉惠，寒瓜薦金盤。萬口待一飽，歸臥神其安。猶須雪三尺，盛意莫得闌。」〔註123〕

　　此次禱雨，趙景貺、陳師道、二歐陽皆有詩，蘇軾為作《書潁州禱雨詩》記之曰：「元祐六年十月，潁州久旱，聞潁上有張龍公神祠，極靈異，乃齋戒遣男迨與州學教授陳履常往禱之。迨亦頗信道教，沐浴齋居而往。明日，當以龍骨至，天色少變。二十六日，會景貺、履常、二歐陽，作詩云：『後夜龍作云，天明雪填渠。夢回聞剗啄，誰呼趙、陳、予？』景貺拊掌曰：『句法甚新，前此未有此法。』季默曰：『有之。長官請客吏請客，目曰「主簿、少府、我」。即此語也。』相與笑語。至三更歸時，星斗燦然，就枕未幾，而雨已鳴簷矣。至朔旦日，作五人者復會於郡齋。既感歎龍公之威德，復嘉詩語之不謬。季默欲書之，以為異日一笑。是日，景貺出迨詩云：『吾儕歸臥髀骨裂，會友攜壺勞行役。』僕笑曰：『是男也，好勇過我。』」〔註124〕

　　13. 蘇軾在潁以得陳師道、趙令時、歐陽棐、歐陽辯兄弟為樂，有《西湖戲作一絕》云：「一士千金未易償，我從陳、趙兩歐陽。舉鞭拍手笑山簡，只有并州一葛強。」〔註125〕

　　又《用前韻作雪詩留景文》：「萬松嶺上黃千葉，載酒年年踏松雪。劉郎去後誰復來，花下有人心斷絕。東齋夜坐搜雪句，兩手龜坼霜須折。無情豈亦畏嘲弄，穿簾入戶吹燈滅。紛紛兒女爭所似，碧海長鯨君未掣。朝來雲漢接天流，顧我小詩如點綴。歐陽、趙、陳在戶外，急掃中庭鋪木屑。交遊雖似

〔註121〕孔凡禮點校：《蘇軾文集》，第 5 冊，1925 頁，北京：中華書局，1986。
〔註122〕王文誥輯注：《蘇軾詩集》，第 6 冊，1825～1827 頁，北京：中華書局，1982。
〔註123〕冒廣生補箋：《後山詩注補箋》，下冊，484～485 頁，北京：中華書局，1995。
〔註124〕孔凡禮點校：《蘇軾文集》，第 5 冊，2147～2148 頁，北京：中華書局，1986。
〔註125〕王文誥輯注：《蘇軾詩集》，第 6 冊，1818 頁，北京：中華書局，1982。

雪柏堅，聚散行作風花瞥。晴光融作一尺泥，歸有何事真無說。泥幹路穩放君去，莫倚馬蹄如踏鐵。」〔註126〕詩中「歐陽趙陳在戶外」即是歐陽叔弼、趙景貺、陳履常。

又《次前韻送劉景文》：「白雲在天不可呼，明月豈肯留庭隅。怪君西行八百里，清坐十日一事無。路人不識呼尚書，但見凜凜雄千夫。豈知入骨愛詩酒，醉倒正欲蛾眉扶。一篇向人寫肝肺，四海知我霜鬢須。歐陽、趙、陳皆我有，豈謂夫子駕復迂。邇來又見三黠柳，共此暖熱餐氈蘇。酒肴酸薄紅粉暗，只有潁水清而姝。一朝寂寞風雨散，對影誰念月與吾。（自注：郡中，日與歐陽叔弼、趙景貺、陳履常相從，而景文復至，不數日柳戒之亦見過。賓客之盛，頃所未有。然不數日，叔弼、景文、戒之皆去矣。）何時歸帆泝江水，春酒一變甘棠湖。」〔註127〕

陳師道於蘇軾的《西湖戲作一絕》作和詩，《次韻蘇公竹間亭絕句》曰：「竹裏高亭燈燭光，今年復得杜襄陽。倏看老蓋千年後，更想霜林百尺強。」陳師道於此詩自注曰：「是夕公畫枯木。」而次句「今年復得杜襄陽」則因「晉杜預嘗鎮襄陽，今以比蘇公」（任淵注）。末句也是「以屬蘇公」（任淵注）〔註128〕

14. 蘇軾與客小飲西湖，時歐陽辯（季默）離潁赴京師，蘇軾賦詩《小飲西湖，懷歐陽叔弼兄弟，贈趙景貺、陳履常》：「歲暮自急景，我閒方緩觴。歡飲西湖晚，步轉北渚長。地坐略少長，意行無澗岡。久知薺麥青，稍喜榆柳黃。盎盎春欲動，瀲瀲夜未央。水天鷗鷺靜，月露松檜香。撫景方婉晚，懷人重淒涼。豈無一老兵，坐念兩歐陽。我意正縶鹿，君材亦珪璋。此會不可再，此歡不可忘。」〔註129〕

又次陳師道蠟梅詩韻作《蠟梅》詩贈趙令畤。《蠟梅一首贈趙景貺（一題：次履常蠟梅韻）》：「天工點酥作梅花，此有蠟梅禪老家。蜜蜂採花作黃蠟，取蠟為花亦其物。天工變化誰得知，我亦兒嬉作小詩。君不見萬松嶺上黃千葉，玉蕊檀心兩奇絕。醉中不覺度千山，夜聞梅香失醉眠。歸來卻夢尋花去，夢裏花仙覓奇句。此間風物屬詩人，我老不飲當付君。君行適吳我適越，笑指西湖作衣缽。」〔註130〕

〔註126〕王文誥輯注：《蘇軾詩集》，第6冊，1820頁，北京：中華書局，1982。
〔註127〕王文誥輯注：《蘇軾詩集》，第6冊，1822頁，北京：中華書局，1982。
〔註128〕冒廣生補箋：《後山詩注補箋》，上冊，121頁，北京：中華書局，1995。
〔註129〕王文誥輯注：《蘇軾詩集》，第6冊，1827～1828頁，北京：中華書局，1982。
〔註130〕王文誥輯注：《蘇軾詩集》，第6冊，1828頁，北京：中華書局，1982。

陳師道於蘇詩皆有和。《次韻蘇公蠟梅》:「化人乃作緗樣花,何年落子空山家。羽衣霓袖浣香蠟,從此人間識尤物。青瑣諸郎卻未知,天公下取仙翁詩。烏丸雞距寫玉葉,卻怪寒花未清絕。北風驅雪度關山,把燭看花夜不眠。明朝詩成公亦去,長使詩仙誦佳句。湖山信美更負人,已覺西湖屬此君。坐想明年吳與越,行酒賦詩聽擊缽。」

又《次韻蘇公竹間亭小酌》:「自昔有遺韻,小飲不盡觴。坐待竹間月,奈此云影長。起行林下路,散策踰平崗。破眼一枝春,著意千葉黃。暗寒會有分,蜂蝶來無央。鳥語帶餘寒,竹風回妙香。緬想兩公子,作惡變清涼。誰憐塵沙底,疲馬踏朝陽。斯人班馬後,如圭復如璋。相逢子無得,佳處每難忘。」〔註131〕

15. 歐陽棐、歐陽辯兄弟先後離穎,蘇軾贈詩,次陳師道詩韻。《新渡寺席上,次趙景貺、陳履常韻,送歐陽叔弼。比來諸君唱和,叔弼但袖手傍睨而已,臨別,忽出一篇,頗有淵明風致,坐皆驚歎》:「神屠不目全,妙額惟妝半。更刀乃族庖,倚市必醜悍。平生魏公籌,忽斬鄖人墢。詩書亦何用,適道須此館。多言雖數窮,微中或排難。子詩如清風,寥寥發將旦。胡為久閉匿,綺語真自患。許時笑我癡,隔屋相詠歎。竟識彥道不?絕叫呼百萬。清朝固多士,人門子皆冠。莫言清穎水,從此隔河漢。異時我獨來,得魚楊柳貫。持歸不忍食,尺素解淒斷。中有清圓句,銅丸飛柘彈。春愁結凌澌,正待一笑泮。百篇倘寄我,呻吟鄭人緩。」〔註132〕詩題是「次陳履常韻」,但陳詩已佚。查慎行即曰:「《陳後山集》中失去此題原作。無從採錄。」〔註133〕在《後山集》中有一首《贈歐陽叔弼》:「早知汝穎多能事,晚以詩書託下僚。大府禮容寬懶慢,故家文物尚嫖姚。只將憂患供談笑,敢望功言答聖朝。歲歷四三仍此地,家餘五一見今朝。」〔註134〕但此詩不像是被蘇軾次韻之作。

16. 有人送洞庭春色酒,蘇軾作《洞庭春色並引》:「安定郡王以黃柑釀酒,謂之洞庭春色,色香味三絕。以餉其猶子德麟。德麟以飲餘,為作此詩。醉後信筆,頗有杳拖風氣。 二年洞庭秋,香霧長噀手。今年洞庭春,玉色疑非

〔註131〕冒廣生補箋:《後山詩注補箋》,下冊,498,486 頁,北京:中華書局,1995。
〔註132〕王文誥輯注:《蘇軾詩集》,第 6 冊,1823～1825 頁,北京:中華書局,1982。
〔註133〕查慎行補注:《蘇詩補注》,中冊,1032 頁,南京:鳳凰出版社,2013。
〔註134〕冒廣生補箋:《後山詩注補箋》,上冊,94～95 頁,北京:中華書局,1995。

酒。賢王文字飲，醉筆蛟龍走。既醉念君醒，遠餉為我壽。瓶開香浮座，盞凸
光照牖。方傾安仁醠，莫遣公遠嗅。要當立名字，未用問升斗。應呼釣詩鈎，
亦號掃愁帚。君知蒲萄惡，正是嫫母黝。須君灩海杯，澆我談天口。」〔註135〕

陳師道亦作詩，《和蘇公洞庭春色》：「洞庭千木奴，寸絲不掛手。來輸步
兵廚，釀作青田酒。王家玉東西，未覺歲華走。方從羅浮山，已作南陽壽。還
將甕頭春，慰予雪入牖。我方縛禪律，一舉煩屢嗅。東坡酒中仙，醉墨粲星
斗。詩成以屬我，千金須弊帚。何曾樽俎間，著客面黧黝。定須笑美人，蘸甲
不濡口。」〔註136〕

17. 都曹路蚪歸老丹陽，蘇軾作詩送之。《送路都曹》：「積雪困桃李，春
心誰為容。淮光釀山色，先作歸意濃。我亦倦遊者，君恩係疏慵。欲留耿介
士，伴我衰遲蹤。吏課升斗積，崎嶇等鉛春。那將露電身，坐待收千鍾。結髮
空百戰，市人看先封。誰能搔白首，抱關望夕烽。子意諒已成，我言寧復從。
恨無乖崖老，一洗芥蒂胸。我田荊溪上，伏臘亦麤供。懷哉江南路，會作林下
逢。」詩前小敘云：「……今都曹路公，以小疾求致仕，予誦此詩，留之不可。
乃採前人意，作詩送之，並邀趙德麟、陳履常同賦一篇。」〔註137〕

陳師道遂亦作《送路糾歸老丹陽》：「身退不待年，意足不待餘。寧聞有
餘論，但問我何如。才名四十年，盛氣蓋諸儒。獨無金水力，竟與黿鼉俱。晚
為府中掾，直前不趑趄。曾何愧俯仰，頗亦困囁嚅。有粟尚可糊，有酒尚可
娛。一朝脫章綬，用意不躊躇。富貴亦何有，惜君寧挽裾。人生一世間，僅得
還其軀。謝公江海人，此計竟亦疏。千金一大錢，兩子雙明珠。妙語發幽光，
東坡為欷歔。不知兩疏去，能亦有此無。聊為三徑資，從子並門居。」〔註138〕

18. 冬，連日大雪，蘇軾簡招趙令時至，議賑濟，散賜柴米。陳師道為之
作《連日大雪，以疾作不出，聞蘇公與德麟同登女郎臺》，詩曰：「掠地沖風敵
萬人，蔽天密雪幾微塵。漫山寨壑疑無地，投隙穿帷巧致身。晚積讀書今已老，
閉門高臥不緣貧。遙知更上湖邊寺，一笑潛回萬室春。」詩後師道自注曰：「是
日賜柴米。」〔註139〕蘇軾次其韻。《次韻陳履常雪中》曰：「可憐擾擾雪中
人，饑飽終同寓一塵。老檜作花真強項，凍鳶儲肉巧謀身。忍寒吟詠君堪笑，

〔註135〕王文誥輯注：《蘇軾詩集》，第 6 冊，1835～1836 頁，北京：中華書局，1982。
〔註136〕冒廣生補箋：《後山詩注補箋》，下冊，462 頁，北京：中華書局，1995。
〔註137〕王文誥輯注：《蘇軾詩集》，第 6 冊，1837～1838 頁，北京：中華書局，1982。
〔註138〕冒廣生補箋：《後山詩注補箋》，下冊，465 頁，北京：中華書局，1995。
〔註139〕冒廣生補箋：《後山詩注補箋》，下冊，531～532 頁，北京：中華書局，1995。

得暖諳呼我未貧。坐聽屐聲知有路，擁裘來看玉梅春。」〔註140〕

　　這在趙令畤《侯鯖錄》卷四中即詳載「賜柴米」以及三人和詩之事。「元祐六年，汝陰久雪。一日，天未明，東坡來召議事，曰：『某一夕不寐，念潁人之饑，欲出百餘千造餅救之。老妻謂某曰：「子昨過陳，見傅欽之言簽判在陳賑濟有功，何不問其賑濟之法？」某遂相召。』余笑謝曰：『已備之矣。今細民之困，不過食與火耳。義倉之積穀數千碩，可以支散以救下民。作院有炭數萬稱，酒務有餘柴數十萬稱，依原價賣之，二事可濟下民。』坡曰：『吾事濟矣。』遂草放積欠賑濟奏檄上臺寺。教授陳履常聞之，有詩：『……』坡次韻曰：『……』予次韻曰：『坎壈中年坐廢人，老來貌鼎視埃塵。鐵霜帶面惟憂國，機阱當前不為身。發廩已康諸縣命，蠲逋一洗幾年貧。歸來又掃寬民奏，慚愧毫端爾許春。』」〔註141〕

　　蘇軾知潁半載，陳師道與其從遊唱和，甚得其樂。此為蘇、陳兩人交往最密的一段時期，有遊樂，有酬唱，更有情誼。其唱和之作，趙令畤曾編為《汝陰唱和集》，晁說之為之序，李廌（方叔）為後序。惜集已逸。

　　集雖未存，然周必大在其《益公題跋》卷五中記錄下了東坡與陳師道等人在潁州唱和之事，云：「東坡以元祐六年秋到潁州。明年春，赴維揚，作此詩。題曰《西湖月夜泛舟》，今集序以《趙德麟餞飲湖上》為題是也。按公在潁僅半年，集中自《放魚》長韻而下，凡六十餘詩。歷考東坡所至歲月，惟潁為少，而留詩反多。蓋陳傳道、履常、趙德麟、歐陽叔弼、季默，適聚於潁，故臨別詩云：『五君從我遊，傾瀉出怪珍。』又中間劉景文特來送行，詩云：『歐陽、趙、陳皆我有，豈謂夫子駕復迂。邇來又見三黜柳，共此暖熱餐氈蘇。』自注云：『郡中日與叔弼、景貺、履常相從，而景文復至；不數日，柳戒之亦見過。賓客之盛，頃所未有。』乃知抒發妙思，羅列於此，抑有由也。」〔註142〕

　　當陳師道與蘇軾唱和之時，吳中詩僧道潛寄書陳師道。道潛乃蘇軾與陳師道共同的詩友。陳師道《送參寥序》中即云：「妙總師參寥，大覺老之嗣，眉山公之客。」〔註143〕故參寥來書，陳師道遂即答《寄參寥》，詩云：「昨日

〔註140〕 王文誥輯注：《蘇軾詩集》，第6冊，1839～1840頁，北京：中華書局，1982。
〔註141〕 趙令畤：《侯鯖錄》，見朱易安等主編《全宋筆記》，第2編，第6冊，227～228頁，鄭州：大象出版社，2006。
〔註142〕 四川大學中文系唐宋文學研究室編：《蘇軾資料彙編》，第2冊，546頁，北京：中華書局，1994。
〔註143〕 陳師道：《後山居士文集》，下冊，739頁，上海：上海古籍出版社，1984。

寄書至，坐想參寥泉。此泉如此公，遇物作清妍。一別今幾時，綠首成白顛。子亦憐我老，我豈要子憐。會逢萬里風，一系五湖船。酌我岩下水，咽子山中篇。」此「參寥泉」，蘇軾曾為之作《參寥泉銘》，其序曰：「予出守錢塘，參寥子在焉。卜智果精舍居之，鑿石得泉如列，乃名之參寥泉。」而陳師道與參寥其實也是因蘇軾而得識的。元豐元年，蘇軾為徐州守，參寥自杭州來徐訪蘇，館於虛白堂，未幾歸，蘇軾為作《送參寥》詩。因而冒廣生先生箋曰：「後山與參寥別，當在是年，作此詩時，別亦十四年矣。」〔註 144〕那麼，無論是參寥還是參寥泉，都是陳師道與蘇軾所共同關心的。

元祐七年壬申（1092 年）

蘇軾五十七歲。

二月前仍在潁州任上，之後（一月二十八日）除知揚州軍州事，充淮南東路兵馬鈐轄。潁任由晏殊之子宴知止代。

正月十五日，陳師道兄陳師仲（傳道）來潁，蘇軾與陳師仲雪中觀燈，有詩《和陳傳道雪中觀燈》：「新年樂事歎何曾，閉閣燒香一病僧。未忍便傾澆別酒，且來同看照愁燈。潁魚躍處新亭近，湖雪消時畫舫升。只恐樽前無此客，清詩還有士龍能。」末句「士龍」，王注次公曰：「以言履常也。」〔註 145〕惜陳傳道詩未留。

蘇軾在潁時，曾與陳師道論畫，《後山談叢》「范瓊趙承祐孫位畫品」條記述曰：「蜀人句龍爽作《名畫記》，以范瓊、趙承祐為神品，孫位為逸品，謂瓊與承祐類吳生，而設色過之，位雖工，不中繩墨。蘇長公謂：『彩色非吳生所為，二子規模吳生，故長於設色爾。孫位方不用矩，圓不用規，乃吳生之流也。』余謂二子學吳生，而能設色，不得其本，故用意於末，其巧者乎？」〔註 146〕

又論詞。《艇齋詩話》曰：「東坡《大江東去》詞，其中云：『人道是三國周郎赤壁。』陳無己見之，言不必道三國，東坡改云『當日』。今印本兩出，不知東坡已改之矣。」〔註 147〕

〔註 144〕冒廣生補箋：《後山詩注補箋》，上冊，122 頁，北京：中華書局，1995。
〔註 145〕王文誥輯注：《蘇軾詩集》，第 6 冊，1842 頁，北京：中華書局，1982。
〔註 146〕陳師道：《後山談叢》卷二，見朱易安等主編《全宋筆記》，第 2 編，第 6 冊，87 頁，鄭州：大象出版社，2006。
〔註 147〕吳文治主編：《宋詩話全編》，第 3 冊，2645 頁，南京：鳳凰出版社，1998。

陳傳道離潁時，蘇軾有《和趙德麟送陳傳道》亦及陳師道，詩曰：「二陳既妙士，兩歐惟德人。王孫乃龍種，世有簫雲麟。五君從我遊，傾寫出怪珍。俗物敗人意，茲遊實清醇。那知有聚散，佳夢失欠伸。我舟下清淮，沙水吹玉塵。君行踏曉月，疎木掛寸銀。尚寄別後詩，剪刻淮南春。」〔註148〕

陳師道四十一歲，在潁州教授任。

蘇軾離潁後，宴知止代，《實錄》：「二月辛酉，少府監宴知止除知潁州。六月甲子，以禮部侍郎韓川換知止。」〔註149〕韓來後，盡改蘇政，師道為歎。陳師道有《離潁》詩，其中有兩句「叢竹防供爨，池魚已割鮮」。任淵於此句下注曰：「當是東坡去潁後，代者韓川變其舊政。向也徙魚，今乃割鮮，行將及竹矣。後山所歎，意蓋不止此也。」〔註150〕蘇軾亦有《乞罷學士除閒慢差遣劄子》曰：「及蒙擢為學士後，便為……韓川、趙挺之等攻擊不已，以致羅織語言，巧加醞釀，謂之誹謗。」〔註151〕任注言「代者韓川」，則宴知止未到任或雖到任旋即罷，故代者為韓川。

蘇軾到揚州任不及半年，即於八月二十二日，以兵部尚書龍圖閣學士除侍讀。陳師道遂即奉寄賀啟，《賀兵部蘇尚書啟》曰：「入侍邇英，出司武部，成命一下，歡聲四來。竊惟八座之崇，以待二府之選。章帝之眷郅壽，豈惟詞藝之工；文宗之用贊皇，亦為登進之漸。昔有故事，號為美談。尚書侍讀亦俎豆之聞，為軍旅之事；以道德之老，備師傅之官，偃革修文，尚須伯益之贊；拜章歸道，益隆桓氏之風。遂正洪鈞，以綏四海。周登魯衛，深惟政事之同；唐用孝溫，或為前後之繼。公望如此，私心與同，致慶以還，執筆而俟。」〔註152〕

但同時，陳師道亦深知蘇軾個性，乃作書勸其「為朝重慎」。《上蘇公書》曰：「師道啟……近見趙承議，說得閣下書，欲復伸理前所舉剗文廣獄事，聞之未以為然。竊謂閣下必不出此，而愚慮所及，亦不能忍也。君子之於事，以位為限，居位而不言則不可，去位而言則又不可。其言之者，義也；其不言者，

〔註148〕王文誥輯注：《蘇軾詩集》，第 6 冊，1847 頁，北京：中華書局，1982。
〔註149〕轉引自冒廣生補箋：《後山詩注補箋》，上冊，目錄，7 頁，北京：中華書局，1995。
〔註150〕冒廣生補箋：《後山詩注補箋》，上冊，171 頁，北京：中華書局，1995。
〔註151〕孔凡禮點校：《蘇軾文集》，第 2 冊，816 頁，北京：中華書局，1986。
〔註152〕陳師道：《後山居士文集》，下冊，614～615 頁，上海：上海古籍出版社，1984。

亦義也。閣下前為潁州，言之可也。今為揚守，而預潁事，其亦可乎？豈以昔嘗言之而不置耶？此取勝之道也。近歲士大夫類皆如此，以為成言，而非閣下之所當為也。苟不公言而私請之，又不如已也。天下之事，行之不中理，使人不平者，豈此一事，閣下豈能盡爭之耶？爭之豈能盡如人意耶？徒使咕咕者以為多事耳。常謂士大夫視天下不平之事，不當懷不平之意。平居憤憤，切齒扼腕，誠非為己；一旦當事而發之，如決江河，其可禦耶？必有過甚覆溺之憂。前日王荊公、司馬溫公是也。夫言之以行義耳，豈如馮婦攘臂下車，取眾人之一快耶？竊謂閣下必不出此，而寧一陳之，以傚其愚耳。秋益高，惟為朝重慎，不勝區區。師道再拜。」〔註153〕書中有「秋益高」，正是蘇軾八月除兵部尚書時。

陳師道還作詩勸其早休，以免禍。《寄侍讀蘇尚書》：「六月西湖早得秋，二年歸思與遲留。一時賓客餘枚叟，在處兒童說細侯。經國向來須老手，有懷何必到壺頭。遙知丹地開黃卷，解記清波沒白鷗。」〔註154〕詩中「枚叟」是西漢枚乘，取以自比，「細侯」是東漢郭伋，以屬蘇軾，一聯之中兩人並舉。末句「解記清波沒白鷗」則是用蘇軾在潁州時所作次韻子由的詩句「明年兼與士龍去，萬頃滄波沒兩鷗」〔註155〕，意思是說我還記得你說過的「萬頃滄波沒兩鷗」的詩，當適時歸隱了啊。

本年，蘇轍在京師，陳師道代潁守宴知止作賀蘇轍啟。《代賀門下蘇侍郎啟》曰：「顯膺明制，登進東臺。賢能所居，位望加重。成命四達，眾言一同。竊以帝者不難於信任，而難於知人；君子不患乎富貴，而患乎所立。上以為賢而下不異；名之所善而實與同。故能邪正不亂，而用究其能；終始如一，而人不失望。不有君臣之合，孰明治亂之分。恭惟某官行法於身，成言於德，名在三君之列，行為百世之師。方其在布衣之中，已有經天下之志。對嘉祐之問，則刺切明主；議熙寧之法，則違忤權臣。人之所難，行而甚易；事之未效，識其當然。故身雖窮於江湖，而望已在於廊廟。遂膺大用，顯有丕功。人慾未充，恩言狎至。期年而化，已如漢相之言；三揖而升，遂正商衡之任。某係官汝潁，阻拜門庭。實與斯民，不勝至願。」〔註156〕

〔註153〕陳師道：《後山居士文集》，下冊，564～570頁，上海：上海古籍出版社，1984。
〔註154〕冒廣生補箋：《後山詩注補箋》，上冊，141頁，北京：中華書局，1995。
〔註155〕王文誥輯注：《蘇軾詩集》，第6冊，1772頁，北京：中華書局，1982。
〔註156〕陳師道：《後山居士文集》，下冊，612～614頁，上海：上海古籍出版社，1984。

元祐八年癸酉（1093 年）

蘇軾五十八歲，在京師。

至九月十三日，端明殿學士兼翰林侍讀學士禮部尚書知定州（今河北保定）。

陳師道四十二歲，在潁州教授任。

聞蘇軾知定州，寄送蘇軾詩，《寄送定州蘇尚書》：「初聞簡策侍前旒，又見衣冠送作州。北府時清惟可飲，西山氣爽更宜秋。功名不朽聊通袖，海道無違具一舟。枉讀平生三萬卷，貂蟬當復自兜牟。」詩云「功名不朽聊通袖，海道無違具一舟」，仍以早休相勸。任淵於此兩句注曰：「此兩句皆拈出東坡語以勸之，意謂功成名遂，自足不朽，政可縮手袖間，而遂湖海之本志也。東坡《沁園春》詞：『用捨有時，行藏在我，袖手何妨閒處看。』《八聲甘州》詞有云『約他年東還海道，願謝公雅志莫相違。』」〔註157〕

又陳師道有《潁州祭佛陀波利文》，其首曰「惟歲之初，雨雪間作」，又曰「前守蘇某，以聞於朝」。陳師道本年尚在潁州，明年罷潁任，而稱蘇為「前守」，則知此文當作於本年。文章讚揚蘇軾任潁守時對潁州人民的關心。其文曰：「惟歲之初，雨雪間作。吏失其職，而民為憂。徧於群祀，不承其休。顧惟其窮，敢以禮請。大士哀其不幸，報以如願，天地開霽，三辰粲然，蠶桑以時，穀麥布野。前守蘇某，以聞於朝，請以大士之所居為光梵寺，以侈民之敬心。月既晦矣，吏其忘之？惟大士之天眼妙心，求施且不得，寧復有報？而禮有祈謝，不敢不共。」〔註158〕

哲宗紹聖元年甲戌（1094 年）

蘇軾五十九歲。

四月，蘇軾罷定州任，責知英州（今廣東英州），六月又詔謫惠州（今廣東惠州）。

陳師道四十三歲。

夏，罷潁州任，到開封吏部注官，得監海陵酒稅（今江蘇泰縣）任。居京師時，恰值吳復古南往惠州謁蘇軾，陳師道作詩送行，題為《送吳先生謁

〔註157〕冒廣生補箋：《後山詩注補箋》，上冊，146～148 頁，北京：中華書局，1995。
〔註158〕陳師道：《後山居士文集》，下冊，779～780 頁，上海：上海古籍出版社，1984。

惠州蘇副使》：「聞名欣識面，異好有同功。我亦慚吾子，人誰恕此公。百年雙白鬢，萬里一秋風。為說任安在，依然一禿翁。」任淵於「我亦慚吾子」句下注曰：「後山不能往見蘇公，此所以有愧於吳君也。」末句任淵注曰：「後山自謂不負蘇公之門，時亦坐黨事廢錮，故云禿翁。」〔註159〕

紹聖二年乙亥（1095 年）

蘇軾六十歲，在惠州貶所。

陳師道四十四歲。

早春，居開封，由監海陵酒稅改官江州彭澤令。是歲三月，其母卒，未赴彭澤任，即扶喪歸徐。七月，葬其父母后，遂寄食於曹州其岳父郭槩處。時晁補之弟晁無斁為曹州教官，陳師道與其唱和甚多。其《次韻答晁無斁》雖是次晁無斁的詩，心裏卻想到了蘇軾：「論文到韓李（任注：似指東坡。以下數句，皆足此意），念舊說蘇鄭。長年斷消息，獨語誰和應。（任注：意謂東坡在貶所也。東坡詩：獨唱無人和。）此生恩未報，他日目不瞑。」又作《次韻無斁偶作二首》之二以懷東坡，詩曰：「此老三年別，何時萬里迴。（任注：似屬東坡。）更無南去雁，猶見北枝梅。（任注：言東坡過嶺未歸。）會有哀籠鳥，寧須溺死灰。聖朝無棄物，（任注：神宗於東坡嘗有「人才難得，不忍終棄」之詔。故此詩引用。）與子賦歸哉。」〔註160〕詩的首句，言從元祐壬申（1092 年）別於潁州，至本年，恰好是三年。詩的末句，則希望蘇軾從貶所早日歸來。

紹聖四年丁丑（1097 年）

蘇軾六十二歲。

本年蘇軾再遭貶謫。二月十九日，蘇軾由惠州責授瓊州別駕，移昌化軍（今儋州）安置，七月到儋州。

陳師道四十六歲。

紹聖三年（1096 年），在曹州。本年在徐州，聞蘇軾貶儋州，賦詩《懷遠》，以致感念。「海外三年謫，天南萬里行。生前只為累，身後更須名。未有平安報，空懷故舊情。斯人有如此，無復涕縱橫。」任淵注此詩云：「此詩屬東坡。」

〔註159〕冒廣生補箋：《後山詩注補箋》，上冊，166～169 頁，北京：中華書局，1995。
〔註160〕冒廣生補箋：《後山詩注補箋》，上冊，183、184 頁，北京：中華書局，1995。

注首句「海外三年謫」云：「東坡以紹聖四年丁丑，謫昌化軍安置，至元符二年己卯，蓋三年矣。」方回的《瀛奎律髓》云末句「無復涕縱橫」，「謂涕已為公竭也。」〔註161〕此詩作於元符二年，因蘇軾貶儋州，故移此先述。

　　陳師道在徐州時，作《柏山》詩，用蘇軾之事。柏山亦作桓山，在徐州彭城縣北，有宋司馬桓魋墓。蘇軾為徐守時，曾作《遊桓山記》，曰：「元豐二年正月己亥晦，春服既成，從二三子游於泗之上。登桓山，入石室，使道士戴日祥鼓雷氏之琴，操《履霜》之遺音，曰：『噫嘻悲夫，此宋司馬桓魋之墓也。』……」〔註162〕陳師道因之而作《柏山》詩曰：「平江如抱貫秦洪，雙嶺馳來欲並雄。是物皆為萬世計，闔棺猶有一朝窮。（任淵注：「東坡守徐州時，有《遊桓山記》，言之詳矣。」）林巒特起終有污，美惡千年竟不空。尚有風流羊叔子，稍經湔洗與清風。」詩後陳師道自注曰：「有東坡記刻石。」〔註163〕陳師道在詩的尾聯用羊叔子登峴山事，以比蘇軾。羊叔子即羊祜，魏晉時期的著名政治家。此前，陳師道亦曾以羊叔子比曾鞏，應是陳師道特別崇拜的人物。

　　陳師道有一篇《穎師字序》，其中說「於時東坡居士三徙萬里島海之間」，正是指儋州。又「涪翁亦再逐髮微廬彭之故處」，時黃庭堅亦被貶逐到了黔州，即今之彭水。故知此文大約作於此時。其文曰：「吾里中少年，每歲首，簪飾箕帚，召紫姑以戲。一歲有神下焉，曰吾蓬萊仙伯徐君也，自是累累而降。喜句畫，有求必答，筆下不休如寫。熟讀，曰：『詩擬謝靈運，書效黃魯直，使黃、謝見之不能別也。』後數歲來京師，遇參寥子，始識其孫穎沙彌者，自言資不解書，夜夢有人授以筆意，既寤，急起索火，下筆即為蘇書。於是東坡居士三徙萬里島海之間，蠻蜑之與居，涪翁亦再逐髮微廬彭之故處。人方藉轔困苦，必欲其死，世亦無敢語之者，而神官海伯方喜好字畫，又以傳世，信所謂人厄，非天窮也。穎師，錢塘朱氏子，既喪父，與其母俱出家。年七八歲時，舉止意氣已如成人，逢時嬉娛，居士見而戒之，遂去不復出。居士怪歎曰：『不出十年，聞名東南。』此參寥之法孫，東坡之門僧也。今十餘年，句有家法，書稍逼真矣。嘗以寄海上，居士以書遺祖師曰：『妙總門下龍象也，吾不復期以句畫矣。』……」〔註164〕文章寫一叫穎師者，其字似蘇東坡。

〔註161〕冒廣生補箋：《後山詩注補箋》，下冊，343～344頁，北京：中華書局，1995。
〔註162〕孔凡禮點校：《蘇軾文集》，第2冊，370頁，北京：中華書局，1986。
〔註163〕冒廣生補箋：《後山詩注補箋》，下冊，231頁，北京：中華書局，1995。
〔註164〕陳師道：《後山居士文集》，下冊，721～723頁，上海：上海古籍出版社，1984。

而更主要的是寫到蘇東坡，還有黃庭堅在謫居地，「人方藉轢困苦，必欲其死，世亦無敢語之者」，表達了對遠在萬里之外的蘇、黃的同情。

哲宗元符元年戊寅（1098 年）

蘇軾六十三歲，在儋州。

陳師道四十七歲，在徐州家居。

時與其弟子魏衍同登黃樓、快哉亭而思念萬里之外的蘇軾。因黃樓是蘇軾為徐守時所建，快哉亭亦是蘇軾所命名。《和魏衍元夜同登黃樓》曰：「永懷寂寞人，南北忘在所。橫嶺限魚鳥，作書欲誰與。」任淵於此四句注曰：「寂寞人，謂東坡。言其身世兩忘，不知謫在海外也。」又「情生文自哀，意動足復佇。」任淵注曰：「歐公詩：足雖欲往意已休。此反而用之，恨不能往見東坡也。」《和魏衍同登快哉亭》，則曰：「來牛去馬中年眼，朗月清風萬里心。」任淵注曰：「萬里心，當屬東坡。」〔註165〕由此可見，陳師道對蘇軾之情深。

元符二年己卯（1099 年）

蘇軾六十四歲，在儋州。

陳師道四十八歲，在徐州家居。

於新歲元日作詩懷蘇軾。《元日雪二首》其一曰：「半夜風如許，平明雪皓然。簾疏穿瑣細，竹壓更嬋娟。窘兔走留跡，饑烏鳴乞憐。遙忻炎海上，還復得新年。」後兩句任淵注曰：「末句謂東坡在海外無恙也。」方回《瀛奎律髓》亦曰：「末句，為東坡在儋州。」〔註166〕本年陳師道在其他詩作中還不時提到蘇軾，如《南鄉子》詞後自注曰：「東坡為賦續麗人行。」又詞前的引曰：「晁大夫增飾披雲，務欲壓黃樓，……黃樓不可勝也。」〔註167〕《寄題披雲樓》詩尾句亦曰「只今未可壓黃樓」〔註168〕，這是以黃樓言蘇軾，意謂蘇軾是不可勝的。又賦《懷遠》以懷蘇軾，詩已見前。

元符三年庚辰（1100 年）

蘇軾六十五歲。

〔註165〕冒廣生補箋：《後山詩注補箋》，下冊，243，246 頁，北京：中華書局，1995。
〔註166〕冒廣生補箋：《後山詩注補箋》，下冊，294 頁，北京：中華書局，1995。
〔註167〕唐圭璋編：《全宋詞》，第 1 冊，589 頁，北京：中華書局，1965。
〔註168〕冒廣生補箋：《後山詩注補箋》，下冊，341 頁，北京：中華書局，1995。

　　本年四月十四日，宋徽宗元子生，以生皇子恩，詔授蘇軾舒州團練副使，永州（今湖南零陵）安置，到十一月初一日，又授蘇軾朝奉郎，提舉成都府玉局觀，外州軍任便居住。也就在本年，陳師道除秘書省正字，其兄陳師仲致書蘇軾，蘇軾作《答陳傳道五首》之四曰：「見近報，履常作正字，伯仲介特之操，處窮益勵，時流孰知之者？用是占之，知公議少伸也耶！」又之五言及陳師道，作於同時或稍後。書曰：「閒居亦有少述作，何日得見昆仲稍出之也。宮觀之命，已過忝矣。此外只有歸田為急。承見教，想識此懷。履常未及拜書，因家訊道區區。」〔註169〕

　　又，本年蘇軾於北歸途中，作《答李方叔》，提及陳師道。《答李方叔》之十六曰：「比年於稠人中，驟得張、秦、黃、晁及方叔、履常輩，意謂天不愛寶，其獲蓋未艾也。比來經涉世故，間關四方，更欲求其似，邈不可得。以此知人決不徒出，不有益於今，必有覺於後，決不碌碌與草木同腐也。」〔註170〕

　　陳師道四十九歲。

　　三月，與鄉人寇十一（寇國寶）登徐州之白門，而作《和寇十一晚登白門》：「重樓傑觀屹相望，表裏山河自一方。小市張燈歸意動，輕衫當戶晚風長。孤臣白首逢新政，遊子青春見故鄉。富貴本非吾輩事，江湖安得便相忘。」冒廣生先生箋曰：「元符庚辰三月，以徽廟登極，湔滌南遷諸人，故有『白首逢新政』語。尾句又謂吾輩如蘇、黃，本非有意富貴，但不能恝然忘情，俾脫遷謫而北還，亦私誼之所許也。」〔註171〕則此詩雖是和寇之作，而心中所念還是在蘇軾與黃庭堅。

　　春，作《和酬魏衍》：「闃然聲問略相同，百里之間一水通。春興多多高紙價，離懷一一逐歸鴻。不憂寒餓成吾老，稍喜朝廷記此公。夢每見君心亦了，不因新句覺情東。」任淵注「此公」曰：「當謂東坡」〔註172〕。當是陳師道得知蘇軾蒙朝廷詔授舒州團練副使，故爾為他感到高興，「稍喜朝廷記此公」。這兩首詩皆是除棣州教授前在徐州之作。

　　七月，除棣州教授，十一月改除秘書省正字。時得蘇軾海外詩篇，吟詠不絕，推崇備至。朱弁《曲洧舊聞》卷九「參寥謂東坡天才無施不可」條云：

〔註169〕孔凡禮點校：《蘇軾文集》，第4冊，1575，1576頁，北京：中華書局，1986。
〔註170〕孔凡禮點校：《蘇軾文集》，第4冊，1581頁，北京：中華書局，1986。
〔註171〕冒廣生補箋：《後山詩注補箋》，下冊，361～362頁，北京：中華書局，1995。
〔註172〕冒廣生補箋：《後山詩注補箋》，下冊，374頁，北京：中華書局，1995。

「或曰：『東坡詩始學劉夢得，不識此論誠然乎哉？』予應之曰：『予建中靖國間，在參寥座，見宗子士暕以此問參寥。參寥曰：「此陳無己之論也。東坡天才，無施不可。而少也實嗜夢得詩，故造詞遣言、峻崎淵深，時有夢得波峭。然無己此論，施於黃州以前可也。坡自元豐末還朝後，出入李杜，則夢得已有奔逸絕塵之歎矣。無己近來得渡嶺越海篇章，行吟坐詠，不絕舌吻，嘗云：此老深入少陵堂奧，他人何可及。其心悅誠服如此，則豈復守昔日之論乎。」予聞參寥此說三十餘年矣，不因吾子，無由發也。』」〔註173〕參寥的話在建中靖國間，即明年。既言「近來得」，事當在本年前後，由此「以見後山對於蘇詩之終始評論」〔註174〕。

徽宗建中靖國元年辛巳（1101年）

蘇軾六十六歲。

六月，蘇軾上表請老，以本官致仕。六月二十八日，卒於常州。

陳師道五十歲。

在京師，作《酬王立之二首》，其一：「頓有亭前玉色梅，情知不肯破寒開。似憐憔悴兩公客，獨倚東風遣信來。」其二：「重梅雙杏巧相將，不為遊人只自芳。應怪詩翁非老手，相逢不作舊時香。」〔註175〕所謂「兩公」指蘇軾與黃庭堅，那麼「兩公客」乃陳師道自謂。所謂「老手」也是指蘇軾與黃庭堅，云自己雖是「詩翁」，然「非」蘇、黃那樣的作詩「老手」，表達了對蘇公的崇敬之情。

六月，聞蘇軾死，記太學生為蘇軾舉哀事。《後山談叢》卷六「太學生為蘇軾飯僧」條曰：「眉山公卒，太學生侯泰、武學生楊選素不識公，率眾舉哀，從者二百餘人，欲飯僧於法雲，主者惟白下聽，慧林佛陀禪師聞而招致之。」〔註176〕又朱弁《風月堂詩話》卷上謂陳師道建中靖國間到京師，見晁沖之（叔用）詩，以下曰：「晁伯宇少與其弟沖之、叔用俱從陳無己學。

〔註173〕朱弁：《曲洧舊聞》卷九，見孔凡禮點校《唐宋筆記史料叢刊·曲洧舊聞》，208頁，北京：中華書局，2002。

〔註174〕鄭騫：《陳後山年譜》，111頁，臺北：聯經出版事業公司，1984。

〔註175〕冒廣生補箋：《後山詩注補箋》，下冊，425～426頁，北京：中華書局，1995。

〔註176〕陳師道：《後山談叢》卷六，見朱易安等主編《全宋筆記》，第2編，第6冊，121頁，鄭州：大象出版社，2006。

無己建中靖國間到京師，見叔用詩，曰：『子詩造此地，必須得一悟門。』叔用初不言，無己再三詰之，叔用云：『別無所得，頃因看韓退之雜文，自有入處。』無己首允之，曰：『東坡言杜甫似司馬遷，世人多不解，子可與論此矣。』」〔註177〕這是陳師道用蘇軾論詩之言以勉晁沖之，亦可見其對蘇軾之論的重視。

　　十二月二十九日，陳師道感寒得疾，卒。

第二節　陳師道論蘇軾

　　陳師道除了在詩詞中與蘇軾唱和和文中論及外，在《後山詩話》與《後山談叢》中亦有多處論及蘇軾。現從中輯錄陳師道有關蘇軾的論述數條，以見陳蘇關係之全貌。

（一）《後山詩話》

　　1. 歐陽永叔不好杜詩，蘇子瞻不好司馬《史記》，余每與黃魯直怪歎，以為異事。（第4條）

　　2. 蘇子瞻云：「子美之詩，退之之文，魯公之書，皆集大成者也。」（第11條）

　　3. 詩欲其好，則不能好矣。王介甫以工，蘇子瞻以新，黃魯直以奇。而子美之詩，奇常、工易、新陳莫不好也。（第24條）

　　4. 熙寧初，有人自常調上書，迎合宰相意，遂丞御史。蘇長公戲之曰：「有甚意頭求富貴，沒些巴鼻使奸邪。」有甚意頭、沒些巴鼻，皆俗語也。（第25條）

　　5. 蘇詩始學劉禹錫，故多怨刺，學不可不慎也。晚學太白，至其得意，則似之矣。然失於粗，以其得之易也。（第28條）

　　6. 往時青幕之子婦，妓也，善為詩詞。同府以詞挑之，妓答曰：「清詞麗句，永叔、子瞻曾獨步；似恁文章，寫得出來當甚強。」（第37條）

　　7. 子瞻謂孟浩然之詩，韻高而才短，如造內法酒手，而無材料爾。（第39條）

　　8. 子瞻謂杜詩、韓文、顏書、左史，皆集大成者也。（第42條）

〔註177〕　朱弁：《風月堂詩話》卷上，見吳文治主編《宋詩話全編》，第3冊，2947～2948頁，南京：鳳凰出版社，1998。

9. 退之以文為詩，子瞻以詩為詞，如教坊雷大使之舞，雖極天下之工，要非本色。今代詞手，惟秦七、黃九爾，唐諸人不迨也。(第49條)

10. 昔之黠者，滑稽以玩世。曰：「彭祖八百歲而死，其婦哭之慟。其鄰里共解之曰：『人生八十不可得，而翁八百矣，尚何尤？』婦謝曰：『汝輩自不諭爾，八百死矣，九百猶在也。』」世以癡為九百，謂其精神不足也。又曰：「令新視事，而不習吏道，召胥魁問之，魁具道笞十至五十，及折杖數。令遽止之曰：『我解矣，笞六十為杖十四邪？』魁笑曰：『五十尚可，六十猶癡邪！』」長公取為偶對曰：「九百不死，六十猶癡。」(第53條)

11. 世語云：「蘇明允不能詩，歐陽永叔不能賦。曾子固短於韻語，黃魯直短於散語。蘇子瞻詞如詩，秦少游詩如詞。」(第65條)

12. 眉山長公守徐，嘗與客登項氏戲馬臺，賦詩云：「路失玉鉤芳草合，林亡白鶴野泉清。」廣陵亦有戲馬臺，其下有路，號「玉鉤斜」。唐高宗東封，有鶴下焉，乃詔諸州為老氏築宮，名以白鶴。公蓋誤用，而後所取信，故不得不辯也。(第70條)

13. 蘇公居潁，春夜對月。王夫人曰：「春月可喜，秋月使人愁耳。」公謂前未及也。遂作詞曰：「不似秋光，只與離人照斷腸。」老杜云：「秋月解傷神。」語簡而益工也。(第80條)

14. 東坡居惠，廣守月饋酒六壺，吏嘗跌而亡之。坡以詩謝曰：「不謂青州六從事，翻成烏有一先生。」(第83條)

(二)《後山談叢》

1. 蘇黃善書不懸手

蘇、黃兩公皆善書，皆不能懸手。逸少非好鵝，效其宛頸爾，正謂懸手轉腕。而蘇公論書，以手抵案使腕不動為法，此其異也。(卷二)

2. 歐陽修像

歐陽公像，公家與蘇眉山皆有之，而各自是也。蓋蘇本韻勝而失形，家本形似而失韻，夫形而不韻，乃所畫影爾，非傳神也。(卷二)

3. 范瓊趙承祐孫位畫品

蜀人句龍爽作《名畫記》，以范瓊、趙承祐為神品，孫位為逸品，謂瓊與承祐類吳生，而設色過之，位雖工，而不中繩墨。蘇長公謂：『彩色非吳生所為，二子規模吳生，故長於設色爾。孫位方不用矩，圓不用規，乃吳生之流也。』

余謂二子學吳生，而能設色，不得其本，故用意於末，其巧者乎？（卷二）

4. 阮逸作偽書

世傳《王氏元經薛氏傳》、《關子明易傳》、《李衛公對問》皆阮逸所著，逸以草示蘇明允，而子瞻言之。（卷二）

5. 李公麟蘇軾品畫

李公麟云「吳畫學於張而過之」，蓋張守法度而吳有英氣也。眉山公謂：「孫知微之畫，工匠手爾。」（卷二）

6. 蘇洵送石揚休北使引乃蘇軾少時書

余於石舍人揚休家得蘇明允送石北使引，石氏子謂明允書也。以示秦少游，少游好之，曰：「學不迨其子，而資過之。」乃東坡少所書也。故嘗謂書為難，豈余不知書，遂以為難邪？（卷二）

7. 寇準慰國哀賀登極書

余讀《魏氏雜編》，見真宗時公卿大夫慰國哀、登極往還書，蓋大臣同憂戚，宜有慶弔。往在南都，奉神宗諱，見蘇尚書作路發運帖，莫知當慰與否也，相與商論，竟復中輟。乃知前輩禮法猶在，而近世士大夫之寡聞也，因錄之。寇侍郎《慰書》曰：「伏以大行皇帝，奄棄萬邦，天下臣子，畢同號慕。昔同華綴，俱受異恩。攀靈馭以無由，望天顏而永訣。方纏悲緒，遽捧臺函。摧咽之誠，倍萬常品。」《賀書》曰：「伏以聖人出震，大明初耀於四方；王澤如春，普慶載頒於九有。凡在照臨之下，畢同歡忭之心。侍郎久滯外藩，已成美政。廊廟佇徵於舊德，雲雷始洽於新恩。未果馳誠，先蒙飛翰。感銘欣慰，無以喻名。」（卷五）

8. 劉攽蘇軾互謔

世以癩疾鼻陷為死證，劉貢父晚有此疾，又嘗坐和蘇子瞻詩罰金。元祐中，同為從官，貢父曰：「前於曹州，有盜夜入人家，室無物，但有書數卷爾。盜忌空還，取一卷而去，乃舉子所著五七言也。就庫家質之，主人喜事，好其詩不捨手。明日盜敗，吏取其書，主人略吏而私錄之，吏督之急，且問其故，曰：『吾愛其語，將和之也。』吏曰：『賊詩不中和他。』」子瞻亦曰：「少壯讀書，頗知故事。孔子嘗出，顏、仲二子行而過市，而卒遇其師，子路趨捷，躍而升木，顏淵懦緩，顧無所之，就市中刑人所經幢避之，所謂『石幢子』者。既去，市入以賢者所至，不可復以故名，遂共謂『避孔塔』。」坐者絕倒。（卷五）

9. 撫州杖鼓鞚

蘇公自黃移汝，過金陵見王荊公，公曰：「好個翰林學士，某久以此奉待。」公曰：「撫州出杖鼓鞚，淮南豪子以厚價購之，而撫人有之保之已數世矣，不遠千里，登門求售。豪子擊之，曰：『無聲！』遂不售。撫人恨怒，至河上，投之水中，吞吐有聲，熟視而歎曰：『你早作聲，我不至此！』」（卷六）

10. 東坡居士種松法

中州松子，雖秕小不可食，然可種，惟不可近手，以杖擊蓬，使子墮地，用探錐刺地，深五寸許，以帚掃入之，無不生者。東坡居士種松法。（卷六）

11. 太學生為蘇軾飯僧

眉山公卒，太學生侯泰、武學生楊選素不識公，率眾舉哀，從者二百餘人，欲飯僧於法雲，主者惟白下聽，慧林佛陀禪師聞而招致之。（卷六）

12. 劉攽為蘇軾說新渾

蘇長公以詩得罪，劉攽貢父以繼和罰金，既而坐事貶官湖外，過黃而見蘇，寒溫外問有新渾否，貢父曰：「有二屠父，至其子而易業為儒、賈，二父每相見，必以為患。甲曰：『賢郎何為？』曰：『檢典與解爾。』乙復問，曰：『與舉子唱和詩爾。』他日，乙曰：『兒子竟不免解著賊贓，縣已逮捕矣。』甲曰：『兒子其何免邪？』乙曰：『賢郎何虞？』曰：『若和著賊詩，亦不穩便。』」公應之曰：「賢尊得以憂裏。」（卷六）

第三節　宋元明清各家論陳、蘇之關係

宋及金元明清各代均有對陳師道與蘇軾關係的論述，現據有關資料選輯若干條，論述相同或相近的只用最早的。

1. 後山往杏園。建中靖國元年，陳無己以正字入館，未幾得疾。樓異世可時為登封令，夜夢無己見別，行李匆甚。樓問：「是行何之？」曰：「暫往杏園。東坡、少游諸人，在彼已久。」樓起視事，而得參寥子報，云無己逝矣。（宋·何薳《春渚紀聞》）

2. 彭門題壁。陳傳道嘗於彭門壁間見書一聯云：「一鳩鳴午寂，雙燕話春愁。」後以語東坡：「世謂公作，然否？」坡笑曰：「此唐人得意句，僕安能道此？」（宋·蔡絛《西清詩話》）

3. 蘇子瞻嘗稱陳師道詩云：「凡詩，須做到眾人不愛可惡處，方為工。

今君詩不惟可惡，卻可慕；不惟可慕，卻可妒。」（宋・葉夢得《石林燕語》卷八）

4. 東坡與陳傳道書云：「知傳道日課一詩，甚善。此技，雖高才，非甚習不能工。」蓋梅聖俞法也。又韓少師云：「梅聖俞學詩日，欲極賦象之工，作《挑燈杖子》詩尚數十首。」（宋・邵博《邵氏聞見錄》卷十八）

5.《後山詩話》謂：「退之以文為詩，子瞻以詩為詞，如教坊雷大使之舞，雖極天下之工，要非本色。」余謂後山之言過矣。子瞻佳詞最多，其間傑出者，如：「大江東去，浪淘盡千古風流人物」（赤壁詞），「明月幾時有，把酒問青天」（中秋詞），「落日綉簾捲，庭下水連空」（快哉亭詞），「乳燕飛華屋，悄無人，桐陰轉午」（初夏詞），「明月如霜，好風如水，清景無限」（夜登燕子樓詞），「楚山修竹如雲，異材秀出千林表」（詠笛詞），「玉骨那愁瘴霧，冰肌自有仙風」（詠梅詞），「東武南城，新堤固，漣漪初溢」（宴流杯亭詞），「冰肌玉骨，自清涼無汗」（夏夜詞），「有清風萬里卷潮來，無情送潮歸」（別參寥詞），「缺月掛疏桐，漏斷人初靜」（秋夜詞），「霜降水痕收，淺碧鱗鱗露遠洲」（九日詞），凡此十餘詞，皆絕去筆墨畦逕間，直造古人不到處，真可使人一唱而三歎。若謂以詩為詞，是大不然。子瞻自言平生不善唱曲。故間有不入腔處，非盡如此。後山乃比之教坊雷大使舞，是何每況愈下，蓋其謬耳！（宋・阮閱《詩話總龜・後集》卷三十一）

6. 何頡嘗見陳無己，李廌嘗見東坡，二人文字所以過人。（宋・吳可《藏海詩話》）

7.「閉門覓句陳無己，對客揮毫秦少游。正字不知溫飽未，春風吹淚古藤州。」此黃魯直詩也。魯直作此詩時，無己作正字尚無恙。建中靖國間，樓異試可知襄邑縣，夢無己來相別，且云：「東坡、少游，在杏園相待久矣。」明日，無己之訃至，乃大驚異！作書與參寥言其事。「杏園」，見道家書，乃海上神仙所居之地也。仙龕虛室以待，白樂天之說，豈不信然耶！（宋・朱弁《風月堂詩話》卷上）

8. 陳無己跋舊詞云：「晁無咎云：『眉山公詞，蓋不更此境也。』余謂不然。宋玉初不識巫山神女，而能賦之，豈特更而後知也……？」古語所謂「但解閉門留我住，主人不問是誰家」者。此語東坡《題藏春塢》兩絕之一，全篇云：「莫尋群玉峰頭路，休看玄都觀裏花。但解閉門留我住，主人莫問是誰家。」蓋無己託為古語耳。（宋・吳聿《觀林詩話》）

9.《後山詩話》云:「少游謂《元和盛德詩》,於韓文為下,與《淮西碑》如出兩手,蓋其少作也。孫學士覺喜論文,謂退之《淮西碑》,敘如《書》,銘如《詩》。子瞻謂杜詩、韓文、顏書、左史,皆集大成者也。」苕溪漁隱曰:「少游集中進卷,有《韓愈論》,云:『韓氏、杜氏,其集詩文大成者與!』非子瞻有此語也。」(宋‧胡仔《苕溪漁隱叢話》前集卷十八)

10. 苕溪漁隱曰:「東坡《梅詞》云:『花謝酒闌春到也,離離,一點微酸已著枝。』《張右史集》有《梅花十絕》,《後山集》有《梅花七絕》,其無己七絕,乃文潛十絕中詩,但三絕不是,未知竟誰作者。其間有云:『誰知檀萼香鬚裏,已有調羹一點酸。』用東坡語也。」(同上)

11.《王直方詩話》云:樂天有詩云:「醉貌如霜葉,雖紅不是春。」東坡有詩云:「兒童誤喜朱顏在,一笑那知是酒紅。」鄭谷有詩云:「衰鬢霜供白,愁顏酒借紅。」老杜有詩云:「髮少何勞白,顏衰肯更紅?」無己詩云:「髮短愁催白,顏衰酒借紅。」皆相類也。然無己初出此一聯,大為當時諸公所稱賞。(同上前集卷五一)

12.《藝苑雌黃》云:「昔人文章中,多以兄弟為友於,以日月為居諸,以黎民為周餘,以子姓為詒厥,以新婚為燕爾:類皆不成文理。雖杜子美、韓退之亦有此病;豈非徇俗之過邪?……」苕溪漁隱曰:「友於之語,自陶彭澤已自承襲用之。詩云:『一欣侍溫顏,再見喜友於。』然則少陵蓋承之也。且歇後語,蘇、黃亦有之。蘇云:『伯時有道真吏隱,飲啄不羨山梁雌。』黃云:『斷送一生惟有,破除萬事無過。』然黃集此句,對偶甚工,後山以為妍而反嗜之,不以為病也。」(同上後集卷七)

13. 東坡云:「阮生言『未知一生當著幾兩屐?』吾有嘉墨七十枚,而猶求取不已,(「猶」『原作』尤」,今據宋本、徐鈔本校改。)不近愚邪?是可嗤也。石昌言蓄李廷珪墨,不許人磨,或戲之云:『子不磨墨,墨將磨子。』今昌言墓木拱矣,而墨故無恙。李公擇見墨輒奪,相知間抄取殆遍,近有人從梁許來云:『懸墨滿堂。』此亦通人之一蔽也。(「亦」字原無,今據宋本、徐鈔本校補。)余嘗有詩曰:『非人磨墨墨磨人。』此語殆可淒然云。」苕溪漁隱曰:「東坡前詩,乃《和舒教授觀所藏墨》,其略云:『世間有癖念誰無,傾身障簏尤堪鄙,一生當著幾兩屐,定心肯為微物起。此墨足支三十年,但恐風霜侵髮齒,非人磨墨墨磨人,瓶應未罄罍先恥。』又云:『吾蓄墨多矣,其間數枚,云是庭珪所造,雖形色異象,然歲久,墨之亂真者多,皆疑而未決也。

又陳履常云：晁無斁有李墨半丸，云裕陵故物也。往於秦少游家見李墨，不
為文理，質如金石，亦裕陵所賜。王平甫所藏者，潘谷見之，再拜云：真廷珪
所作也，世惟王四學士有之，與此為二矣。嗟乎！世不乏奇珍異寶，乏識者
耳。』」（同上卷二十九）

14. 苕溪漁隱曰：「《寄送定州蘇尚書》云：『枉讀平生三萬卷，貂蟬當復
作兜牟。』齊武帝戲周盤龍曰：『貂蟬何如兜鍪？』對曰：『貂蟬生於兜鍪。』
履常反用此事，意言蘇公之才學，不當臨邊。然頗、牧出於儒林，古人以為美
談，履常之言，殊覺非也。」（同上卷三十三）

15. 詠假山詩刺荊公。陳無己《詩話》云：「某公用事，排斥端士，矯節
偽行。范蜀公詠《僧房假山》曰：『倏忽平為險，分明假奪真。』蓋刺公也。」
某公，荊公也。予又嘗記一假山詩云：「安石作假山，其中多詭怪。雖然知是
假，爭奈主人愛」云云。世以為東坡所作，不知是否。（宋·吳曾《能改齋漫
錄》卷九）

16. 王子敬黃甘帖。東坡嘗記云：「世傳王子敬帖有『黃柑三百顆』之語，
此帖在劉季孫景文家。景文死，不知今入誰家矣。韋蘇州有詩云：『書後欲題
三百顆，洞庭須待滿林霜。』蓋蘇州亦見此帖也。」故《東坡集》中有《劉景
文藏王子敬帖》詩，略云：「君家兩行十二字，氣壓鄴侯三萬籤。」然山谷及
陳無己之說，乃右軍帖。其語云：「『奉橘三百枚，霜未降，未可多得。』非子
敬帖也。東坡以為子敬，何也？」子敬，乃獻之字。（同上）

17. 子瞻、子由門下客最知名者，黃魯直、張文潛、晁無咎、秦少游，世
謂之「四學士」。至若陳無己，文行雖高，以晚出東坡門，故不及四人之著。
故無己作《佛指記》云：「余以詞義名次四君，而貧於一代」是也。而無咎詩云：
「黃子似淵明，城市亦復真。陳君有道澤，化行閭井淳；張侯公瑾流，英思春
泉新。高才更難及，淮海一髯秦。」當時以東坡為長公，子由為少公。無己《答
李端叔書》云：「蘇公之門有四客人：黃魯直、秦少游、晁無咎，則長公之客也；
張文潛，則少公之客也。」又《次韻黃樓詩》云：「一代蘇長公，四海名未已。」
又云：「少公作長句，班馬安得擬。」謂二蘇也。然而四客皆有所長，魯直長
於詩詞，秦、晁長於議論。魯直《與秦觀書》曰：「庭堅心醉於《詩》與《楚辭》，
似若有得，至於議論文字，今日乃當付之少游及晁、張、無己，足下可從此
四君子一一問之。」其後張文潛《贈李德載》詩亦云：「長公波濤萬頃海，少
公峭拔千尋麓。黃郎蕭蕭日下鶴，陳子峭峭霜中竹。秦文倩麗紓桃李，晁論

崢嶸走珠玉。」乃知人材各有所長，雖蘇門不能兼全也。（同上卷三十引）

18. 東坡以侍讀為禮部尚書，時正得志之秋，而陳無己寄其詩，乃云：「經國向來須老手，有懷何必到壺頭。遙知丹地開黃卷，解記清波沒白鷗。」是勸其早休也。泊坡公知定州，時事變矣，又為詩勸之曰：「功名不朽聊通袖，海道無違具一舟。」坡未能用其語，而已有南遷絕海之禍矣！所謂「海道無違具一舟」者，蓋用坡所作《八聲甘州》「約他年東還海道，願謝公雅志莫相違」之意以動公，而不知二句皆成讖也。（宋·葛立方《韻語陽秋》）

19. 張籍陳無己詩。張籍在他鎮幕府，鄆帥李師古又以書幣辟之，籍卻而不納，而作《節婦吟》一章寄之，曰：「君知妾有夫，贈妾雙明珠。感君纏綿意，繫在紅羅襦。妾家高樓連苑起，良人執戟明光裏。知君用心如日月，事夫誓擬同生死。還君明珠雙淚垂，何不相逢未嫁時？」陳無己為潁州教授，東坡領郡，而陳賦《妾薄命》篇，言為曾南豐作。其首章云：「主家十二樓，一身當三千。古來妾薄命，事主不盡年。起舞為主壽，相送南陽阡。忍著主衣裳，為人作春妍？有聲當徹天，有淚當徹泉。死者恐無知，妾身長自憐。」全用籍意。或謂無己輕坡公，是不然。前此無己官於彭城，坡公由翰林出守杭，無己越境見之於宋都，坐是免歸，故其詩云：「一代不數人，百年能幾見？昔為馬首銜，今為禁門鍵。一雨五月涼，中宵大江滿。風帆目力短，江空歲年晚。」其尊敬之盡矣。薄命擬況，蓋不忍師死而遂倍之，忠厚之至也！（宋·洪邁《容齋隨筆》卷六）

20. 東坡作《徐州戲馬臺》詩云：「路失玉鉤芳草合，林亡白鶴野泉清。」若據《後山詩話》所載：「台下有路，號『玉鉤斜』。唐高宗東封有鶴下焉，乃沼渚州為老氏筑宮，名以白鶴。」此廣陵戲馬台，非徐州戲馬台也。（宋·袁文《甕牖閒評》卷三）

21. 詩家用乞字，當有二義，有作去聲用者，有作入聲用者。如陳無己詩云：「乞與此翁元不稱。」蘇東坡詩云：「何妨乞與水精鱗。」此作去聲用也。如唐子西詩云：「乞取蜀江春。」東坡詩云：「乞得膠膠擾擾身。」此作入聲用也。（同上卷四）

22.《次韻臧秀才讀蘇集》自我得蘇集，玩閱幾忘年。汲甘乏修綆，適遠疲短牽。取一九不隨，望若終茫然。子齒始半我，用志超我先。晶熒出秀句，妙斲遺雕鐫。此翁深堂奧，駢闐誰敢專。潢污置不云，學海須百川。怪子介且方，落筆盤走圓。子真蘇門徒，豈獨長短篇。平生修月手，不補衣履穿。秦、

黃晁、張、陳，眾星耿霜天。世儒昂其首，指似如登仙。子起斯人後，遊刃牛無全。邢娥望可知，眾女空丹鉛。何時班荆地，解我心懸懸。即今清夜夢，不止懷昔賢。（宋・陳造《江湖長翁詩抄》）

23. 蘇明允不能詩。《後山詩話》載世語云：「蘇明允不能詩，歐陽永叔不能賦。曾子固短於韻語，黃魯直短於散語。蘇子瞻詞如詩，秦少游詩如詞。」苕溪漁隱引蘇明允「佳節每從愁裏過，壯心還傍醉中來」等語，以謂後山談何容易，便謂老蘇不能詩，何誣之甚！僕謂後山蓋載當時之語，非自為之說也。所謂明允不能詩者，非謂其真不能，謂非其所長耳。且如歐公不能賦，而《鳴蟬賦》豈不佳邪？魯直短於散語，而《江西道院記》膾炙人口，何邪？漁隱云爾，所謂癡兒面前不得說夢也。（宋・王楙《野客叢書》卷六）

24. 詩讖。《王直方詩話》舉東坡、少游、後山數詩，以為詩讖。漁隱以為不然，謂人之得失生喪，自有定數，烏有所謂詩讖云者，其不達理如此。僕謂此說亦失之偏。詩讖之說，不可謂無之，但不可謂詩詩皆有詩讖。其應也，往往出於一時之作，事之於言，適然相會，豈可以為常哉！漁隱舉東坡詩之不應者為證，可笑其愚。大抵吉凶禍福之來，必有先兆，固有託於夢寐影響之間。而詩者，吾之心聲也，事物變態皆能寫就，而況昧昧休咎之徵，安知其不形見於此哉，但泥於詩讖則不可。（同上卷十九）

25. 詩體。以詩而論，則有……元祐體（蘇、黃、陳諸公），江西宗派體（山谷為之宗）。……以人而論，則有……東坡體，山谷體，後山體（後山本學杜，其語似之者，但數篇，他或似而不全又其他則本其自體耳）……（宋・嚴羽《滄浪詩話》）

26. 黃太史文集序（節錄）。二蘇公以詞章擅天下，其時如黃、陳、晁、張諸賢，亦皆有聞於時，人孰不曰此詞人之傑也。（宋・魏了翁《魏山先生大全文集》卷五十三）

27. 黃樓銘跋。熙、豐間以文鳴國家之盛者，不但一東坡耳。子由、太虛作賦，履常作銘。二賦坡自謂「子由實勝僕」，又稱曰：「夫子（指秦觀——引者注）獨何妙。」惟銘最古最有法度，時諸賢見者，皆斂衽，獨坡偶不及之。斯文遇不遇，抑有時耶？（宋・吳泳《鶴林集》卷三十八）

28. 語不可熟。韓子蒼言作詩不可太熟，亦須令生；近人論文，一味忌語生，往往不佳。東坡作《聚遠樓》詩，本合用「青山綠水」對「野草閒花」，此一字太熟，故易以「雲山煙水」，此深知詩病者。予然後知陳無己所謂「寧

拙毋巧，寧樸毋華，寧粗毋弱，寧僻毋俗」之語為可信。復齋漫錄（宋・魏慶之《詩人玉屑》卷六）

29. 東坡得文法於《檀弓》，後山得文法於《伯夷傳》。（宋・王應麟《困學紀聞》卷十七）

30. 後山云：「蘇公之門，有客四人：黃魯直、秦少游、晁無咎，則長公之客也；張文潛，則少公之客也。」魯直詩云：「晁子智囊，可以括四海；張子筆端，可以回萬牛。」文潛詩云：「長公波濤萬頃陂，少公嶵秀千尋麓。黃郎蕭蕭日下鶴，陳子峭峭霜中竹。秦文倩麗舒桃李，晁論崢嶸走珠玉。」可以見一時文獻之盛。（同上卷十八）

31. 王德父名象祖……嘗為余言，自古享文人之至樂者，莫如東坡。在徐州作一黃樓，不自為記，而使弟子由、門人秦太虛為賦，客陳無己為銘，但自袖手為詩而已。有此弟，有此門人，有此客，可以指揮如意，而雄視百代，文人至樂，孰過於此歟？（宋・闕名《木筆叢抄》卷下）

32.《和陳無己送東坡韻》坡公守餘杭，餞客傷乍遠。人生貴知己，旅退其可忍。陳三天下士，好德吾未見。垂涎嗜熊掌，擺手謝關鍵。觀過斯知仁，如月蝕輒滿。聞風激庸懦，所恨我生晚。（金・王寂《拙軒集》卷一）

33. 陳後山云：「子瞻以詩為詞，雖工，非本色。今代詞手，唯秦七、黃九耳。」予謂後山以子瞻詞如詩，似矣；而以山谷為得體，復不可曉。晁無咎云：「東坡詞，多不諧律呂；蓋橫放傑出，曲子中縛不住者。」其評山谷則曰：「詞故高妙，然不是當行家語，乃著腔子唱如詩耳。」此言得之。（金・王若虛《滹南遺老集》卷三十八《詩話》上）

34. 陳後山謂「子瞻以詩為詞」，大是妄論，而世皆信之，獨茆荊產辨其不然，謂公詞為古今第一。今翰林趙公亦云：「此與人意暗同。」蓋詩詞只是一理，不容異觀。自世之末作，習為纖豔柔脆，以投流俗之好，高人勝士亦或以是相勝，而日趨於委靡，遂謂其體當然，而不知流弊之至此也。（同上）

35.《四月十日遇周永昌二首》（錄一首）：幼時種木已巢鳶，猶向花前作酒顛。郭外青山招曉出，圃中明月照春眠。世無蘇黃六七子，天斷文章三十年。今日逢君如舊識，醉持杯杓望青天。（金・馬定國《中州集》甲集第一）

36. 讀後山詩注跋。後山元符元年戊寅《和魏衍同登快哉亭》詩，任淵注：「《欒城集》有此亭記。亭在黃州，不知此詩屬何處也。」回近讀賀鑄方回《慶湖遺老集》，始知亭在彭城郡之東南隅，提點刑獄官廢廨也。熙寧初，魏郡李

公持節作亭，郡太守眉山蘇公命曰「快哉亭」。……至元符戊寅，則東坡又謫
儋耳，故後山詩云：「來牛去馬中年眼，朗月清風萬里心。」懷東坡也。……
任淵不知徐州有快哉亭，蓋南渡後鮮有中原圖經耳。子由在徐州，又有《邦
直見邀終日對臥南城亭上》詩云：「舊書半卷都如夢，清簟橫眠似欲秋。聞說
歸朝終不久，塵埃還有此亭不？」即快哉此亭者。回比過彭城，登覽黃樓遺
跡，所謂老畢篆、大蘇碑猶存，而樓僅有破礎在瓦礫中，居人寂寞，一時亦不
知「快哉」之何在云。（元・方回《桐江集》卷三）

37. 跋許萬松詩（節錄）。陳後山生於皇祐五年癸巳，少東坡十七歲，少
山谷八歲。朱文公謂：後山初見東坡，詩未甚好。東坡四十二歲知徐州，子由
來會，後山時年二十五歲，有詩贈二蘇公云：「一洗十年新學腸。」時歲在丁
巳，王荊公得君，改熙寧，已十年也。其見山谷於潁昌，詩律一變，不知的在
何年。今後山詩任氏注本，自元豐六年癸亥始，皆三十一歲以後詩。獨有《贈
二蘇公》一篇為少作。蜀本不注。及眉山史氏續注外集，尚有少作可考。予細
觀之，輕重懸絕，使不遇山谷，則安得黃、陳並稱乎？（同上卷四）

38. 詩海遺珠考（節錄）。且凡他人詩話，皆不標出其名，如以為己所云
者，乖刺如此，殆未可輕訾胡元任也。如山谷《荊州十詩》：「閉門覓句陳無
己，對客揮毫秦少游。正字不知溫飽未？西風吹淚古藤州。」謂後山惡其人，
以生人對死人，未幾果卒。不云是何人語。按是年建中靖國元年辛巳七月，
東坡卒於常州，而山谷未知，有云：「玉堂若要真學士，須得儋州禿鬢翁。」
前輩謂之不敬。回則謂山谷詩更有犯時忌處，如：「死者已死黃霧中，三事不
數兩蘇公。豈為高才難駕馭，空歸萬里白頭翁。」使現任宰執見此，豈不嗔
忌！而指坡、潁為難駕馭，又豈不為坡、潁之累？「少游死，無己生」聯以為
對，此卻不防。古人初無忌諱。適是年十二月二十九日，後山亦卒，故有後來
之論云。（同上卷七）

39. 陳後山《登快哉亭》。亭在徐州城東南隅廢廨。熙寧末，李邦直持憲
節，搆亭城隅之上，郡守蘇子瞻名曰「快哉」，唐人薛能陽春亭故址也。子由
時在彭城，亦同邦直賦詩。任淵注此詩，謂亭在黃州，不知此詩屬何處，蓋川
人不見中原圖志。予讀賀鑄集得其說，任淵所謂亭在黃州者，乃東坡為清河
張夢得命名，子由作記，非徐州快哉亭也。（元・方回《瀛奎律髓》卷一）

40. 陳後山《送吳先生謁惠州蘇副使》。此吳子野，有道術者。東坡以紹
聖元年謫惠州，意謂子野之訪東坡，我其門下士，亦慚之也。「任安、禿翁」

事，後山自以不負東坡，自潁教既罷之後，紹聖中不求仕也。(同上卷二十四)

41. 陳後山先生詩引（節錄）。公字無己，諱師道，後山其號也。……元祐初，蘇子瞻在翰林，結侍從列薦之，任教授其鄉。未幾，除太學博士。子瞻尋以被愬移海南，愬者以公與蘇契，並移彭澤令，又未幾以母病去，絕口不言仕事。(明‧潘是仁《陳後山詩集》卷首)

42. 陳後山曰：「陶淵明之詩，切於事情，但不文耳。」此言非也。如《歸田園居》云：「曖曖遠人村，依依墟里煙。狗吠深巷中，雞鳴桑樹顛。」東坡謂如大匠運斤，無斧鑿痕。如《飲酒》其一云：「衰榮無定在，彼此更共之。」山谷謂類西漢文字。如《飲酒》其五云：「結廬在人境，而無車馬喧，問君何能爾？心遠地自偏。」王荊公謂詩人以來，無此四句。……後山非無識者，其論陶詩，特見之偶偏，故異於蘇、黃諸公耳。(明‧都穆《南濠詩話》)

43. 雲龍山（節錄）。山之陰，度黃茅崗，憶蘇文忠公詩「亂石如羊」之句，瞻眺久之。其下即宋張山人放鶴亭故址，蘇公所與記者。後之人創三賢堂於上。三賢，為昌黎韓子、蘇公暨陳師道。蓋昌黎嘗為州推官，蘇公嘗知州事，師道則州人而教授於學者也。升高而望，一州之山，岡嶺四合，隱然如大環，誠有如蘇公所云。(同上)

44. 陳後山寄晁大夫詩云：「墮絮隨風化作塵，黃樓桃李不成春。只今容有名駒子，困倚欄杆一欠伸。」自注云：「周昉畫美人，有背立欠伸者，最為妍絕，東坡所賦《麗人行》也。」(明‧單宇《菊坡叢話》，張思岩《詞林紀事》卷六引)

45.《陳後山詩注》十二卷。宋人《老杜千家詩注》，荒陋百出，而傳之最廣最久。任子淵注山谷、後山詩，施武子增補其父司諫所注東坡詩，皆注家之絕佳者，而傳之獨少。山谷、後山詩注雖有舊版行世，僅而得見。余所藏俱宋刻本，可稱合璧。獨東坡詩注，武子因傅穉漢孺善歐書，俾書之以鋟板者，曾見於絳雲樓中，後廣搜不可得，為生平第一恨事耳。(清‧錢曾《讀書敏求記》卷四)

46. 陳師道（節錄）。元祐三年，蘇軾、傅堯俞、孫覺薦為徐州教授。……東坡出知杭州，道由南京，後山為教授，時欲往迎之，告徐守孫莘老，孫不之許，乃託疾私行。至南京與坡公同舟直下，抵宿而後返，為劉安世所彈。余觀後山越境而見東坡，當軸而不見子厚，曾何得喪足係其胸次哉？……坡公最重後山書，曾有一帖，已遺荊州李翹叟，繼亡其本，借來謄出，適為役夫盜去，

鬻於僧寺，追取得之，復歸翹叟。翹叟猶恐此卷再為盜所得也，扃鐍藏之。坡公聞之，不禁撫掌。惜乎扈從南郊，不屑服趙挺之衣，竟以寒疾死，悲夫！（清・張泰來《江西詩社宗派圖錄》）

47. 後山師曾黃。《猗覺僚記》云：陳後山平生尊黃山谷，末年乃云：「向來一瓣香，敬為曾南豐。」……惟於兩蘇公，雖在及門六子之列，而其言殊不然。其《答李端叔書》云：「兩公之門，有客四人：黃魯直、秦少游、晁無咎，長公之客也；張文潛，少公之客也。」言外自寓倔強之意，此則不可解耳。（清・王士禎《帶經堂詩話》卷六《題識類》）

48. 陳無己平生飯向蘇公，而學詩於黃太史。然其論坡詩（詞），謂如教坊雷大使舞，又有詩云：「人言我語勝黃語，扶豎夜燎齊朝光。」其自負不在二公之下。然予反覆其詩，終落鈍根，視蘇黃遠矣。（同上卷十）

49. 用事。坡詩傷於太盡，才大難降，筆走不守。魯直頗能開合，虯髯倔強海外耳。陳師道以薦即得官正字，詩曰：「扶老趨嚴召，徐行及聖時。端能幾字正？敢恨十年遲。肯著金根謬，寧辭乳媼譏。向來憂畏斷，不盡鹿門期。」用事切當。（清・吳喬《圍爐詩話》之十四）

50.《讀東坡集偶題》之四。詞傑蘇門六君子，風流文采一時新。坡公賞識原奇絕，元祐年間盡黨人。（清・田雯《古歡堂詩集・五七言絕句》卷一）

51.《復次放魚韻答趙承議陳教授》「正似此魚逃網中」二句此意見得徹，方可語濠上之樂。（清・查慎行《初白菴詩評》卷中）

52.《復次韻趙景貺、陳履常見和，並簡歐陽叔弼兄弟》結句不解。（同上）

53.《景貺、履常屢有詩督叔弼季默倡和，已許諾矣，復以句挑之》「從此醉翁天下樂」，時永叔方歸老潁上。（同上）

54.《次韻德麟西湖新成見懷絕句》「猶有趙陳同李郭」，時陳無己亦官於潁，故以趙陳比李郭。（同上）

55. 詞體大略有二，一體婉約，一體豪放。婉約者欲其詞調蘊藉，豪放者欲其氣象恢弘。然亦存乎其人，如秦少游之作多是婉約，蘇子瞻之作多是豪放。大約詞體以婉約為正，故東坡稱少游為今之詞手；後山評東坡，如教坊雷大使舞，雖極天下之工，要非本色。（清・徐釚《詞苑叢談》卷二）

56.《後山詩話》云：「……子瞻以詩為詞，如教坊雷大使之舞，雖極天下之工，要非本色。」余謂後山言太過。東坡詞最多，其間佳者如「大江東去」赤壁詞、中秋詞、快哉亭、詠笛、詠梅，直造古人不到處，「以詩為詞」

是大不然。謂東坡不善唱曲，故間有不入腔處，信之矣。（清・王曉堂《匡山叢話》卷五）

57. 詩集（節錄）。詩有數人唱和因繼而匯為一集者。宋以後尤不可勝數。（原注：東坡守潁，與趙令時德麟、陳師道無己唱和，有《汝陰唱和集》）詩有和古一人之詩成集者，東坡《和陶集》是也。（清・汪師韓《詩學纂聞》）

58.《復次放魚韻答趙承議、陳教授》現身說法又一變，以遊方之外為高，是前篇「好去相忘渺淮海」一句轉韻也。（清・汪師韓《蘇詩選評》卷四）

59.《小飲西湖懷歐陽叔弼兄弟贈趙景貺、陳履常》寫景以駢語入情，劉勰所謂「儷采百字之偶」者可移以評此。（同上）

60. 坡門酬唱集二十三卷江蘇巡撫採進本。宋邵浩編。……浩自作引云：「紹興戊寅，浩年未冠，肄業成均。……因取兩蘇公兄唱弟和及門下六君子平日屬和兩公之詩，摭而錄之，曰《蘇門酬唱》。淳熙已西，浩官豫章，臨江謝公為之作序，且更曰《坡門酬唱》。」末題紹興庚戌四月一日。……前十六卷為軾詩，而轍及諸人和之者，次轍詩四卷，次黃庭堅、秦觀、晁補之、張耒、陳師道等詩三卷。……其詩大抵同題共韻之作，比而觀之，可以知其才力之強弱與意旨之異同，較之散見諸集，易於互勘，談藝者亦深有裨也。（清・紀昀《四庫全書總目提要》卷一八七）

61. 後山詩話一卷江蘇巡撫採進本（節錄）。舊本題宋陳師道撰。……今考其中於蘇軾、黃庭堅、秦觀俱有不滿之詞，殊不類師道語。且謂蘇軾詞如教坊雷大使舞，極天下之工，而終非本色。案蔡絛《鐵圍山叢談》稱雷慶宣和中以善舞隸教坊，軾卒於建中靖國元年六月，師道亦卒於是年十一月，安能預知宣和中雷大使借為譬況？其出於依託，不問可知矣。疑南渡後舊稿散佚，好事者以意補之耶？其……駁蘇軾《戲馬臺》詩之「玉鉤」、「白鶴」，亦間有考證，流傳既久，固不妨存備一家爾。（同上卷一九五）

62. 觀林詩話一卷浙江范懋柱家天一閣藏本（節錄）。宋吳聿撰。聿之詩學出於元祐，於當時佚事，尤所究心。如謂……陳師道所稱「但解開門留我住，主人不問是誰家」句，乃蘇軾《藏春兩絕句》之一，託名古語。（清・紀昀《四庫全書總目提要》卷一九五）

63.《復次放魚韻答趙承議、陳教授》（「正似此魚逃網中」）明作縮合，又是一法。（「且將新句調二子」）清出趙、陳。（清・紀昀《蘇文忠公詩集》上卷二十七）

64.《次韻趙景貺督兩歐陽詩，破陳酒戒》此種總以戲筆論。（同上）

65.《與趙陳同過歐陽叔弼新治小齋戲作》氣機疏暢，不覺其平衍。（同上）

66.《新渡寺席上次趙景貺、陳履常韻……》前半篇牽搦不自然。「不自全」欠妥。「館」字趁韻。（「莫言清潁水」一段）數語點綴生姿。（同上）

67.《次韻陳履常張公龍潭》遜後山原唱多矣。（同上）

68.《小飲西湖，懷歐陽叔弼兄弟，贈趙景貺、陳履常》，「地坐」十字寫出蕭散。榆初不黃，或是「楊」字之訛。（「坐念兩歐陽」）太質，不稱出句。入趙、陳太草草、亦太突兀。（同上）

69. 陳履常謂東坡以詩為詞，趙閒閒、王從之輩，均以為不然。稱其詞起衰振靡，當為古今第一。愚謂王、趙之徒推舉太過也。何則？以詩為詞，猶之以文為詩也。韓昌黎、蘇眉山皆以文為詩，故詩筆健崛駿爽，而終非本色。……持此為例，則東坡之詩詞未能獨佔古今，而亦掃除凡近者歟？（清·潘德輿《養一齋詩話》卷二）

70. 東坡詞如雷大使舞。「東坡以詩為詞，如雷大使之舞，雖極天下之工，要非本色。」此後山《談叢》語也。然考蔡絛《鐵圍山叢談》，稱：「上皇在位，時屬升平，手藝之人有稱者，……舞則雷中慶，世皆呼之為雷大使，笛則孟水清，此數人者，視前代之技皆過之。」然則雷大使乃教坊絕技，謂非本色，將外方樂乃為本色乎？（清·沈曾植《海日樓劄叢》卷七《菌閣瑣談》）

71. 後山集序（節錄）。……若後山之於杜，神明於矩鑊之中，折旋於虛無之際，較蘇之馳騁跌宕，氣似稍遜，而格律精嚴過之。若黃之所有，無一不有，黃之所無，陳則精詣。其於少陵，以云具體，雖未敢知，然超黃匹蘇，斷斷如也。……至其古文……方以蘇氏，猶為勝之，此尤非俗學所能知也。（清·王原《趙駿烈刻本〈後山集〉》卷首）

第三章　陳師道與黃庭堅

第一節　陳師道與黃庭堅交誼繫年

宋仁宗慶曆五年乙酉（1045 年）

黃庭堅，一歲。

本年六月十二日生於江西省分寧縣高城鄉雙井村。字魯直，號山谷道人，涪翁，黔安居士。其父庶，字亞夫，慶曆丙戌進士。知康州，贈中大夫。雅好詩文，有《伐檀集》傳世。

仁宗皇祐四年壬辰（1052 年）

黃庭堅八歲。

黃庭堅自幼即聰穎過人，讀書數過輒能成誦。其八歲時作《送人赴舉》詩即已非同一般，詩曰：「青衫烏帽蘆花鞭，送君歸去明主前。若問舊時黃庭堅，謫在人間今八年。」〔註 1〕

陳師道一歲，字履常，一字無己，號後山。生於徐州彭城縣王鄉任化里，亦或為雍丘（今河南杞縣）。《御書記》：「臣生於皇祐四年。」〔註 2〕

神宗熙寧七年甲寅（1074 年）

黃庭堅三十歲。

〔註 1〕劉尚榮校點：《黃庭堅詩集注》，第 5 冊，1416～1417 頁，北京：中華書局，2003。

〔註 2〕陳師道：《後山居士文集》，下冊，710～711 頁，上海：上海古籍出版社，1984。

自嘉祐八年（1063 年），黃庭堅十九歲首次參加考試，得洪州第一，以鄉貢進士入京師（今河南開封）參加省試。英宗治平四年（1067 年），春，黃庭堅赴禮部試，登許安世進士第，調汝州葉縣（今河南葉縣）尉。神宗熙寧五年（1072 年），黃庭堅參加四京學官考試，除北京（今河北大名）國子監教授。至本年，仍在北京，與介休縣君謝氏之婚姻蓋在此時。陳師道《後山詩話》於此事記述云：「唐人不學杜詩，惟唐彥謙與今黃亞夫庶、謝師厚景初學之。魯直，黃之子，謝之婿也。其於二父，猶子美之於審言也。」〔註3〕

陳師道二十三歲，在金州。

嘉祐八年（1063 年），陳師道時十二歲，隨其父陳琪在冀州，時其父為冀州（今河北冀縣）度支使。英宗治平二年（1065 年），師道父陳琪由冀州度支使遷大理寺丞，旋出知隴州汧陽縣（今陝西汧陽），師道隨往。神宗熙寧四年（1071 年），陳師道父又遷官通判金州（今陝西安康），師道亦至金州。本年二月，罷詩賦及明經諸科，以經義論策試進士。此為用王安石新學考試開始。陳師道不喜王學，故不應科舉。直至今年，仍在金州。

熙寧八年乙卯（1075 年）
黃庭堅三十一歲，本年仍在北京任學官。

陳師道二十四歲。

本年（或去年下半年）隨父離開金州往開封，途徑襄州（今湖北襄陽），時曾鞏（子固）知襄州，師道以文往謁，曾大器之。

神宗元豐元年戊午（1078 年）
黃庭堅三十四歲，仍在北京國子監教授。

二月，寄書蘇軾，並以《古風二首上子瞻》，初通消息。陳師道聞黃之名，大約始於此時。

陳師道二十七歲，在徐州。

熙寧九年（1076 年），陳師道隨父居雍丘，當年四月二十三日，父卒，年六十歲，師道扶喪歸徐州。本年在徐州守制家居。時蘇軾自密州移知徐州。春，蘇軾為紀念去年水患，於徐州東門起黃樓，陳師道作《黃樓銘》，「曾子

〔註3〕見〔清〕何文煥輯：《歷代詩話》，上冊，307 頁，北京：中華書局，1981。

固謂如秦石」〔註4〕。

　　陳師道的《黃樓銘》甚有名,「當時諸公都斂衽」〔註5〕。黃庭堅亦欲得而讀之,其《答秦少章帖》之三曰:「前承惠詩,並得教,極荷相與不怠,詩輒和呈。所問文體,大似擊鐘,叩其旋蟲與枸虡,不若發其全體之聲耳。欲得陳無己舊作《黃樓賦記》及《答李端叔書》,如有本,且借示。」這裡把《黃樓銘》寫作《黃樓賦記》,因蘇轍、秦觀均有《黃樓賦》,故有此誤。書無年月,暫列於此。

　　緊列此信之後的《答秦少章帖》之四,亦言及陳師道,曰:「辱簡記,承學問不怠為慰。……前承陳無己語,有人問:『老杜詩如何是巧處?』但答之:『直須有孔竅始得。』因相見,試道之。」〔註6〕此帖無年月,暫附於此。

元豐四年辛酉（1081年）

黃庭堅三十七歲。

　　去年罷北京教授任赴京師吏部,改官知吉州太和縣（今江西泰和縣）,本年春到任。

陳師道三十歲。

　　是年西遊京師（今河南開封）。七月二十四日（己酉）,詔曾鞏充史館修撰,專典史事。曾薦陳師道為其屬官,朝廷以布衣難之,事不果行。

元豐七年甲子（1084年）

黃庭堅四十歲。

　　是年移監德州德平鎮。赴任途中經金陵、揚州、泗州,路過潁昌（今河南許昌）時,與陳師道相遇。是為兩人首次相見。

　　黃庭堅有《贈陳師道》曰:「陳侯學詩如學道,又似秋蟲噫寒草。日晏腸鳴不俛眉,得意古人便忘老。君不見向來河伯負兩河,觀海乃知身一蠡。旅床爭席方歸去,秋水黏天不自多。春風吹園動花鳥,霜月入戶寒皎皎。十度

〔註4〕《宋史》卷四四四《陳師道傳》,見《二十五史》第8冊《宋史》下,第1487頁,上海:上海古籍出版社,1986。

〔註5〕朱熹:《朱子語類》,卷一百三十九,見傅璇琮編《黃庭堅和江西詩派資料彙編》,下冊,501頁,北京:中華書局,1978。

〔註6〕劉琳、李勇先、王蓉貴校點:《黃庭堅全集・別集卷十八》,第3冊,1866頁,成都:四川大學出版社,2001。

欲言九度休，萬人叢中一人曉。貧無置錐人所憐，窮到無錐不屬天。呻吟成聲可管絃，能與不能安足言。」史容注此詩曰：「元祐元年、二年，陳無己在京師，寓居陳州門，按《實錄》，二年四月乙巳，徐州布衣陳師道充徐州州學教授。贈此詩時，未得官也。按黃𪿆《年譜》：王景文質聞之榮茂世云：『得之前輩。』言山谷與後山相遇於潁昌，因及。」〔註7〕

陳師道三十三歲。

奉母留居開封，時客潁昌府，遇黃庭堅於其地，遂拜在山谷門下。

關於陳師道與黃庭堅因何在潁昌相遇，鄭騫先生在引述方回和余嘉錫的考、辨之後，作按語說：「後山自定詩稿內集，始於元豐六七年間，六年為曾南豐逝世之年，而本年為初識山谷之歲，其紀念師友之意，確然可曉。黃陳初相識在本年，可以無疑。潁昌為自開封入蜀經由之路，後山雖未曾親送妻子至四川，短程相送自有可能。本年至潁昌，或即因『送內』。郭槩五月除四川提刑，極可能於六七月間起程赴任，是亦與『見之三伏中』之語相合。」〔註8〕

陳師道有《贈魯直》詩曰：「相逢不用早，論交宜晚歲。平生易諸公，斯人真可畏。見之三伏中，凜凜有寒意。……陳詩傳筆意，願立弟子行。何以報嘉惠，江湖永相望。」〔註9〕此詩當作於元祐二年，因句首有「相逢不用早」語，故移於此。由「見之三伏中」知兩人相遇於夏天；由「願立弟子行」一句，可見陳師道對黃庭堅的膜拜之意。陳師道遇黃之前，其詩已頗有聲望，及一見山谷，即盡棄所學而從山谷，詩筆大變。

陳師道弟子魏衍《彭城陳先生集記》亦曰：「初，先生學於曾公，譽望甚偉。及見豫章黃公庭堅詩，愛不捨手，卒從其學，黃亦不讓。士或謂先生過之，惟自謂不及也。」〔註10〕魏之《集記》本之陳詩。陳師道有《答魏衍黃預勉余作詩》提到己詩與黃詩之關係，曰：「我詩短淺子貢牆，眾目俯視無留藏。句中有眼黃別駕（任淵注「黃魯直謫涪州別駕」），洗滌煩熱生清涼。人言我語勝黃語，扶豎夜齊燎朝光。三年不見萬里外，安得奮身置汝傍。」〔註11〕

〔註7〕劉尚榮校點：《黃庭堅詩集注》，第4冊，1314頁，北京：中華書局，2003。
〔註8〕鄭騫：《陳後山年譜》，63頁，臺北：聯經出版事業公司，1984。
〔註9〕冒廣生補箋：《後山詩注補箋》，下冊，485頁，北京：中華書局，1995。
〔註10〕冒廣生補箋：《後山詩注補箋》，上冊，卷首，16頁，北京：中華書局，1995。
〔註11〕冒廣生補箋：《後山詩注補箋》，上冊，218～220頁，北京：中華書局，1995。

黃庭堅呼陳師道是「吾友」，而陳師道稱黃庭堅曰「豫章公」，或曰「黃公」，其尊敬之意甚明。所謂「人言我語勝黃語」，陳師道是並不這麼認為的。宋人朱熹對此評說道：「擇之云：『後山詩恁地深，他資質盡高，不知如何肯去學山谷？』曰：『後山雅健強似山谷，然氣力不似山谷較大，但卻無山谷許多輕浮底意思。然若論敘事，又卻不及山谷，山谷善敘事情，敘得盡，後山敘得較有疏處。若散文，則山谷大不及後山。』」〔註12〕

朱弁《風月堂詩話》卷上曰：「陳無己與晁以道俱學文於曾子固，子固曰：『二人所得不同，當各自成一家。然晁文必以著書名於世。』無己晚得詩法於魯直。他日二人相與論文，以道曰：『吾曹不可負曾南豐。』又論詩，無己曰：『吾此一瓣香，須為山谷道人燒也。』」〔註13〕

元人劉光（字元輝）讀後山詩感其獲遇山谷云：「閉戶覓佳句，平生苦用工。然非豫章叟，誰識後山翁。無復才相忌，由來道本同。嗟余生較晚，不預品題中。」劉光詩今不存，詩見方回《桐江集》。方回引錄評之曰：「有一朋友過回見此詩，亦曰不然。回問何以不然，曰：『後山縱不值山谷，亦必不無聞於世。』回退思之：後山為文，早師南豐，不知何年，以詩見山谷，聽山谷說詩，讀山谷所為詩，焚棄舊作，一變而學豫章。然未嘗學山谷詩字字句句同調也，意有所悟，落花就實而已。然後山平生詩，初不因山谷品題而後增價也。」〔註14〕方回還在其《桐江續集》卷三十二中說：「陳後山棄所學，學雙井，黃致廣大，陳極精微，天下詩人北面矣。」〔註15〕

元豐八年乙丑（1085年）

黃庭堅四十一歲。

四月十四日，奉詔為秘書省校書郎，九月自德平到京（開封）。

有《與元勳不伐書》（之三）贊陳師道能學詩，書曰：「……所示詩殊清壯，若足下之詩，視今之學詩者，若吞雲夢八九於胸中矣。如欲方駕古人，須識古人關捩，乃可下筆。今代少年能學詩者，前有王逢原，後有陳無己，兩人

〔註12〕傅璇琮編：《黃庭堅和江西詩派資料彙編》，下冊，501～502頁，北京：中華書局，1978。

〔註13〕傅璇琮編：《黃庭堅和江西詩派資料彙編》，下冊，491～492頁，北京：中華書局，1978。

〔註14〕方回：《桐江集》，卷五，第326～327頁，南京：江蘇古籍出版社，1988。

〔註15〕傅璇琮編：《黃庭堅和江西詩派資料彙編》，下冊，455頁，北京：中華書局，1978。

而已。文章無他。但要直下道而語不粗俗耳。」〔註16〕由「今代少年能學詩」語，當是指陳師道初拜黃學詩之時，故知此信當寫於此年前後。

又《與趙伯充帖》（之二）曰：「某雖官局閒冷，亦匆匆度日，不獲時通問。……《解嘲》詩遣上，不足觀也。……前篇已示晁無咎、陳無己，皆欽愛之。無可措筆矣。」〔註17〕此信亦無年月，然「前篇已示陳無己」，當是陳師道在京師，黃陳相處，僅是京師之時，此後唯和詩通信，未再共處過，故列此信於此。

又《與秦少章覿書》（之一）曰：「……庭堅心醉於《詩》與《楚辭》，似若有得，然終在古人後。至於論議文字，今日乃當付之少游及晁、張、無己，足下可從此四君子一二問之。……」〔註18〕

陳師道三十四歲，在開封。

本年五、六月間，知樞密院事章惇（子厚）囑秦觀示意陳師道往見之，將薦於朝。師道辭不往。

大約在黃庭堅（九月）到京後，其弟黃叔達亦來京。陳師道與黃叔達、邢惇夫過畫家李公麟（字伯時）處。《王直方詩話》曰：「雙井黃叔達，字知命。初自江南來，與彭城陳履常俱謁法雲禪師於城南。夜歸過龍眠李伯時，知命衣白衫，騎驢，緣道搖頭而歌，履常負杖挾囊於後，一市大驚，以為異人。伯時因畫為圖，而邢惇夫作長歌云（略）。惇夫時年未二十也。」〔註19〕邢惇夫，名居實。是陳師道的姨甥，曾從陳師道學，陳師道有《次韻答邢居實二首》及書信《送邢居實序》，只是未立弟子行。邢惇夫有《寄陳履常》，詩云：「十年客京洛，衣袂多黃塵。所交盡才彥，唯子情相親。會合能幾日，歡樂何遽央。春風東北來，飄我西南翔。驪駒已在門，白日行且晚。停觴不能飲，將去更復返。把腕捋髭鬚，悲啼類兒女。人生非鹿豕，安得常群聚。朝別河上梁，暮涉關山道。匹馬逐飛蓬，離恨如春草。去去日已遠，行行淚橫臉。

〔註16〕劉琳、李勇先、王蓉貴校點：《黃庭堅全集·別集卷十九》，第3冊，1897頁，成都：四川大學出版社，2001。

〔註17〕劉琳、李勇先、王蓉貴校點：《黃庭堅全集·別集卷十五》，第3冊，1792頁，成都：四川大學出版社，2001。

〔註18〕劉琳、李勇先、王蓉貴校點：《黃庭堅全集·正集卷十九》，第2冊，483頁，成都：四川大學出版社，2001。

〔註19〕《王直方詩話》已軼，此條見〔宋〕魏慶之輯：《詩人玉屑》，下冊，411頁，上海：上海古籍出版社，1978。

昨日同袍友，今朝異鄉客。來時城南陌，始見梅花白。回首漢江頭，黃梅已堪摘。杖策登高城，極目迥千里。落日下青山，但見白雲起。遠望豈當歸，長歌涕如雨。歸心如明月，幽夢過潁汝。抱膝長相思，故人安可見。忽枉數行書，彷彿如對面。紛紜輦轂下，冠蓋爭馳逐。吹噓多賢豪，肯復念幽獨。空齋聽夜雨，深竹聞子規。此情不可道，此心君詎知。」〔註20〕邢惇夫少有俊聲，黃庭堅等人也非常賞識他，然不幸病羸早夭。然此時正遊於京。

　　陳師道於邢惇夫作長歌時也有《贈知命》以詠其事：「黑頭居士元方弟，不肯作公稱法嗣。外人怪笑那得知，他日靈山親授記。學詩初學杜少陵，學書不學王右軍。黃塵扶杖笑鄰女，白衫騎驢驚市人。靜中作業此何因，醉裏逃禪卻甚真。顧我無錢呼畢曜，有人載酒尋子云。君家魯直不解事，受作文章可人意。一人可以窮一家，怪君又以才為累。請將飲酒換吟詩，酒不窮人能引睡。不須無事與多愁，老不欲醒惟欲醉。」〔註21〕詩贈黃叔達（知命），亦提到其兄黃庭堅（魯直），由陳師道與黃叔達的關係，可見其與黃庭堅相交之深。

　　黃叔達，字知命，分寧人。黃庭堅弟。哲宗紹聖二年（1095年），黃庭堅貶黔州，同年秋，黃叔達攜家及黃庭堅子自蕪湖登舟，於三年五月抵黔南。元符三年（1100年）歸江南，卒於荊州途中〔註22〕。

　　又前有黃庭堅《與秦少章覯書》，欲其問學於陳師道，當是秦觀尊其意而就教於陳，故陳師道遂有《答秦覯書》，曰：「師道啟：辱書，諭以志行事。賢大夫友良士，斯至矣，復有意於不肖，何也？……仆於詩初無師法，然少好之，老而不厭，數以千計。及一見黃豫章，盡焚其稿而學焉。豫章以謂譬之奕焉，弟子高師，一著僅能及之，爭先則後矣。僕之詩，豫章之詩也。豫章之學博矣，而得法於杜少陵，其學少陵而不為者也。故其詩近之，而其進則未已也。故僕嘗謂豫章之詩如其人，近不可親，遠不可疏，非其好莫聞其聲。而僕負戴道上，人得易之。故談者謂僕詩過於豫章。足下觀之，則僕之所有，從可知矣，何以教足下？雖然，僕所聞於豫章，願言其詳，豫章不以語僕，僕亦不能為足下道也。而足下歉然欲受僕之言，其何求之下耶？……師道再拜。」〔註23〕書雖答秦，而意則推黃。陳師道還在《次韻答秦少章》

〔註20〕《全宋詩》第二十二冊，卷一三〇二，14809頁，北京：北京大學出版社，1995。
〔註21〕冒廣生補箋：《後山詩注補箋》，下冊，490～491頁，北京：中華書局，1995。
〔註22〕黃㽦：《山谷年譜》，卷二十七，欽定四庫全書薈要本集部。
〔註23〕陳師道：《後山居士文集》，下冊，541～543頁，上海：上海古籍出版社，1984。

－107－

詩中以仙人金華伯稱道黃庭堅，曰：「黃公金華伯，莞爾回一盼。」〔註24〕
此典後亦數用。

哲宗元祐元年丙寅（1086 年）

黃庭堅四十二歲，本年在秘書省。

三月十九日（丙子），受司馬光推薦，與范祖禹、司馬康等共同校定《資
治通鑒》，與亦已來京的蘇軾相見。與陳師道亦有過從。

其贈陳師道的詩除上引之《贈陳師道》，尚有贈他人詩中提到陳師道者。
如《奉和文潛贈無咎篇末多以見及以既見君子云胡不喜為韻》之八：「吾友陳
師道，抱獨門掃軌。晁張作薦書，射雉用一矢。吾聞舉逸民，故得天下喜。兩
公陣堂堂，此事可摩壘。」〔註25〕任淵於此詩題下注曰：「按《實錄》，元祐
二年四月乙巳，徐州布衣陳師道，充徐州州學教授。觀此詩『陳師道』之篇，
以為『逸民』，蓋猶未得官也。」又據第四首之「紅榴罅多子」句，而定此詩
為元祐元年秋所作〔註26〕。

又《和邢惇夫秋懷十首》之九：「吾友陳師道，抱瑟不吹竽。文章似揚馬，
欬唾落明珠。固窮有膽氣，風壑嘯於菟。秋來入詩律，陶謝不枝梧。」〔註27〕

又《謝公定和二范秋懷五首邀予同作》之五：「用智常恨毫，用決常恨早。
推轂天下士，誠心要傾倒。海宇日清明，廟堂勤灑掃。何為陳師道，白髮三徑
草。」〔註28〕

又《書倦殼軒詩後》曰：「潘邠老早得詩律於東坡，蓋天下奇才也。予因
邠老故識二何，二何嘗從吾友陳無己學問，此其淵源深遠矣。」〔註29〕

是年冬作《戲詠蠟梅二首》，其一：「金蓓鎖春寒，惱人香未展。雖無桃
李顏，風味極不淺。」其二：「體薰山麝臍，色染薔薇露。披拂不滿襟，時有
暗香度。」〔註30〕此詩後為陳師道所和。

〔註24〕冒廣生補箋：《後山詩注補箋》，下冊，469 頁，北京：中華書局，1995。
〔註25〕劉尚榮校點：《黃庭堅詩集注》，第 1 冊，159 頁，北京：中華書局，2003。
〔註26〕劉尚榮校點：《黃庭堅詩集注》，第 1 冊，10 頁，北京：中華書局，2003。
〔註27〕劉尚榮校點：《黃庭堅詩集注》，第 1 冊，169～170 頁，北京：中華書局，2003。
〔註28〕劉尚榮校點：《黃庭堅詩集注》，第 1 冊，174 頁，北京：中華書局，2003。
〔註29〕劉琳、李勇先、王蓉貴校點：《黃庭堅全集·正集卷二十七》，第 2 冊，742 頁，
　　　　成都：四川大學出版社，2001。
〔註30〕劉尚榮校點：《黃庭堅詩集注》，第 1 冊，201～202 頁，北京：中華書局，
　　　　2003。

陳師道三十五歲，居開封。

時蘇軾兄弟及黃庭堅亦俱在開封。蘇門諸人僅秦觀外任蔡州教授，陳師道與諸人互有贈答之作。

元祐二年丁卯（1087 年）

黃庭堅四十三歲，在秘書省兼史局。

正月十八日（辛未）除著作郎，時秦觀弟秦覯過陳師道書院同觀黃庭堅詩。黃庭堅有詩紀其事。《次韻秦覯過陳無己書院觀鄙句之作》曰：「陳侯大雅姿，四壁不治第。硉硉盆盎中，見此古罍洗。薄飯不能羹，牆陰老春薺。惟有文字性，萬古抱根柢。我學少師承，坎井可窺底。何因蒙賞味，相享當牲醴。試問求志君，文章自有體。玄鑰鎖靈臺，渠當為君啟。」〔註31〕陳師道來京師時寓居陳州門，有書院曰「求志書院」。李廌的《濟南集》卷二有《求志書院詩四首，陳師道履常之所居也》其一曰：「膠槁岩下士，跡隱心捷徑。汗顏塵中夫，詔笑幸遊騁。賢哉陳夫子，兩不傷厥性。潔身風波塗，獨若萬鈞錠。」故這裡稱其為「求志君」。這是次陳師道的《次韻答少章》詩，陳詩見後。

陳師道改字為無己，改字後，原字履常仍舊並用。黃庭堅為其改字作《陳師道字說》曰：「師道陳氏，懷璧連城，字曰無己。我琢為萬乘之器，維求王明。我則無師，道則是我；其師道者，即水而為波。高明一路，入自聖門，觀己無己，而我尚何存？入以萬物，出以萬物，寂寥法窟，伏興用其律。其入無底，其出無毀，是謂要妙。噫！來，陳子，在汝後之人，則不我敢知。我觀萬世，未有困於母而食於舅，嬪、息巢於外舅。無以昏畫，文章滿腔。士之號窮，屋瓦無牡，造物者報，而天無壁以為牖。不病其傾，惟有德者能之。」〔註32〕此文不署年月，然以「困於母而食於舅，嬪息巢於外舅」語，當作於元祐元、二年，陳師道在京時，尚未得徐州教授。

元祐元年九月尚書左僕射兼門下省侍郎司馬光卒，元祐二年正月葬。黃庭堅雖寫了《司馬文正公挽詞四首》，但對陳師道的《丞相溫公挽詞三首》中的「政雖隨日化，身已要人扶」一聯深表讚賞。任淵於此注曰：「黃魯直見此句，歎曰：『陳三真不可及。』蓋天不愁遺之悲，盡於此矣。」〔註33〕又惠洪

〔註31〕劉尚榮校點：《黃庭堅詩集注》，第 1 冊，229 頁，北京：中華書局，2003。

〔註32〕劉琳、李勇先、王蓉貴校點：《黃庭堅全集·正集卷二十四》，第 2 冊，620 頁，成都：四川大學出版社，2001。

〔註33〕冒廣生補箋：《後山詩注補箋》，上冊，39 頁，北京：中華書局，1995。

《冷齋詩話》卷二曰：「予問山谷：『今之詩人誰為冠？』曰：『無出陳師道無己。』問其佳句如何，曰：『吾見其作溫公挽詞一聯，便知其才不可敵，曰：「政雖隨日化，身已要人扶。」』」〔註34〕方回的《瀛奎律髓》亦載類似語。

陳師道三十六歲，居開封。

四月二十日（己巳），因蘇軾等人推薦於朝，特授亳州司戶參軍，充徐州州學教授。旋即赴任，館於徐州東禪寺。此為陳師道仕宦之始。

去年，黃庭堅曾作《戲詠蠟梅二首》，陳師道於今年則有《和豫章公黃梅二首》，其一：「寒裏一枝春，白間千點黃。道人不好色，行處若為香。」其二：「色輕花更豔，體弱香自永。玉質金作裳，山明風弄影。」〔註35〕黃庭堅就此在《與王立之書》（之三）中說：「辱教，並惠示《蠟梅》詩，感歎！恨多病不能繼聲爾。……小詩若能令每篇不苟作，須有所屬乃善。頃來詩人，惟陳無己得此意，每令人歎伏之。蓋渠勤學不倦，味古人語精深，非有為不發於筆端耳。」〔註36〕

又陳師道有《陳留市隱者》：「陳留人物後，疑有隱屠耕。斯人豈其徒，滿腹一杯羹。婷婷小家子，與翁同醉醒。薄暮行且歌，問之諱姓名。子豈達者歟，榾竹聊一鳴。老生何所因，稍稍聲過情。閉門十日雨，吟作饑鳶聲。詩書工發塚，刀鑷得養生。飛走不同穴，孔突不暇黔。」〔註37〕這次是黃庭堅作和詩《陳留市隱》，曰：「市井懷珠玉，往來人未逢。乘肩嬌小女，邂逅此生同。養性霜刀在，閱人清鏡空。時時能舉酒，彈鑷送飛鴻。」並在序中說：「陳無己為賦詩，庭堅亦擬作。」〔註38〕《王直方詩話》亦曰：「陳留市中有一刀鑷工，隨其所得為一日費，醉吟於市，負其子以行歌。江端禮以為達者，為作傳，而要無己賦詩。無己詩有『閉門十日雨，吟作饑鳶聲』，大為山谷所愛。山谷後亦有擬作，有云：『養性霜刀在，閱人清鏡空。』無以復加。」〔註39〕

〔註34〕傅璇琮編：《黃庭堅和江西詩派資料彙編》，下冊，481頁，北京：中華書局，1978。
〔註35〕冒廣生補箋：《後山詩注補箋》，上冊，47～49頁，北京：中華書局，1995。
〔註36〕劉琳、李勇先、王蓉貴校點：《黃庭堅全集・外集卷二十一》，第3冊，1370頁，成都：四川大學出版社，2001。
〔註37〕冒廣生補箋：《後山詩注補箋》，上冊，265頁，北京：中華書局，1995。
〔註38〕劉尚榮校點：《黃庭堅詩集注》，第1冊，230頁，北京：中華書局，2003。
〔註39〕傅璇琮編：《黃庭堅和江西詩派資料彙編》，下冊，480頁，北京：中華書局，1978。

陳師道尚有《次韻答少章》：「秦郎淮海士，才大難為弟。蔚然霜雪後，不受江漢洗。春畦不滿眼，採掇到芹薺。多病促餘年，秋光欲辭抵。儒林丈人行，崛起三界底。出入銀臺門，為米不為醴。白頭容北面，斯文分一體。愧我無異聞，口闋不得啟。」此詩為黃所次。冒廣生箋此詩曰：「《山谷集》有《次秦覯過陳無己書院觀鄙句》之作，即次此韻，但『弟』韻作『第』，『抵』韻作『柢』。」〔註40〕

陳師道尚有《贈魯直》詩曰：「相逢不用早，論交宜晚歲。平生易諸公，斯人真可畏。見之三伏中，凜凜有寒意。名下今有人，胸中本無事。神物護詩書，星斗見光氣。惜無千人力，負此萬乘器。生前一樽酒，撥棄獨何易。我亦奉齋戒，妻子以為累。君如雙井茶，眾口願其嘗。顧我如麥飯，猶足填饑腸。陳詩傳筆意，願立弟子行。何以報嘉惠，江湖永相望。」〔註41〕此詩當作於陳師道改字之後，因詩中有「負此萬乘器」，則是用黃庭堅的《陳師道字說》中語：「我琢為萬乘之器。」

元祐三年戊辰（1088年）

黃庭堅四十四歲。

本年在秘書省兼史局。時秦觀、張耒、晁補之等同任館職。所謂「蘇門四學士」由此得名。

作《嘲小德》：「中年舉兒子，漫種老生涯。學語囀春鳥，塗窗行暮鴉。欲嗔王母惜，稍慧女兄誇。解著《潛夫論》，不妨無外家。」〔註42〕此詩後引陳師道作《贈黃氏子小德》。

陳師道三十七歲，在徐州教授任。

作《送楊侍禁兼寄顏長道黃魯直二公二首》之二以懷黃庭堅：「多問黃居士，終年欠一書。因人候消息，有使報何如。向晚逢楊子，真堪託後車。親年方賴祿，不惜借吹噓。」〔註43〕

由黃庭堅之《嘲小德》，陳師道乃作《贈黃氏子小德》曰：「黃童三尺世無雙，筆頭滾滾懸秋江。不憂老子難為父，平生崛強今心降。我來喜共阿戎語，應敵縱橫如急雨。生子還如孫仲謀，豚犬漫多何足數。黃家小兒名小德，

〔註40〕冒廣生補箋：《後山詩注補箋》，下冊，464～465頁，北京：中華書局，1995。
〔註41〕冒廣生補箋：《後山詩注補箋》，下冊，485頁，北京：中華書局，1995。
〔註42〕劉尚榮校點：《黃庭堅詩集注》，第2冊，360～361頁，北京：中華書局，2003。
〔註43〕冒廣生補箋：《後山詩注補箋》，上冊，63頁，北京：中華書局，1995。

眉如長林目如漆。只今數歲已動人，老人留眼看他日。笑君老蚌生明珠，自笑此物吾家無。君當置酒吾當賀，有兒傳業更何須。」〔註44〕此詩未繫年，在《後山詩注補箋》的逸詩中，由黃庭堅的詩，故繫此詩於此年。

元祐四年己巳（1089年）

黃庭堅四十五歲。

本年在秘書省兼史局。作《答太平州梁大夫書》贊梁舉薦陳師道事。

陳師道三十八歲。

五月，蘇軾自翰林學士出知杭州，途徑應天（今南京），陳師道未經知州許可，私往謁送。七月，應左諫議大夫梁燾舉薦，除太學博士。左司諫劉安世奏劾陳師道私往謁蘇事，遂罷。黃庭堅作《答太平州梁大夫書》（之三）贊梁舉薦事，曰：「陳無己蒙朝廷簡拔，豈但慰親戚朋友，於學士大夫勸焉。仁人在位，國家宜數有美政如此耳。」〔註45〕

元祐五年庚午（1090年）

黃庭堅四十九歲。本年仍在秘書省兼史局。

陳師道三十九歲。

先在徐州教授任，後改官潁州（今安徽阜陽）教授，冬，自徐赴潁。

有《寄豫章公三首》，陳師道於詩後自注曰：「許官茶未寄」。其一：「密雲不雨臥烏龍，已足人間第一功。得諾向來輕季子，打門何日走周公。」其二：「愧無一縷破雙團，慣下薑鹽枉肺肝。（任淵於此句下注曰：「東坡《和寄茶》詩云：『老妻稚子不知愛，一半已入薑鹽煎。』」）誓酒不應忘此老，論詩寧肯乞粗官。」其三：「人須百斛買雙鬟，水截龍章試虎斑。老覺才疏渾不稱，自攜雲月瀉潺湲。」〔註46〕

元祐七年壬申（1092年）

黃庭堅四十八歲。

自神宗元豐八年（1085年）九月至元祐六年（1091年）一直在京。元祐

〔註44〕冒廣生補箋：《後山詩注補箋》，下冊，501頁，北京：中華書局，1995。

〔註45〕劉琳、李勇先、王蓉貴校點：《黃庭堅全集·續集卷一》，第3冊，1922頁，成都：四川大學出版社，2001。

〔註46〕冒廣生補箋：《後山詩注補箋》，上冊，88～89頁，北京：中華書局，1995。

六年母喪，元祐七年護母喪抵家分寧。本年居喪分寧。請陳師道為其母作銘。

　　陳師道四十一歲。

　　自元祐五年（1090 年）移潁州教授，本年仍在潁州教授任。

　　為黃庭堅作《李夫人墓銘》，曰：「夫人，建昌人，李姓，溧水尉、贈特進之子，大理丞、知康州黃庶之妻，集賢校理、佐著作庭堅之母也。……元祐六年，年七十二，卒於東都。五男，大臨、叔獻、叔達、仲熊，校理其次也。四女，有婦行，長為洪氏婦，其死不幸，校理是以賦《毀璧》也。……明年，合於康州之墓，在分寧之台平，實雙井。梁縣與其群弟使來言曰：『先實知子，子其銘以壽吾先。』師道學於校理，貧不自食，又客焉，知其私為詳，不辭而銘。……」〔註47〕黃母本擬元祐七年葬而延至八年早春，墓銘當是本年預先撰寫，故云六年之明年。黃庭堅請陳師道為其母寫墓誌銘，可見對師道之古文極為推重。其《題蘇子由黃樓賦草》即曰：「銘欲頓挫崛奇，賦欲宏麗。故子瞻作諸物銘，光怪百出。子由作賦，紆徐而盡變。二公已老，而秦少游、張文潛、晁無咎、陳無己方駕於翰墨之場，亦望而可畏者也。」〔註48〕宋人王正德《餘師錄》逸事亦曰：「山谷高吟，交臂老杜，至古文不自謂所長，每推無己。」〔註49〕關於陳師道為黃庭堅母寫銘提到「毀璧」一詞，宋人吳曾恐後人不曉，在《能改齋漫錄》卷十四《記文》中特為記之曰：「陳後山為豫章先生銘母夫人李氏墓云：『李四女，有婦行，長為洪氏婦，其死不幸，校理是以賦毀璧也。』陳之意，蓋敘豫章所作黃夫人碑所謂『毀璧兮隕珠』，此碑政為洪氏母而作。玉父建炎間為胡少汲編定豫章詩文，遂削，今洪州印本是已。迄今三十年，所在雕印豫章文，正以玉父所編為定，而『毀璧』之篇不存。後世將有讀後山之銘不能曉者，今載之曰（略）。」〔註50〕而黃庭堅亦曾為陳師道的祖父陳泊（字亞之）的詩寫過《書陳亞之詩後》，曰：「岷山之發江，僅若甕口，淮出桐柏，力能泛觴，卒之成川注海，以其所從來遠也。學問文章，震耀一世，考其祖曾，發源必有自。陳氏昆仲

〔註47〕陳師道：《後山居士文集》，下冊，785～789 頁，上海：上海古籍出版社，1984。

〔註48〕劉琳、李勇先、王蓉貴校點：《黃庭堅全集·別集卷六》，第 3 冊，1592 頁，成都：四川大學出版社，2001。

〔註49〕王正德：《餘師錄》，見《叢書集成初編》，北京：中華書局，1985。

〔註50〕傅璇琮編：《黃庭堅和江西詩派資料彙編》，上冊，414 頁，北京：中華書局，1978。

多賢，是中將有名世者。觀吏部公之詩，可謂源清矣。」〔註51〕陳亞之曾官吏部員外郎，故黃庭堅稱其吏部公。由陳師道為山谷母寫《銘》與黃庭堅為後山祖作《書》，可見兩人交情之深厚。

在潁州時，陳師道作《觀兗國文忠公家六一堂圖書》，陳鵠《耆舊續聞》卷二由此言及陳師道的以黃為師，曰：「元祐初，東坡率莘老、李公擇薦之，得徐州教授，徙潁州。東坡出守，無己但呼二丈，而謂子固南豐先生也。《過六一堂》詩略云：『向來一瓣香，敬為曾南豐。世雖嫡孫行，名在惡子中。斯人日已遠，千歲幸一逢。吾老不可待，草露濕寒螿。』蓋不以東坡比歐陽公也。至論詩，即以魯直為師，謂豫章先生。」〔註52〕

哲宗紹聖元年甲戌（1094 年）

黃庭堅五十歲，本年居鄉待辭免之命。

十二月二十七日（甲午），被貶涪州（今四川涪陵縣）別駕，黔州（今重慶彭水）安置。先，在陳留被問狀時，寓佛寺，題其所居，作《深明閣》，詩曰：「象踏恆河徹底，日行閣浮破冥。若問深明宗旨，風花時度窗櫺。」〔註53〕後陳師道至陳留，亦宿是閣，而有詩。

陳師道四十三歲，在潁州教授任。

夏末，因蘇軾謫惠州，坐餘黨，以例罷官，赴部得監海陵（今江蘇泰縣）酒稅，未赴任。

有《與魯直書》云：「紹元夏末，以例罷官，遂赴部，得監海陵酒。明年之春，復遭家禍。」〔註54〕

紹聖三年丙子（1096 年）

黃庭堅五十二歲，在黔州

陳師道四十五歲，在曹州。

作《宿深明閣二首》以懷黃庭堅。方回《瀛奎律髓》曰：「山谷修《神

〔註51〕劉琳、李勇先、王蓉貴校點：《黃庭堅全集·正集卷二十七》，第 2 冊，723 頁，成都：四川大學出版社，2001。

〔註52〕傅璇琮編：《黃庭堅和江西詩派資料彙編》，下冊，507 頁，北京：中華書局，1978。

〔註53〕劉尚榮校點：《黃庭堅詩集注》，第 2 冊，419 頁，北京：中華書局，2003。

〔註54〕陳師道：《後山居士文集》，下冊，575 頁，上海：上海古籍出版社，1984。

宗實錄》，蓋皆直筆。紹聖初，蔡卞惡其書王安石事，摘謂失實，召至陳留問狀。寓佛寺，題曰深明閣。尋謫居黔州。紹聖三年，後山省龐丞相墓，至陳留，宿是閣，有此詩。」詩曰：「窈窕深明閣，晴寒是去年。老將災疾至，人與歲時遷。默坐元如在，孤燈共不眠。暮年身萬里，賴有故人憐。」任注「人與歲時遷」謂「此句屬魯直。紹聖初，言者以《神宗實錄》多失實，召魯直至陳留問狀，因寓佛寺，題其所居為深明閣。自此遂謫黔中。」尾聯表達了對黃庭堅的關切。詩之二曰：「縹緲金華伯，人間第一人。劇談連晝夜，應俗費精神。時要平安報，反愁消息真。牆根霜下草，又作一番新。」〔註55〕首句以仙人金華伯比黃庭堅，謂其「人間第一人」。「時要平安報，反愁消息真」一聯表達了十分複雜的感情，既希望黃庭堅有書信來報平安，又擔心有不好的消息。

紹聖四年丁丑（1097年）

黃庭堅五十三歲，本年仍在謫居地黔州。

陳師道四十六歲。

紹聖二年，岳父郭槩移知曹州（今山東曹縣），陳師道遂攜眷往依之。至今年離曹州歸徐州。

作《答魏衍黃預勉予作詩》：「我詩短淺子貢牆，眾目俯視無留藏。句中有眼黃別駕，洗滌煩熱生清涼。人言我語勝黃語，扶豎夜齊燎朝光。三年不見萬里外，安得奮身置汝傍。邇來諸子復秀發，曾未幾見加端章。剩欲摧藏讓頭角，豈是有意群兒傷。於人無怨我何憾，愛者尚眾猶吾鄉。平生不自解嘲誚，禍來亦復非周防。我衰氣索不自振，正賴好語能恢張。詩家小魏新有聲，舊傳秀句西里黃。後生學行闕師友，臨路不進空回遑。看君事業青雲上，聽渠螟蟧生膏肓。」〔註56〕詩中的「黃別駕」即黃庭堅，時黃庭堅為涪州別駕，黔州安置。又「三年不見萬里外，安得奮身置汝傍」，尤見其對黃感情之深。其《送劉主簿》一詩亦作於本年，詩的首句即直呼「平生師友豫章公」〔註57〕，敬之以師，交之為友。

〔註55〕冒廣生補箋：《後山詩注補箋》，上冊，202～204頁，北京：中華書局，1995。
〔註56〕冒廣生補箋：《後山詩注補箋》，上冊，218～220頁，北京：中華書局，1995。
〔註57〕冒廣生補箋：《後山詩注補箋》，上冊，233頁，北京：中華書局，1995。

哲宗元符元年戊寅（1098 年）

黃庭堅五十四歲，在黔州。

後以避表外兄張向之嫌移戎州（今四川宜賓市）。

陳師道四十七歲，在徐州家居。

時有何郎中者出示黃庭堅的草書，陳師道觀後作《何郎中出示黃公草書四首》，其一：「龍蛇起伏筆無前，江漢淵回語更妍。好事無須一賞足，藏家不必萬人傳。」其二：「此詩此字有誰知，畫省郎官自崛奇。罪大從來身萬里，政成今見麥三岐。」其三：「四海聲名何水曹，新詩舊德自相高。一官早要稱三字，二鬢何須著兩毛。」其四：「當年闕里與論詩，晚歲河山斷夢思。妙手不為平世用，高懷猶有故人知。」黃庭堅曾於元祐五年寫有草書，並作《李伯時畫刀劍工跋尾》曰：「龍眠李伯時為廬江何頑子溫作。子溫有遠韻，其賞詠古今人詩，得其致意處，故伯時肯以妙墨予之。元祐五年九月己巳黃某題。」〔註58〕陳師道即據此而題。詩中「罪大從來身萬里」指黃庭堅謫居戎州。「四海聲名何水曹」則是用黃庭堅的詩句「向來四海習鑿齒」（《次韻奉答存道主簿》），正是陳學黃詩之一例。「當年闕里與論詩，晚歲河山斷夢思」，是說自己當年向黃庭堅學詩，如今黃庭堅遷謫蜀中，河山阻隔，只能在夢中相見了。

元符二年己卯（1099 年）

黃庭堅五十五歲，在戎州。

作《謁金門·示知命弟》詞：「山又水，行盡吳頭楚尾。兄弟燈前家萬里，相看如夢寐。　　君似成蹊桃李，入我草堂松桂。莫厭歲寒無氣味，餘生吾已矣！」〔註59〕陳師道在《與魯直書》中提及此詞曰：「近有人傳《謁金門》詞，讀之爽然。」全信見後。

陳師道四十八歲，在徐州家居。

有《與魯直書》（之二）云：「師道再啟：紹元夏末，以例罷官，遂赴部，得監海陵酒。明年之春，復遭家禍。居貧口眾，轉捨往來，而卒歸鄉里，迨今三歲矣。而法當居外射闕，亦既申部而請矣。不辨一到京師，又不敢數數申部，

〔註58〕冒廣生補箋：《後山詩注補箋》，上冊，261～263 頁，北京：中華書局，1995。

〔註59〕劉琳、李勇先、王蓉貴校點：《黃庭堅全集·正集卷十四》，第 1 冊，386頁，成都：四川大學出版社，2001。

今亦再歲矣，不蒙注擬。罷官六年，內無一錢之入，艱難困苦，無所不有，溝壑之憂，近在朝夕，甚可笑也。自私自幸者，大兒年十六，解作史論；小兒八歲，能賦絕句。時有好語，即為絕倒。不知天欲窮之耶？欲達之耶？邇來絕不為詩文，然不廢書，時作小詞以自娛，用以卒歲，毋以為念也。」〔註60〕

信中提到作小詞，陳師道有一首《滿庭芳・詠茶》的詞：「閩嶺先春，琅函聯璧，帝所分落人間。綺窗纖手，一縷破雙團。雲裏遊龍舞鳳，香霧起，飛月輪邊。華堂靜，松風竹雪，金鼎沸湲湲。　　門闌。車馬動，扶黃籍白，小袖高鬟。漸胸裏輪囷，肺腑生寒。喚起謫仙醉倒，翻湖海、傾瀉濤瀾。笙歌散，風簾月幕，禪榻鬢絲斑。」〔註61〕此詞即是用黃庭堅同題同詞牌所作。黃詞曰：「北苑春風，方圭圓璧，萬里名動京關。碎身粉骨，功合上凌煙。樽俎風流戰勝，降春睡、開拓愁邊。纖纖捧，熬波濺乳，金縷鷓鴣斑。　　相如，雖病渴，一觴一詠，賓友群賢。為扶起樽前，醉玉頹山。搜攬胸中萬卷，還傾動、三峽詞源。歸來晚，文君未寢，相對小妝殘。」〔註62〕宋人吳曾的《能改齋漫錄》說：「豫章先生少時，嘗為《茶》詞，寄《滿庭芳》。其後增損其詞，止詠建茶，詞意益工。後山陳無己，用韻和之。」〔註63〕即是指此。吳曾說是黃庭堅的少作，且詞有增損，現黃集中即有兩首茶詞，確是文字僅有小異。陳師道晚年作小詞，並用黃詞的韻，亦是寄託對遠在黔、戎的老友的懷念。

又《漁家傲・從叔父乞蘇州濕紅箋》：「一舸姑蘇風雨疾。吳箋滿載紅猶濕。色潤朝花光觸日。人未識，街南小阮應先得。　　青入柳條初著色，溪梅已露春消息，擬作新詞酬帝力。輕落筆。黃秦去後無強敵。」〔註64〕詞中黃、秦即是指黃庭堅與秦觀。陳師道認為「子瞻以詩為詞」，雖工非本色，而獨推崇秦觀和黃庭堅，曰：「今代詞手惟秦七、黃九耳。」〔註65〕人謂陳師道對黃詞過譽，但這不妨礙陳師道對黃詞的特別喜愛，故屢屢作詞以和。

〔註60〕陳師道：《後山居士文集》，下冊，575～576 頁，上海：上海古籍出版社，1984。

〔註61〕唐圭璋編：《全宋詞》，第 1 冊，586 頁，北京：中華書局，2011。

〔註62〕劉琳、李勇先、王蓉貴校點：《黃庭堅全集・正集卷十三》，第 1 冊，322頁，成都：四川大學出版社，2001。

〔註63〕轉引自《後山詩注補箋》，上冊，31 頁，北京：中華書局，1995。

〔註64〕唐圭璋編：《全宋詞》，第 1 冊，591 頁，北京：中華書局，2011。

〔註65〕吳文治主編：《宋詩話全編》，第 2 冊，1022 頁，南京：鳳凰出版社，1998。

元符三年庚辰（1100 年）

黃庭堅五十六歲，在戎州。

陳師道四十九歲。

先在徐州，七月除棣州（今山東惠民）教授。有《元符三年七月蒙恩復除棣學喜而成詩》詩。赴任不久，十一月，改除秘書省正字。

是年春，有書信寄黃庭堅。《與魯直書》曰：「師道啟：往歲劉壯輿在濟陰，嘗遣人至黔中，附書必達。爾後無便，而仕者畏慎，不許附遞，用是不果為問，必蒙深察。比日伏維尊候萬福，未緣瞻近，臨書惘惘。萬冀以時為道自重。」

又：「無咎向過此，服闋赴貶所，相從數日，頗見言色，他皆不通問矣。某有詩文數篇在王立之處，託渠轉致，必能上達也。邇來起居何如，不至乏絕否？何以自存，有相恤者否？令子能慰意否？風土不甚惡否？平居與誰相從？有可與語否？仕者不相陵否？何以遣日，亦著文否？近有人傳《謁金門》詞，讀之爽然，便如侍語，不知此生能復相從如前日否？朱時發能復相濟否？某素有脾疾，近復暴得風眩，時時間作，亦有並作時，極以為苦，若不饑死寒死，亦當疾死。然人生要須死，寧校長短，但恨與釋氏未有厚緣，少假數年，積修香火，亦不恨矣。」

又：「王立之遣人來相覷，云欲遣信，且索書甚急，作此殊不盡懷，語所不及，亦可自了，何必多耶？知命聞在左右，偶多作報書，不暇奉問，萬萬深察，不敢疏也。王家人還，萬覬一字。令郎計康勝，為學想有可觀，人還，可以數首見寄否？豐、登兩稚，不敢草草上狀，嚮慕之意，甚於乃翁。正夫有幼子明誠，頗好文義，每遇蘇、黃文詩，雖半簡數字，必錄藏；以此失好於父，幾如小邢矣，乃知歆、向無足怪者。」〔註66〕

由此可知，黃庭堅在黔州、戎州期間，陳師道曾有數書寄達，先是通過劉壯輿附寄，後是通過王直方附寄。且一書十數問，可謂關心備至。

本年，陳師道有詩《徐仙書三首》，寫蓬萊女官徐清詩作謝體，書效黃庭堅。詩曰：「蓬壺仙子補天手，筆妙詩清萬世功。肯學黃家元祐腳，信知人厄非天窮。」又：「詩成已作客兒語，筆下還為魯直書。豈是神仙未賢聖，

〔註66〕陳師道：《後山居士文集》，下冊，574～579頁，上海：上海古籍出版社，1984。

不隨時事向人疏。」又：「金華牧羊小家子，西真攘挑何代兒。詩著海山書落爪，向來何免世人疑。」〔註67〕詩中「肯學黃家元祐腳」「筆下還為魯直書」「詩著海山書落爪」等句皆是指徐仙學黃庭堅之書。陳師道有一篇《穎師字序》亦言及此，文曰：「吾里中少年，每歲首，簪飾箕帚，召紫姑以戲。一歲有神下焉，曰吾蓬萊仙伯徐君也，自是累累而降。喜句畫，有求必答，筆下不休如寫。熟讀，曰，詩擬謝靈運，書效黃魯直，使黃、謝見之不能別也。」此即言蓬萊仙伯徐君效黃庭堅的書法到了逼真的地步。文後又曰：「於時……涪翁亦再逐髣微盧彭之故處。人方藉轔困苦，必欲其死，世亦無敢語之者，而神官海伯方喜好字畫，又以傳世，信所謂人厄，非天窮也。」〔註68〕這裡表達了陳師道對遠謫「髣微盧彭之故處」的黃庭堅的深切關懷與同情。然人慾其死，神好其字，黃庭堅所遭受的乃是「人厄」，而非天意，「信所謂人厄非天窮也」，此句與前引之詩句「信知人厄非天窮」相同，則知《穎師字序》亦當作於此年。

徽宗建中靖國元年辛巳（1101 年）

黃庭堅五十七歲。

元符三年五月復宣德郎。監鄂州（湖北武昌縣）在城監稅。十月又被朝廷委任為奉議郎，簽書寧國庫（今安徽宣城縣）節度判官。遂出川，過江安（今四川江安縣）。本年從江安繼續東下荊州。

是年冬，有《答王子飛書》，對陳師道推崇備至。書曰：「陳履常正字，天下士也。讀書如禹之治水，知天下之絡脈，有開有塞，而至於九川滌源、四海會同者也。其作詩淵源，得老杜句法，今之詩人不能當也。至於作文，深知古人之關鍵。其論事救首救尾，如常山之蛇，時輩未見其比。公有意於學者，不可不往掃斯人之門。古人云：『讀書十年，不如一詣習主簿。』端有此理。若見，為問訊，千萬。」〔註69〕王子飛（即王雲）跋魏衍《彭城陳先生集記》亦云：「建中靖國辛巳之冬，雲別涪翁於荊州。翁曰：『陳無己，天下士也。其讀書如禹之治水，知天下之絡脈，有開有塞，至於九州滌源，四海會同者也。

〔註67〕冒廣生補箋：《後山詩注補箋》，上冊，352～354 頁，北京：中華書局，1995。

〔註68〕陳師道：《後山居士文集》，下冊，721 頁，上海：上海古籍出版社，1984。

〔註69〕劉琳、李勇先、王蓉貴校點：《黃庭堅全集·正集卷十八》，第 2 冊，467 頁，成都：四川大學出版社，2001。

其論事救首救尾，如常山之蛇。其作文深知古人之關鍵。其作詩深得老杜之句法，今之詩人，不能當也。子有意學問，不可不往掃斯人之門。』雲再拜受教。」〔註70〕

又《和王觀復洪駒父謁陳無己長句》云：「陳君今古焉不學，清渭無心映涇濁。漢官舊儀重九鼎，集賢學士見一角。王侯文采似於菟，洪甥人間汗血駒。相將問道城南隅，無屋正借舡官居。有書萬卷繞四壁，樵蘇不爨談至夕。主人自是文章伯，鄰里頗怪有此客。食貧各仕天一方，佳人可思不可忘。河從天來砥柱立，愛莫助之涕淋浪。」任淵注此詩曰：「王蕃字觀復，沂公之裔，官閫中。時多以書從山谷問學，至是自京師來，會山谷於荊州。洪芻字駒父，山谷之甥也。無己元符三年冬為秘書正字。」〔註71〕

此年，黃庭堅尚有《病起荊江亭即事十首》之八寫到陳師道，曰：「閉門覓句陳無己，對客揮毫秦少游。正字不知溫飽未，西風吹淚古藤州。」〔註72〕秦觀（字少游）死於元符三年（1100年），而陳師道亦於元符三年除秘書省正字，故知此詩當作於此年或去年。

又有《與歐陽元老》（之十），書曰：「到都下，可首往謁陳履常正字，此天下士也。」〔註73〕

陳師道五十歲，在開封，官秘書省正字。

本年，陳師道作詩《酬王立之二首》，有懷蘇軾與黃庭堅。詩曰：「頓有亭前玉色梅，情知不肯破寒開。似憐憔悴兩公客，獨倚東風遣信來。」任注：「兩公，謂蘇、黃也。後山蓋蘇、黃之客。」陳師道自「憐憔悴」，冀蘇、黃能有信來。又：「重梅雙杏巧相將，不為遊人只自芳。應怪詩翁非老手，相逢不作舊時香。」〔註74〕所謂「老手」即指蘇、黃，「詩翁」乃自謂，言自己的詩不如蘇、黃。

〔註70〕冒廣生補箋：《後山詩注補箋》，上冊，卷首，32頁，北京：中華書局，1995。

〔註71〕劉尚榮校點：《黃庭堅詩集注》，第2冊，512～513頁，北京：中華書局，2003。

〔註72〕劉尚榮校點：《黃庭堅詩集注》，第2冊，520頁，北京：中華書局，2003。

〔註73〕劉琳、李勇先、王蓉貴校點：《黃庭堅全集‧續集卷八》，第4冊，2091頁，成都：四川大學出版社，2001。

〔註74〕冒廣生補箋：《後山詩注補箋》，上冊，425～426頁，北京：中華書局，1995。

陳師道於晚年，常於詩中以仙人金華伯稱黃庭堅，除前引之外，尚有「金華仙伯哦七字，好事不復千金摹」（《和饒節詠周昉畫李白真》），「恨君不見金華伯，何處如今更有詩」（《贈吳氏兄弟三首》）等〔註75〕，皆是表達對黃庭堅的尊敬之意。

十一月二十三日，陳師道預郊祀禮，感寒得疾。十二月二十九日卒。

徽宗崇寧元年壬午（1102年）

黃庭堅五十八歲。

本年春初在荊州，九月至鄂州，居住年餘。

有《與李端叔書》（之四），對陳師道之死似尚不確知：「或傳陳履常病且死，豈有是乎？」〔註76〕

待確知後又有與其外甥徐師川書，以懷念逝去之友。《與徐師川書》（之二）曰：「自東坡、秦少游、陳履常之死，常恐斯文之將墜。」〔註77〕

又《雜簡》（之一）曰：「去年失秦少游，又失東坡蘇公，今年又失陳履常，余意文星已宵墜矣。然幸此三君子者，皆有佳兒未死，猶待其嶄然見頭角爾。⋯⋯」〔註78〕

崇寧四年乙酉（1105年）

黃庭堅六十一歲。

崇寧二年（1103年）十一月謫宜州（今廣西宜山縣）。本年在宜州。九月三十日（甲子）卒。

有《次韻文潛》詩云：「年來鬼祟覆三豪，詞林根柢頗搖盪。」〔註79〕任淵注黃詩以「三豪」為蘇東坡、秦少游、范淳夫（范祖禹），恐非是。范祖禹是史學家，但並不以文學名，其亡與「詞林根柢」無關。據《與徐師川書》與《雜簡》，則三豪當指蘇東坡、秦少游與陳師道也。

〔註75〕冒廣生補箋：《後山詩注補箋》，上冊，430，446頁，北京：中華書局，1995。

〔註76〕劉琳、李勇先、王蓉貴校點：《黃庭堅全集・別集卷十四》，第3冊，1751頁，成都：四川大學出版社，2001。

〔註77〕劉琳、李勇先、王蓉貴校點：《黃庭堅全集・正集卷十九》，第2冊，480頁，成都：四川大學出版社，2001。

〔註78〕劉琳、李勇先、王蓉貴校點：《黃庭堅全集・別集卷十七》，第3冊，1852頁，成都：四川大學出版社，2001。

〔註79〕劉尚榮校點：《黃庭堅詩集注》，第2冊，611頁，北京：中華書局，2003。

第二節　陳師道論黃庭堅

　　陳師道除了在詩詞中與黃庭堅唱和和文中論及外，在《後山詩話》與《後山談叢》中亦有多處論及黃庭堅。現從中輯錄陳師道有關黃庭堅的論述數條，以見陳、黃關係之全貌。

（一）《後山詩話》

　　1. 望夫石在處有之。古今詩人，共用一律，惟劉夢得云：「望來已是幾千歲，只似當年初望時。」語雖拙而意工。黃叔達，魯直之弟也，以顧況為第一云：「山頭日日風和雨，行人歸來石應語。」語意皆工。江南有望夫石，每過其下，不風即雨，疑況得句處也。（第 3 條）

　　2. 歐陽永叔不好杜詩，蘇子瞻不好司馬《史記》，余每與黃魯直怪歎，以為異事。（第 4 條）

　　3. 黃魯直云：「杜之詩法出審言，句法出庾信，但過之爾。杜之詩法，韓之文法也。詩文各有體，韓以文為詩，杜以詩為文，故不工爾。」（第 9 條）

　　4. 黃魯直謂白樂天云「笙歌歸院落，燈火下樓臺」，不如杜子美云「落花游絲白日靜，鳴鳩乳燕青春深」也。孟浩然云「氣蒸雲夢澤，波撼岳陽城」，不如九僧云「雲中下蔡邑，林際春申君」也。（第 10 條）

　　5. 黃詩、韓文，有意故有工，左、杜則無工矣。然學者先黃後韓，不由黃、韓而為左、杜，則失之拙易矣。（第 20 條）

　　6. 詩欲其好，則不能好矣。王介甫以工，蘇子瞻以新，黃魯直以奇。而子美之詩，奇常、工易、新陳莫不好也。（第 24 條）

　　7. 魯直謂荊公之詩，暮年方妙，然格高而體下。如云：「似聞青秧底，復作龜兆坼。」乃前人所未道。又云：「扶輿度陽焰，窈窕一川花。」雖前人亦未易道也。然學二謝，失於巧爾。（第 27 條）

　　8. 王荊公暮年喜為集句，唐人號為四體，黃魯直謂正堪一笑爾。司馬溫公為定武從事，同幕私幸營妓，而公諱之。嘗會僧廬，公往迫之，使妓踰牆而去，度不可隱，乃具道。公戲之曰：「年去年來來去忙，暫偷閒臥老僧床。驚回一覺遊仙夢，又逐流鶯過短牆。」又杭之舉子中老榜第，其子以緋裹之，客賀之曰：「應是窮通自有時，人生七十古來稀。如今始覺為儒貴，不著荷衣便著緋。」壽之醫者，老娶少婦，或嘲之曰：「偎他門戶傍他牆，年去年來來去忙。採得百花成蜜後，為他人作嫁衣裳。」真可笑也。（第 29 條）

9. 唐人不學杜詩，惟唐彥謙與今黃亞夫庶、謝師厚景初學之。魯直，黃之子，謝之婿也。其於二父，猶子美之於審言也。然過於出奇，不如杜之遇物而奇也。三江五湖，平漫千里，因風石而奇爾。（第 31 條）

10. 魯直有癡弟，畜漆琴而不禦，蟲虱入焉。魯直嘲之曰：「龍池生壁虱。」而未有對。魯直之兄大臨，旦見床下以溺器畜生魚，問知其弟也，大呼曰：「我有對矣。」乃「虎子養溪魚」也。（第 34 條）

11. 黃詞云：「斷送一生惟有，破除萬事無過。」蓋韓詩有云：「斷送一生惟有酒，破除萬事無過酒。」才去一字，遂為切對，而語益峻。又云：「杯行到手更留殘，不道月明人散。」謂思相離之憂，則不得不盡。而俗士改為「留連」，遂使兩句相失。正如論詩云，「一方明月可中庭」，「可」不如「滿」也。（第 38 條）

12. 魯直《乞貓詩》云：「秋來鼠輩欺貓死，窺甕翻盤攪夜眠。聞道狸奴將數子，買魚穿柳聘銜蟬。」雖滑稽而可喜。千載而下，讀者如新。（第 40 條）

13. 退之以文為詩，子瞻以詩為詞，如教坊雷大使之舞，雖極天下之工，要非本色。今代詞手，惟秦七、黃九爾，唐諸人不逮也。（第 49 條）

14. 魯直與方蒙書：「頃洪甥送令嗣二詩，風致灑落，才思高秀，展讀賞愛，恨未識面也。然近世少年，多不肯治經術及精讀史書，乃縱酒以助詩，故詩人致遠則泥。想達源自能追琢之，必皆離此諸病，漫及之爾。」與洪朋書云：「龜父所寄詩，語益老健，甚慰相期之意。方君詩，如鳳雛出殼，雖未能翔於千仞，竟是真鳳凰爾。」與潘邠老書曰：「大受今安在？其詩甚有理致，語又工也。」又曰：「但詠五言，覺翰墨之氣如虹，猶足貫日爾。」（第 59 條）

15. 世語云：「蘇明允不能詩，歐陽永叔不能賦。曾子固短於韻語，黃魯直短於散語。蘇子瞻詞如詩，秦少游詩如詞。」（第 65 條）

（二）《後山談叢》

1. 蘇黃善書不懸手

蘇、黃兩公皆善書，皆不能懸手。逸少非好鵝，效其宛頸爾，正謂懸手轉腕。而蘇公論書，以手抵案使腕不動為法，此其異也。（卷二）

2. 論墨二

南唐於饒置墨務，歙置硯務，揚置紙務，各有官，歲貢有數。求墨工於海東，紙工於蜀，中主好蜀紙，既得蜀工，使行境內，而六合之水與蜀同。李本奚氏，以幸賜國姓，世為墨官云。唐之問，質肅公之子，有墨曰「饒州供進

墨務官李仲宣造」，世莫知其何。子頗有家法，以遺黃魯直，魯直以謂不迨孫氏所有。而予謂過之。陳留孫待制家有墨半錠，號稱廷珪，但色重爾，非古制也。（卷二）

3. 榆條準此

魯直為禮部試官，或以柳枝來，有法官曰：「漏泄春光有柳條。」魯直曰：「榆條準此。」蓋律語有「餘條準此」也。一坐大哄，而文吏共深恨之。（卷五）

第三節　宋元明清各家論陳、黃之關係

宋及金元明清各代均有對陳師道與黃庭堅關係的論述，現據有關資料，選輯若干條，論述相同或相近的只用最早的。

1. 蘇王黃秦詩詞。……陳無己云：「荊公晚年詩傷工，魯直晚年詩傷奇。」余戲之曰：「子欲居工奇之間邪？」（宋・王直方《王直方詩話》）

2. 黃庭堅說陳詩。無己嘗作《小放歌行》兩篇。山谷云：「無己他日作詩，語極高古，至於此篇，則顧影徘徊，炫耀太甚。」（同上）

3.《古書託名》。「先君為武學傳授日，被旨校正武舉《孫》、《吳》等七書。先君言，《六韜》非太公所作，內有考證處，先以稟司業朱服，服言，此書行之已久，未易遽廢也。又疑《李衛公對問》亦非是。後為徐州教授，與陳無己為交代。陳雲，嘗見東坡先生言，世傳王氏《元經》、《薛氏傳》、關子明《易傳》、《李衛公對問》，皆阮逸著撰。逸嘗以草示奉常公也。非獨此，世傳《龍城記》載六丁取易說事，《樹萱錄》載杜陵老李太白諸人賦詩事，詩體一律。而《龍城記》乃王銍性之所為，《樹萱錄》劉壽無言自撰也。至於書刻亦然，小字《樂毅論》實王著。所書李太白《醉草》則葛叔忱戲欺其婦翁者，山谷道人嘗言之矣。（宋・何薳《春渚紀聞》卷五）

4. 黃陳學義山。義山《雨》詩：「摵摵度瓜園，依依傍水軒。」此不待說雨，自然知是雨也。後來魯直、無己諸人多用此體。（宋・呂本中《東萊呂紫薇詩話》）

5. 苕溪漁隱曰：呂居仁近時以詩得名，自言傳衣江西，嘗作《宗派圖》，自豫章以降，列陳師道、潘大臨……，合二十五人，以為法嗣，謂其源流皆出豫章也……（宋・胡仔《苕溪漁隱叢話》前集卷四十八）

6. 苕溪漁隱曰：無己詩云：「學詩如學仙，時至骨自換。」山谷亦有學詩如學道之句。若語意俱勝，當以無己為優。王直方議論不公，遂云：「陳三所得豈其苗裔耶。」意謂其出於山谷，不足信也。（同上卷五十一）

7. 王直方詩話云：無己嘗作小放歌行兩篇云云。山谷云，無己他日作詩，語極高古，至於此篇，則顧影徘徊，炫耀太甚。（同上）

8. 苕溪漁隱曰：後山謂魯直作詩，過於出奇。誠哉是言也。如《和文潛贈無咎詩》：「本心如日月，利欲食之既。」……凡此之類，出奇之過也。（同上後集卷三十二）

9. 苕溪漁隱曰：無己稱：「今代詞手，惟秦七、黃九耳，唐諸人不逮也。」無咎稱：「魯直詞不是當家語，自是著腔子唱好詩。」二公在當時品題不同如此。自今觀之，魯直詞亦有佳者，第無多首耳。少游詞雖婉美，然格力失之弱。二公之言，殊過譽也。（同上卷三十三）

10. 《黃陳詩集注序》（節錄）。本朝山谷老人之詩，盡極騷雅之變，後山從其遊，將寒冰焉。故二家之詩，一句一字有歷古人六七作者。蓋其學該通乎儒、釋、老、莊之奧，下至於醫、卜、百家之說，莫不盡摘其英華，以發之於詩。始山谷來吾鄉，徜徉於岩谷之間，余得以執經焉。暇日因取二家之詩，略注其一二。第恨寡陋，弗詳其秘。姑藏於家，以待後之君子有同好者，相與廣之。政和辛卯（一一一一年）重陽日書。（宋·任淵《黃陳詩集注序》）

11. 後山謂魯直詩語。「君不見浣花老翁醉騎驢，熊兒捉轡驦子扶。金華仙伯哦七字，好事不復千金模。」成都浣花溪，老杜入蜀所居。熊、驦，杜之二子也。嘗有詩云：「熊兒幸無恙，驦子最憐渠。」魯直有《老杜浣花醉圖》詩云：「浣花酒船散車騎，野牆無主看桃李。宗文捉轡宗武扶，落日寒驢馱醉起。」後山謂魯直詩語已自寫生，不須捐金摹畫也。（宋·任淵《後山詩注》）

12. 黃陳詩注序（節錄）。……宋興二百年，文章之盛，追還三代，而以詩名世者，豫章黃庭堅魯直，其後學黃而不至者，後山陳師道無己。二公之詩，皆本於老杜而不為者也。其用事深密，雜以儒佛，虞初稗官之說，《雋永》《鴻寶》之書，牢籠漁獵，取諸左右，後生晚學此秘未睹者，往往苦其難知。三江任君子淵，博及群書，尚友古人，暇日遂以二家詩為之注解，且為原本立意始末以曉學者，非若世之箋訓，但能標題出處而已也。既成，以授僕，欲以言冠其首。予嘗患二家詩興寄高遠，讀之有不可曉者，得君之解，玩味累日，如夢而寤，如醉而醒，如瘖人之獲起也，豈不快哉！雖然，論畫

者可以形似，而捧心者難言；聞弦者可以數知，而至音者難說。天下之理涉
於形名度數者，可傳也；其出於形名度數之表者，不可得而傳也。昔後山答
秦少章云：「僕之詩豫章之詩也，然僕所聞於豫章，願言其詳，豫章不以語
僕，僕亦不能為足下道也。」嗚呼！後山之言殆謂是耶？今子淵既以所得於
二公者筆之於書矣，若乃精微要妙，如古所謂味外味者，雖使黃、陳復生，
不能以相授，子淵尚得而言乎？學者宜自得之可也。子淵名淵，嘗以文藝類
試有司，為四川第一，蓋今日之國士、天下士也。紹興乙亥冬十二月，鄱陽
許尹謹敘。（宋·許尹《任淵〈山谷內集詩注〉》卷首）

13. 後山論詩說換骨，東湖論詩說中的，東萊論詩說活法，子蒼論詩說飽
參；入處雖不同，然其實皆一關捩，要知非悟入不可。（宋·曾季狸《艇齋詩
話》）

14. 《步里客談》云：古人作詩，斷句輒旁入他意，最為警策。如老杜云，
「雞蟲得失無了時，注目寒江倚山閣」是也。黃魯直作水仙花詩，亦用此體
云，「坐對真成被花惱，出門一笑大江橫」。至陳無己云：「李杜齊名吾豈敢，
晚風無樹不鳴蟬。」則直不類矣。（宋·陳長方《步里客談》卷下）

15. 章叔度憲云：「每下一俗間言語，無一字無來處。此陳無己黃魯直作
詩法也。」（同上）

16. 魯直酷愛陳無己詩。「魯直酷愛陳無己詩，而東坡亦不深許。魯直為
無己譽揚，無所不至，而無己乃謂『人言我語勝黃語』，何耶？」（宋·葛立方
《韻語陽秋》卷二）

17. 魯直謂陳後山學詩如學道，此豈尋常雕章繪句者之可擬者。（同上）

18. 江西宗派詩序（節錄）。江西宗派詩者，詩江西也，人非皆江西也。
人非皆江西而詩曰江西者，何繫之也？繫之者何？以味不以形也。……高子
勉不似二謝，二謝不似三洪，三洪不似徐師川，師川不似陳後山，而況似山
谷乎？味焉而已矣。（宋·楊萬里《誠齋集》卷七十九）

19. 少游在黃、陳之上，黃魯直意趣極高。（宋·韓淲《澗泉日記》卷下）

20. 含意。陳無己云：山谷最愛舒王「扶輿度陽焰，窈窕一川花。」謂包
含數個意。王直方詩話（宋·魏慶之《詩人玉屑》卷六）

21. 《陳無己詩話》云：「望夫石在處有之，古今詩話惟用一律，惟劉夢得
云：『望來況是幾千歲，只似當年初望時。』語雖拙而意工。黃叔達，魯直之
弟也，以顧況為第一，云：『山頭日日風和雨，行人歸來石應語。』語意皆工。

江南望夫石，每過其下，不風即雨，疑況得句處也。」余家有《王建集》，載
《望夫石詩》，乃知非況作。其全章云：「望夫處，江悠悠。化為石，不回頭。
山頭日日風復雨，行人歸來石應語。」豈無己、叔達偶忘之耶！苕溪漁隱曰：
荊公選唐百家詩，亦以此詩列建詩中，則無己、叔達之誤，可無疑矣。復齋漫
錄（同上卷十六）

22. 借山谷後山詩編於劉宜之司戶因書所見呈宜之兄弟。拾遺詩視孔子
道，豫章配孟顏後山。自餘眾作等別派，彪戲狸豹虎一斑。我修直筆公萬世，
議論不到甘謅訕。中間杜老饒寒餓，陳也絕葷黃尚可。天公儺施略相當，一
字而貧更憐我。去年曜菴太荒涼，斧中得魚雷殷床。了知詩崇力排擯，誰言
錮疾蟠膏肓。劉郎食飽嗜昌歇，又一過目思手攬。編詩更著顧癡筆，字字可
丹藏石礅。知君療病我益病，心手相忘還展詠。百年長病可得辭，兩翁落唾
皆可敬。勿云身後無知音，此詩百變無邪心。候蟲時鳥足感耳，我思正在南
風琴。誰能首塗追四始，以經夾轂騷駕軌。意所不快鞭曹劉，此時折汝一寸箠。
長安市上逢聯璧，人持一箭與我直。請君了卻三萬軸，再見坐我床下客。（宋·
敖陶孫《江湖後集》卷十八）

23. 論詩十絕（選一首）。文章隨世作低昂，變盡風騷到晚唐。舉世吟哦
推李杜，詩人不知有陳黃。（宋·戴復古《石屏詩集》卷七）

24. 豫章外集詩注序（節錄）。我列聖以人文陶天下，學問議論文章之士，
莫盛於熙、豐、元、紹間，其生也類在神文朝，如詩家曰蘇、黃，曰黃、陳。
蘇公生於景祐，陳公生於皇祐，而豫章生於慶曆。天地清寧，日月正明，稟於
氣者全也。公得清寧正明之全氣，氣全而神王，挾豐隆，騎倒景，飄飄乎與造
物者遊，放為篇章，超軼絕塵，獨立萬物之表，坡翁蓋心服之，而後山師焉。
（宋·洪諮夔《平齋文集》卷十）

25. 黃太史文集序（節錄）。山谷黃公之文，先正矩公稱許者眾矣。……
其間如後山，不予王氏，不見章厚，於邢、趙姻婭也，亦未嘗假以詞色；褚無
副衣，匪煥匪安，寧死無辱，則山谷一等人也。張文潛之詩曰：「黃郎蕭蕭日
下鶴，陳子峭峭霜中竹。」是其為可傳真在此而不在彼矣。（宋·魏了翁《鶴
山先生大全文集》卷五十三）

26. 孫楚除妻服，作詩示王武子，王曰：「未知文於情生，情於文生，覽
之淒然，增伉儷之重。」而黃詩：「意不及此文生哀。」陳詩：「情生文自哀。」
二人之意各不同。（同上《鶴山渠陽經外雜鈔》卷一）

27. 注黃山谷詩二十卷、注後山詩六卷。新津任淵子淵注，鄱陽許尹為序。大抵不獨注事，而兼注意，用功為深。二集皆取前集。陳詩以魏衍集記冠焉。（宋・陳振孫《直齋書錄解題》卷二十詩集類下）

28. 後山地位去豫章不遠。後山樹立甚高，其議論不以一字假借人，然自言其詩師豫章公。或曰：「黃、陳齊名，何師之有？」余曰：「射較一鏃，弈角一著，惟師亦然。後山地位去豫章不遠，故能師之。若同時秦、晁諸人則不能為此言矣。此惟深於詩者知之。文師南豐，詩師豫章，二師皆極天下之本色，故後山詩文高妙一世。」（宋・劉克莊《後村詩話》）

29. 江西詩派總序（節錄）。呂紫薇作江西宗派，自山谷而下凡二十六人⋯⋯派中如陳後山，彭城人；⋯⋯非皆江西人也。⋯⋯派中以東萊居後山上，非也。（宋・劉克莊《後村先生大全集》卷九十五）

30. 呂居仁作《江西詩社宗派圖》，⋯⋯宗派之祖曰山谷，其次陳師道無己⋯⋯議者以謂陳無己為詩高古，使其不死，未必甘為宗派。（宋・趙彥衛《雲麓漫鈔》卷十四）

31. 跋陳平仲詩（節錄）。雲谷謝公使治鑄之年，過予崖而西也，手其友陳平仲詩若詞三巨篇示予。讀且評曰：本朝⋯⋯後山諸人為一節，派家也；深山雲臥，松風自寒，飄飄欲仙，芰荷衣而芙蓉裳也，而極其摯者黃山谷。⋯⋯山谷非無詞，而詩掩詞。（宋・方岳《秋崖先生小稿》卷四十三）

32. 山谷云：「學老杜詩，所謂刻鵠不成，猶類鶩也。」後山謂山谷得法於少陵。（宋・王應麟《困學紀聞》卷十八《評詩》）

33. 與劉秀岩論詩（節錄）。凡人學詩，先將《毛詩》選精深者五十篇為祖；⋯⋯次選黃山谷、陳後山兩家詩各編類成一集，此二家乃本朝詩祖；次選韓文公、蘇東坡二家詩共編類成一集。如此揀選編類到二千詩，詩人大家數盡在其中。（宋・謝枋得《疊山集》卷五）

34. 《須溪劉辰翁序》（節錄）。詩無論拙惡，忌矜持。⋯⋯後山自謂黃出，理實勝黃。其陳言妙語，乃可稱破萬卷者。然外亦枯槁，又如息夫人，絕世一笑自難。（宋・劉辰翁《須溪劉辰翁序》）

35. 《陳簡齋詩集序》（節錄）。惟陳簡齋以後山體用後山，望之蒼然，而光景明麗，肌骨勻稱。古稱陶公用法，得法外意，以陳簡齋視陳、黃，節制亮無不及，則後山比簡齋，刻削尚似，矜持未盡去也。（宋・劉辰翁《陳簡齋詩集序》）

36.《後山先生集序》（節錄）。人言杜陵詩高於文，世稱公詩，必曰陳、黃，至妙處不墮杜後，獨於公文厭飫《思亭記》《參寥序》，余未覯大方，因刊本諗，四方操觚士知杜陵公蓋兼之。持較蘇門，甚矣軻之似夫子也，軻之似夫子也。（宋・陳仁子《後山先生集序》）

37. 陳後山云：「子瞻以詩為詞，雖工非本色，今代詞手惟秦七、黃九耳。」予謂後山以子瞻詞如詩，似矣；而以山谷為得體，復不可曉。晁無咎云：「東坡詞多不諧律呂，蓋橫放傑出，曲子中縛不住者。」其評山谷則曰：「詞故高妙，然不是當行家語，乃著腔子唱如詩耳。」此言得之。（金・王若虛《滹南遺老集》卷三十九《詩話》）

38. 山谷之詩有奇而無妙，有斬絕而無橫放，鋪張學問以為富，點化陳腐以為新，而渾然天成、如肺肝中流出者不足也。……善乎吾舅周君之論也，曰：「宋之文章，至魯直已是偏仄處，陳後山而後不勝其弊矣。人能中道而立，以巨眼觀之，是非真偽，望而可見也。」若虛雖不解詩，頗以為然。（金・王若虛《滹南詩話》卷三十九）（同上）

39. 送俞唯道序（節錄）。大概律詩當專師老杜、黃、陳、簡齋，稍寬則梅聖俞，又寬則張文潛，此皆詩之正派也。（元・方回《桐江集》卷一）

40. 送胡植芸北行序（節錄）。或問予宋真詩人獨取此三人，何也？以此不達也。官不達，名未嘗不達與達者等也。梅聖俞陶粹冶和，春融天靚，歐陽永叔敬之畏之。陳無己鍛勁煉瘦，嶽握崖聳，黃魯直敬之畏之。趙昌父秘芳銷華，霜枯冰涸，趙蹈中敬之畏之。有一幹萬鈞之勢而不見其為用力，有一貫萬古之胸而不覺其為用事，此予所以深許之也。（同上）

41. 跋許萬松詩（節錄）。陳後山生於皇祐五年癸巳，少東坡十七歲，少山谷八歲。朱文公謂：後山初見東坡，詩未甚好。東坡四十二歲知徐州，子由來會，後山時年二十五歲，有詩贈二蘇公云：「一洗十年新學腸。」時歲在丁巳，王荊公得君，改熙寧，已十年也。其見山谷於潁昌，詩律一變，不知的在何年。今後山詩任氏注本，自元豐六年癸亥始，皆三十一歲以後詩。獨有《贈二蘇公》一篇為少作。蜀本不注。及眉山史氏續注外集，尚有少作可考。予細觀之，輕重懸絕，使不遇山谷，則安得黃、陳並稱乎？（同上卷四）

42. 劉元輝詩評（節錄）。黃、陳皆宗老杜，然未嘗依本畫葫蘆依老杜詩。黃專用經史雅言、晉宋清談，《世說》中不緊要字，融液為詩，而格極天下之高。陳又與黃不同……挽曾南豐，別三子詩，可見無一字俗，無一語長。……

黃、陳名同而法異。回嘗言作詩先要格律高，學前賢詩不可但模形狀，意會神合可也。元輝亦暗宗後山，故回及之。（同上卷五）

43. 讀後山詩感其獲遇山谷（節錄）。後山為文早師南豐，不知何年以詩見山谷，聽山谷說詩，讀山谷所為詩，焚棄舊作，一變而學豫章。然未嘗學山谷詩，字字句句同調也，意有所悟，落花就實而已。（同上卷五）

44. 唐長孺藝圃小集序（節錄）。詩以格高為第一……宋惟歐、梅、黃、陳、蘇長翁、張文潛，而又於其中以四人為格之猶高者，魯直、無己上配淵明、子美為四也。（元・方回《桐江續集》卷三十三）

45. 與大光同登封州小閣。老杜詩為唐詩之冠，黃、陳詩為宋詩之冠。黃、陳學老杜者也，嗣黃、陳而恢張悲壯者，陳簡齋也。（元・方回《瀛奎律髓》卷一登覽類）

46. 自老杜後，始有後山律詩，往往精於山谷也。山谷宏大而古詩尤高，後山嚴密而律詩尤高。（同上卷十七）

47. 世人未知後山、山谷從何而入，盍以此酴醾、榴花詩並觀之。「葉葉自相偶」，榴花雙葉自相偶，則不求偶於他者也，意亦高。（同上卷二十七）

48. 李杜蘇黃。少陵詩似《史記》，太白詩似《莊子》，不似而實似也；東坡詩似太白，黃、陳詩似少陵，似而又不似也。（元・劉壎《隱居通議》卷六）

49. 諸賢挽詞。山谷翁作司馬文正公挽詞，後山作南豐先生挽詞，水心作高、孝兩朝挽詞，皆超軼絕塵，誠可對壘，後又見韓文公作莊憲太后挽詞，甚妙。（同上）

50. 後山先生集序（節錄）。宋之豐，異時歐、蘇祖左海內士，若渥洼墮地，趫趫不易縶。文，小技也，抑果關大氣會耶？黃峻截，秦浩蕩，晁、張深沉，遊眉山門，人具一體，黼黻藻火，章施慶宇，最後後山翁縝密細膩，時人尤未易識度。……人言杜陵詩高於文，世稱公詩，必曰陳、黃，至妙處不墮杜後。（元・陳仁子《弘治馬暾刊無注本〈後山集〉卷首》）

51. 黃庭堅傳。庭堅學問文章，天成性得。陳師道謂其詩得法杜甫，學甫而不為者。（元・脫脫《宋史》卷四四四《文苑傳》）

52.（黃容）《江雨軒詩序》：「……（絕句）至宋蘇文忠公與先文節公，獨宗少陵、謫仙二家之妙，雖不拘拘其似，而其意遠義賅，是有蘇、黃並李、杜之稱。當時如臨川、後山諸公，皆傑然無讓古者。」（明・葉盛《水東日記》卷二十六）

53. 認真子詩集序（節錄）。世之能詩者，近則黃、陳，遠則李、杜，未聞舍彼而取此也。（明・陳獻章《白沙子》卷一）

54. 後山詩注跋。宋文承五季之弊，其詩綺靡刻削，出晚唐下。至歐陽永叔始起而變之，逮蘇子美、梅聖俞起，而詩又變。黃山谷、陳後山起，而又一變。黃、陳雖號稱江西派，而其風骨逼近老杜，宋詩蓋至此極矣。然予尤酷愛後山，嘗攜其遺稿過漢中，令生徒錄過，用便旅覽。而憲副朱公恨世無完集，不與歐、黃諸家並行，遂屬知府袁君宏加版刻焉。顧舛訛太甚，兼有脫簡。嘉其志而惜其費，蓋不獨予然也。……自今讀後山詩，固驚其雄健清勁，幽邃雅淡，有一塵不染之氣。夷考其行，矯厲凌烈，窮餓不悔，則詩又特其緒餘耳。後山自謂不及山谷。晦翁以山谷詩近浮薄，乃後山所無。然豈獨詩哉。愛其詩而不師其人，固非二君版行之意。而況其詩未知也。（明・楊一清《弘治袁宏本後山詩注跋》）

55. 讀精華錄。偶讀山谷《精華錄》，見和東坡《西湖縱魚》詩，因次其韻，作《觀打魚》詩；又記後山曾有和東坡此詩，大類山谷。及檢其全篇，即山谷者也，但多一篇耳。又後山集中《思亭記》，他文選者未之詳耳，然二作今亦莫辨其出誰手也。……（明・何景明《何大復先生集》卷三十八）

56. 右丞詩用字。王右丞詩：「暢以沙際鶴，兼之雲外山。」孟浩然云：「重以觀魚樂，因之鼓枻歌。」雖用助語詞，而無頭巾氣。宋人黃、陳輩傚之，如「且然聊爾耳，得也自知之」，又如「命也豈終否，時乎不暫留」，豈止學步邯鄲，效顰西子已哉！（明・楊慎《升菴合集》卷一百三十八《詩話》）

57. 奪胎換骨。《冷齋夜話》載：山谷曰：「不易其意而造其說，謂之換骨；規模其意而形容之，謂之奪胎。」……如陳無己挽南豐云：「丘原無起日，江漢有東流。」乃變老杜「爾曹身與名俱滅，不廢江河萬古流」，皆此類也。（明・郎瑛《七修類稿》卷二十八辯證類）

58. 擊壤集序（節錄）。予觀晉、魏、唐、宋諸家，如阮步兵、陶靖節、王右丞、韋蘇州、黃山谷、陳後山諸人，述作相望，雖所養不同，要皆有得於靜中沖淡和平之趣，不以外物擾己，故其詩亦卒以鳴世。（明・王畿《龍溪先生全集》卷十三）

59. 黃、陳、曾、呂，名師老杜，實越前規。（明・胡應麟《詩藪》內編卷二）

60. 宋黃、陳首倡杜學，然黃律詩徒得杜聲調之偏者，其語未嘗有杜也。

（同上卷三）

61. 宋人用史語，如山谷「平聲幾兩屐，身後五車書」，源流亦本少陵；用經語如後山「呪功先服猛，戒力得扶顛」，剪裁亦法康樂。然工拙頓自千里者，有斧鑿之功，無鎔鍊之妙，矜持於句格，則面目可憎，架疊與篇章，則神韻都絕。（同上外編卷五）

62. 昔人評郊、島非附寒澀，無所置材。余謂黃、陳學杜瘦勁，亦其材近之耳。律詩主格，尚可鼉鑠自矜，歌行間涉縱橫，往往束手矣。然黃視陳覺稍勝。（同上）

63. 李獻吉云：黃、陳師法杜甫，號大家，今其詩傳者不香色流動，如入神廟坐土木骸即冠服人，等謂之人，可乎？（同上）

64.（宋之）學杜者王介甫、蘇子美、黃魯直、陳無己、陳去非、楊廷秀。（同上）

65. 黃、陳律詩法杜可也，至絕句亦用杜體，七言小詩，遂成突梯謔浪之資，唐人風韻，毫不復覯，又在近體下矣。（同上）

66. 與丘長孺書（節錄）。唐自有詩也……趙宋亦然，陳、歐、蘇、黃諸人，有一字襲唐者乎？又有一字相襲者乎？至其不能為唐，殆是氣運使然，猶唐之不能為《選》，《選》之不能為漢魏耳。（明・袁宏道《袁中郎全集》尺牘第二十八頁）

67. 讀宋人詩五首（錄二首）。夔州句法杳難攀，再見涪翁與後山。留得紫微圖派在，更誰參透少陵關？　一瓣香歸玉局翁，風流羨與少陵同。平生不拾江西唾，枉被句牽入社中。（清・汪琬《堯峰文鈔》卷五）

68. 冬日讀唐宋金元諸家詩，偶有所感，各題一絕於卷後，凡七首（錄一首）。一代高名孰主賓？中天坡谷兩嶙峋。瓣香只下涪翁拜，宗派江西第幾人？（清・王士禎《漁洋詩集》卷二十二）

69. 西江派黃魯直太生，陳無己太直，皆學杜而未嚌其胾者；然神理未浹，風骨獨存。（清・沈德潛《說詩晬語》卷下）

70. 問：古詩家多，其聲調有可宗不可宗，何也？古詩聲調，亡於晚唐，至宋歐、蘇復振之，南渡以後微矣，至金、元而亡。再復振於明弘治、嘉靖間，至袁、徐、鍾、譚而又亡，本朝諸大家振起之。故欲知聲調之法，杜、韓其宗也，盛唐諸家其輔也，宋則歐、蘇、黃、陳而已。（清・陳僅《竹林答問》）

71. 山谷詞一卷（節錄）江蘇巡撫採進本。宋黃庭堅撰。……陳振孫於晁無咎詞條下引補之語曰：「今代詞手，惟秦七、黃九，他人不能及也。」於此集條下又引補之語曰：「魯直間作小詞，固高妙，然不是當行家語，自是著腔子唱好詩。」二說自相矛盾。考秦七、黃九語在《後山詩話》中，乃陳師道語，殆振孫誤記。今觀其詞，……皆褻諢不可名狀。……顧其佳者則妙脫蹊徑，迥出慧心，補之著腔好詩之說，頗為近之。師道以配秦觀，殆非定論。（清‧紀昀等《四庫全書總目提要》卷一百九十八集部詞曲類）

72. 無住詞一卷安徽巡撫採進本。與義詩師杜甫，當時稱陳、黃之後無逾之者。……方回《瀛奎律髓》稱杜甫為一祖，而以黃庭堅、陳師道及與義為三宗。如以詞論，則師道為勉強學步，庭堅為利鈍互陳，皆迥非與義之敵矣。（同上）

73. 考江西詩派以山谷、後山、簡齋配享工部，謂之一祖三宗。……七言古多效昌黎而雜以涪翁之格，語健而不免粗，氣勁而不免直。……棄短取長，要不失為北宋巨手。（清‧紀昀《後山集抄序》）

74. 答李憲吉書（節錄）。宋黃魯直、陳後山諸君，瘦硬通神，不免失之粗率。（清‧王昶《春融堂集》卷三十二）

75. 江西派。呂本中《江西詩派圖》，意在尊黃涪翁，並列陳後山於諸人中。後山與黃同在蘇門，詩格亦與涪翁不相似，乃抑之入江西派，誕甚矣。（清‧錢大昕《十駕齋養新錄》卷十六）

76. 呂居仁作《江西宗派圖》，其時若陳後山、徐師川、韓子蒼輩，未必皆以為銓定之公也。而山谷之高之大，亦皆僅與厥原一刻爭勝毫釐，蓋繼往開來，源遠流長，所自任者，非一時一地事矣。（清‧翁方綱《石洲詩話》卷四）

77. 後山贈魯直云：「陳詩傳筆意，願立弟子行。」又云：「人言我語勝黃語，扶豎夜燎齊朝光」，此其所以敘入紫微宗派之圖也。任天社云：「讀後山詩，似參曹洞禪，不犯正位，切忌死語，非冥搜旁引，莫窺其用意深處。」因為作注。而敖器之亦謂「後山如九皋獨唳，深林孤芳，沖寂自研，不求賞識」。昔漁洋先生嘗疑天社之語未盡然，而謂「後山終落鈍根，視蘇、黃遠矣」。按《詩林廣記》云：「後山之詩，近於枯淡。」愚觀宋詩之枯淡者，惟梅聖俞可以當之，若後山則益無可回味處，豈得以枯淡為辭耶？若黃詩之深之大，又豈後山所可比肩者！蓋元祐諸賢，皆才氣橫溢，而一時獨有此一種，見者遂以為高不可攀耳。（清‧翁方綱《石洲詩話》卷四）

78. 七言律詩鈔凡例。自山谷以下，後來語學杜者，率以後山、簡齋並稱。然而後山似黃，簡齋則似杜；後山近於黃而太膚淺，簡齋近於杜而全滯色相矣。（清・翁方綱《七言律詩鈔》卷首）

79. 西江詩派，余素不喜，以其空硬生湊，如貧人捉襟見肘，寒酸氣太重也。然黃山谷七言古歌行，如歌馬歌阮，雄深渾厚，自不可沒，與大蘇並稱，殆以是乎？後山詩，則味如嚼蠟，讀之令人氣短，如「且然聊爾耳，得也自知之」二句，係集中五律起筆，竟成何語？真謂之不解詩可也。擁被呻吟，直是枯腸無處搜耳。（清・李調元《雨村詞話》卷下）

80. 惜抱論玉溪：「矯弊滑易，用思太過，而僻晦之病又生。」竊謂後山實爾，山谷無之。然山谷矯弊滑熟，時有不合、枯促寡味處，杜、韓、蘇無之。（清・方東樹《昭昧詹言》卷十）

81. 黃詩秘密，在隸事下字之妙，拈來不測；然亦在貪使事使字，每令氣脈緩隔，如次韻時進叔篇。此一利一病，皆可悟見，學者由此隅反可也。此詩與字雨字腐字三韻，節去則文意不足，讀之實牽強未妥。於此乃知韓公押強韻皆穩，不可及也。此病陳後山亦然，可悟人才性大小，不可強能。文從字順言有序，李、杜、韓、蘇皆然，黃則不能皆然。雖古人筆力貴斬截，起勢貴奇特，然如山谷《過家》起處，亦大無序矣。（同上）

82. 姚范（姜塢）曰：後山云：「少好詩，老而不厭。及見黃豫章，盡焚其稿而學焉。豫章謂譬之弈焉，弟子高師一著，僅能及之，爭先則後之矣。」樹按：此即智過於師，乃堪傳法，智與師齊，減師半德之怡。以此繩後山，真減於黃一半也。（同上）

83. 後山之師杜，如穆柳之徒學文於韓也。後山之祖子美，不識其混茫飛動，沉鬱頓挫，而溺其鈍澀迂拙以為高。其師涪翁，不得其瑰瑋卓詭，天骨開張，而耽於洗剝渺寂以為奇。（同上）

84. 魯直「水作夜牕風雨來」，履常「客有可人期不來」，均得唐人句意。（清・潘德輿《養一齋詩話》卷五）

85. 江西詩社宗派圖錄序（節錄）。元祐體即江西派，乃黃山谷、蘇東坡、陳後山、劉後村、戴石屏之詩，是諸家已開風氣之先矣，居仁因而結社，一時壇坫所及，遂有二十五人，爰作圖以記之，詎必溯其人之師承，計其地之遠近？（清・張泰來《江西詩社宗派圖錄》）

86. 江西詩社宗派圖錄跋。山谷愛陳後山詩，為之揚譽，無所不至。後山

云：「人言我語勝黃語」，又何以解也。豈文人相輕，自古已然，雖賢者不能免耶。（同上）

87. 自鳴集。宋江西詩派祖黃、陳，其弊也鬱轖槎枒，讀之不快人意。（清‧朱緒曾《開有益齋讀書志》卷五）

88. 居仁在宋時以詩得名，自言傳衣江西，乃自山谷以降，列陳師道……合二十五人，以為法嗣，謂其源流出豫章也。但山谷清新奇雋，自出機杼，誠為別出一派；而所列二十五人，陳師道雖失之直，然學本於杜，在圖中端推傑出……且陳師道彭城人……其不皆江西人也明矣。（清‧李樹滋《石樵詩話》卷一）

89. 重訂後山先生詩集序（節錄）。余惟後山詩學黃涪翁，涪翁詩出少陵，後山亦出少陵，瘦硬峭拔，不肯一字蹈前人，世徒以為伐毛洗髓，功力精專所至而不知其有本也。……涪翁嘗論少陵詩云「子美詩妙處乃在無意為文，非廣之國風雅頌深之以《離騷》《九歌》，安能咀嚼其意味，闖然入其室耶？」又云「彼喜為穿鑿者棄其大旨，取其發興於林泉草木蟲魚，以為物物皆有所托，如世間商度隱語者，則子美之詩荒矣。」誠通人之論也。……後山詩鼓吹少陵，頡頏涪翁，每無意而意已至，任注即不至穿鑿如注杜諸家，然世有善讀者，當自能得之，可無事鄭箋為耳。或疑後山蒙頭吟榻，極力鍛鍊，小不逮意，即棄去，豈無意而成者。是又不然。少陵戴笠飯顆，苦吟瘦生，涪翁謂其無意為文，可知苦吟也，無意為文也，初非有二，少陵如是，即涪翁亦如是，而何獨疑於後山？（清‧吳淳還《陳後山詩集》卷首）

90. 後山集序（節錄）。宋人言詩祖杜少陵，論者推豫章為宗子，而陳後山為豫章之適。余以為豫章特杜門之別傳爾，後山詩實勝豫章，未可徇時論，軒彼輕此也。……若後山之於杜，神明於矩鑊之中，折旋於虛無之際，較蘇之馳騁跌宕，氣似稍遜，而格律精嚴過之。若黃之所有，無一不有，黃之所無，陳則精詣。其於少陵，以之具體，雖未敢知，然超黃匹蘇，斷斷如也。……至其古文雅健峻潔，能探古人之關鍵，其於南豐，駸駸乎登其堂而窺其窔奧矣。第以其素嗜釋氏之學，差不及南豐之湛深經術爾。方之蘇氏，猶為勝之，此尤非俗學所能知也。（清‧王原《趙駿烈刻本〈後山集〉》卷首）

91. 後山集序（節錄）。江西詩派始自涪翁，學之者擬議有餘，而變化不足，往往得其貌未得其神，不可謂之善學也。善學涪翁者，無過陳後山。蓋後

山為東坡所薦士，而涪翁即東坡友，則後山稍後於涪翁，猶及見涪翁，宜其學涪翁詩。……誠以其苦心深造，自成一家，不拘拘於規撫涪翁，正其善於學涪翁也。夫涪翁與米元章、李伯時同為東坡友，後米與李皆叛坡，而彼獨為坡遠謫，瀕死不悔，大節凜然，照耀千古。後山之所模範者在是，獨詩乎哉！史載後山家酷貧，傅堯俞嘗懷金以贈，見其詞色，不敢出。又傳其於元符間為秘書正字，侍南郊，寒甚，僚婿趙挺之，熙、豐黨也，藉以副裘，卻之不衣，寧凍而死。則介然之節，直與涪翁同，而詩以人重，亦無弗同。論者以其「閉門覓句」，僅比「對客揮毫」，恐未足以盡之。余平日讀宋詩，深有意乎後山之為人，以其善學涪翁也。獨念涪翁全集，板行於世，所在皆有，而後山全集，人每束之高閣，即行世者亦無善本。因從姚太史聽岩先生家，借得鈔藏馬氏本，欲謀雕版，以廣其傳。（清・趙駿烈刻《陳後山集》卷首）

92.《次韻秦觀陳無己書院觀鄙句之作》此首無韻不穩，次韻詩全璧也。（清・黃爵滋《讀山谷詩集》正集五言古）

93. 陳言務去，杜詩與韓文同，黃山谷、陳後山學杜在此。（清・劉熙載《義概》卷二）

94. 山谷詞一卷。晁補之、陳後山皆謂今代詞手惟秦七、黃九，然山谷非淮海之比，高妙處只是著腔好詩，而硬用艣字屪字，不典。《念奴嬌》云：「老子平生，江南江北，愛聽臨風笛。」用方音，以笛葉北，亦不入韻。（清・胡薇元《歲寒居詞話》）

95. 知稼軒詩敘（節錄）。大略才富者喜其排奡，趣博者領其興會。即學焉不至，亦盤硬而不入於生澀，流宕而不落於淺俗。視從事香山、山谷、後山者，受病較少，故為之者眾。張廣雅論詩，揚蘇斥黃，略謂黃吐語多槎牙，無平直，三反難曉，讀之梗胸臆，如佩玉瓊琚，捨車而行荊棘。又如佳茶，可啜而不可食。子瞻與齊名，則坦蕩殊雕飾，受黨禍為枉。亦可見大人先生之性情樂廣博而惡艱深，於山谷且然，況於東野、後山之倫乎？（清・陳衍《石遺室文集》卷九）

96. 詩貴風骨，然亦要有色澤，但非尋常脂粉耳；亦要有雕刻，但非尋常斧鑿耳。有花卉之色澤，有山水之色澤，有彝鼎圖書種種之色澤。王右丞，金碧樓台山水也；陳後山，淡淡靛青巒頭耳；黃山谷則如赭石，時復著色硃砂；陳簡齋欲自別於蘇、黃之外，在花卉中為山茶、蠟梅、山礬。（同上卷二十三）

第四章　陳師道與秦觀

第一節　陳師道與秦觀交誼繫年

宋仁宗皇祐元年己丑（1049 年）

秦觀生，一歲，字太虛，一字少游，號淮海居士。高郵人。

《書王氏齋壁》云：「皇祐元年，余先大父赴官南康，道出九江，余實生焉。」〔註1〕又《反初》詩云：「昔年淮海來，邂逅安期生。記我有靈骨，法當遊太清。區中緣未斷，方外道難成。一落世間網，五十換嘉平。」〔註2〕此詩作於元符元年（1098 年），詩中謂「五十換嘉平」，則秦觀該年虛齡五十歲。「嘉平」是臘月的別稱。由此則知秦觀生於皇祐元年十二月，出生地在南康（今江西贛州）。

皇祐四年壬辰（1052 年）

秦觀四歲，寓止南康僧舍。

陳師道生，一歲。

《御書記》曰：「臣生於皇祐四年。」〔註3〕其出生地在徐州，或在其父任上雍丘（今河南杞縣）。字履常，一字無己，號後山。

〔註1〕周義敢、程自信、周雷編注：《秦觀集編年校注》，下冊，758 頁，北京：人民文學出版社，2001。
〔註2〕周義敢、程自信、周雷編注：《秦觀集編年校注》，上冊，321 頁，北京：人民文學出版社，2001。
〔註3〕陳師道：《後山居士文集》，下冊，710～711 頁，上海：上海古籍出版社，1984。

神宗元豐元年戊午（1078 年）

秦觀三十歲。

之前一直在家（高郵）讀書。七歲入小學，通《孝經》《論語》《孟子》等。《精騎集序》曰：「予少時讀書，一見輒能誦暗，疏之亦不甚失。」〔註4〕青年時好讀兵書，立志報國，因字以太虛。陳師道《秦少游字序》曰：「以問秦子，曰：『往吾少時，如杜牧之彊志盛氣，好大而見奇，讀兵家書，乃與意合，謂功譽可力致，而天下無難事。顧今二虜有可勝之勢，願效至計，以行天誅，回幽、夏之故墟，弔唐、晉之遺人，流聲無窮，為計不朽，豈不偉哉！於是字以太虛，以導吾志。』」〔註5〕

至本年，夏四月，秦觀將入京應舉，途中經徐州。時蘇軾知徐，秦觀得謁蘇，並與陳師道相識，心甚慕之。鄒浩《道鄉集》卷二十八《送郭照赴徐州司里序》：「頃在廣陵，秦觀少游為僕言：『彭城陳師道履常者，高士也，其文妙絕當世，而行義稱焉。嘗銘黃樓，曾公子固謂如秦刻石。』」〔註6〕鄭騫《陳後山年譜》據秦瀛重編秦淮海年譜將秦觀謁見蘇軾繫於熙寧十年，因而陳師道始於此年與秦觀相識，此誤。徐培均先生的《秦少游年譜長編》辨之甚詳，今從徐。

本年冬，秦觀應蘇軾之命作《黃樓賦》，其《與蘇公先生簡》曰：「某頓首，再拜。頃蒙不間鄙陋，令賦黃樓。自度不足以發揚壯觀之萬一，且迫於科舉，以故承命經營，彌久不獻。比緣杜門多暇，念嘉命不可以虛辱，輒冒不韙，撰成繕寫呈上。」又云：「多不詳被水時事，恐有謬誤，並太鄙惡處，皆望就垂改竄，庶幾觀者不至詆訶，以重門下之辱。」〔註7〕則明說自己去年夏並未至徐而遇大水事。因水發是在夏天。若是去年夏至徐，正當大水之時，秦何能有閒情遊雲龍山見張天驥，其《別子瞻》又怎能不道及他「惟願一識」的「蘇徐州」率民抗洪之事呢？

〔註4〕周義敢、程自信、周雷編注：《秦觀集編年校注》，下冊，528頁，北京：人民文學出版社，2001。

〔註5〕陳師道：《後山居士文集》，下冊，724～725頁，上海：上海古籍出版社，1984。

〔註6〕《全宋文》一三一冊，卷二八三六，242頁，上海：上海辭書出版社，合肥：安徽教育出版社，2006。

〔註7〕周義敢、程自信、周雷編注：《秦觀集編年校注》，下冊，649頁，北京：人民文學出版社，2001。

陳師道二十七歲。

陳師道少時即隨父在任所，或雍丘，或沂陽，或開封，或金州。到熙寧九年（1076 年），陳師道隨父在雍丘，當年四月二十三日，其父卒於任所。陳師道扶柩回徐州。本年，陳師道在家守制時，聞秦觀之名，以為傑士。《秦少游字序》曰：「熙寧、元豐之間，眉蘇公之守徐，余以民事太守，間見如客。揚秦子過焉，置醴備樂如師弟子。其時，余病臥里中，聞其行道雍容，逆者旋目；論說偉辯，坐者屬耳。世以此奇之，而亦以此疑之，惟公以為傑士。」〔註8〕

與秦觀作《黃樓賦》相應，陳師道亦尊蘇軾命作《黃樓銘》。

元豐五年壬戌（1082 年）

秦觀三十四歲。

元豐二、三年間，秦觀居家讀書。元豐四年（1081 年）冬十月，有簡寄黃州蘇軾，謂將入京應舉。本年，應舉落第。還家過廣陵，於逆旅與陳師道相見。夜半，語未竟，別去。秦觀有《圓通禪師行狀》謂圓通禪師「以元豐五年九月甲午示寂」〔註9〕。是為秦觀元豐五年秋九月所作。秦觀又有抒發落第傷感的《長相思》，詞曰：「鐵甕城高，蒜山渡闊，干雲十二層樓。開罇待月，掩箔披風，依然燈火揚州。」〔註10〕這是秦觀還家過鎮江登金山眼望家鄉揚州。據《行狀》與詞，大約九、十月間，秦觀在揚州逆旅。徐培均《秦少游年譜長編》認為這兩篇都與金山有關，可能作於同時。此說當是。

陳師道三十一歲。

元豐二、三年間仍居徐州。元豐四年，陳師道至開封，後南下。至本年北歸，於揚州見秦觀。《思白堂記》曰：「元豐四年，予遊吳過秀。……其秋八月，就捨錢塘。……明年而余北歸。」〔註11〕又陳師道《秦少游字序》曰：「後數歲，從吳歸，見於廣陵逆旅之家。夜半，語未卒，別去。余亦以謂當建侯萬里外也。」〔註12〕

〔註 8〕陳師道：《後山居士文集》，下冊，723～724 頁，上海：上海古籍出版社，1984。
〔註 9〕周義敢、程自信、周雷編注：《秦觀集編年校注》，下冊，702 頁，北京：人民文學出版社，2001。
〔註10〕周義敢、程自信、周雷編注：《秦觀集編年校注》，下冊，797 頁，北京：人民文學出版社，2001。
〔註11〕陳師道：《後山居士文集》，下冊，652～655 頁，上海：上海古籍出版社，1984。
〔註12〕陳師道：《後山居士文集》，下冊，724 頁，上海：上海古籍出版社，1984。

按：陳、秦此次相見，徐培均《秦少游年譜長編》繫於元豐四年。陳兆鼎與鄭騫的《陳後山年譜》皆繫於元豐五年。徐誤。元豐四年春，秦觀雖在揚州，見其《與蘇公先生簡》：「……而自春已來，尤復擾擾。家叔自會稽得替，便道取疾，入京改官，令某侍大父還高郵。又安厝亡嫂靈柩在揚州。」〔註13〕但此時陳師道尚在吳、秀之間。今據陳師道《思白堂記》：「明年（指元豐五年——引者注）而余北歸」，仍繫於元豐五年，且與秦觀落第返里相吻合。

元豐八年乙丑（1085 年）

秦觀三十七歲。

元豐六、七年間，秦觀居家讀書，時或一遊。至本年五月，秦觀應舉登第，除定海主簿。在京師開封時，秦觀欲薦陳師道於章惇，陳師道作書卻之。又傅堯俞亦欲因秦觀以識陳師道，然亦未見。《宋史》卷四四四《陳師道傳》曰：「初，遊京師逾年，未嘗一至貴人之門。傅堯俞欲識之，先以問秦觀，觀曰『是非持刺字，俛顏色，伺候乎公卿之門者，殆難致也。』堯俞曰：『非所望也，吾將見之，懼其不吾見也，子能介於陳君乎？』知其貧，懷金欲為饋，聽其論議，益敬畏不敢出。」〔註14〕又鄒浩《道鄉先生文集》卷二十八《送郭照赴徐州司里序》曰：「頃在廣陵，秦觀少游為僕言：彭城陳師道履常者，高士也。其文妙絕當世，而行義稱焉。嘗銘黃樓，曾公子固謂如秦刻石。傅公欽之，初為吏部侍郎，聞其遊京師，欲與相見，先以問觀。觀曰：『師道是非持刺字，俛顏色，伺候乎公卿之門者，殆難致也。』公曰：『非所望也，吾將見之，懼其不吾見也，子能介於陳君乎？』公知其貧甚，因懷金饋之，及觀其貌，聽其論議，竟不敢以出口。少游不妄人物，其言二公所以待履常者如此。」〔註15〕《宋史·陳師道傳》即本此，而略有刪節。

按：傅堯俞請秦觀為介欲識陳師道，鄭騫《陳後山年譜》繫於元豐七年，誤。因元豐七年，秦觀尚在高郵，元豐八年初始赴京應考。五月丙辰，登焦蹈榜進士。陳師道《秦少游字序》亦曰：「元豐之末，余客東都，秦子從東來，別數歲矣。」〔註16〕元豐之末，即元豐八年，秦、陳相遇東都，這才有

〔註13〕周義敢、程自信、周雷編注：《秦觀集編年校注》，下冊，663 頁，北京：人民文學出版社，2001。

〔註14〕《宋史》卷四四四《陳師道傳》，見《二十五史》第 8 冊《宋史》下，1487 頁，上海：上海古籍出版社，1986。

〔註15〕見鄭騫：《陳後山年譜》，65 頁，臺北：聯經出版事業公司，1984。

〔註16〕陳師道：《後山居士文集》，下冊，724 頁，上海：上海古籍出版社，1984。

傅堯俞欲因秦觀見陳之事。

陳師道三十四歲。

元豐六、七年間，陳師道奉母留居開封，至本年仍在京，適值秦觀應舉中第亦在京。陳師道《秦少游字序》曰：「元豐之末，余客東都，秦子從東來。別數歲矣，其容充然，其口隱然，余警焉。」〔註17〕自元豐五年見於揚州逆旅，至元豐八年，一別三年，故曰「別數歲焉」。

夏五、六月間，秦觀欲薦其於章惇，時章惇為知樞密院事，囑秦觀示意師道往見之，將薦於朝，師道辭不往。陳師道作《與少游書》曰：「師道啟，辱書，喻以章公降屈年德，以禮見招。不佞何以得此，豈侯嘗欺之邪？公卿不下士，尚矣，乃特見於今而親於其身，幸孰大焉！愚雖不足以齒士，猶當從侯之後，順下風以成公之名。然先王之制，士不傳贄，為臣則不見於王公。夫相見所以成禮，而其弊必至於自鬻。故先王謹其始以為之防，而為士者世守焉。某於公，前有貴賤之嫌，後無平生之舊，公雖可見，禮可去乎？且公之見招，豈以能守區區之禮乎？若昧冒法義，聞命走門，則失其所以見招，公又何取焉？雖然，有一於此，幸公之他日成功謝事，幅巾東歸，某當馭款段、乘下澤，候公於上東門外，尚未晚也。拳拳之懷，願因侯以聞焉。」〔註18〕陳師道沒有接受秦觀之介，但對秦觀本人與詩文還是極其推重的，「少游之文，過僕數等，其詩與楚辭，僕願學焉。若其傑材偉行，聽遠察微，僕終不近也」〔註19〕。

《宋史·陳師道傳》：「章惇在樞密，將薦於朝，亦屬（秦）觀延至，師道答曰：……及惇為相，又致意焉，終不往。」〔註20〕

哲宗元祐元年丙寅（1086年）

秦觀三十八歲。

是年除蔡州（今河南汝南縣）教授。二月一日，改字少游。陳師道為作字序。

〔註17〕陳師道：《後山居士文集》，下冊，724頁，上海：上海古籍出版社，1984。

〔註18〕陳師道：《後山居士文集》，下冊，532～533頁，上海：上海古籍出版社，1984。

〔註19〕陳師道：《答李端叔書》，《後山居士文集》，下冊，529頁，上海：上海古籍出版社，1984。

〔註20〕《宋史》卷四四四《陳師道傳》，見《二十五史》第8冊《宋史》下，1487頁，上海：上海古籍出版社，1986。

陳師道三十五歲，時居開封。

《山谷外集》卷十五《贈陳師道》詩史容注曰：「元祐元年、二年，陳無己在京師，寓居陳州門。」〔註21〕時蘇軾、蘇轍兄弟、黃庭堅、晁無咎、張耒、秦觀弟秦覯亦均在京，蘇門諸人僅秦觀在外，陳師道與諸人唱和贈答之作頗多。

二月，為秦觀改字作《秦少游字序》，曰：「……元豐之末，余客東都，秦子從東來，別數歲矣，其容充然，其口隱然。余警焉，以問秦子，曰：『往吾少時，如杜牧之彊志盛氣，好大而見奇。讀兵家書，乃與意合，謂功譽可力致，而天下無難事。顧今二虜有可勝之勢，願效至計，以行天誅，回幽、夏之故墟，弔唐、晉之遺人，流聲無窮，為計不朽，豈不偉哉！於是字以太虛，以導吾志。今吾年至而慮易，不待蹈險而悔及之。願還四方之事，歸老邑里，如馬少游。於是字以少游，以識吾過。嘗試以語公，又以為可。於子何如？』余以謂取善於人，以成其身，君子偉之。且夫二子，或近以經世，或退以存身，可與為仁矣。然行者難工，處者易持。牧之之智得，不若少游之拙失也。子以倍人之才，學益明矣，猶屈意於少游，豈過直以矯曲耶？子年益高，德益大，余將屢驚焉，不一再而已也。雖然，以子之才，雖不效於世，世不捨子，余意子終有萬里行也。如余之愚，莫宜於世，乃當守丘墓，保田裏，力農以奉公上，謹身以訓閭巷，生稱善人，死表於道，曰『處士陳君之墓』。或者天祚以年，見子功遂名成，奉身以還，王侯將相，高車大馬，祖行帳飲。於是，乘庫御駕，候子上東門外，舉酒相屬，成公知人之名，以為子賀，蓋自此始。元祐元年二月一日。」〔註22〕

又《答李端叔書》中言及秦觀所惠書，而贊秦觀之文。書曰：「前日秦少游處得所惠書，教以空灶舐鼎之說，勤懇甚厚。竊怪足下無父兄之好，邑里之舊，面目相誰何？聲氣不接，顧知而賜之，足下安得此哉？此迨少游有以欺足下，足下信之過矣。少游之文過僕數等，其詩與楚辭，僕願學焉。若其傑才偉行，聽遠察微，僕終不近也。足下以為少游何取而譽僕耶？顧常與僕有遊居之好，以僕之老且病，誠不忍其窮而死也。嘘濡挽摩，借之聲光，以幸百一，期以取信於人，而曾不知自累於不信。惟足下察焉。毋為所欺以重其

〔註21〕《史容詩話》，見吳文治主編《宋詩話全編》，第7冊，7382頁，南京：鳳凰出版社，1998。
〔註22〕陳師道：《後山居士文集》，下冊，724～727頁，上海：上海古籍出版社，1984。

過。……兩公之門，有客四人：黃魯直、秦少游、晁無咎，長公之客也；張文潛，少公之客也。僕自念不敢齒四士，而足下遽進仆於兩公之間，不亦汰乎！」〔註23〕據徐培均《秦少游年譜長編》，本年十一月二十九日，詔學士院，黃庭堅、張耒、晁補之並授館職，秦觀因在蔡州教授任而未與，「四學士相聚，當在元祐二年六月以後。然此時亦有可能來京遊於蘇門」〔註24〕。故陳師道在《答李端叔書》中，言「前日秦少游處得所惠書」，當是秦觀「來京」「四學士相聚」之時，而陳師道則「自念不敢齒四士」。

又因黃庭堅欲秦觀弟秦覯（字少章）問學於陳師道，秦覯尊其意而就教於陳，故陳師道遂有《答秦覯書》，曰：「師道啟：辱書，諭以志行事。賢大夫友良士，斯至矣，復有意於不肖，何也？再惠詩，雍雍有家法，誦之數日不休，固為足下賀。不圖過意，責以師教，闋然無以為報，有愧而已。夫百金之貨，不陳於市，走原逐鹿，跛者不試也，世固有之。足下所謂彥士名大夫是也，從之當得所欲，乃以責僕，則過矣。又惟足下博問而擇，亦以見及，敢不略陳其愚。仆於詩初無師法，然少好之，老而不厭，數以千計。及一見黃豫章，盡焚其稿而學焉。豫章以謂譬之奕焉，弟子高師，一著僅能及之，爭先則後矣。僕之詩，豫章之詩也。豫章之學博矣，而得法於杜少陵。其學少陵而不為者也，故其詩近之，而其進則未已也。故僕嘗謂豫章之詩如其人，近不可親，遠不可疏，非其好莫聞其聲。而僕負戴道上，人得易之。故談者謂僕詩過於豫章。足下觀之，則僕之所有，從可知矣，何以教足下？雖然，僕所聞於豫章，願言其詳，豫章不以語僕，僕亦不能為足下道也。而足下歉然欲受僕之言，其何求之下耶？昔者能仁以華示其徒，而飲光笑之，能仁曰：『吾道付是子矣。』其授受乃如此。雖大可以喻小，子其懋焉。吾將賀子之一笑也。師道再拜。」〔註25〕。

元祐二年丁卯（1087年）

秦觀三十九歲。

春，尚在蔡州教授任。夏四月，複製科，蘇軾與鮮于侁薦秦觀於朝。

四月前，陳師道未就徐州教授任時，住汴京陳州門外，秦觀弟秦覯嘗相過從。秦覯嘗過陳師道書院同觀黃庭堅詩。黃庭堅有《次韻秦覯過陳無己書院觀鄙句之作》以記此事。

〔註23〕陳師道：《後山居士文集》，下冊，528～531頁，上海：上海古籍出版社，1984。
〔註24〕徐培均：《秦少游年譜長編》，下冊，314頁，北京：中華書局，2002。
〔註25〕陳師道：《後山居士文集》，下冊，541～543頁，上海：上海古籍出版社，1984。

陳師道三十七歲。

春，在開封。四月乙巳（二十四日），以蘇軾等人舉薦，除徐州州學教授，旋即赴任。

其寓居陳州門時，秦覯過其書院，作《過陳無己書院》，惜已不存。陳師道有《次韻答少章》：「秦郎淮海士，才大難為弟。蔚然霜雪後，不受江漢洗。春畦不滿眼，採掇到芹薺。多病促餘年，秋光欲辭抵。儒林丈人行，崛起三界底。出入銀臺門，為米不為醴。白頭容北面，斯文分一體。愧我無異聞，口闕不得啟。」〔註26〕是年予秦覯詩尚有《次韻秦覯聽雞雁聞二首》，其一：「行斷哀多影不留，有人中夜攬衣裘。筆頭細字真堪恨，眼里長檠不解愁。」其二：「立馬階除待一鳴，何如春夢不聞聲。固知雞口羞牛後，不待鳴群已可驚。」又《嘲秦覯》：「長鋏歸來夜帳空，衡陽回雁耳偏聰。若為借與春風看，無限珠璣咳唾中。」〔註27〕此詩寫在秦覯登第前。因秦覯是登第後方娶，故陳師道作詩嘲之。《王直方詩話》曰：「後山作此詩時猶未娶，故多戲句。帳空聞雁之語，皆戲其獨宿無寐也。」〔註28〕在赴徐州任途中，又有《九日寄秦覯》：「疾風回雨水明霞，沙步叢祠欲暮鴉。九日清樽欺白髮，十年為客負黃花。登高懷遠心如在，向老逢辰意有加。淮海少年天下士，可能無地落烏紗。」〔註29〕於此可見陳師道與秦氏兄弟之誼。

《高郵州志·秦觀附傳》：「弟覯，字少章。從蘇、黃遊，工於詩。元祐六年進士，調臨安主簿。」〔註30〕

按：陳兆鼎《陳後山年譜》將傅堯俞、章惇欲見陳師道繫於本年，誤。已辨於前。又：秦觀元祐二年已赴蔡州任，師道亦於元祐二年四月赴徐州任，何由得見？

元祐四年己巳（1089年）

秦觀四十一歲。

元祐三年因疾歸蔡州，本年仍在蔡州教授任。

其弟秦覯從蘇軾學。夏四月，蘇軾出守杭州，秦覯同行。《蘇詩總案》

〔註26〕冒廣生補箋：《後山詩注補箋》，下冊，464～465頁，北京：中華書局，1995。
〔註27〕冒廣生補箋：《後山詩注補箋》，下冊，45，46頁，北京：中華書局，1995。
〔註28〕吳文治主編：《宋詩話全編》，第2冊，1193頁，南京：鳳凰出版社，1998。
〔註29〕冒廣生補箋：《後山詩注補箋》，上冊，52頁，北京：中華書局，1995。
〔註30〕《高郵州志·秦觀附傳》，見徐培均：《秦少游年譜長編》，下冊，610頁，北京：中華書局，2002。

卷三十一載，蘇軾「三月十六日告下，除龍圖閣學士，充浙西路兵馬鈐轄，知杭州軍州事」。同卷又載：四月二十一日，「既辭朝，往別文彥博……五月至南都」〔註31〕。

陳師道三十八歲，在徐州教授任。

託疾赴南都為蘇軾送行，並見秦觀，作《送秦觀二首》，其一：「士有從師樂，諸兒卻未知。欲行天下獨，信有俗間疑。秋入川原秀，風連鼓角悲。目前独犬類，未必慰親思。」其二：「師法時難得，親年富有餘。端為李君御，盡得鄅侯書。結友真莫逆，論才有不如。折腰終不補，可但曳長裾。」任淵於題下注曰：「觀從東坡學於杭州。」〔註32〕

元祐五年庚午（1090年）

秦觀四十二歲。

五月離蔡入京，除太學博士，尋罷命。六月為秘書省校對黃本書籍。

陳師道三十九歲。

在徐州教授任，冬，改官潁州教授。有《贈秦觀兼簡蘇迨二首》：其一：「兩秦並立難為下，萬里長驅在此初。別後未忘三日語，人來肯作數行書。」其二：「文章從古不同時，詩語驚人筆亦奇。道與阿平應絕倒，世間能有幾人知。」〔註33〕「兩秦並立難為下」即是指秦觀、秦覯兄弟，「難為下」是贊秦覯其才不在兄秦觀之下。關於此詩的繫年，任淵將之繫於元祐六年，冒廣生箋曰：「《年譜》：迨字仲豫，東坡仲子。按《實錄》：元祐六年八月，東坡自翰林承旨知潁州，於時仲豫侍行。是歲十月，東坡《祈雨迎張龍公》文云：請教授陳師道，遣男迨云云。今按此條，當係下卷《送蘇迨》詩下。五年春，東坡在杭州，時秦覯已歸省，有所作《太息》一篇送秦少章可證。至六年，觀方登第，為餘杭薄，無緣更從東坡於潁，此蓋觀未離杭時，後山寄贈之作，《年譜》誤也。」冒箋有理，今從，故將此詩繫於元祐五年。

元祐六年辛未（1091年）

秦觀四十三歲。

七月，由秘書省校對黃本書籍遷正字。八月癸巳，罷正字。遂有小艇漁翁

〔註31〕見徐培均：《秦少游年譜長編》，下冊，389頁，北京：中華書局，2002。
〔註32〕冒廣生補箋：《後山詩注補箋》，上冊，70～72頁，北京：中華書局，1995。
〔註33〕冒廣生補箋：《後山詩注補箋》，上冊，90頁，北京：中華書局，1995。

之思，作《題趙團練畫江干曉景四絕》，其一：「本自江湖客，宦遊常苦心。看君小平遠，懷我舊登臨。」其二：「鳥外雲峰晚，沙頭草樹晴。想初揮灑就，侍女一齊驚。」其三：「公子歌鐘裏，何從識渺茫？惟應斗帳夢，曾到水雲鄉。」其四：「曉浦煙籠樹，春江水拍空。煩君添小艇，畫我作漁翁。」〔註34〕

陳師道四十歲。

在穎州教授任。聞秦觀作絕句而作《次韻秦少游春江秋野圖》，其一：「翰墨功名裏，江山富貴人。倏看雙鳥下，已負百年身。」其二：「江清風偃木，霜落雁橫空。若個丹青裏，猶須著此翁。」此詩題下後山自注曰：「秦詩云：『請君添小艇，畫我作漁翁。』」可證為其和作，然僅和其兩首。任淵《後山詩注》將此詩繫於元祐六年，注曰：「言少游方見用於世，非江海之士，不當畫之漁舟也。《晉書》：『顧愷之為謝鯤象在石岩裏，曰：「此子宜置丘壑中。」』後山蓋反此意。」但任淵的注並沒有說明白。冒廣生箋曰：「少游除太學博士時，右諫議大夫朱光庭言其素號薄徒，惡行非一，事在元祐五年五月。及除正字，御史中丞趙君錫，侍御史賈易，交章論其不檢，事在元祐六年八月。並見《續通鑑長編》。後山此詩，作於六年，正少游不得意時。此少游所以有『小艇漁翁』之思，而山谷歎後山為不苟作也。」所謂「山谷歎後山為不苟作」是指黃庭堅《答王立之》書，黃庭堅贊陳師道詩曰：「小詩若能令每篇不苟作，須有所屬乃善。頃來詩人惟陳無己得此意，每令人歎伏之。蓋渠勤學不倦，味古人語精深，非有謂不發於筆端耳。」〔註35〕

十一月，歐陽棐（字叔弼）離穎，陳師道作《送叔弼寄秦張》，詩送歐陽叔弼，而又寄秦觀和張耒。詩曰：「盧陵四公子，吾及識其半。叔也英達人，平易亦稍悍。於時吾始壯，敗壁不塗墁。孤身客東都，轉食諸公館。時來扣君門，百遍不留難。傾心倒囊笈，燕語徹昏旦。罄折挽為親，少得而多患。相過汝穎上，歲月不勝歡。君才得公餘，十日而十歲。舌端懸日月，筆下來江漢。此行不尋常，談者方一貫。逸足寧小試，寶刀當立斷。用意不崎嶇，欲得志挾彈。目今平生親，稍作春冰泮。因聲督張秦，書來不應緩。」〔註36〕詩後「因聲督張秦，書來不應緩」，希望秦觀與張耒急早寄書來。掛念之情可見。

〔註34〕周義敢、程自信、周雷編注：《秦觀集編年校注》，下冊，280～281頁，北京：人民文學出版社，2001。

〔註35〕冒廣生補箋：《後山詩注補箋》，上冊，91～93頁，北京：中華書局，1995。

〔註36〕冒廣生補箋：《後山詩注補箋》，下冊，482～483頁，北京：中華書局，1995。

元祐七年壬申（1092 年）

秦觀四十四歲。

在京為秘書省校對黃本書籍。春正月，陳師道兄陳傳道自徐至潁，探視其弟。過汴時，作詩贈秦觀（惜未存），秦觀作《次韻酬陳傳道》曰：「白髮三冬學，青衫八尺身。誰知人上傑，聊作吏中循。揮翰通元氣，開編友古人。寄聲張氏子，曲逆豈長貧。」

又《次韻傳道自適兼呈都司芸叟學士》：「楚國陳夫子，周南頗滯留。弊袍披槁葉，瘦馬兀扁舟。藥餌過三伏，文書散百憂。何人共禪悅，居士有浮休。」〔註37〕

芸叟即張舜民，陳師道姐夫。

陳師道四十一歲，在潁州教授任。

五月，歸徐州葬父，秦觀為其父作《墓誌銘》。陳師道《先夫人行狀》曰：「先君之喪，高郵秦觀為銘焉。」〔註38〕惜秦銘不見《淮海集》中。

哲宗紹聖二年乙亥（1095 年）

秦觀四十七歲。

元祐八年（1093 年），秦觀尚在京師。七月，宰相呂大防薦觀為史院編修。八月上任。到第二年（紹聖元年，1094 年），御史劉拯言觀影附蘇軾，增損《實錄》，遂落職，貶監處州酒稅。本年仍在處州。

陳師道四十四歲。

元祐八年（1093 年），陳師道尚在潁州教授任。其後，紹聖元年夏末罷官，赴開封至吏部注官，得監海陵酒稅。本年春，由監海陵酒稅改官江州彭澤縣令。不久，丁母憂未赴任，扶柩歸徐。葬其父母后，寄食其岳父郭槩於曹州。是年作《古墨行》，因見墨而思秦觀。詩前小序曰：「晁無斁有李墨半丸，云裕陵故物也。往於秦少游家見李墨，不為文理，質如金石……」此序與《後山談叢》中《論墨》一段亦相近。詩則曰：「秦郎百好俱第一，烏丸如漆姿如石。巧作松身與鏡面，借美於外非良質。潘翁拜跪摩老眼，一生再見三歎息。了知至鑒無遁形，王家舊物秦家得。君今所有亦其亞，伯仲小低猶子姪。

〔註37〕周義敢、程自信、周雷編注：《秦觀集編年校注》，上冊，278～279 頁，北京：人民文學出版社，2001。

〔註38〕陳師道：《後山居士文集》，下冊，844 頁，上海：上海古籍出版社，1984。

黃金白璧孰不有，古錦句囊聊可敵。睿思殿裏春夜半，燈火闌殘歌舞散。自書細字答邊臣，萬里風雲入長算。初聞橋山送弓劍，寧知玉盌人間見。夜光炎炎沖斗牛，會有太史占星變。人生尤物不必有，時一過目驚老醜。念子何忍遽磨研，少待須臾圖不朽。明窗淨几風日暖，有愁萬斛才八斗。徑須脫帽管城公，小試玉堂揮翰手。」陳師道的弟子魏衍於詩後注曰：「少游之墨，嘗許先生為他日墓誌潤筆。先生嘗語衍，作此時，少游尚無恙。然終先逝去。衍謹書。」〔註39〕魏注特能見出陳師道與秦觀感情之深。

哲宗元符三年庚辰（1100 年）

秦觀五十二歲。

紹聖三年（1096 年）又削秩徙郴州（今湖南郴州）。紹聖四年（1097 年）春二月，有詔移橫州（今廣西橫縣）編管。元符元年（1098 年）九月，又自橫州移雷州（今廣東雷州）編管。至本年二月，又自雷州移英州，未赴。四月，詔移衡州。八月，過容州，至藤州（今廣西藤縣），傷暑困臥，於八月十二日卒。

徽宗建中靖國元年辛巳（1101 年）

陳師道五十歲。

紹聖三年（1096 年）後，或寓曹州，或歸徐州。哲宗元符三年（1100 年）七月，除棣州教授。十一月改除秘書省正字。

至本年，十一月二十三日，預郊祀禮，感寒得疾。十二月二十九日卒於京師。

第二節　陳師道論秦觀

陳師道的《後山集》中尚有數首詩寫到秦觀與其弟秦覯，任淵未注，亦未繫年。今據冒廣生、冒懷辛的《後山詩注補箋》輯錄之。

1.《寄文潛無咎少游三學士》：「北來消息不真傳，南渡相忘更記年。湖海一舟須此老，蓬瀛萬丈自飛仙。數臨黃卷聊遮眼，穩上青雲小著鞭。李杜齊名吾豈敢，晚風無樹不鳴蟬。」

2.《和秦太虛湖上野步》：「曉風疏日乍相親，黯黯輕寒拂拂春。觸目漸隨

〔註39〕冒廣生補箋：《後山詩注補箋》，上冊，185～188 頁，北京：中華書局，1995。

紅蕊亂，經年不見綠條新。寧論白黑人間世，懶復雌黃紙上塵。十里松陰窮野步，暫時留得自由身。」

3.《次韻答子實秦少章二首》其一：「英英黃金花，論時不論美。靖節骨已朽，棄捐乃其理。兩公意有餘，采采今未已。尚念白頭生，臨風嗅霜蕊。」其二：「文新情已故，室遠人則邇。杯酒不相忘，一朝得二子。初花美無度，後時終可鄙。與汝臥秋風，看君雙控鯉。」

4.《除夜對酒贈少章》：「歲晚身何託，燈前客未空。半生憂患裏，一夢有無中。髮短愁催白，顏衰酒借紅。我歌君起舞，潦倒略相同。」

5.《秦少章見過》：「淮南小山秦氏子，舊雨不來今雨來。風席起龕晨突冷，坐看鳥跡破蒼苔。」

另在《後山詩話》與《後山談叢》中亦有多處論及秦觀。現從中輯錄陳師道有關秦觀的論述數條，以見陳秦關係之全貌。

（一）《後山詩話》

1. 少游謂《元和聖德詩》，於韓文為下，與《淮西碑》如出兩手，蓋其少作也。（第 43 條）

2. 退之作記，記其事爾；今之記乃論也。少游謂《醉翁亭記》亦用賦體。（第 45 條）

3. 退之以文為詩，子瞻以詩為詞，如教坊雷大使之舞，雖極天下之工，要非本色。今代詞手，惟秦七、黃九爾，唐諸人不逮也。（第 49 條）

4. 世語云：「蘇明允不能詩，歐陽永叔不能賦。曾子固短於韻語，黃魯直短於散語。蘇子瞻詞如詩，秦少游詩如詞。」（第 65 條）

5. 王荈，平甫之子，嘗云：「今語例襲陳言，但能轉移爾。」世稱秦詞「愁如海」為新奇，不知李國主已云：「問君能有幾多愁？恰似一江春水向東流。」但以江為海爾。（第 84 條）

（二）《後山談叢》

1. 論墨一

秦少游有李廷珪墨半丸，不為文理，質如金石，潘谷見之而拜曰：「真李氏故物也，我生再見矣！王四學士有之，與此為二也。」墨乃平甫之所寶，谷所見者，其子荈以遺少游也。又有張遇墨一團，面為盤龍，鱗鬣悉具，其妙如畫，其背皆有「張遇麝香」四字。潘墨之龍，略有大都耳，亦妍妙，有紋如盤

絲，二物世未有也。語曰：「良玉不瑑。」謂其不借美於外也。張其後乎。供備使李唐卿，嘉祐中以書待詔者也，喜墨，嘗謂余曰：「和墨用麝欲其香，有損於墨，而竟亦不能香也。不若並藏以薰之。」潘谷之墨，香徹肌骨，磨研至盡而香不衰。陳惟進之墨，一篋十年，而麝氣不入，但自作松香耳。蓋陳墨膚理堅密不受外薰，潘墨外雖美而中疏爾。（卷二）

2. 蘇洵送石揚休北使引乃蘇軾少時書

余於石舍人揚休家得蘇明允送石北使引，石氏子謂明允書也。以示秦少游，少游好之，曰：「學不迨其子，而資過之。」乃東坡少所書也。故嘗謂書為難，豈余不知書，遂以為難邪？（卷二）

第三節　宋元明清各家論陳、秦之關係

宋及金元明清各代均有對陳師道與秦觀關係的論述，現據有關資料，選輯若干條，論述相同或相近的只用最早的。

1.《病起荊江亭即事十首》之八：閉門覓句陳無己，對客揮毫秦少游。正字不知溫飽未？西風吹淚古藤州。（宋·黃庭堅《黃山谷詩集·內集》卷十四）

2.《與秦少章覯書》「……庭堅心醉於《詩》與《楚辭》，似若有得，然終在古人後。至於論議文字，今日乃當付之少游及晁、張、無己，足下可從此四君子一二問之。」（宋·黃庭堅《豫章黃先生文集》卷十九）

3.《題蘇子由黃樓賦草》銘欲頓挫崛奇，賦欲宏麗。故子瞻作諸物銘，光怪百出。子由作賦，紆徐而盡變。二公已老，而秦少游、張文潛、晁無咎、陳無己，方駕於翰墨之場，亦望而可畏者也。（宋·黃庭堅《山谷全書》卷六）

4. 飲酒二十首同蘇翰林先生次韻追和陶淵明（錄一首）。黃子似淵明，城市亦復真。陳君有道舉，化行閭井淳。張侯公瑾流，英思春泉新。高才更難及，淮海一髯秦。嗟予竟何為，十駕晞後塵。文章不急事，用意斯已勤。平生不共飲，歎息無與親。問道伯昏室，何人獨知津。各在天一方，淚落衣上巾。歸休可共隱，山中復何人。（宋·晁補之《雞肋集》卷四）

5. 詩詠白髮。古詩云：「公道世間惟白髮，貴人頭上不曾饒。」而元祐初多用老成。故東坡有云：「此生自斷天休問，白髮年來漸不公。」陳無己答邢敦夫云：「今代貴人頭白髮，掛冠高處不宜彈。」其後秦少游謂李端叔復有「白髮偏於我輩公」之句，則是白髮有隨時之義。（宋·王直方《王直方詩話》）

6. 詩嘲張文潛。張文潛在一時中，人物最為魁偉。故陳無己有詩云：「張侯魁然腹如鼓，雷為饑聲酒為雨，文云要瘦君則肥。」山谷云：「六月火雲蒸肉山」，又云：「雖肥如瓠壺。」而文潛臥病，秦少游又和其詩云：「平時帶十圍，頗復減臂環。」皆戲語也。（同上）

7. 蘇、王、黃、秦詩詞。東坡嘗以所作小詞示無咎、文潛曰：「何如少游？」二人皆對云：「少游詩似小詞，先生小詞似詩。」陳無己云：「荊公晚年詩傷工，魯直晚年詩傷奇。」余戲之曰：「子欲居工奇之間邪？」（同上）

8. 送郭照赴徐州司里序。頃在廣陵，秦觀少游為僕言：「彭城陳師道履常者，高士也。其文妙絕當世，而行義稱焉。嘗銘黃樓，曾公子固謂如秦刻石。」傅公欽之初為吏部侍郎，聞其遊京師，欲與相見。先以問觀，觀曰：「師道非持刺字、俯顏色伺候於公卿之門者，殆難致也！」公曰：「非所望也，吾將見之，懼其不吾見也，子能介於陳君乎？」公知其貧甚，因懷金饋之，及睹其貌，聽其論議，竟不敢以出口。少游不妄人物，其言二公所以待履常者如此。（宋・鄒浩《道鄉集》卷二十八）

9. 建中靖國間，樓異試可知襄邑縣，夢無己來相別，且云東坡、少游在杏園相待久矣。明日，無己之訃至，乃大驚異，作詩與參寥言其事。杏園，見道家書，乃海上神仙所居之地也。（宋・朱弁《風月堂詩話》卷上）

10. 陳去非謂予曰：「秦少游詩，如刻就楮葉。陳無己詩，如養成內丹。」又曰：「凡詩人古有柳子厚，今有陳無己而已。」（宋・方勺《泊宅編》十卷本卷九）

11. 《後山詩話》云：「少游謂《元和盛德詩》，於韓文為下，與《淮西碑》如出兩手，蓋其少作也。孫學士覺喜論文，謂退之《淮西碑》，敘如《書》，銘如《詩》。子瞻謂杜詩、韓文、顏書、左史，皆集大成者也。」苕溪漁隱曰：「少游集中進卷，有《韓愈論》，云：『韓氏、杜氏，其集詩文大成者歟？』非子瞻有此語也。」（宋・胡仔《苕溪漁隱叢話》前集卷十八）

12. 陳無己、王荊公、孫莘老論韓文嗜好不同。陳無己記秦少游云：「《元和盛德詩》，於韓文為下，與《淮西碑》如出兩手，蓋其少作也。」然荊公於《淮西碑》，不以為是。其《和董伯懿詠晉公淮西碑佐題名》詩云：「退之道此尤儁偉，當鏤玉版束燔柴。欲編詩書播後嗣，筆墨雖巧終類俳。」而孫莘老又謂《淮西碑》「序如《書》，銘如《詩》」，何耶？信知前輩嗜好不同如此。（宋・吳曾《能改齋漫錄》卷十）

13. 作詩當以學。作詩當以學，不當以才。詩非文比，若不曾學，則終不近詩。古人或以文名一世而詩不工者，皆以才為詩故也。退之一出「余事作詩人」之語，後人至謂其詩為押韻之文。後山謂曾子固不能詩，秦少游詩如詞者，亦皆以其才為之也。故雖有華言巧語，要非本色。（宋・費袞《梁溪漫志》卷七）

14. 存歿絕句。杜子美有《存歿》絕句二首云：「席謙不見近彈棋，畢曜仍傳舊小詩。玉局他年無限笑，白楊今日幾人悲。」「鄭公粉繪隨長夜，曹霸丹青已白頭。天下何曾有山水，人間不解重驊騮。」每篇一存一歿。蓋席謙、曹霸存，畢、鄭歿也。黃魯直《荊江亭即事》十首，其一云：「閉門覓句陳無己，對客揮毫秦少游。正字不知溫飽未，西風吹淚古藤州。」乃用此體。時少游歿而無己存也。近歲新安胡仔著《漁隱叢話》，謂魯直以今時人形入詩句，蓋取法於少陵，遂引此句，實失於詳究云。（宋・洪邁《容齋續筆》卷二）

15. 「閉門覓句陳無己，對客揮毫秦少游。」……如秦少游詩甚巧，亦謂之「對客揮毫」者，想他合下得句便巧。（宋・朱熹《朱子語類》卷一百四十）

16. 陳博士在坡公之門，遠不及諸公，未說如秦、黃之流，只如劉景文詩云：「四海共知霜滿鬢，重陽曾插菊花無？」陳詩無此句矣。（同上）

17. 元祐二年，東坡先生入翰林，暇日會黃、張、秦、晁、陳、李六君子於私第，忽有旨，令撰《賜奉安神宗御容禮儀》，使呂大防口宣茶藥詔，東坡就牘，書云：「於赫神考，如日在天。」顧群公曰：「能代下一轉語否？」各辭之。坡隨筆後書云：「雖光明無所不臨，而躔次必有所舍。」群公大以筌服。（宋・王明清《揮麈錄・後錄餘話》卷一）

18. 畫者，文之極也，故古今之人，頗多著意。……本朝文忠獻公、三蘇父子、兩晁兄弟、山谷、後山、宛丘、淮海、月巖，以至漫仕、龍眠，或評品精高，或揮染超拔，然則畫者，豈獨藝之云乎？（宋・鄧椿《畫繼》卷九）

19. 呂居仁、秦少游詩。呂居仁嘗有一絕云：「胡虜那知鼎重輕，摘胎元自誤公卿。襄陽耆舊推龐老，受禪碑中無姓名。」復有人題於館驛壁上，仍注其下云：「此呂本中嘲厥祖之作。」見者無不大笑。蓋呂之父嘗聯名立偽楚故也。近王會出守吳興，其甥秦伯陽以詩送之，卒章云：「飽聞東老榴皮字，試問溪頭鶴髮翁。」自注云：「事見東坡詩。」按：坡集言呂洞賓嘗以石榴皮書字於湖州東老之壁。故後山詩云：「至用榴皮緣底事？中書君豈不中書。」其意不能無諷議也。今秦公乃指坡此詩為出處，無奈亦嘲厥祖乎？茲可以絕倒。（宋・陳善《捫虱新話》卷八）

20. 播芳集序。昔人謂「蘇明允不工於詩，歐陽永叔不工於賦，曾子固短於韻語，黃魯直短於散語，蘇子瞻詞如詩，秦少游詩如詞。」此數公者，皆以文字顯名於世，而人猶得以非之，信矣作文之難也。（宋・葉適《葉適集》卷十二）

21. 坡門酬唱集引（節錄）。紹興戊寅，浩年未冠，乃何幸得肄業於成均。……於是取兩蘇公之詩讀之……又念兩公之門下黃魯直、秦少游、晁無咎、張文潛、陳無己、李方叔所謂六君子者，凡其片言隻字，既皆足以名世，則其平日屬和兩公之詩，與其自為往復，決非偶然者。因盡摭而錄之，曰《蘇門酬唱》。……淳熙己酉，浩官於豫章，臨江謝公自中丞遷尚書，均逸未歸，浩出此編，公甚喜，為作序，且謂：「《蘇門酬唱》則兩公並立，不如俾老仙專之，更曰《坡門酬唱》，何如？」浩曰唯唯。紹興庚戌四月一日，金華邵浩引。（宋・邵浩《坡門酬唱集》卷首）

22. 詞句祖古人意。《後山詩話》載王平甫子游，謂秦少游「愁如海」之句，出於江南李後主「問君能有幾多愁，恰似一江春水向東流」之意。僕謂李後主之意，又有所自。……（宋・王楙《野客叢書》卷二十）

23. 東坡享文人之至樂。王德父嘗為余言：自古享文人之至樂者，莫如東坡。在徐州作一黃樓，不自為記，而使弟子由、門人秦太虛為賦，客陳無己為銘，但自袖手為詩而已。有此弟，有此門人，有此客，可以指呼如意而雄視百代，文人至樂，孰過於此？（宋・吳子良《荊溪林下偶談》卷三）

24. 少游在黃、陳之上。黃魯直意趣極高，陳後山文氣才氣短，所可尚者步驟。（宋・韓淲《澗泉日記》卷下）

25. 張芸叟為《梁況之志》，少游為陳後山父銘，集皆無之，可惜！（同上）

26. 作文遲速。余謂文章要在理意深長，詞語明粹，足以傳世覺後，豈但誇多鬥速於一時哉！山谷云：「閉門覓句陳無己，對客揮毫秦少游。」世傳無己每有詩興，擁被臥床，呻吟累日，乃能成章。少游則杯觴流行，篇詠錯出，略不經意。然少游特流連光景之詞，而無己意高詞古，直欲追蹤《騷》《雅》，正自不可同年語也。（宋・羅大經《鶴林玉露》申編卷六）

27. 讀黃詩（節錄）。我生所敬涪江翁，知翁不獨哦詩工。……兩蘇而下秦、晁、張，閉門覓句陳履常。當時姓名比明月，文莫如蘇詩則黃。……（宋・林希逸《竹溪十一稿詩選》）

28. 張竦答陳遵曰：「學我者易持，效子者難工。」陳無己為秦少游《字序》云：「行者難工，處者易持。」呂成公書《趙忠定父行實》後云：「處者易持，出者難工。」皆本張竦之意。（宋・王應麟《困學紀聞》卷十二《考史》）

29. 任天社云：「『閉門覓句』『對客揮毫』二句，乃二君實錄也。無己坐黨廢錮，既而自徐學除秘書省正字。少游自雷州貶所，北歸至藤州，卒於光化亭上。初，少游夢中作《好事近》長短句，有『醉臥古藤陰下，了不知南北』之句，殆若讖云。」（宋・蔡正孫《詩林廣記》後集卷五）

30. 陳後山《次韻秦少游春江秋野圖》云：「翰墨功名裏，江山富貴人。俛看雙鳥下，已負百年身。」其二：「江清風偃木，霜落雁橫空。若個丹青裏，猶須著此翁。」後山自注云：「宗室所畫。」「秦詩云：『請君添小艇，畫我作漁翁。』」任天社云：「此言少游方見用於世，非江海之士，不當畫之漁舟也。」（同上卷六）

31. 丁退齋詩詞集序（節錄）。後山云：「子瞻詞如詩，少游詩如詞。」二先生，大手筆也，而猶病於一偏，兼之之難如此。余友丁直諒以所作詩詞名《退齋集》稿示余，觀其風雅調度，可以諧韶濩，沮金石，雖不敢謂其兼二先生之長，然視他人一偏之長，則兼之矣！（金・王義山《稼村類稿》卷五）

32. 陳、秦才思之異。「閉門覓句陳無己，對客揮毫秦少游。」山谷詩，喻二人才思遲速之異也。後山詩如「壞牆得雨蝸成字，古屋無人燕作家」，寥落之狀可想。淮海詩如「翡翠側身窺綠酒，蜻蜓偷眼避紅妝」，豔冶之情可見。二人他作亦多類此。後山宿齋宮，驟寒，或送綿羊臂，卻之不服，竟感疾而終。淮海謫藤州，以玉盂汲水，笑視而卒。二人於臨終屯泰不同又如此，信乎各有造物也。（明・瞿佑《歸田詩話》卷中）

33. 滄州詩集序（節錄）。杜子美以死徇癖「語必驚人」、「斗酒百篇」者，方嘲其大苦。而秦少游之揮毫對客，乃不若閉門覓句者之為工也。（明・李東陽《李東陽集・文前稿》卷五）

34. 古文類選序。序曰：由宋而來，選者十餘家。……陳師道古行艱思，乃甘列於張耒、秦觀之班，何處躬之不休乎？（明・崔銑《洹詞》卷十一）

35. 淮海長短句跋（節錄）。陳後山云：今之詞手，惟有秦七、黃九，謂淮海、山谷也。然詞尚豐潤，山谷特瘦健，似非秦比。（明・張綖《淮海集》後附）

36. 少游極為眉山所重，而詩名殊不藉藉，當由詞筆掩之。然「雨砌墮危芳，風軒納飛絮」，實近三謝，宋人一代所無。諸古體尚有宗六朝處，惜不盡合蘇、黃、陳間，故難自拔也。（明・胡應麟《詩藪・外編》卷五）

37. 宋人學問精妙，才情秀逸，不讓三唐，自歐、蘇、黃、梅、秦、陳諸公外，作者林立，即無名之人，亦有一二佳詩散見他集。（清・賀貽孫《詩筏》）

38.《姑溪集》。端叔在蘇門，名次六君子，曩毛氏《津逮秘書》中刻其題跋。觀全集殊下秦、晁、張、陳遠甚，然其題跋自是勝場。（清・王士禎《池北偶談》卷十七）

39. 陳師道。初寓京師，傅欽之欲識其面，以問少游。少游曰：「是人非持刺字伺候公卿之門者，不可致也。」（清・張泰來《江西詩社宗派圖錄》）

40. 徐俯。後東坡、少游、後山皆歿，山谷憂斯文將墜，規模遠大，不意於師川復見之，因目為頹波之砥柱。（同上）

41. 後山詞一卷安徽巡撫採進本。宋陳師道撰。……胡仔《漁隱叢話》述師道自矜語，謂於詞不減秦七、黃九。今觀其《漁家傲》詞有云：「擬作新詞酬帝力，輕落筆，黃、秦去後無強敵」云云，自負良為不淺。然師道詩冥心孤詣，自是北宋巨擘，至強回筆端，依聲度曲，則非所擅長。如《贈晁補之舞鬟》之類，殊不多見。其《詩話》謂曾子開（按：應為曾子固）、秦少游詩如詞，而不自知詞如詩。蓋人各有能有不能，固不必事事第一也。（清・紀昀《四庫全書總目提要》卷二〇〇集部詞曲類存目）

42. 題蘇門六君子詩文集擬顏延年五君詠體・豫章集。元祐四學士，涪翁標逸塵。瑰瑋妙當世，瘦硬彌通神。雲龍敵韓、孟，天馬先秦、陳。西江啟詩派，垂輝亦千春。（清・徐嘉《味靜齋集》詩存卷八）

43. 後山以秦七、黃九並稱；其實黃非秦匹也。若以比柳，差為得之。（清・馮煦《蒿庵論詞》）

44. 卷一按語。此錄亦略如唐詩，分初、盛、中、晚。……今略區元豐、元祐以前為初宋；由二元盡北宋為盛宋。王、蘇、黃、陳、秦、晁、張具在焉，唐之李、杜、岑、高、龍標、右丞也；……（清・陳衍《宋詩精華錄》卷一）

第五章　陳師道與晁補之

第一節　陳師道與晁補之交誼繫年

宋仁宗皇祐四年壬辰（1052 年）

陳師道生，一歲。

《御書記》曰：「臣生於皇祐四年。」〔註1〕其出生地在徐州，或在其父任上雍丘（今河南杞縣）。字履常，一字無己，號後山。

皇祐五年癸巳（1053 年）

陳師道二歲。

晁補之生，一歲，字無咎，晚號歸來子。濟州巨野人（今山東巨野縣）。

張耒《祭晁無咎文》：「公生癸巳，長我一歲。」〔註2〕《晁無咎墓誌銘》：「大觀四年，……擢知泗州。到官無幾何，以疾卒。年五十八。」據此逆推，正為癸巳。《宋史·晁補之傳》：「晁補之，字無咎，濟州巨野人。」〔註3〕

神宗元豐四年辛酉（1081 年）

陳師道三十歲。

師道少時隨父在任所，或雍丘，或汧陽，或開封，或金州。到熙寧九年

〔註1〕陳師道：《後山居士文集》，下冊，710～711 頁，上海：上海古籍出版社，1984。

〔註2〕張耒：《張耒集》，下冊，871 頁，北京：中華書局，1990。

〔註3〕《宋史》卷四四四《晁補之傳》，見《二十五史》第 8 冊《宋史》下，1486 頁，上海：上海古籍出版社，1986。

（1076 年），父喪，歸徐，在家守制三年。至本年，師道到開封。秋，南遊吳越。八月到杭州（今浙江杭縣）。時，其兄陳傳道（師仲）官錢塘主簿。也就是在京時遇晁補之，有詩贈答。陳作已佚，晁補之作《答陳履常秀才謔贈》，隨後，陳師道又有《次韻寄答晁無咎》，詩曰：「西湖欲雨樹煙滿，風葉倒垂雲覆盎。望湖樓上白頭人，獨倚欄干誰肯伴。獨有詩人記病身，清風千里寄行塵。豪華信有回天力，驚開桃李鬧新春。往事不回如過雨，醉夢恍然忘惡語。人生如幻此何尤，未信黃金貴於土。愛子千篇頃刻成，借將胸腹詫吾人。吟哦怪有芳鮮氣，卻被湖山識姓名（後山自注：蘇子瞻詩云：遊遍錢塘湖上境，歸來文字帶芳鮮）。文章廢退知難強，身外虛華本無望。何曾臨水惜芒鞋，卻解逢人拈拄杖。眼根清淨塵不留，登伽過盡不回頭（後山自注：來詩云：不應越女三年留）。家在中原歸未得，江淮斷道無行舟。兩山相逢翻手疾，欲謀一笑寧無日。卻慚懷璞似周人，祇可聞名不相識。」〔註4〕師道在「醉夢恍然忘惡語」下自注曰：「前在澶州，有讀無咎文，編詩因以戲之。無咎今以為言。」據此，陳師道與晁補之相識，最晚當在元豐三年（1080年），時晁補之為澶州司戶參軍。

晁補之二十九歲。

張耒《晁無咎墓誌銘》云：晁補之「幼豪邁，英爽不群，七歲能屬文，日誦千言」〔註5〕。年少時，隨父晁端友在任所，或洛陽，或會稽，或新城，或杭州。熙寧八年（1075 年），其父卒，補之奉母歸濟州巨野故里，與從弟晁將之（無斁）耕讀度日。元豐二年（1079 年）春，晁補之舉進士，試開封及禮部別院皆第一。張耒《晁無咎墓誌銘》：「舉進士，禮部別試第一。」冬，調澶州司戶參軍。至本年，改充北京（今河北大名）國子監教授。張耒《晁無咎墓誌銘》曰：「君試學官，時試者累百，而所取五人，公中其選，除北京國子監教授。」〔註6〕當是在京時，始得與陳師道遇，而作《答陳履常秀才謔贈》，詩曰：「驅車觸熱中煩滿，苦無蔗漿凍金碗。陳君詩卷可洗心，持作終朝晤言伴。男兒三十四方身，布衣不化京洛塵。白駒皎皎在空谷，黃鳥睍睆鳴青春。子桑之居十日雨，入門不復聞人語。形骸正是吹一呴，安用虛名齊后土。文章初不用意成，蘦蘦帝功臨下民。時花俚服詩新巧，牛馬安所辭吾名。

〔註 4〕冒廣生補箋：《後山詩注補箋》，下冊，493〜494 頁，北京：中華書局，1995。
〔註 5〕張耒：《晁無咎墓誌銘》，見《張耒集》，下冊，900 頁，北京：中華書局，1990。
〔註 6〕張耒：《張耒集》，下冊，901 頁，北京：中華書局，1990。

禹穴幽奇行可強，江北江南正相望。乘濤鼓枻何當往，愛惜水仙桃竹杖。不
應越女三年留，相見還須未白頭。蘧生知非苦不早，巨壑夜半遺藏舟。達人
一言嚆矢疾，相從琢磨悔去日。菖蒲正是可憐花，我獨聞名不曾識。」〔註7〕
冒箋認為：「按此則後山尚有前一詩，此為再答。」〔註8〕

　　鄭騫考此詩曰：「後山本年三十歲，無咎二十九歲，居於開封。右詩云：
『男兒三十四方身，布衣不化京洛塵』，年齡地點均合。而『禹穴幽奇行不彊』
以下云云，又與將遊吳越之事蹟相合。此詩為本年在開封作無疑。本集有《次
韻寄答晁無咎》詩，即答無咎此篇者。其首云『西湖欲雨樹煙滿，風葉倒垂雲
覆盌。望湖樓上白頭人，獨倚欄干誰肯伴。』蓋到杭州後賦寄無咎者。此詩後
山自注云：『前在澶州（今河北濮陽——誤，應為河南濮陽），有讀無咎文編
詩，因以戲之。無咎今以為言。』是即無咎詩題所謂『謔贈』。其詩本集未收。
後山何時在澶州，陳晁相識始於何年，尚待詳考。」〔註9〕此說可以成立。至
於「後山何時在澶州」，據晁補之仕履，則正是元豐三年。元豐二年（1079年）
冬，晁補之赴任澶州，但陳師道尚在家（徐州）守父喪。至於元豐三年，陳師
道因何到澶州，則待考。

哲宗元祐元年丙寅（1086年）

　　陳師道三十五歲。

　　自元豐四年（1081年）秋，南遊吳越，後北歸，一直奉母居於開封，直
至本年，時蘇氏兄弟及蘇門弟子黃庭堅、張耒、晁補之（秦觀外任）均在京
師。晁補之與張耒同過陳師道宅未遇留詩而去。陳師道遂作《晁無咎張文潛
見過》詩答謝。詩曰：「白社雙林去，高軒二妙來。排門沖鳥雀，揮壁帶塵埃。
不憚除堂費，深愁載酒回。功名付公等，歸路在蓬萊。」〔註10〕任淵注末句
云：「晁、張時在館中故也。《後漢·鄧訓傳》：『學者稱東觀為道家蓬萊山。』」
冒廣生又補箋曰：「《張右史集·祭晁無咎文》有『並試玉堂，同升館閣』語。」
則陳師道詩的尾聯是將「功名」寄望於晁張二人的。

　　本年，晁補之與張耒同薦陳師道為太學錄，陳師道深致謝意，但辭而不
就。不就之因，鄭騫認為，陳與晁張二人年齡相仿，不願受其汲引。

〔註7〕《全宋詩》第一九冊，卷一一二九，12813頁，北京：北京大學出版社，1995。
〔註8〕冒廣生補箋：《後山詩注補箋》，下冊，494頁，北京：中華書局，1995。
〔註9〕鄭騫：《陳後山年譜》，51～52頁，臺北：聯經出版事業公司，1984。
〔註10〕冒廣生補箋：《後山詩注補箋》，上冊，33～34頁，北京：中華書局，1995。

晁補之三十四歲。

自在北京國子監教授任上四年，元豐八年（1085 年）秋，赴京師，召試除太學正，卜居城南。至本年仍在京師為太學正。十二月除秘書省正字，與時任太學錄的張耒同過陳師道，作《次韻履常見貽》：「人皆愛陳子，新雨尚能來。但使門多客，何嫌室自埃。弓旌無遠野，城郭有遺才。底日常侯舍，傳聲四輩催。」〔註11〕此詩即是答陳師道的《晁無咎張文潛見過》。張耒亦有《贈陳履常》詩作答，見本書第六章。

又與張耒同薦陳師道為太學錄。晁、張合撰《太學博士正錄薦布衣陳師道狀》曰：「竊以朝廷患庠序不本於教，而糾禁是先；學者不根於古，而浮剽是競。故選置舊學，削去苛規，為之表儀，使有趣向，所以助成風化，實係得人。伏見徐州布衣陳師道，年三十五，孝悌忠信，聞於鄉閭。學知聖人之意，文有作者之風。懷其所能，深恥自售；恬淡寡欲，不幹有司。隨親京師，身給勞事。蛙生其釜，慍不見色。方朝廷振起滯才，風勸多士，謂如師道一介，亦當褒采不遺。伏睹太學錄五員，係差學生，見今有闕。師道雖不在學籍，而經行詞藝，宜充此選。某等職預考察，不敢蔽而不陳。伏乞選差師道充太學錄。倘不任職，某等同其罪罰。謹具申國子監，乞謄申禮部施行。」〔註12〕陳師道雖辭而不就，然晁、張之舉深為黃庭堅稱賞，作詩《奉和文潛贈無咎篇末多見及以既見君子云胡不喜為韻》贊曰：「吾友陳師道，抱獨門掃軌。晁、張作薦書，射雉用一矢。吾聞舉逸民，故得天下喜。兩公陣堂堂，此士可摩壘。」〔註13〕

元祐二年丁卯（1087 年）

陳師道三十六歲。

四月以蘇軾等人薦除徐州州學教授，旋赴任。

晁補之三十五歲。

自去年冬（十二月）除秘書省正字，本年仍居此職。雖薦陳師道為太學錄，陳未就，當陳師道除徐州教授，晁補之亦為之高興，並撰《賀教授陳履常啟》，文曰：「擢領掾曹，歸臨鄉校，與從遊之良舊，私慰喜以居多。竊惟國之

〔註11〕《全宋詩》第一九冊，卷一一三三，12840 頁，北京：北京大學出版社，1995。

〔註12〕晁補之：《太學博士正錄薦布衣陳師道狀》，見《全宋文》第一二五冊，卷二七一四，349 頁，上海：上海辭書出版社，合肥：安徽教育出版社，2006。

〔註13〕劉尚榮校點：《黃庭堅詩集注》，第 1 冊，159 頁，北京：中華書局，2003。

求才，病取捨之膠於法；士之涉世，患進退之失其中。設科舉爵位以誘人，假誦數詞章以干祿。須其出試，則鄉黨自好者恥於屢獻；不以禮際，則山林長往者豈其肯來？故上安於有司之區區糊名以為公，而士惑於古人之皇皇載質以為辱。莫聞覽德之鳳，率多食餌之魚。恭以某官行獨而通，志潔而降。不落落以如玉，矧泛泛其若鳧。窮無立錐，術可濟國。至於博覽之學，絕出之文，要其平生，固曰餘事，尚不屑去，安有求聞？聲自籍於諸公，章數騰於當寧。拔起閭里，朋類之榮；收還妻孥，親黨所喜。未促公車之詔，聊從洙水之行。庶觀成山，必自累土。辭尊及富，仕何往而非安；有為與行，志苟存而皆可。貽箋良幸，修慶獨稽。傾詠之誠，倍於儕等。」〔註14〕

元祐七年壬申（1092年）

陳師道四十一歲。

在徐州任州學教授四年，元祐五年（1090年）改任潁州教授，是年仍任潁州教授。

因晁無咎在揚州，作《送晁奉議高郵判官》：「公族仍前輩，都城早與遊。士窮須祿食，才大豈身謀。雲嶺無歸鳥，冰河有去舟。平生湖海意，不為有魚留。」冒廣生箋引《墨莊漫錄》云：「元祐七年七夕日，東坡時知揚州。與發運使晁端彥、揚倅晁無咎、大明寺汲塔院西廊井與下院蜀井，校其高下。以塔院水為勝。此晁奉議即無咎。」〔註15〕因高郵縣屬淮南東路揚州，故詩題為高郵通判。

晁無咎四十歲。

為京官（秘書省正字，校書郎）四年，元祐六年（1091年）任揚州通判。本年仍在揚州。

哲宗紹聖二年乙亥（1095年）

陳師道四十四歲。

自去年（紹聖元年1094年）夏，罷潁州教授，改監海陵酒稅任，至本年又改官江州彭澤令。三月，奉母攜眷往岳父郭槩河北東路提刑任所。是月二十九日，行至東阿（今山東東阿），母病卒於舟中，以丁母憂未赴彭澤任，扶柩歸徐。

〔註14〕《全宋文》第一二六冊，卷二七一九，71頁，上海：上海辭書出版社，合肥：安徽教育出版社，2006。
〔註15〕冒廣生補箋：《後山詩注補箋》，下冊，527頁，北京：中華書局，1995。

－161－

晁補之四十三歲。

元祐七年（1092 年）十月，由揚州回京師為著作佐郎，再遷秘書丞。紹聖元年（1094 年）出知齊州（今山東濟南）。至本年，坐修《神宗實錄》失實，於正月十日敕降通判應天府（今河南商丘），又以避親嫌，改差亳州（今安徽亳縣），於當年九月到任。時陳師道母卒，因師道請為撰《安康郡君龐氏墓誌銘》，文曰：「國子博士、彭城陳侯之夫人、安康郡君龐氏，紹聖二年三月壬戌卒，年七十有七。將以其秋七月丁酉，祔於彭城白鶴之呂柵博士之兆。其子江州彭澤令師道以書來，曰：『師道不幸，先君之喪也，高郵秦觀嘗銘矣，不克葬，今舉夫人以祔，惟子實銘吾母。』補之曰：『唯。』」以下錄陳師道的《先夫人行狀》，接著稱讚陳師道之行義曰：「師道好古，自修而為文，恥以其技干時，將老焉，鄉人推之。士嘗與遊者扳而出之，其在位有力者以其行聞於天子而官之，乃以亳州司戶參軍教授其州，又教授潁州。既迎夫人還自潁，已疾病。夜次東阿步，星墮其旁賈人舟上，如丹如橐，出芒下尾，無幾何而夫人沒。……」〔註16〕

紹聖三年丙子（1096 年）

陳師道四十五歲。

師道去年七月葬父母后，於秋冬間，其岳父郭槩自澶州（今河南濮陽）移知曹州（今山東曹縣）。師道遂攜眷往依之。本年在曹。任淵《年譜》：「紹聖三年丙子，是歲，後山寓曹州。」〔註17〕時晁補之從弟晁將之（無斁）為曹州教官，陳師道在紹聖二年（1095 年）到紹聖四年（1097 年）期間與其唱和頗多，凡十二首。詩題如下：《次韻答晁無斁》（無斁時為曹州教官）、《次韻無斁偶作二首》《次韻晁無斁除日書懷》（以上紹聖二年作），《次韻無斁雪夜二首》《次韻晁無斁夏雨》《寄無斁》《次韻晁無斁冬夜見寄》《寒夜有懷晁無斁》（以上為紹聖三年作），《次韻晁無斁春懷》《寄晁無斁》（以上為紹聖四年作）。

晁無斁，名將之。元祐二年（1087 年）進士。曾任曹州教官，寶應宰。據《曹州府志·職官表》：「晁無斁，曹州教官，與陳後山唱和有詩。」又《流

〔註16〕《全宋文》第一二七冊，卷二七四二，83 頁，上海：上海辭書出版社，合肥：安徽教育出版社，2006。

〔註17〕冒廣生補箋：《後山詩注補箋》，上冊，目錄，10 頁，北京：中華書局，1995。

寓傳》：「陳師道，紹聖中以婦翁郭槩知曹州，因寓曹數年。與教官晁無斁，多以詩相唱和。」〔註18〕

晁補之四十四歲。通判亳州。

紹聖四年丁丑（1097年）

陳師道四十六歲，離曹州歸徐州。

二月五日，陳師道隨晁補之之後為其鄉人劉羲仲作《是是亭記》。《記》曰：「劉子佐巨野，築室以居，名曰是是之亭。而語客曰：『吾剛不就俗，介不容眾，而人亦不吾容也，故吾勉焉，是其所是而不非其所非。又懼有時而忘之也，以名吾居，耳目屬焉，亦盤盂、几杖、服佩之類也。吾其免乎！』客笑之曰：『是是近諂，非非近訕，不幸而過，寧訕毋諂。』以病劉子。晁子聞而作，曰：『事無常是，亦無常非，使天下舉以為非，而子獨是之，何所取正？使天下舉以為是，而子獨非之，安得力而勝諸？嘗與子問津於無可無不可之途，而彌節乎兩忘之圃，夫安知吾是之所在？』又為之賦以砭劉子。陳子見而歎曰：『夫三子之言，其皆有所激乎！今夫是非參於前，子將稱其所是而默其所非，自以為得矣，而曾不思默而不稱，則固已非之矣。使世皆愚則可以默而欺之，而世不皆愚也，其有知之者矣，吾懼子之不免也。夫是其所非則為諂，非其所是則為訕，是非不失其正，二何有焉，客之笑非子之病也。夫道二，理與事是也。是非兩忘者理也，有是與非者事也。事待理而後立，理待事而後行。今使劉子忘而不有，於事猶有闕乎！晁子之砭，非子之藥也。』……紹聖四年二月五日，彭城陳師道記。」〔註19〕文中的晁子即晁補之。有關是非之論，皆是就晁補之之言申發。

夏，晁補之過徐來晤。據任淵《年譜》：「紹聖四年丁丑，是歲，後山寓曹州，既而歸徐。」〔註20〕又本集《仁壽縣太君盧氏墓銘》：「紹聖四年，司業自徐徙福，夫人於是年八十有二，閏月甲子卒於行。……乃以某月甲子槁葬於某。初，司業以喪過潤，遇晁子補之，使問銘於陳氏。是夏，晁子過徐致意……是秋，司業以狀來，師道讀之，曰：『此吾之所聞也。』……」〔註21〕

〔註18〕見冒廣生補箋：《後山詩注補箋》，上冊，181～182頁，北京：中華書局，1995。
〔註19〕陳師道：《後山居士文集》，下冊，692～696頁，上海：上海古籍出版社，1984。
〔註20〕冒廣生補箋：《後山詩注補箋》，上冊，目錄，12頁，北京：中華書局，1995。
〔註21〕陳師道：《後山居士文集》，下冊，803頁，上海：上海古籍出版社，1984。

秋，陳師道謝鄧州知州杜紘饋奠作《寄鄧州杜侍郎》：「我昔臥病老彭城，畫船鳴鼓千里行。致書饋奠初未識，丁寧勞苦如平生。」〔註22〕關於致書饋奠，任淵注曰「饋奠當是後山居憂時」。而陳師道居母憂是在紹聖二年二月，其年七月葬其父母。那麼杜紘的「致書饋奠」則與晁無咎有關。因晁無咎的妻子是杜紘之兄杜純之女，杜純在元祐三年曾為徐州陝西轉運使，陳師道有詩《送杜侍御純陝西轉運使》。所以杜紘知陳師道，乃是由其兄及晁無咎，故才有致書饋奠之事。因詩中有「菊潭之水甘且潔，潭上秋花照山白」，故知此詩作於本年秋。

晁補之四十五歲。

年初或去年末，作《是是堂賦》，賦前之序，為陳師道所引而申發作《是是亭記》。

二月，因朝廷再治元祐舊臣，補之再貶監處州（今浙江麗水）鹽酒稅。由亳州過徐，而晤陳師道。又於南遷途中，母楊氏夫人歿於丹陽，乃扶柩還鄉。《宋史·晁補之傳》：「又貶監處州……酒稅。」〔註23〕張耒《晁無咎墓誌銘》：「復落職監處州酒稅，中途丁母憂，毀瘠幾不勝喪服。」〔註24〕陳師道為撰《楊夫人挽詞》曰：「初說南奔道路長，湖邊丹旐已飛揚。百年積慶鍾連璧，十念收功到淨方。絳幱未經親宋母，綠衣猶記識黃裳。欲圖不朽須詮載，今代誰堪著石章。」〔註25〕

哲宗元符元年戊寅（1098年）

陳師道四十七歲，是年在徐州家居。

任淵《年譜》：「元符元年戊寅，是歲，後山在徐州。」〔註26〕其兄陳傳道（師仲）過金鄉（今山東金鄉縣），攜其祖父陳洎詩稿請晁補之題跋。又本年，陳師道的岳父郭槩卒，晁補之為作《祭郭大夫文》。

晁補之四十六歲。

服喪居家於金鄉。本年由巨野遷居金鄉城東。為陳師道祖父陳洎詩集作

〔註22〕冒廣生補箋：《後山詩注補箋》，上冊，211頁，北京：中華書局，1995。
〔註23〕《宋史》卷四四四《晁補之傳》，見《二十五史》第8冊《宋史》下，1487頁，上海：上海古籍出版社，1986。
〔註24〕張耒：《張耒集》，下冊，901頁，北京：中華書局，1990。
〔註25〕冒廣生補箋：《後山詩注補箋》，上冊，229～230頁，北京：中華書局，1995。
〔註26〕冒廣生補箋：《後山詩注補箋》，上冊，目錄，14頁，北京：中華書局，1995。

《書陳洎事後》，文曰：「補之先君嘗記見聞數十事，未編次。其一，陳公洎初為開封府功曹參軍時，程琳尹開封。章獻太后臨朝，族人貴驕，自杖老卒死，人莫敢言。公當驗屍，即造府白琳。琳望見公來，迎謂曰：『驗屍事畢乎？』公曰：『未也。』琳遽起，隱屏間曰：『不得相見。』公唯而出，適屍所，太后已遣中人至，曰：『速視畢奏來！』公起再拜，曰：『領聖旨。』未畢，使者十輩督之。吏等皆懼，謂公應以病死聞，公怒曰：『何不以實？』吏等駭曰：『公固不自愛，某曹不敢。』公復怒曰：『此卒冤死，待我而申，爾曹依違懼禍，法不爾赦！』即自實其狀詣琳。琳又迎問曰：『如何？』公曰：『杖死。』琳大喜，撫其背曰：『如此陰德，官人必享前程。』遽索馬入奏。已而，太后族人有特旨原，公亦不及罪。公自此名顯，歷官臺省，終三司副使，人以謂積善之報未艾云。補之少聞是，恨不及識公。後二十餘年，乃見傳道於淮南，見履常於京師，實惟公諸孫。二君詞學行義，為東州聞人，以謂公之餘慶在是也。後補之執喪於緡，傳道始出公詩數十篇，確然其政，溫然其和，想見德操之所發於言詞者，聳然增慕。昔韓愈有云：『本深而末茂，形大而聲宏。仁義之人，其言藹如也。』由公事，於愈之言益信。」〔註27〕

　　按：文中「後二十餘年，乃見傳道於淮南，見履常於京師」。傳道是陳師道之兄，見傳道於淮南尚不確知，見履常於京師則是在元祐元年。又文中曰：「後補之執喪於緡」，此即為元符元年，時晁補之正居家服母喪。其金鄉即故緡城池。晁補之《金鄉張氏重修園亭記》曰：「金鄉其東南邑，故緡城地云。……元符中，余南歸，始自巨野遷此邑。」〔註28〕晁補之尚有《元符戊寅與無斁弟卜居緡城東述情》亦可證其時地。

　　又本年，晁補之還為陳師道岳父郭槩作《祭郭大夫文》，文曰：「維元符元年某月日，晁補之謹以清酌庶羞之奠，祭於大夫郭公之靈曰：人之相知，千載一時，千載不逢，亦不可知。公年長我，二十而八，平生出處，參辰超忽。廉平為吏，自昔所聞，達識高談，則猶未親。遭患來南，邅回千里，偶公倦遊，亦歸臥裏。斬然在疚，閉戶薰心，我不往拜，公來見尋。屬氣收沴，為公一語，不知何為，傾蓋如故。過累百士，得一人焉，以千載語，則猶並

〔註27〕《全宋文》第一二六冊，卷二七二三，136～137頁，上海：上海辭書出版社，合肥：安徽教育出版社，2006。

〔註28〕《全宋文》第一二七冊，卷二七三九，23頁，上海：上海辭書出版社，合肥：安徽教育出版社，2006。

年。為公數臨，亦惠慰我，如何不淑，龜玉毀破！驚呼往弔，雪涕沾胸，尚想霜髯，老鶴孤松。嗚呼哀哉！公守曹南，古循吏比，吾弟為僚，橫經泮水。頃於吾弟，推轂先之，晚於此逢，我又見知。兄弟窮人，論心誰與？公獨厚之，人所莫顧。百年一慟，晤語無期，何以舒哀，斗酒隻雞。嗚呼哀哉，尚饗！」〔註29〕

鄭騫按語曰：此文有姓無名，但文中云「公守曹南，古循吏比，吾弟為僚，橫經泮水」。郭槩知曹州，晁補之八弟晁將之（無斁）為曹州州學教授，已見紹聖三年，此大夫為郭槩無疑。後山集中亦稱之為郭大夫。祭文曰「公年長我，二十而八」。張耒《張右史文集卷四十五·祭晁無咎文》曰：「公生癸巳」，據此推算，郭生於仁宗天聖三年乙丑，本年七十四歲。祭文中有「遭患來南，遄回千里，偶公倦遊，亦歸臥裏。斬然在疚，閉戶薰心，我不往拜，公來見尋。」諸語，可知無咎扶母柩北歸在籍守制時，郭已退居。其離曹州可能在去年，或本年上半年〔註30〕。

元符二年己巳（1099年）

陳師道四十八歲，是年仍在徐州家居。

秋，晁補之過徐州相從數日。陳師道本年《與魯直書》云：「無咎向過此，服闋赴貶所，相從數日，頗見言色，他皆不通問矣。」〔註31〕無咎來為作小詞《木蘭花減字》，其一：「娉婷娜嫋。紅落東風青子小。妙舞逶迤。拍誤周郎卻未知。　　花前月底。誰喚分司狂御史。欲語還休。喚不回頭莫著羞。」其二：「娉娉嫋嫋。芍藥枝頭紅玉小。舞袖遲遲，心到郎邊客已知。

當筵舉酒，勸我尊前松柏壽。莫莫休休，白髮簪花我自羞。」詞牌後題作：「贈晁無咎舞鬟。」〔註32〕

又，陳師道為晁無咎的畫題詩一首《晁無咎畫山水扇》，曰：「前生阮始平，今代王摩詰。僂屈蓋代氣，萬里入方尺。朽老詩作妙，險絕天與力。君不見杜陵老翁語，湘娥增悲真宰泣。」〔註33〕「阮始平」是指外放的官，陳師道說他是「阮始平」，因晁補之正「服闋赴貶所」。「王摩詰」則是唐代詩人、

〔註29〕《全宋文》第一二七冊，卷二七四八，184頁，上海：上海辭書出版社，合肥：安徽教育出版社，2006。

〔註30〕鄭騫：《陳後山年譜》，105頁，臺北：聯經出版事業公司，1984。

〔註31〕陳師道：《後山居士文集》，下冊，576頁，上海：上海古籍出版社，1984。

〔註32〕唐圭璋編：《全宋詞》，第1冊，588頁，北京：中華書局，2011。

〔註33〕冒廣生補箋：《後山詩注補箋》，下冊，316頁，北京：中華書局，1995。

畫家王維，陳師道說晁補之是「今代王摩詰」，則是把他與王維相比，詩畫皆精。一般，人們皆知晁補之只是文人，而不知他亦善畫，尤工山水。其《雞肋集》即有好幾首詩寫他自己的畫，如《自畫山水寄無斁題其上》《自畫山水留客堂大屏題其上》《自畫山水寄正受題其上》等。所以明人張萱《疑耀》卷三曰：「唐以後，文人未有不能畫者。如晁無咎未嘗以畫名，偶閱《陳後山詩集》，有《晁無咎畫山水扇》詩云：『前生阮始平，今代王摩詰。偃屈蓋代氣，萬里入方尺。』則無咎之畫亦有足觀，惜世不傳耳。若阮始平能畫，《畫譜》未嘗載，後山詩可以補其闕矣。」〔註34〕張萱說晁補之不以畫名，但畫有足觀，惜世不傳，《畫譜》亦未載，正是陳師道的詩使人們知其善畫，而「補其闕矣」。

　　陳師道尚有一首《答無咎畫苑》，詩曰：「卒行無好步，事忙不草書。能事莫促迫，快手多粗疏。君看荷葦槲□（此缺一字。冒箋曰「別下齊校本乃『葉』字。」）扇，崔家中叔三人俱。掃除事物費歲月，收完神氣忘形軀。恍然有得奪天巧，衰顏生態能相如。市師信手無贏餘，一日畫出東封圖。眼前百口怪神速，背後十指爭揶揄。君家畫苑傾東都，錦囊玉軸行盈車。補完破碎收亡逋，欲得不計有與無。問君此病何當袪，君言無事聊自娛。世間何事非迷途，挾筴未必賢擕褲。苑中最愛文與蘇，情親不獨生同閭。自謂知子誰知余，叔也不癡回不愚。憐君用意常勤劬，揮毫灑墨填空虛。風梢雨葉出新意，老樹僵立何年枯。我生百事不留意，外物不足煩驅除。翰墨才能記名字，橫臨寫貌無工夫。見溺不救危不扶，獨無一物充庖廚。看君髮漆顏丹朱，意氣健如生馬駒。逢人不信六十餘，鬱然一莖無白鬚。呂公落寞起釣屠，南山四老東宮須。人生晚達有如此，應笑虞翻早著書。」〔註35〕

　　晁補之四十七歲。

　　服除，改監信州（今江西上饒）鹽酒稅。張耒《晁無咎墓誌銘》曰：「喪服除，監信州酒。」〔註36〕《宋史·晁補之傳》亦曰：「坐修神宗實錄失實，降通判應天府亳州，又貶監處、信二州酒稅。」〔註37〕六月啟程南下，途徑徐州，晤陳師道。師道為賦《木蘭花減字》。胡仔《苕溪漁隱叢話》曰：

〔註34〕周義敢、周雷編：《晁補之資料彙編》，96頁，北京：中華書局，2008。
〔註35〕冒廣生補箋：《後山詩注補箋》，下冊，497～498頁，北京：中華書局，1995。
〔註36〕張耒：《張耒集》，下冊，901頁，北京：中華書局，1990。
〔註37〕《宋史》卷四四四《晁補之傳》，見《二十五史》第8冊《宋史》下，1487頁，
　　　　上海：上海古籍出版社，1986。

「《復齋漫錄》云：『晁無咎貶玉山，過彭門，而無己廢居里中，無咎出小鬟，舞《梁州》佐酒，無己作《木蘭花》云：「娉娉嫋嫋，芍藥梢頭紅樣小；舞袖低垂，心倒郎邊客已知。金樽玉酒，勸我花前千萬壽；莫莫休休，白髮簪花各自羞。」無咎云：「人疑宋開府鐵心石腸，及為《梅花賦》，清駛豔發，殆不類其為人；無己清適，雖鐵石心腸，不至於開府，而此詞清駛豔發，過於《梅花賦》矣。」』苕溪漁隱曰：『乙酉歲，余歸苕溪上，才獲《復齋漫錄》，見無己小詞，因筆之。』」〔註38〕宋開府即唐代著名宰相宋璟，這裡晁補之以陳師道比宋璟，說他雖如宋璟那樣「鐵心石腸」，然這首詞卻也如宋璟的《梅花賦》一樣「清駛豔發」。

元符三年戊寅（1100 年）

陳師道四十九歲，在徐州。

七月，除棣州（今山東惠民）教授。大約是赴棣經蕭而作《拱翠堂》。詩曰：「千年茅竹蔽幽奇，一日堂成四海知。便有文公來作記，尚須我輩與題詩。」陳師道於此詩自注曰：「蕭邑富人竇敦禮即泉山作此堂，規制宏麗，無咎作記。」〔註39〕由此則知陳師道的詩是因晁補之的記而作。「便有文公來作記」之文公也即是指晁補之。晁補之作有《拱翠堂記》，文曰：「頃余固以聞師道於徐之君子」，此師道乃竇師道，陳師道所說「蕭邑富人竇敦禮」是其侄。而「徐之君子」則可能是指陳師道。又文曰：「意甚慕之，而念不可以遠墳墓，欲築室故緝城東以老。」〔註40〕由此推斷，晁補之的《拱翠堂記》當作於元符元年（1098 年），時晁補之正服喪居家於「故緝城東」。

十一月，改除秘書省正字。入京師，時晁補之在京師為著作佐郎，而與晁補之論蘇軾詞，作《書舊詞後》，文曰：「晁無咎云：『眉山公之詞，蓋不更此境也。』余謂不然，宋玉初不識巫山神女，而能賦之，豈待更而知也。余他文未能及人，獨於詞自謂不減秦七、黃九。而為鄉椽三年，去而復還，又三年矣，而鄉妓無欲余之詞者。獨杜氏子勤懇不已，且云：『所得詩詞滿篋，家多畜紙筆墨，有暇則學書。』使不如言，其志亦可喜也，乃寫以遺之。古語所謂

〔註38〕胡仔：《苕溪漁隱叢話》，見吳文治主編《宋詩話全編》，第 4 冊，4201 頁，南京：鳳凰出版社，1998。

〔註39〕冒廣生補箋：《後山詩注補箋》，下冊，385 頁，北京：中華書局，1995。

〔註40〕晁補之：《拱翠堂記》，見《全宋文》第一二七冊，卷二七三八，14，15 頁，上海：上海辭書出版社，合肥：安徽教育出版社，2006。

『但解閉門留我處，主人莫問是誰家』者也。元符三年十一月一日，後山居士陳師道書。」〔註41〕

晁補之四十八歲。

監信州鹽酒稅，宋徽宗即位，起用元祐黨人，晁補之得遇赦，由貶所信州召還京師為著作佐郎。

徽宗建中靖國元年辛巳（1101 年）

陳師道五十歲。

本年在京師開封為正字，與晁補之同朝數月。時與晁補之對酒，而作《上晁主客》，詩曰：「兩疏父子共含香，不獨家榮國有光。臈欲展懷因問疾，孰知相對只銜觴。年侵身要兼人健，節近花須滿意黃。從昔竹林須小阮，只今未可棄山王。」晁主客即晁補之的四叔晁堯民，故稱「兩疏父子」，陳師道尚有《送晁堯民守徐》。而詩中之「小阮」是魏晉時的阮咸，阮籍之兄子，此以比晁補之，「山王」是山濤和王戎，這是陳師道用以自比。陳師道於此詩自注亦云：「時與無咎對酒，及門而闍者辭焉。」〔註42〕本年七月後，晁補之出守河中府，師道為作《送晁無咎出守蒲中》，詩曰：「一麾出守自多奇，四十專城古亦稀。解榻坐談無我輩，鋪筵踏舞欠崔徽。的桃作劇聊同俗，遇事當前莫後幾。聖世急才常患少，棧羊篩酒待公歸。」〔註43〕

十一月二十三日，陳師道預郊祀禮，感寒得疾。十二月二十九日卒。

晁補之四十九歲，在京師。

本年，正好與陳師道同朝。時晁補之授尚書禮部員外郎，哲宗實錄院檢討官，晁補之數辭，不允，改除吏部郎中。七月，蘇軾卒於常州，晁補之作《祭端明蘇公文》。時黨論再起，晁補之為言官論，乃出知河中府（今山西永濟），陳師道作《送晁無咎出守蒲中》。

徽宗大觀四年庚寅（1110 年）

晁補之五十八歲。

自建中靖國元年（1101 年）七月知河中府，後又徙湖州（崇寧元年，

〔註41〕陳師道：《後山居士文集》，下冊，521～522 頁，上海：上海古籍出版社，1984。
〔註42〕冒廣生補箋：《後山詩注補箋》，下冊，448 頁，北京：中華書局，1995。
〔註43〕冒廣生補箋：《後山詩注補箋》，下冊，453 頁，北京：中華書局，1995。

1102 年），管勾江州太平觀（崇寧三年，1103 年），當年罷官，還金鄉家居，直至本年，出黨籍，詣吏部侯調，得起知達州，尋改泗州（今安徽泗縣）。秋，達任所，尋卒於官舍。張耒《晁無咎墓誌銘》曰：「擢知泗州，到官無幾何，以疾卒，年五十八。」〔註44〕

第二節　陳師道論晁補之

陳師道尚有幾首詩寫到晁補之，然任淵未注，亦未繫年，現據《後山詩注補箋》輯錄之。

1.《寄晁以道》：「……子家太史氏，名成南北阮。」冒箋曰：「太史氏謂無咎也。」

2.《奉送閻醇老推官》：「古今猶異俗，鄒魯尚多餘。簿領三年責，雲霄一武趨。數過忘潦倒，惜別更斯須。說與晁夫子，今年錐也無。」冒箋晁夫子「指無咎也」。

陳師道除了在詩詞中與晁補之唱和和詩文中論及外，在《後山談叢》中亦有一條談到晁補之如何移樹，曰：

晁無咎移樹法，其大根不可斷，雖旁出遠引，亦當盡取，如其橫出，遠近掘地而埋之，切須帶土，雖大木亦可活也，大木仍去其枝。（卷六）

第三節　宋元明清各家論陳、晁之關係

宋及金元明清各代均有對陳師道與晁補之關係的論述，現據有關資料，選輯若干條，論述相同或相近的只用最早的。

1. 晁無咎時文。元豐中，晁無咎時文有聲，無己以詩戲之曰：「聞道新文能入樣，相州紅繡鄂州花。」蓋是時方尚相州繡、鄂州花也。（宋・王直方《王直方詩話》）

2. 蘇門六君子集。《豫章集》四十四卷，《宛丘集》七十五卷，《後山集》二十卷，《淮海集》四十六卷，《濟北集》七十卷，《濟南集》二十卷。蜀刊本，號《蘇門六君子集》。（宋・晁公武《直齋書錄解題》卷十七）

3. 四客各有所長。子瞻、子由門下客最知名者，黃魯直、張文潛、晁無咎、

〔註44〕張耒：《張耒集》，下冊，902 頁，北京：中華書局，1990。

秦少游，世謂之四學士。至若陳無己，文行雖高，以晚出東坡門，故不若四人
之著。故陳無己作《佛指記》云：「余以辭義，名次四君，而貧於一代」，是
也。晁無咎詩云：「黃子似淵明，城市亦復真。陳君有道舉，化行閭井淳。張
侯公瑾流，英思春泉新。高才更難及，淮海一髯秦。」當時以東坡為長公，子
由為少公。陳無己答李端叔云：「蘇公之門，有客四人，黃魯直、秦少游、晁
無咎、則長公之客也；張文潛，則少公之客也。」然四客各有所長，魯直長於
詩詞，秦、晁長於議論。（宋・吳曾《能改齋漫錄》卷十一）

　　4. 讀黃詩（節錄）。兩蘇而下秦、晁、張，閉門覓句陳履常。當時姓名比
明月，文莫如蘇詩則黃。（宋・林希逸《竹溪十一稿詩選》）

　　5.《復齋漫錄》云：「子厚《寄劉夢得》詩，蓋其家有右軍書，每紙背庾
翼題云：『王會稽六紙。』其詩謂此也。夢得有《酬家雞之贈》，乃答子厚詩
也。其中所謂『柳家新樣元和腳』，人竟不曉。高子勉舉以問山谷，山谷云：
『取其字制之新，昔元豐中，晁無咎作詩文極有聲，陳後山戲之曰：「聞道新
詞能入樣，相州紅纈鄂州花。」蓋相纈織鄂州花也。則「柳家新樣元和腳」
者，其亦此類。』予頃見徐仙者，效山谷書。而陳後山以詩記之，有『黃家元
祐樣』之語，則山谷之言無可疑也。最後見東坡《柳氏求筆跡》詩，亦有此
語，並附於左。」（宋・蔡正孫《詩林廣記前集》卷四）

　　6. 陳後山云：「子瞻以詩為詞，雖工非本色，今代詞手惟秦七、黃九耳。」
予謂後山以子瞻詞如詩，似矣；而以山谷為得體，復不可曉。晁無咎云：「東
坡詞多不諧律呂，蓋橫放傑出，曲子中縛不住者。」其評山谷，則曰：「詞故
高妙，然不是當行家語，乃著腔子唱如詩耳。」此言得之。（金・王若虛《滹
南遺老集》卷三十九《詩話》）

　　7.《瑤池集》通議大夫徽猷閣待制秦鳳路經略安撫使知秦州郭思所
著。……元祐黃、陳、晁、張、秦少游、李方叔諸公，無一語及之，惟引蘇長
公軟抱黑甜一聯及筆頭上挽得數萬斤語。（元・方回《桐江集》卷七）

　　8.《感梅憶王立之》方回：晁叔用名沖之，自號具茨，有集。入江西派。
晁氏自文元公迥至補之無咎五世，世有文人。無咎之父端友，字君成，詩逼
唐人，有《新城集》。無咎有《濟北集》。從弟說之，字以道，號景迂，有《景
迂集》。以道親弟詠之，字之道，有《崇福集》。補之、詠之，《四朝國史》已
入《文藝傳》。叔用此詩，蓋學陳後山也。（元・方回《瀛奎律髓匯評》卷二十
梅花類）

9. 述古堂記（節錄）。《述古圖》本，李伯時效唐小李將軍，用著色寫雲泉花木及一時之人物。按鄭天民先覺所為記，坐勘書臺捉筆而書者，為東坡先生。喜觀者為王晉卿。憑椅而立視者，為張文潛。按方幾而凝竚者，為蔡天啟。坐磐石上支頤執卷而觀畫者，為蘇子由。執蕉箑而熟視者，為黃魯直。憑肩而偶語者，為陳無己。據橫卷而畫《歸去來圖》者，為李伯時。按膝而旁觀者，為李端叔。跪膝俯視者，為晁無咎。……（元‧黃溍《金華黃先生文集》卷十四）

10. 王希賜文集再序（節錄）。吾嘗以近代律今之文，僅得曾鞏、蘇轍、王安石、李清臣、陳無己之流相追逐相已而中衰也。已不得步武於陸游、劉克莊、三洪，矧葉適、陳傅良、戴溪乎？不得步武於葉適、戴溪、陳傅良，矧晁、張、秦、黃乎？不得步武於晁、張、秦、黃，矧二蘇、歐陽乎？（元‧楊維楨《東維子文集》卷六）

11. 西園雅集人數（節錄）。《西園雅集圖》，楊東里云，……但劉松年臨本無張文潛、李端叔、陳無己、晁無咎等四人。……考之鄭天民記，復增張文潛、李端叔、陳無己、晁無咎為十六人。（明‧葉盛《水東日記》卷三十四）

12. 祭東坡文（節錄）。毗陵顧塘北，有蘇東坡先生祠，宋乾道壬辰郡守晁子健所築。……子健又訪士大夫家，得先生繪像，或朝服，或野服，凡十本，摹置壁間。復列少公轍，與黃魯直庭堅、張文潛耒、晁無咎補之、秦少游觀、陳無己師道六君子於兩序，與先生皆設塑像，釋奠則分祀。（明‧姜南《蓉塘記聞》）

13. 南北遊詩序（節錄）。昔子瞻兄弟，出焉名士，領袖其中。若秦、黃、陳、晁輩，皆有才有骨有趣者，而秦之趣尤深。（明‧袁中道《珂雪齋近集》卷三）

14. 書王氏墓銘舉例後（節錄）。《墓銘舉例》四卷，長洲王行止仲編，先以唐韓退之、李習之、柳子厚，次以宋歐陽永叔、尹師魯、曾子固、王介甫、蘇子瞻、陳無己、黃魯直、陳瑩中、晁無咎、張文潛、朱元晦、呂伯恭，凡一十五家之文，舉以為例，足以續蒼崖潘氏《金石例》而補其闕矣。（清‧朱彝尊《曝書亭集》卷五十二）

15. 宋文如石守道、柳仲塗、尹師魯、穆伯長、秦少游、陳履常、晁以道、無咎、羅端良、陸務觀、葉水心輩，予家皆有其集，雖利鈍互見，要之有可觀者。（清‧王士禎《居易錄》卷十）

16. 蘇門六君子，無不掉鞅詞場，凌躒流輩。而坡公於山谷則數效其體，前哲虛懷，往往如是。(清・田雯《古歡堂集・雜著》卷二)

17. 風月堂詩話二卷內府藏本。宋朱弁撰。弁有《曲洧舊聞》，已著錄。是編多記元祐中歐陽修、蘇軾、黃庭堅、陳師道、梅堯臣及諸晁遺事。(清・紀昀《四庫全書總目提要》卷一百九十五集部詩文評類一)

18. 東坡襟懷浩落，中無他腸，凡一言之合，一技之長，輒握手言歡，傾蓋如故。而不察其人之心術，故邪正不分，而其後往往反為所累。如李公擇、王定國、王晉卿、孫莘老、黃魯直、秦少游、晁補之、張文潛、趙德麟、陳履常等，故終始無間，甚至有為坡遭貶謫，亦甘之如飴者。其他則一時傾心寫意，其後背而陷之者甚多。(清・趙翼《甌北詩話》卷五)

19. 蘇詞非不及於情。晁無咎云：「眉山公之詞短於情，蓋不更此境耳。」陳後山曰：「宋玉不識巫山神女而能賦之」，豈待更而後知，是直以公為不及於情也。嗚呼，風韻如東坡，而謂不及於情，可乎？彼高人逸才正當如是，其溢為小詞而閒及於脂粉之間，所謂滑稽玩戲，聊復爾爾者也。若乃纖豔淫媟，入人骨髓，如田中行，柳耆卿輩，豈公之雅趣也哉。(清・馮金伯《詞苑萃編》卷二十一)

20. 雜稽。陳師道，與晁無咎善，數至濟州，有詩。李植，晁無咎婿也，靖康初以督餉趨濟州，士氣十倍。(清・黃維翰等《巨野縣志》卷二十四)

21. 張右史集(節錄)。《右史集》乃大全，此本後有張表臣序。……張表臣著有《珊瑚鉤詩話》，及與陳後山、晁無咎遊。惟序中稱「兩侍太師公相」，及「秦公熺送示舊藏八冊」云云，疑張附檜之門下，晚節不無有玷然。(清・蔣光煦《東湖叢記》卷一)

22. 汲古原刻，未嘗差別時代，故蔣勝欲以南都遺老而列書舟之前，晁補之、陳後山生際神京，顧居六集之末。蓋隨得隨雕，無從排比。(清・馮煦《蒿庵論詞》)

23. 山谷詞。《山谷詞》一卷，晁補之、陳後山，皆謂今代詞手惟秦七、黃九。然山谷非淮海之比，高妙處只是著腔好詩，而硬用鬟字、屧字，不典。(清・胡薇元《歲寒居詞話》)

24. 莫莫休休。晁無咎詞「莫莫休休，白髮簪花我自羞」。陳後山詞「休休莫莫，莫更思量著」。黃叔暘詞「風流莫莫復休休」。考司空表聖在正貽溪之上結茅屋，命曰休休亭，嘗自為亭記。其題休休亭之檻曰：「咄嗟休休休，

莫莫莫。伎倆雖多，性靈惡。」見尤延之《全唐詩話》（清・張德瀛《詞徵》
卷五）

　　25. 劍懷堂詩草敘（節錄）。故開天、元和者，世所分唐宋詩之樞幹也。
盧陵、宛陵、東坡、臨川、山谷、後山、無咎、文潛，岑、高、杜、韓、劉、
白之變化也；簡齋、止齋、滄浪、四靈，王、孟、韋、柳之變化也。子孫雖肖
祖父，未嘗骨肉間一一相似，一一化生，人類之進退由之，況非子孫，奚能刻
意蘄肖之耶！（清・陳衍《石遺室文集》卷九）

第六章　陳師道與張耒

第一節　陳師道與張耒交誼繫年

宋仁宗皇祐四年壬辰（1052 年）

陳師道生，一歲，字履常，一字無己，號後山。

陳師道的出生地有兩說：一說生於徐州彭城縣王鄉任化里；一說生於其父任所雍丘（今河南杞縣）。其出生年據其《御書記》：「臣生於皇祐四年。」
〔註 1〕

皇祐六年、至和元年甲午（1054 年）

陳師道三歲。

張耒生，一歲，字文潛，楚州淮陰人。

《後涉淮賦序》：「甲寅之秋，自正陽涉淮……，今秋又以事之東海……予生二十有二年。」〔註2〕甲寅是熙寧七年（1074 年），張耒時為臨淮主簿，《杞菊賦》謂為「初得官」〔註3〕。其明年因事到東海，是熙寧八年乙卯（1075 年）。由熙寧八年上推二十二年，恰好是皇祐六年、至和元年。故知其生於是年。

哲宗元祐元年丙寅（1086 年）

陳師道三十五歲。

〔註 1〕陳師道：《後山居士文集》，下冊，710～711 頁，上海：上海古籍出版社，1984。
〔註 2〕張耒：《張耒集》，上冊，11～12 頁，北京：中華書局，1990。
〔註 3〕張耒：《張耒集》，上冊，10 頁，北京：中華書局，1990。

　　陳師道少時隨父在任所，或雍丘，或汧陽，或開封，或金州。神宗熙寧九年（1076年），父喪，歸徐，在家守制三年。元豐四年（1081年）後，又奔走於南北。直至本年，奉母居於京師開封，始與張耒相識。

　　本年三月，寄書張耒。先，張耒有書寄陳師道《與陳三書》，陳師道為作《答張文潛書》曰：「近者足下來京師，不鄙其愚，辱貺以文」，此言相見於京師。文末又云：「春益暄，惟為道重慎」，此言識於春時，當在三月間。全書曰：「師道啟：近者足下來京師，不鄙其愚，辱貺以文，卒卒一再見，懷不得吐。既別，欲一致問，因以自效，方事之不間，竟後足下，大以為恨。及讀足下書，乃僕所欲言者。君子之所存，去人不遠，惟設之於僕為不當耳。嗟乎！足下誠知我矣，亦既愛之矣，不識足下何從而得之，其得之於人耶？其有以自得之耶？得之於人耶，譽者可信，則毀者又可信矣；有以自得之耶，則僕言未效而跡未接，竊有疑焉。豈足下使人可疑，乃僕之不敏不能不疑耳。古蓋有之，目逆而道存，而僕不足當也。以僕之愚，有以知足下，而謂足下何從而得之，僕過矣。夫眾言鑠金，三人成虎。僕懼足下有時不自信而信人，不待人毀而自毀矣。僕以小人之懷為君子之心，則又過矣。然所以言者，雖君子不可不戒也。足下憫僕無以事親、畜妻子，宜從下科，以幸斗食，疑僕好惡與人異情。足下於僕至矣，僕何以得之，何以受之邪？僕家以仕為業，捨仕則技窮矣，故僕之於仕，如瘖者之溺，聲氣不動而手足亂矣。世徒見其忍而不發，遂以為好惡異人，此殆談者過情，聽者過信耳。雖然，僕病且老矣。目有黑子而昏華，瘰癧俠於頸領隱起而未潰，氣伏於胸腹之間下上不時，痔形於下體者十年矣。志彊而形懦，年未既而老及之，足下雖欲進之，而僕不能勉也。閏月甲子，詔以河內公為相，是時自九月不雨，有司傳詔未竟而雨，貴賤賢不肖下至房室女子，歡然相慶，天人之意如此。僕方臥，聞之起立，尚可勉耶！足下視此時如何，僕獨得不勉耶？羊鼎之側，饑者吐舌，但未染指耳。足下欲與僕居，將坐僕而沐薰之耶？豈意其逃世而加束縛焉？抑愛之過厚而欲常常見之歟？李耽家於瀨鄉，莊休老於蒙，田邑之間，復有昔時懷器而隱處者乎？願一覽焉。仆於書如貪者之嗜利，未嘗厭其欲也。譙祁氏多書，稱號外府，太清老氏之藏室，願與足下盡心焉。春益暄，惟為道重慎。師道再拜。」〔註4〕

〔註4〕陳師道：《後山居士文集》，下冊，534～538頁，上海：上海古籍出版社，1984。

　　六月，張耒召試，陳師道作《贈張文潛》，詩曰：「張侯便然腹如鼓，饑雷收聲酒如雨。讀書不計有餘處，尚著我輩千百許。翻湖倒海不作難，將軍百戰富善賈。弟子不必不如師，欲知其人視其主。秋來待試丞相府，縠馬礪兵吾甚武。問周不敵聞其語，一戰而霸在此舉。百年富貴要自取，入將公卿退爾汝，德如墨君誰敢侮。」詩有陳師道的自注曰：「少公之客也，聞文潛召試。」〔註5〕

　　十月，張耒為太學錄，晁補之為太學正，兩人同薦陳師道為太學錄，師道辭不就。魏衍《彭城陳先生集記》曰：「太學又薦其文行，乞為學錄。不就。」〔註6〕師道不就之因，鄭騫認為陳師道與張、晁年齡相仿，不願受其汲引〔註7〕。

　　本年，蘇軾、蘇轍兄弟及黃庭堅、晁補之、張耒均在開封，陳師道與其唱和之作頗多。時張耒與晁補之為館職，聯騎過陳，適師道偶出蕭寺，不遇，二人題壁而去。師道謝詩為答。《晁無咎張文潛見過》曰：「白社雙林去，高軒二妙來。排門沖鳥雀，揮壁帶塵埃。不憚除堂費，深愁載酒回。功名付公等，歸路在蓬萊。」詩的首句，陳師道自注曰：「偶出。」次句，任淵注曰：「言晁張見過。」〔註8〕陳師道的這首詩與杜甫的《范二員外邈、吳十侍御郁特枉駕闕展待，聊寄此》正相類，故宋人羅大經在《鶴林玉露》丙編卷六中把他們相類比曰：「范二員外、吳十侍御訪杜少陵於草堂，少陵偶出，不及見，謝以詩云：『暫往比鄰去，空聞二妙歸。幽棲誠簡略，衰白已光輝。野外貧家遠，村中好客稀。論文或不愧，重肯款柴扉。』陳後山在京師，張文潛、晁無咎為館職，聯騎過之。後山偶出蕭寺，二君題壁而去。後山亦謝以詩云：『白社雙林去，高軒二妙來。排門沖鳥雀，揮壁帶塵埃。不憚升堂費，深愁載酒回。功名付公等，歸路在蓬萊。』杜、陳一時之事相類，二詩蘊藉風流，亦未易可優劣。」〔註9〕

　　張耒三十三歲。

　　張耒幼時穎悟，弱冠即中進士（熙寧六年，1073年），遂授臨淮主簿（熙寧七年，1074年）。元豐年間（1078～1085），或任壽安尉，或任咸平丞。至本年到京師，召試學士院，擢館職，為太學錄。《宋史》卷四四四《張耒傳》

〔註5〕冒廣生補箋：《後山詩注補箋》，下冊，493頁，北京：中華書局，1995。
〔註6〕冒廣生補箋：《後山詩注補箋》，上冊，卷首，4頁，北京：中華書局，1995。
〔註7〕鄭騫：《陳後山年譜》，74頁，臺北：聯經出版事業公司，1984。
〔註8〕冒廣生補箋：《後山詩注補箋》，上冊，33～34頁，北京：中華書局，1995。
〔註9〕周義敢、周雷編：《張耒資料彙編》，89頁，北京：中華書局，2007。

曰：「入為太學錄，范純仁以館閣薦試。」〔註10〕

在京期間識陳師道。此前，張耒即聞陳師道之名。《與陳三書》即說：「去年始獲聞履常名於友人王子立書中。」〔註11〕又元豐八年（1085 年）冬，蘇軾《與張耒書》還把陳師道與張耒等人並提。蘇軾曰：「文潛縣丞張君足下：久別思仰。到京公私紛然，未暇奉書。……文字之衰，未有如今日者也，其源實出於王氏。……僕老矣，使後生猶得見古人之大全者，正賴黃魯直、秦少游、晁無咎、陳履常與君等數人耳……」〔註12〕故今年遇陳，已自熟稔。

三月，張耒寄書陳師道即《與陳三書》。此書過去的《張右史文集》失載。邵祖壽的《張文潛先生年譜》即云：「先生原書，本集失載。」〔註13〕今人李逸安等人點校的《張耒集》據呂本補入了此書。又陳師道其上有兩兄陳師黯和陳師仲，陳師道排行第三，故張耒稱之為陳三。書曰：

「履常足下：去年始獲聞履常名於友人王子立書中，其後頗見履常詩句文章卓偉過人，上配作者。私自疑念，以謂士之所負如此，非久不聞於世者，何其得知名之晚也。及後見子立，始能一一道履常事，乃知賢公卿已有為履常地者。昨至京師，歷遊大人先生間，而後知履常焯焯日久，顧僕獲知晚耳。耒不幸仰食冗官日久，所見大抵市井廝役賤人也，使吾履常之名何自而到？其晚知履常而不得早從遊也，理自宜耳，夫又誰怨？譬如竇穴之物，微景入隙，始知將晨，而不知朝陽之光在物久矣。

始王子立為僕說履常不肯應舉，年過三十為布衣，囊無副袋，釜無遺粒，履常甘之泰然，如食大烹，被華袞，無一毫悔心。履常能以此勝彼，亦必有謂矣，不然履常豈真好樂貧賤與人異情也哉？在京師時，已略與履常面論此事，頗欲履常稍出應有司之求，似蒙不鄙而受之。夫凡欲履常仕者，豈謂使履常以彼易此也？顧事勢與前日所以不欲者似稍異耳。使無失所守而不廢得祿以養其親，是宜履常平日之所欲，不然則是耽守貧賤，與人異情，是於道何所當哉？想既行之矣。

僕到陳十日，私干頗已辦，只俟一見。沈丘家兄遂赴亳，當在暮春之初。自少無所嗜，獨知世間有文字之樂，長年以來謀衣食，逼憂患，耗失過半，

〔註10〕《宋史》卷四四四《張耒傳》，見《二十五史》第 8 冊《宋史》下，1486 頁，上海：上海古籍出版社，1986。
〔註11〕張耒：《張耒集》，下冊，848 頁，北京：中華書局，1990。
〔註12〕孔凡禮點校：《蘇軾文集》，第 4 冊，1427 頁，北京：中華書局，1986。
〔註13〕張耒：《張耒集》，下冊，984 頁，北京：中華書局，1990。

今幸得閒官，俸祿可給，朝夕欲屏去百事，復其所志，進其所未能。履常雖奉太夫人於京師，而聞尊兄在側，無乏養之憂。亳去都五驛，亦能為我一來同樂於寂寞之間耶？昨見京師賢士大夫與履常遊者，不啻如或良金寶玉，顧未之力，安能奪君而私之也？然於事計履常如何耳。春益暄，千萬自愛。」〔註14〕

此書在康熙呂無隱抄本《宛丘先生文集》卷六七中分為三通，名為《與陳履常書》，今李逸安等人點校的《張耒集》則並為一書。此從李。

據書內容來看，張耒於去年始知其名；在京師時已與陳師道相過從，所謂「在京師時，已略與履常面論此事」；在瞭解陳師道的為人品格後勸其出仕，所謂「頗欲履常稍出應有司之求」；此書當是張耒自京師赴亳州途中（在陳州）所寄，所謂「亳去都五驛，亦能為我一來同樂於寂寞之間耶？」何由赴亳？因此時張耒已改官亳州教授。據崔銘《張耒年譜及作品繫年》：「此事《宋史》失載。《張耒集》卷12有《赴亳州教官次韻和中書錢舍人及亳州守晁美叔見贈》。」〔註15〕從來回書信的內容看，特別是兩封書末都有「春益暄」語，故知陳師道的《答張文潛書》即是答張耒的這封書。

六月，詔執政大臣各舉文學政事行誼之臣，張耒因范純仁薦得充館閣之選。時張耒得陳師道贈詩。如前。

十二月初七日，召試學士院。黃庭堅、晁補之與張耒並擢館職。

據《長編》卷三百九十三：「試太學錄張耒、試太學正晁補之……並為正字。……並以學士院召試充選也。」〔註16〕又王文誥曰：「畢仲游等九人試學士院，擢仲遊為第一，補集賢校理，黃庭堅為校書郎，遷集賢校理、著作佐郎；張耒為太學錄，范純仁薦，召試，遷秘書省正字；晁補之為太學正，李清臣薦，召試，遷秘書省正字。」〔註17〕張、晁入館後，同薦陳師道為太學錄。他與晁補之合撰的《太學博士正錄薦布衣陳師道狀》曰：「竊以朝廷患庠序不本於教，而糾禁是先；學者不根於古，而浮剽是競，故選置舊學，削去苛規，為之表儀，使有趣向，所以助成風化，實係得人。伏見徐州布衣陳師道，年三十五，孝悌忠信，聞於鄉閭。學知聖人之意，文有作者之風。懷其所能，深恥自售，恬淡寡欲，不干有司，隨親京師，身給勞事，蛙生其釜，慍不見色。

〔註14〕張耒：《張耒集》，下冊，848～849頁，北京：中華書局，1990。
〔註15〕崔銘《張耒年譜及作品繫年》，120頁，上海：同濟大學出版社，2019。
〔註16〕轉引自孔凡禮：《三蘇年譜》，第3冊，1769頁，北京：北京古籍出版社，2004。
〔註17〕見《張耒集》下冊，987頁，北京：中華書局，1990。

方朝廷振起滯才，風勸多士，謂如師道一介，亦當褒采不遺，伏睹太學錄五員，係差學生。見今有闕。師道雖不在學籍，而經行詞藝，宜充此選。某等職預考察，不敢蔽而不陳。伏乞選差師道充太學錄。倘不任職，某等同其罪罰。謹具申國子監，乞謄申禮部施行。」〔註18〕冒箋曰：「此無咎與張文潛合詞為之，故文內稱某等。」〔註19〕黃庭堅對張耒、晁補之的舉薦甚為推譽，作詩《奉和文潛贈無咎篇末多見及以既見君子云胡不喜為韻》贊曰：「吾友陳師道，抱獨門掃軌。晁張作薦書，射雉用一矢。吾聞舉逸民，故得天下喜。兩公陣堂堂，此士可摩壘。」〔註20〕

本年，張耒與晁補之共過陳師道宅而未遇，張耒題詩《贈陳履常》曰：「勞苦陳夫子，欣聞病肺蘇。席門遷次數，僧米乞時無。旨蓄親庖急，青錢藥裹須。我場方不給，何以縶君駒。」〔註21〕

又《陳履常惠詩，有「曾門一老」之句。不肖二十五歲，謁見南豐舍人於山陽，始一書而褒與過宜陽有同途至亳之約，耒以病不能如期。後八年始遇公於京師，南豐門人惟君一人而已。感舊慨歎，因成鄙句願勿他示》：「南豐冢木已蕭蕭，猶有門人守一瓢。文彩自應傳壺奧，典刑猶可想風標。紛紛但見侏儒飽，寂寂誰歌隱士招。十載敝冠彈未得，簪纓知復為誰影。」〔註22〕詩題中說陳師道給自己詩，中有「曾門一老」之句，遺憾的是此詩在陳集中未見。不過張詩「典刑猶可想風標」則是用陳師道的《南豐先生挽詞》之二「人亡更典刑」句。可見張耒對陳師道的這首挽詞是很熟悉的。

鄭騫認為：這兩首詩「皆本年或稍前後與後山贈答之作」〔註23〕。今據之繫於此。崔銘的《張耒年譜及作品編年》則將《贈陳履常》繫於下年（即元祐二年），理由是：「據《後山詩注》所附年譜，是歲（元祐二年——引者注）四月乙巳陳師道以蘇軾、傅堯俞、孫覺之薦，除徐州州學教授，故其元祐間與張耒同在汴京僅元年初、元年夏至是歲春末。而是歲春師道臥病，故繫此詩於此。」〔註24〕引作參考。

〔註18〕晁補之：《太學博士正錄薦布衣陳師道狀》，見《全宋文》一二五冊，卷二七一四，349頁，上海：上海辭書出版社，合肥：安徽教育出版社，2006。

〔註19〕冒廣生補箋：《後山詩注補箋》，上冊，卷首，4頁，北京：中華書局，1995。

〔註20〕劉尚榮校點：《黃庭堅詩集注》，第1冊，159頁，北京：中華書局，2003。

〔註21〕張耒：《張耒集》，上冊，281頁，北京：中華書局，1990。

〔註22〕張耒：《張耒集》，上冊，379頁，北京：中華書局，1990。

〔註23〕鄭騫：《陳後山年譜》，77頁，臺北：聯經出版事業公司，1984。

〔註24〕崔銘：《張耒年譜及作品繫年》，136頁，上海：同濟大學出版社，2019。

元祐二年丁卯（1087 年）

陳師道三十六歲，春，在開封。

四月乙巳（二十四日），以蘇軾等人薦，除徐州州學教授，旋赴任。時，張耒寄詩《晝臥懷陳三，時陳三臥疾》，陳師道遂作《答張文潛》，詩曰：「我貧無一錐，所向皆四壁。瀛洲足風露，胡不減饑色。昔聞杜氏子，剪髻事尊客。君婦定不然，三梳奉巾櫛。」並自注曰：文潛「來詩云：『欲餉子桑歸問婦，食簞過午尚懸牆。』」〔註25〕則詩當是赴徐州教授任前在京之作。又此詩首句「我貧無一錐」則是用黃庭堅《贈陳師道》詩中語「貧無置錐人所憐，窮到無錐不屬天」。

張耒三十四歲，在京師，任秘書省正字。

春，陳師道臥病，張耒作《晝臥懷陳三，時陳三臥疾》詩問候。詩曰：「睡如飲蜜入蜂房，懶似游絲百尺長。陋巷誰過居士疾，春風正作國人狂。吟詩得瘦由無性，辟穀輕身合有方。欲餉子桑歸問婦，一瓢過午尚懸牆。」〔註26〕陳師道有答詩，如上。

冬，張耒謁告離京回山陽，途經徐州，夜飲於徐州天章閣待制楊繪家。此時，陳師道在徐，任州學教授。陳師道在其《後山談叢》中有「楊內翰繪傳易學著有索蘊」一條，又有詩《次韻楊內翰贈諸進士》。然在張耒和陳師道的詩文中均未提到兩人會面事。張耒於元祐三年所寫《寒夜擁爐有懷淮上》詩亦未言及。

元祐六年辛未（1091 年）

陳師道四十歲。

於徐州教授任上四年，本年改任潁州教授。十一月，歐陽棐（字叔弼）離潁，陳師道作《送叔弼寄秦張》，詩送歐陽叔弼，而又寄秦觀和張耒。詩曰：「廬陵四公子，吾及識其半。叔也英達人，平易亦稍悍。於時吾始壯，敗壁不塗墁。孤身客東都，轉食諸公館。時來扣君門，百遍不留難。傾心倒囊笈，燕語徹昏旦。磬折挽為親，少得而多患。相過汝潁上，歲月不勝歡。君才得公餘，十日而十蕆。舌端懸日月，筆下來江漢。此行不尋常，談者方一貫。逸足寧小試，寶刀當立斷。用意不崎嶇，欲得志挾彈。目今平生親，稍作春冰泮。

〔註25〕冒廣生補箋：《後山詩注補箋》，上冊，50～51 頁，北京：中華書局，1995。
〔註26〕張耒：《張耒集》，上冊，381 頁，北京：中華書局，1990。

因聲督張、秦，書來不應緩。」〔註27〕詩後「因聲督張、秦，書來不應緩」希望秦觀與張耒早寄書來。掛念之情可見。

張耒三十八歲。

在京任館職，為參詳官（元祐三年，1088年），集賢校理（元祐五年，1090年），本年十一月除著作郎兼國史院檢討官。得陳師道詩《送叔弼寄秦張》。

哲宗紹聖元年甲戌（1094年）

陳師道四十三歲。

自元祐六年（1091年）任潁州教授，本年夏末，罷潁州教授，改監海陵酒稅任。張耒於去年冬擢為起居舍人，故陳師道於今年初作《寄張文潛舍人》，詩曰：「今代張平子，雄深次子長。名高三俊上，官立右螭旁。車笠吾何恨，飛騰子莫量。時平身早達，未要夢凝香。」詩後師道自注曰：「來書云：補郡之樂，發於夢寐。」〔註28〕據此則知，張耒曾寄書陳師道，然此書《張耒集》中未見。又詩中「三俊」是指黃庭堅、秦觀和晁補之。後張耒改任宣州，陳師道又寄詩《寄張宣州》：「與世情將盡，懷仁老未忘。故人今五馬，高處謾三長。詩豈江山助，名成沈鮑行。肯為文俗事，打鴨起鴛鴦。」〔註29〕

張耒四十一歲。

自任館職，在京八年，由秘書省正字，而著作佐郎、秘書丞、著作郎、史館檢討。《宋史‧張耒傳》曰：「居三館八年，顧義自守，泊如也。」〔註30〕至本年三四月間，呂大防、范純仁相繼罷相，四月，章惇拜左相，至元符三年九月始罷，獨相六年餘，對元祐舊人，備極迫害，張耒遭謫，以直龍圖閣知潤州（今江蘇鎮江）。是年秋，坐黨籍，又解潤州任，被命宣州（今安徽宣城），《實錄》：「紹聖元年八月，直龍圖閣張耒權知宣州。」〔註31〕遂赴任。當張耒為起居舍人與改任宣州時，陳師道均有寄詩。如前。

〔註27〕冒廣生補箋：《後山詩注補箋》，下冊，482～483頁，北京：中華書局，1995。
〔註28〕冒廣生補箋：《後山詩注補箋》，上冊，155～156頁，北京：中華書局，1995。
〔註29〕冒廣生補箋：《後山詩注補箋》，上冊，163頁，北京：中華書局，1995。
〔註30〕《宋史》卷四四四《張耒傳》，見《二十五史》第8冊《宋史》下，1487頁，上海：上海古籍出版社，1986。
〔註31〕轉引自邵祖壽：《張文潛先生年譜》，見《張耒集》，下冊，999頁，北京：中華書局，1990。

紹聖二年乙亥（1095 年）

陳師道四十四歲。

早春，先居開封，由監海陵酒稅改官江州彭澤縣令。三月，奉母攜眷往岳父郭槩河北東路提刑任所。是月二十九日，行至東阿（今山東東阿），母病卒舟中，以丁憂，未赴彭澤任，而扶柩歸徐。據魏衍《彭城陳先生集記》：「紹聖初，又以餘黨罷，授江州彭澤令，未行，丁母憂，寓僧舍，人不堪其貧。」〔註32〕

張耒四十二歲，仍在宣州任。

冬，聞陳師道為彭澤令，作詩《寄陳履常二首》，其一：「近聞彭澤令，旅飯寄招提。杜老不厭賦，韋郎猶愧妻。得州慚牧養，懷友負招攜。只學新詩好，高吟獨醉泥。」其二：「故人猶念我，一笑向何人。老去唯佛祖，州閒如隱淪。殘年河朔雪，近臘水鄉春。何日相逢笑，天邊白髮新。」〔註33〕

哲宗元符三年庚辰（1100 年）

陳師道四十九歲。

因坐元祐餘黨，又舉非科第，陳師道落職歸徐。至本年七月，始除棣州教授（今山東惠民）。十一月，又改除秘書省正字。是年七月，張耒改知兗州（今山東兗州），陳師道遂作詩《寄兗州張龍圖文潛二首》，其一：「去國遭前政，還家未白頭。百年當晚遇，一辱獨先收。齒脫空餘舌，顏衰早著秋。三為郡文學，大勝鄧元侯。」其二：「剩喜開三面，旋聞乞一州。力難隨鳥翼，行復立蝸頭。今日騏驎閣，當年鸚鵡洲。寄書愁不達，書達得無愁。」〔註34〕首句指張耒遇赦復黃州通判事，次句則指擢為兗州知州事。

張耒四十七歲。

自紹聖元年（1094 年）知宣州，紹聖三年（1096 年）即罷。其後謫黃州（紹聖四年，1097 年），謫復州（元符二年，1099 年）。至本年七月，以直龍圖知兗州，得陳師道寄詩《寄兗州張龍圖文潛二首》。

徽宗建中靖國元年辛巳（1101 年）

陳師道五十歲，在京為秘書省正字。

〔註32〕冒廣生補箋：《後山詩注補箋》，上冊，卷首，8～12 頁，北京：中華書局，1995。
〔註33〕張耒：《張耒集》，上冊，367 頁，北京：中華書局，1990。
〔註34〕冒廣生補箋：《後山詩注補箋》，下冊，405～406 頁，北京：中華書局，1995。

十一月二十三日，預郊祀禮，感寒得疾，十二月二十九日卒。

張耒四十八歲。

徽宗聽政，召為太常少卿，與陳師道同朝。夏，出知潁州。

徽宗政和四年甲午（1114 年）

張耒六十一歲。

崇寧元年（1102 年），復坐黨籍落職，貶遷於亳州，房州（崇寧二年，1103 年），黃州（崇寧三年，1104 年），潁州（崇寧五年，1106 年），歸陳州（大觀元年，1107 年）。至本年，卒於陳州（今河南淮陽）。

第二節 陳師道論張耒

陳師道的《後山集》中尚有數首詩及文寫到張耒，任淵未注，亦未繫年。今據冒廣生、冒懷辛的《後山詩注補箋》與《後山居士文集》輯錄之。

1.《送李奉議亳州判官四首》其四：「吾友張文潛，君行乃其裏。當年釣遊處，壯者或可指。聞風起遐想，意作千古士。不知塵土中，奴推婢不齒。胸中無一塵，筆下有百紙。勿問見自知，未語君已憙。與遊今已後，行已勿停軌。」

2.《寄文潛無咎少游三學士》：「北來消息不真傳，南渡相忘更記年。湖海一舟須此老，蓬瀛萬丈自飛仙。數臨黃卷聊遮眼，穩上青雲小著鞭。李杜齊名吾豈敢，晚風無樹不鳴蟬。」

3.《賀文潛》：「飛騰無那高詹事，奔軼難甘杜拾遺。釋梵不為寧顧計，公侯有命卻隨宜。且留陳跡來韓愈，不用逢人說項斯。富貴風聲真兩得，窮人從此不因詩。」

4.《嘲無咎文潛二首》：其一：「詩人要瘦君則肥，便然偉觀詩不宜。詩亦於人不相累，黃金九鐶腰十圍。」其二：「一饑緣我不緣渠，身作賈孟《行詩圖》。窮人乃工君未可，早據要路安肩輿。」

5.《答李端叔書》：「兩公之門，有客四人，黃魯直、秦少游、晁無咎，長公之客也；張文潛，少公之客也。僕自念不敢齒四士，而足下遽進仆於兩公之間，不亦汰乎？」

第三節　宋元明清各家論陳、張之關係

　　宋及金元明清各代均有對陳師道與張耒關係的論述，現據有關資料，選輯若干條，論述相同或相近的只用最早的。

　　1. 答李方叔十七首（選一首）。比年於稠人中，驟得張、秦、黃、晁及方叔、履常輩，意謂天不愛寶，其獲蓋未艾也。比來經涉世故，間關四方，更欲求其似，邈不可得。以此知人決不徒出，不有益於今，必有覺於後，決不碌碌與草木同腐也。（宋・蘇軾《蘇軾文集》卷五十二）

　　2.《題蘇子由黃樓賦草》銘欲頓挫崛奇，賦欲弘麗。故子瞻作諸物銘，光怪百出。子由作賦，紆徐而盡變。二公已老，而秦少游、張文潛、晁無咎、陳無己，方駕於翰墨之場，亦望而可畏者也。（宋・黃庭堅《山谷全書》卷六）

　　3.《飲酒二十首同蘇翰林先生次韻追和陶淵明》（錄一首）。黃子似淵明，城市亦復真。陳君有道舉，化行閭井淳。張侯公瑾流，英思春泉新。高才更難及，淮海一髯秦。嗟予竟何為，十駕晞後塵。文章不急事，用意斯已勤。……（宋・晁補之《雞肋集》卷四）

　　4. 詩嘲張文潛。張文潛在一時中，人物最為魁偉。故陳無己有詩云：「張侯魁然腹如鼓，雷為饑聲酒為雨，文雲要瘦君則肥。」……皆戲語也。（宋・王直方《王直方詩話》）

　　5. 昔四明有異僧，身矮而皤腹，負一布囊，中置百物，於稠人中時傾瀉於地，曰：「看，看！」人皆目為布袋和尚，然莫能測。臨終作偈曰：「彌勒真彌勒，分身百千億；時時識世人，時人總不識。」於是隱囊而化。今世遂塑畫其像為彌勒菩薩以事之。張耒文潛學士，人謂其狀貌與僧相肖。陳無己詩止云：「張侯便便腹如鼓」，至魯直遂云：「形模彌勒一布袋，文字江河萬古流。」（宋・莊綽《雞肋編》卷中）

　　6.《呻吟集序》（節錄）。元祐初，異人輩出，蓋本朝文物全盛之時也。邢敦夫於是時，以童子游諸公間，為蘇東坡之客，黃魯直、張文潛、秦少游、晁無咎之友，鮮于大受、陳無己、李文叔皆屈輩行與之交。（宋・汪藻《浮溪集》卷十七）

　　7.《詩八珍序》。余年十二三歲時，已不喜為兒曹嬉戲事，聞先子與客論書，常從旁竊聽，往往終日不去。是時張文潛為宣守，時時得所為詩，誦之輒喜。自是見俗子詩，必唾而去之不顧也。……紹興元年春，避地山間，不能盡挈群書以行，攜古今諸人詩，惟……張文潛、陳無己……皆適有之，

非擇而取也。（宋‧周紫芝《太倉稊米集》卷五十一）

8. 苕溪漁隱曰：「東坡《梅詞》云：『花謝酒闌，春到也離離，一點微酸已著枝。』《張右史集》有《梅花十絕》，《後山集》有《梅花七絕》，其無己《七絕》，乃文潛《十絕》中詩，但三絕不是，未知竟誰作者。其間有云：『誰知檀萼香鬚裏，已有調羹一點酸。』用東坡語也。」（宋‧胡仔《苕溪漁隱叢話》前集卷二十一）

9. 見季守書某不佞，少有志於學文，習之不能以有見，蓋喟然歎息，以為曾子固、梅聖俞、蘇子美嘗得見歐陽公，黃魯直、秦少游、晁無咎、陳無己、張文潛亦及見蘇氏兄弟。……皆因其所見，咸各有所得，而吾獨不得生乎其時也。（宋‧吳儆《竹洲集》附錄）

10.《張右史集序》（節錄）。予去冬兩侍太師公相，論近世中原名士，因及蘇門諸君子，自黃豫章、秦少游、陳後山、晁無咎諸文集，皆已次第行世，獨宛丘先生張文潛詩文散落，其家子弟死兵火，未有纂萃而詮次之者。（宋‧張表臣《東湖叢記》卷一附載）

11. 四客各有所長。子瞻、子由門下客最知名者，黃魯直、張文潛、晁無咎、秦少游，世謂之四學士。至若陳無己，文行雖高，以晚出東坡門，故不若四人之著。故陳無己作《佛指記》云：「余以辭義，名次四君，而貧於一代」，是也。……當時以東坡為長公，子由為少公。陳無己答李端叔云：「蘇公之門，有客四人，黃魯直、秦少游、晁無咎、則長公之客也；張文潛，則少公之客也。」然四客各有所長，魯直長於詩詞，秦、晁長於議論。（宋‧吳曾《能改齋漫錄》卷十一）

12. 神宗徽猷閣成，告廟祝文，東坡當筆。時黃魯直、張文潛、晁無咎、陳無己畢集觀坡落筆云：「惟我神考，如日在天。」忽外有白事者，坡放筆而出。諸人擬續下句，皆莫測其意所向。頃之坡入，再落筆云：「雖光輝無所不充，而躔次必有所舍。」諸人大服。（宋‧楊萬里《誠齋詩話》）

13. 畫者，文之極也，故古今之人，頗多著意。……本朝文忠獻公、三蘇父子、兩晁兄弟、山谷、後山、宛丘、淮海、月岩，以至漫士、龍眠，或評品精高，或揮染超拔，然則畫者，豈獨藝之云乎？（宋‧鄧椿《畫繼》卷九）

14. 呂氏文鑒。初，歐陽氏以文起，從之者雖眾，而尹洙、李覯、王令諸人各自名家。其後王氏猶眾，而文學大壞矣。獨黃庭堅、秦觀、張耒、晁補之始終蘇氏，陳師道出於曾而客於蘇，蘇氏極力援此數人者，以為可及古人世。

或未能盡信，然聚群作而驗之，自歐、曾、王、蘇外非無文人，而其卓然可以名家者，不過此數人而已。（宋・葉適《習學記言》卷四十七）

15. 坡門酬唱集原序。詩人酬唱，盛於元祐間。自魯直、後山宗主二蘇，旁與秦少游、晁無咎、張文潛、李方叔馳騖相先後，萃一時名流，悉出蘇公門下。（宋・張叔椿《坡門酬唱集》卷首）

16. 坡門酬唱集引（節錄）。紹興戊寅，浩年未冠，乃何幸得肄業於成均。……念兩公之門下士，黃魯直、秦少游、晁無咎、張文潛、陳無己、李方叔所謂六君子者，凡其片言隻字，既皆足以名世，則其平日屬和兩公之詩，與其自為往復，決非偶然者，因盡摭而錄之，曰《蘇門酬唱》。……（宋・邵浩《坡門酬唱集》卷首）

17. 陳耆卿篔窗集序。宋東都之文，以歐、蘇、曾倡，接之者無咎、無己、文潛，其徒也。（宋・吳子良《篔窗集》卷首）

18. 送俞唯道序（節錄）。……大概律詩當專師老杜、黃、陳、簡齋，稍寬則梅聖俞，又寬則張文潛，此皆詩之正派也。（元・方回《桐江集》卷一）

19. 讀太倉稊米集跋（節錄）。周紫芝字少隱，宣城人……其集曰《太倉稊米集》，……少隱紹興元年避地山中，不能盡挈群書，唯有柳子厚、劉夢得、杜牧之、黃魯直、杜子美、張文潛、陳無己、陳去非八家詩抄，為詩八珍，以謂皆適有之，非擇而取。（同上卷三）

20.《瑤池集》。……元祐黃、陳、晁、張、秦少游、李方叔諸公，無一語及之，惟引蘇長公軟飽黑甜一聯及筆頭上挽得數萬斤語。（同上卷七）

21. 回二十學詩，今七十六矣。七言決不為許渾體，妄希黃、陳、老杜，力不逮則退為白樂天、張文潛體。（同上卷二十七）

22. 唐長孺藝圃小集序（節錄）。詩以格高為第一，……宋惟歐、梅、黃、陳、蘇長翁、張文潛。（同上卷三十三）

23.《和應之盛夏》。馮舒：此詩及下一首似較平淡，然必勝陳。（按：「陳」指陳後山）（同上卷十一夏日類）

24.《畫臥懷陳三，時陳三臥疾》方回：此以問陳後山疾也。後山答：「嘗聞杜氏婦，剪髻事賓客。君婦定不然，三梳奉巾櫛」是也。紀昀：第四句不佳，五句「由無性」三字不妥，結卻有致。（同上卷四十四疾病類）

25. 陳後山《次韻夏日》：「江上雙峰一草堂，門閒心靜自清涼。詩書發冢功名薄，麋鹿同群歲月長。句裏江山隨指顧，舌端幽眇致張皇。莫欺九尺

鬢眉白，解醉佳人錦瑟傍。」看格律又與宛丘同。（元・方回《瀛奎律髓》
卷十一）

26. 陳師道《老柏》「黃裏青青出」，用三個顏色字，「愁邊稍稍瘳」，卻只
平淡不帶顏色字。此與「襟三江帶五湖，控蠻荊引甌越」同例。如張宛丘七言
有曰「白頭青鬢有存沒，落日斷霞無古今」，互換錯綜，而此尤奇矣，是為變
體。（同上卷二十六）

27.《蘇軾傳》。……一時文人如黃庭堅、晁補之、秦觀、張耒、陳師道，
舉世未之識，軾待之如朋儔，未嘗以師資自予也。（元・脫脫等《宋史》卷三
三八）

28.《西園雅集圖》。宋紹興石林居士葉夢得序，蓋元祐諸賢會駙馬王詵晉
卿西園，李伯時即席中所畫也。……黃溍作《述古堂記》，增張文潛、陳無己、
晁無咎、李端叔四人。（明・曹安《瀾言長語》）

29. 古文類選序。序曰：由宋而來，選者十餘家。……陳師道古行艱思，
乃甘列於張耒、秦觀之班，何處躬之不休乎？（明・崔銑《洹詞》卷十一）

30. 宋世人才之盛，亡出慶曆、熙寧間，大都盡入歐、蘇、王三氏門
下。……黃魯直、秦少游、陳無己、晁無咎、張文潛、唐子西、李方叔、趙
德麟、秦少章、毛澤民、蘇養直……皆從東坡遊者。（明・胡應麟《詩藪・
雜編》卷五）

31. 宛丘題跋跋。……陳後山《與李端叔書》云：「黃、晁、秦，則長公
客也；張文潛，則少公客也。」二公及三子相繼云亡，文潛巋然獨存，士人就
學者眾，分日載酒肴飲食之，故著作傳於世者尤多。（明・毛晉《宛丘題跋》
後附）

32. 蘇門六君子文萃序。崇禎六年冬，新安胡仲修氏訪余苦次，得宋人所
輯《蘇門六君子文萃》以歸，刻之武林。而余為其序曰：六君子者，張耒文
潛、秦觀少游、陳師道履常、晁補之無咎、黃庭堅魯直、李廌方叔也。史稱
黃、張、晁、秦俱遊於蘇門，天下稱為四學士。而此益以陳、李，蓋履常元祐
初以文忠薦起官，晚欲參諸弟子間；方叔少而求知，事師之勤渠，生死不問，
其係於蘇門宜也。……自方叔外，五君子皆做黨，履常坐越境出見，文潛坐
舉哀行服，牽連貶謫。其擊排蘇門之學，可謂至矣。至於今，文忠與六君子之
文，如江河之行地。而依附金陵之徒，所謂黃茅白葦者，果安在哉？（清・錢
謙益《牧齋初學集》卷二十九）

33. 古今歲時雜詠四十六卷，目錄二卷。宋宣獻公綬哀集前人歲時篇什，編成二十卷，名曰《歲時雜詠》。紹興丁卯，眉山蒲積中致龢，又取歐陽、蘇、黃、荊公、聖俞、文潛、無己輩流逢時感慨之作，附古詩後，列為今詩，卷次犁然，洵大觀也。（清・錢曾《讀書敏求記》卷四）

34. 姑溪集（節錄）。端叔在蘇門，名次六君子，曩毛氏《津逮秘書》中刻其題跋。觀全集殊下秦、晁、張、陳遠甚，然其題跋自是勝場。（清・王士禎《池北偶談》卷十七）

35. 敬業堂詩集序（節錄）。蘇門諸君子與放翁、後山、遺山，皆名節自持，凜凜有國士風，蓋有重於詩文者，而詩文益重。（清・王士禎《敬業堂詩集》卷首）

36. 虛谷自言七言決不為「許渾體」，妄希黃、陳、老杜，力不逮，則退為白樂天及「張文潛體」。五言慕後山苦心久矣，亦多退為平易，蓋其職志如此。（清・翁方綱《石洲詩話》卷五）

37. 予又考文潛所詣，在北宋當屬大家，無論非少游、無咎所能，即山谷、後山，亦當放出一頭地。蓋勁於少游，婉於山谷，腴於後山，精於無咎，蘇公以為超越絕群，山谷以為「筆端可以回萬牛」，誠非虛譽。（清・潘德輿《養一齋詩話》卷六）

38. 宋詩略序汪景龍（節錄）。……又若王介甫之峭厲，蘇子美之超橫，陳去非之宏壯，陳無己之雄肆。蘇長公之門有晁、秦、張、王之徒，黃涪翁之派有三洪、二謝……，俱宗仰浣花草堂，或得其神髓，或得起皮骨，而原本未嘗不同。（清・姚塤《宋詩略》卷首）

39. 古今大家，至曹子建始。漢代去古未遠，尚無以詩名家之學。……如陳後山、張宛丘、晁沖之、陳簡齋等，雖成就家數各異，然皆名家也。（清・朱庭珍《筱園詩話》卷二）

40. 卷一按語。今略區元豐、元祐以前為初宋，由二元盡北宋為盛宋，王、蘇、黃、陳、秦、晁、張具在焉。（清・陳衍《宋詩精華錄》卷一）

第七章　二十世紀八十年代以來
陳師道研究敘錄

第一節　陳師道研究分類

二十世紀八十年代以來，陳師道研究開始引起學術界的重視，在期刊、報紙、學術會議上，研究陳師道的文章逐漸多了起來。尤其是一些研究生以陳師道為研究課題，擴大了陳師道研究的隊伍。以下對這四十年來有關陳師道研究的文章分類敘錄，以見陳師道研究的基本情況。

一、詩人論

（一）陳師道的人生與創作研究

1. 寧大年《略論陳師道其人及其詩》，載《承德師專學報》1986-10-01 期刊。

2. 李最欣《耿介映千秋　文學名後世——論陳師道的生活態度和人生追求》，載《杭州教育學院學報》2000-01-28 期刊。

3. 李最欣《耿介映千秋　文學名後世——論陳師道的生活態度和人生追求》，載《杭州教育學院學報》2000-02-29 期刊。

4. 劉歡萍《試論後山詞品及其與人品的辯證關係》，載《南陽師範學院學報》2010-01-26 期刊。

5. 獨立清微《陳師道：生來無瑕如冰玉》，載《視野》2010-04-06 期刊。

6. 趙俊娟《陳師道生存狀態與詩歌創作》，南昌大學，2020-03-23 碩士。

7. 陸子亞《蘇門君子、徐州四大賢人之一：陳師道》，第 24 屆中國蘇軾學術研討會論文集（蘇軾與徐州卷）2021-06-19 中國會議。

（二）陳師道的文學思想研究

1. 楊玉華《試論陳師道的文學思想》，載《成都大學學報（社會科學版）》，2004-07-30 期刊。

（三）陳師道的哲學思想研究

1. 余中梁《論蘇軾及其門人的莊子學思想》，華東師範大學，2010-04-01 碩士。

2. 鍾德玲《抱道而居　格心嘔詩——淺談儒家思想對後山人生哲學的薰陶》，載《時代文學（下半月）》2010-04-15 期刊。

3. 陳利明《理學影響下之詩人陳師道》，載《語文學刊》2012-04-15 期刊。

4. 薛守硯《後山居士陳師道學佛考論》，載《勵耘學刊》2021-06-30 輯刊。

二、陳師道詩歌研究

（一）陳師道詩的總體研究

1. 汪俊《陳師道詩歌初探》，載《西南師範大學學報（人文社會科學版）》，1989-07-02 期刊。

2. 劉維剛《貧困與幽閉中的心靈之智——陳師道的詩歌所詠頌的情懷》，載《新東方》1999-08-10 期刊。

3. 張登勤《也論陳師道的詩歌創作》，載《江蘇廣播電視大學學報》2001-02-28 期刊。

4. 慈波《由山谷而造老杜：論後山詩》，載《重慶社會科學》2006-04-15 期刊。

5. 陳斌《試論陳師道述貧詩的精神旨趣》，載《江蘇社會科學》2007-11-15 期刊。

6. 周婷《陳師逍（道）詩歌接受及逸詩研究》，四川師範大學，2015-03-01 碩士。

7. 熊丹丹《陳師道詠物詩研究》，廣州大學 2013-05-01 碩士。

8. 張亞南《陳師道詠物詩意象分析》，載《名作欣賞》2015-11-01 期刊。

9. 羅秀潔《論陳師道的「潁州詩」》，載《阜陽師範學院學報（社會科學版）》2020-02-20 期刊。

（二）陳師道詩的單篇與組詩研究

1. 單篇

（1）黃寶華《古樸老健　淡中藏美——簡析陳師道〈春懷示鄰里〉》，載《語文學習》1984-10-20 期刊。

（2）陶道恕《深得其解與不得其解——關於陳後山兩首詩的批評與再批評》，載《貴州大學學報（社會科學版）》1992-09-30 期刊。

（3）錢志熙《濃淡秋思向晚深——陳師道〈秋懷示黃預〉賞析》，載《古典文學知識》1995-01-20 期刊。

（4）張永芳《悲喜交集的抒情佳作——陳師道〈示三子〉賞讀》，載《古典文學知識》2004-05-05 期刊。

（5）王美春《反常之筆見深情——宋之問〈渡漢江〉與陳師道〈示三子〉聯賞》，載《三角洲》2005-12-20 期刊。

（6）王美春《造語新妙摹奇景——陳師道〈十七日觀潮〉（之三）與施閏章〈錢塘觀潮〉比較談》，載《三角洲》2006-04-20 期刊。

（7）陶文鵬《斷牆著雨蝸成字——讀陳師道〈春懷示鄰里〉》，載《文史知識》2013-02-01 期刊。

（8）莫礪鋒《「寧樸毋華」的典範之作——讀陳師道〈示三子〉》，載《文史知識》2019-09-01 期刊。

（9）莫礪鋒《春懷還是秋懷？——讀陳師道〈春懷示鄰里〉》，載《文史知識》2019-10-15 期刊。

（10）蔣寅《陳師道〈夏日書事〉範讀》，載《語文月刊》2019-11-01 期刊。

2. 組詩

（1）董國炎《丈夫舐犢　迂人情真——陳師道詩二首賞析》，載《文史知識》1993-06-13 期刊。

（2）錢志熙《苦語深情賦悼亡——陳師道〈妾薄命〉二首賞析》，載《古典文學知識》1994-09-20 期刊。

（3）馬里揚《陳師道〈秋懷十首〉考釋》，載《文學遺產》2017-01-15 期刊。

（三）陳師道詩歌藝術研究

1. 趙彤《略論陳師道的詩歌藝術》，載《齊魯學刊》1987-10-28 期刊。

2. 宿豐；於永鳳《試論陳後山詩的藝術風貌》，載《遼寧行政學院學報》2003-02-20 期刊。

3. 尹鏑《陳師道詩歌藝術研究》四川大學，2003-03-01 碩士。

4. 陳誼《淺談陳師道詩歌藝術特色》，載《青年文學家》2011-08-30 期刊。

5. 趙延彤《簡論陳師道的詩歌藝術特徵》，載《臨沂大學學報》2014-10-10 期刊。

6. 商志（香覃）《靈芬一束　留世馨逸——記黃賓虹〈宋陳師道詩意圖冊〉》，載《東南文化》2003-12-30 期刊。

（四）陳師道詩歌風格研究

1. 陳師道詩的個人風格

（1）汪俊《陳後山瘦硬詩風一瞥》，載《揚州師院學報（社會科學版）》1988-09-30 期刊。

（2）李最欣《陳師道詩瘦硬風格再探索》，載《濟寧師範專科學校學報》2005-02-25 期刊。

（3）肖瑞峰；劉成國《論「詩盛元祐」》，第四屆宋代文學國際研討會論文集 2005-09-01 國際會議。

（4）劉世南；劉松來《「旅懷伊郁孟東野，句律清奇陳後山」——江湜「伏敔堂詩」的風格及其成因》，載《文學遺產》2009-01-15 期刊。

（5）張紅琴《陳師道的「拙」》重慶師範大學，2014-04-01 碩士。

2. 陳師道詩與元祐詩風

（1）張宏生《元祐風的形成及其特徵》，載《文學遺產》1995-09-20 期刊。

（2）張立榮《陳師道的七律詩風與北宋元祐詩壇》，載《貴州社會科學》2019-08-20 期刊。

三、陳師道詞研究

1. 繆鉞《陳師道詞論與詞作述評（續〈靈谿詞說〉之十一）》，載《四川大學學報（哲學社會科學版）》1990-05-01 期刊。

2. 楊玉華《陳師道詞簡論》，載《楚雄師專學報》1996-05-15 期刊。

3. 尚旭《北宋詩詞背景下的陳師道詞研究》，汕頭大學 2010-06-01 碩士。

4. 李世忠《論陳師道詞》，載《寧夏大學學報（人文社會科學版）》2014-05-30 期刊。

5. 蔡曉偉《論陳師道詞的花間風格》，載《海南廣播電視大學學報》2018-11-05-11：41 期刊。

6. 李卉《陳師道詞的花卉書寫》，載《文教資料》2018-12-15 期刊。

7. 歐陽娉《陳師道詩詞互動初探》，載《名作欣賞》2019-07-10 期刊。

四、陳師道散文研究

1. 李曉芳《淺談陳師道的尺牘文》，載《安徽文學（下半月）》2009-11-15 期刊。

2. 歷亞麗《陳師道散文研究》，華東師範大學，2010-10-01 碩士。

3. 李建軍《去取謹嚴的蘇門文章選本——〈蘇門六君子文粹〉考論》，載《黑龍江史志》2011-05-08 期刊。

4. 黃強《陳師道散文創作考論及選篇校注》，江西師範大學，2011-06-01 碩士。

5. 朱曉青《蘇門六弟子散文研究》，武漢大學，2013-04-01 博士。

6. 朱曉青；宗麗《陳師道雜記文章法淺議》，載《文學教育（上）》2015-01-05 期刊。

五、陳師道《後山詩話》研究

1. 周祖譔《〈後山詩話〉作者考辯》，載《廈門大學學報（哲學社會科學版）》1987-03-02 期刊。

2. 谷建《〈後山詩話〉作者考辨》，載《海南師範學院學報（社會科學版）》2004-03-30 期刊。

3. 王松濤《從黃庭堅等人的豔曲俗詞創作看〈後山詩話〉之「本色」》，載《社科縱橫》2004-10-25 期刊。

4. 王翠翠《〈後山詩話〉研究》，遼寧大學，2012-05-01 碩士。

5. 王婷《〈後山詩話〉研究》，河北大學，2015-06-01 碩士。

6. 張靜楠《論〈六一詩話〉〈後山詩話〉〈滄浪詩話〉中的杜甫條目》，載《青年文學家》2021-07-15 期刊。

7. 蔡鎮楚《答〈《中國詩話史》的文獻問題商榷〉》，載《文學遺產》1991-11-10 期刊。

六、陳師道的詩論（詩學）研究

1. 趙彤《陳後山的詩論》，載《江西社會科學》1988-04-30 期刊。

2. 張寅彭；橫山伊勢雄《陳師道的詩與詩論》，載《陰山學刊》1997-06-20 期刊。

3. 李最欣《論陳師道詩學實踐的課題意識》，載《湘南學院學報》2004-02-25 期刊。

4. 王金花《論陳師道詩文理論的雙重性》，載《安徽文學（下半月）》2008-02-15 期刊。

5. 劉繼紅《後山詩論中的風格論和方法論》，載《長春師範學院學報（人文社會科學版）》2008-05-20 期刊。

6. 阮堂明《陳師道的詩學觀新論》，載《蘇州科技學院學報（社會科學版）》2012-05-15 期刊。

7. 王婷《陳師道「唐人不學杜詩」平議》，載《劍南文學（經典教苑）》2013-01-25 期刊。

8. 劉飛《宋末元初詩學批評中「本色」內涵的多維考察》，載《中州學刊》2013-06-15 期刊。

9. 王婷《論陳師道詩歌創作實踐與詩論的關係》，載《安陽師範學院學報》2014-02-15 期刊。

10. 趙延彤《陳師道詩學理論研究》，載《東嶽論叢》2014-10-01 期刊。

11. 唐莉；段莉萍《論曾鞏的詠物詩——兼談後山「短於韻語」批評的偏失》，載《蘇州科技學院學報（社會科學版）》2016-11-15 期刊。

12. 宋皓琨《兩宋後山詩學傳承考論》，載《文學研究》2021-04-30 輯刊。

13. 龍飛宇《締造譜系：方回詩學推尊陳師道的詩學考察》，載《玉林師範學院學報》2021-06-01 期刊。

七、陳師道的詞論研究

1. 繆鉞《陳師道詞論與詞作述評（續〈靈谿詞說〉之十一）》，載《四川大學學報（哲學社會科學版）》1990-05-01 期刊。

2. 張璟《陳師道詞論考述》，載《古籍研究》2001-02-15 輯刊。

3. 張璟《陳師道詞論考述》，載《中國韻文學刊》2001-12-30 期刊。

4. 陳遠洋《詩詞「本色」論析解》，載《文藝評論》2011-08-15 期刊。

5. 黃麗娜《「本色」考辨》，載《理論界》2017-01-20 期刊。

6. 嚴學軍《「當行本色」略說》，載《中華讀書報》2017-04-26 報紙。

八、陳師道與黃庭堅等人的比較研究

（一）陳師道與黃庭堅的比較

1. 曹鳳前《陳師道是「江西詩派」詩人嗎——兼談陳師道與黃庭堅詩風之差異》，載《徐州師範學院學報》1987-05-01 期刊。

2. 龍延《陳師道與黃庭堅》，載《貴州社會科學》2002-09-28 期刊。

3. 黃寶華《後山詩學的傳承與創闢——黃陳詩學的比較研究》，載《古代文學理論研究（第二十四輯）——中國文論的常與變》2006-12-01 中國會議。

4. 劉歡萍《歷代黃庭堅、陳師道詩歌優劣之爭考論》，載《中南大學學報（社會科學版）》2012-10-26 期刊。

5. 趙鑫《輕本事而重藝術——論黃庭堅、陳師道的詩題演變與文本刪改》，載《文學遺產》2020-05-15 期刊。

（二）陳師道與其他詩人的比較

1. 陳利明《苦愁與窮愁——陳師道與孟郊之比較》，載《語文學刊》2006-11-25 期刊。

2. 潘光勳《賈島、陳師道瘦硬詩風管窺》，載《遼寧廣播電視大學學報》2006-12-25 期刊。

3. 郭中周《淺論賈島與陳師道五律詩風異同》，載《華商》2008-08-15 期刊。

4. 李懿《從苦吟看唐宋詩人的創作心態與創作理念——賈浪仙與陳後山之五律比較》，載《作家》2008-12-28 期刊。

5. 孫文明《宋代韓愈詩歌優劣之爭——以歐、王、蘇、黃、陳為例》，載《廣西職業技術學院學報》2013-06-15 期刊。

6. 張海鷗《淮海居士未仕心態平議——兼與後山居士比較》，載《文學遺產》1997-11-20 期刊。

九、陳師道的接受研究

（一）陳師道的師承

1. 曾棗莊《陳師道師承關係辨》，載《文學遺產》1993-04-15 期刊。

（二）陳師道對杜甫的接受

1. 谷曙光《陳師道：學杜而得韓——略論陳師道對杜甫、韓愈詩歌的接受及其比較》，載《杜甫研究學刊》2009-12-15 期刊。

2. 左漢林《北宋詩人使用杜詩典故論略》，載《長江大學學報（社會科學版）》2012-07-15 期刊。

3. 鄭永曉《「老杜後始有後山」——陳師道學杜略論》，載《杜甫研究學刊》2015-03-15 期刊。

4. 左漢林《兩宋各期學杜最有成就的詩人論略》，載《中國杜甫研究會第七屆年會暨杜甫與重慶學術研討會論文集》2015-10-15 中國。

5. 歐陽娉《論後山詩中的老杜氣象》，載《漢字文化》2019-08-25 期刊。

（三）陳師道對梅堯臣的接受

1. 陳文苑；馬蕾《陳師道對梅堯臣詩歌的接受》，載《楚雄師範學院學報》2013-02-20 期刊。

2. 陳文苑《陳師道對梅堯臣詩歌的接受》，載《西安石油大學學報（社會科學版）》2013-06-15 期刊。

十、外籍詩人對陳師道的接受

1. 馬金科《朝鮮古代詩人對陳師道詩學的接受與選擇》，載《延邊大學學報（社會科學版）》2008-12-20 期刊。

十一、陳師道的影響研究

1. 顧友澤《論山谷、後山對宋南渡詩歌的影響》，載《江淮論壇》2011-09-30 期刊。

十二、「後山體」研究

1. 李最欣；王衍珍《「後山體」外後山詩特色述論》，載《泰山學院學報》2004-02-29 期刊。

2. 阮堂明《「後山體」論》，載《蘇州科技學院學報（社會科學版）》2008-11-15 期刊。

3. 鍾德玲《上承杜甫 瓣香山谷——論陳師道「後山體」的師承》，載《作家》2010-06-28 期刊。

十三、陳師道作詩方法研究

（一）關於「閉門覓句」

1. 李最欣《陳師道「閉門覓句」辨》，載《杭州大學學報（哲學社會科學版）》1997-12-30 期刊。

2. 薛吉辰《出外尋詩和閉門覓句》，載《閱讀與寫作》2009-05-01 期刊。

3. 景鑫《出外尋詩和閉門覓句》，載《新語文學習（教師版）》2009-10-15 期刊。

4. 李最欣《論元好問對陳師道「閉門覓句」作詩方式的誤解》，載《寧夏大學學報（人文社會科學版）》2005-05-30 期刊。

（二）關於苦吟

1. 耿寶強《古代詩人的苦吟故事》，載《閱讀與寫作》2004-07-15 期刊。

2. 尹莊《陳師道苦吟的文化學闡釋》，載《重慶科技學院學報（社會科學版）》2012-05-23 期刊。

3. 趙文潔《宋代普遍苦吟生發的文化語境》，載《文學界（理論版）》2011-12-25 期刊。

（三）關於「換骨」說

1. 張振謙《陳師道「換骨」說發微》，載《海南大學學報（人文社會科學版）》2010-10-25 期刊。

十四、陳師道的交誼研究

1. 楊勝寬《陳師道與蘇軾交誼考論》，載《樂山師範學院學報》2004-03-20 期刊。

2. 宋薈彧《北宋神宗時期徐州文人活動研究——以蘇軾、秦觀、陳師道為中心》，載《江蘇廣播電視大學學報》2011-08-01 期刊。

3. 曾棗莊《蘇軾與江蘇士人的交遊》，載《江蘇科技大學學報（社會科學版）》2013-03-15 期刊。

4. 曾棗莊《蘇軾與江蘇士人的交遊（續）》，載《江蘇科技大學學報（社會科學版）》2014-03-15 期刊。

5. 梅華《從師友交遊看陳師道的情感及文學》，載《寧夏大學學報（人文社會科學版）》2013-07-30 期刊。

6. 王英霽《北宋文人吳則禮與陳師道的交往探究》，載《青年文學家》2018-04-20 期刊。

十五、《後山詩注》（《後山集抄》）研究

1. 張志清《〈後山先生文集〉和〈後山詩注〉》，載《人民日報海外版》2005-11-25 報紙。

2. 張福勳《任淵注〈後山詩〉出典的意義》，載《南京師範大學文學院學報》2007-12-30 期刊。

3. 何澤棠《論任淵〈後山詩注〉的闡釋模式》，載《中國海洋大學學報（社會科學版）》2011-01-10 期刊。

4. 何澤棠《從任淵〈後山詩注〉看後山詩法》，載《江南大學學報（人文社會科學版）》2012-05-20 期刊。

5. 何澤棠；吳曉蔓《宋人注宋詩的詩學批評》，載《大連理工大學學報（社會科學版）》2013-03-15 期刊。

6. 林海《陳師道詩校讀劄記——任淵〈後山詩注〉（正集詩）》，載《古籍整理研究學刊》2017-01-25 期刊。

7. 趙超《清代經學家惠棟評點〈後山詩注〉考論》，載《廣西大學學報（哲學社會科學版）》2020-03-10 期刊。

8. 李默涵《〈後山詩注〉版本考述》，載《樂山師範學院學報》2020-11-15 期刊。

9. 慈波《任淵宋詩校釋平議》，載《重慶社會科學》2005-11-15 期刊。

10. 劉夢圓《紀昀〈後山集鈔〉選詩研究》，遼寧大學，2018-05-01 碩士。

十六、關於版本、考辨與年譜研究

1. 徐小蠻《陳後山集版本源流考》，載《文獻》1984-04-01 期刊。

2. 莊國瑞《蘇軾〈答陳履常二首〉疑點考辨》，載《深圳大學學報（人文社會科學版）》2010-05-15 期刊。

3. 張鉦《陳師道的東平情結考析》，載《北方文學》2018-10-15 期刊。

4. 韓留永《朱熹著述中徵引陳師道考據文獻辯證》，載《新西部》2018-12-20 期刊。

5. 張鉦《陳師道姻親初考》，載《長江叢刊》2019-03-25 期刊。

6. 尹娟《陳泊〈陳副使詩〉考辨——〈四庫全書總目〉補正一則》，載《宜春學院學報》2019-04-25 期刊。

7. 王一飛《〈陳後山年譜〉補正》，江蘇師範大學，2018-06-01 碩士。

8. 宋皓琨《後山詩榷疑四則》，載《古典文獻研究》2021-06-30 輯刊。

十七、對陳師道的詩評

1. 馬靜《比較方回、紀昀評陳師道詩之異同——從〈瀛奎律髓匯評〉一書中看到的》，載《語文學刊》2007-11-25 期刊。

2. 吳淑鈿《清代的後山詩評與詩史定位》，載《人文中國學報》2016-05-31 輯刊。

十八、陳師道與師友的唱和研究

1. 黃文麗《〈坡門酬唱集〉探究》，漳州師範學院，2008-03-01 碩士。

2. 閆霄陽《〈坡門酬唱集〉：蘇門日常生活詩歌研究》，閩南師範大學，2014-06-01 碩士。

3. 楊曉樂《陳師道唱和詩研究》，中國礦業大學，2016-06-01 碩士。

十九、《全宋文》所收陳師道文研究

1. 韓留永《〈全宋文〉所收陳師道〈答張文潛書〉校勘拾遺》，載《北方文學》2016-09-15 期刊。

2. 韓留永《〈全宋文〉所收陳師道〈與黃預書〉校勘拾遺》，載《新西部（理論版）》2016-12-31 期刊。

3. 韓留永《〈全宋文〉所收陳師道〈白鶴觀記〉校勘拾遺》，載《北方文學》2017-10-25 期刊。

4. 韓留永《〈全宋文〉所收陳師道〈是是亭記〉校勘拾遺》，載《新西部》2017-12-31 期刊。

二十、陳師道研究綜述

1. 王金花《新時期以來陳師道研究綜述》，載《中國詩歌研究動態（第四輯）》2008-10-01 中國會議。

2. 王金花《新時期以來陳師道研究綜述》，載《中國詩歌研究動態》2008-10-15 期刊。

3. 王金花《新時期以來陳師道研究綜述》，載《中國詩歌研究動態》2008-10-15 輯刊。

4. 馬寧《20 世紀 80 年代以來陳師道研究綜述》，載《廣東教育學院學報》2010-02-20 期刊。

5. 鄒菁《陳師道研究成果再梳理》，載《河南科技大學學報（社會科學版）》2011-02-15 期刊。

二十一、其他

1. 婁勝亞《陳後山吟榻》，載《文史知識》1983-10-13 期刊。

2. 魏曄；張誇《宋代詩人焚毀詩稿原因及其文化內涵之初探》，載《劍南文學（經典教苑）》2012-05-25 期刊。

3. 馬文靜《方回「一祖三宗」說研究》，河北大學，2019-05-01 碩士。

4. 趙望秦；王璐《四庫著錄陳師道著作雜議》，載《四庫學》2019-05-31 輯刊。

5. 楊萬里《夏至雨霽與陳履常暮行溪上》，載《新青年（珍情）》2019-07-01 期刊。

第二節　陳師道研究概述

以上我們對陳師道研究文章分為二十一大類，有的大類又分若干小類，並按年代進行了敘錄。從敘錄來看，作為詩人的陳師道是研究的主要方面。陳師道的詩、詞與散文是學術界關注的重點。如果加上詩人論、《後山詩話》研究、陳師道的詩學與詞學理論研究，總篇數達 87 篇之多，幾占本敘錄陳師道研究文章的一半還要強一些。而關於陳師道其人的研究則涉及陳師道的人生與創作、陳師道的文學思想與哲學思想；關於陳師道的詩歌研究則涉及陳師道的詩歌總論、單篇論、組詩論以及陳師道詩的藝術特色與藝術風格；對其詩論與詞論的研究也占一定的比重。

陳師道與黃庭堅等人的比較研究，陳師道對杜甫、梅堯臣的接受研究其實也還是屬於詩人（詩歌）研究的範疇。這兩組文章也有 18 篇。特別值得一提的是外籍詩人對陳師道的接受尤其顯得難能可貴，雖然只有一篇，但其意義卻非同一般，它說明陳師道已走出國門，產生了世界性的影響。這種影響當然首先是對宋南渡後所產生的，較之對國外的影響還是有很大不同的。

　　從研究隊伍來看，有繆鉞、周祖譔這樣的學界大家；還有曾棗莊、陶文鵬、莫礪鋒、張寅彭、錢志熙、蔣寅、張海鷗等學界知名的教授博導。繆鉞先生的《陳師道詞論與詞作述評（續〈靈谿詞說〉之十一）》與周祖譔先生的《〈後山詩話〉作者考辯》是研究陳師道詞論與詩話的兩篇比較重要的文章，且都是在陳師道研究起步不久的階段。陶文鵬、莫礪鋒、錢志熙、蔣寅等人的文章雖都是賞析類的，但都有著明顯的示範意義。而研究生則是一個十分亮眼的研究群體，有 18 名碩士生和 1 名博士生以陳師道為研究課題，涉及到陳師道研究，如詩、詞、散文、《後山詩話》、哲學思想乃至年譜等諸多方面，可見研究生們的研究視野還是比較開闊的。

　　從研究時間來看，上世紀 80、90 年代尚是研究初起階段，每年偶有一篇，有的年份則沒有，如 80 年代最初的三年。進入 21 世紀後，研究的文章明顯逐漸多了起來，2008 年、2013 年都達到或超過十篇。

　　綜覽敘錄還可見到，陳師道研究的總量並不大，籠共才一百六十一篇，還不足二百篇，而能涉及的範圍基本上都已囊括到，雖不能說這些研究已很深入全面，但對一個詩人來說，他的方方面面都已進入研究者的視野。

　　作為江西詩派「一祖三宗」之一的陳師道，且不說他與曾鞏、蘇軾不能相比，即使是史稱「黃陳」，他與黃庭堅相比，學術界對其研究也還是相當冷寂的。有些方面的研究僅是提到而已，尚沒有進一步加以研究，更遑論深入了。這不能不說是很大的遺憾。可以說，陳師道研究有待開掘和深入的地方還很多，期待學術界特別是那些有志於研究陳師道的碩士和博士們深切的關注。

　　本敘錄只限於中國知網，缺憾是很明顯的，它僅及大陸，而於香港、臺灣和海外的陳師道研究，由於條件所限沒有能涉及。還有就是陳師道作為江西詩派的重要詩人，學術界對江西詩派的研究文章也很多，但由於並非是專門研究陳師道的，故未收錄。

　　敘錄對陳師道研究分門別類，並不是很妥恰的，有的篇目歸類也並一定很準確，有的則在兩可之間，更有些論文乃是同題同一作者，由於發表在不同的期刊和不同的時間，為求全面故一併收錄，目的只是為學術界研究陳師道提供方便和參考。

主要參考文獻

1.〔宋〕曾鞏:《曾鞏集》上、下冊,北京:中華書局 1984 年版。

2. 李震:《曾鞏年譜》,蘇州:蘇州大學出版社 1997 年版。

3. 李震編:《曾鞏資料彙編》上、下冊,北京:中華書局 2009 年版。

4. 孔凡禮點校:《蘇軾文集》第 1～6 冊,北京:中華書局 1986 年版。

5.〔清〕王文誥輯注:《蘇軾詩集》第 1～8 冊,北京:中華書局 1982 年版。

6.〔清〕查慎行補注:《蘇詩補注》,南京:鳳凰出版社 2013 年版。

7.〔宋〕蘇轍:《欒城集》上、中、下,上海:上海古籍出版社 1987 年版。

8. 陳宏天、高秀芳點校:《蘇轍集》第 4 冊,北京:中華書局 1990 年版。

9. 孔凡禮:《三蘇年譜》第 1～4 冊,北京:北京古籍出版社 2004 年版。

10. 薛瑞生:《東坡詞編年箋證》,西安:三秦出版社 1998 年版。

11. 四川大學中文系唐宋文學研究室編:《蘇軾資料彙編》上、下編,北京:中華書局 1994 年版。

12. 劉尚榮校點:《黃庭堅詩集注》第 1～5 冊,北京:中華書局 2003 年版。

13. 劉琳、李勇先、王蓉貴校點:《黃庭堅全集》第 1～4 冊,成都:四川大學出版社 2001 年版。

14. 鄭永曉:《黃庭堅年譜新編》,北京:社會科學文獻出版社 1997 年版。

15. 周義敢、程自信、周雷編注:《秦觀集編年校注》上、下,北京:人民文學出版社 2001 年版。

16. 周義敢、周雷編:《秦觀資料彙編》,北京:中華書局 2001 年版。

17. 徐培均:《秦少游年譜長編》,北京:中華書局 2002 年版。

18.〔宋〕張耒:《張耒集》上、下冊,北京:中華書局 1990 年版。

19. 周義敢、周雷:《張耒資料彙編》,北京:中華書局 2007 年版。

20. 崔銘:《張耒年譜及作品編年》,上海:同濟大學出版社 2019 年版。

21.〔宋〕陳師道:《後山居士文集》上、下冊,上海:上海古籍出版社 1984 年版。

22. 冒廣生補箋:《後山詩注補箋》,北京:中華書局 1995 年版。

23. 鄭騫:《陳後山年譜》,臺北:臺北聯經出版事業公司 1984 年版。

24. 周義敢,周雷編:《晁補之資料彙編》,北京:中華書局 2008 年版。

25.《全宋文》第 126、127、131 冊,上海:上海辭書出版社,合肥:安徽教育出版社 2006 年版。

26.《全宋詩》第 16、19、22 冊,北京:北京大學出版社 1995 年版。

27.《二十五史》第 7、8 冊《宋史》,上海:上海古籍出版社 1986 年版。

28.〔宋〕魏慶之輯:《詩人玉屑》,上海:上海古籍出版社 1978 年版。

29.〔宋〕何薳:《春渚紀聞》,北京:中華書局 1983 年版。

30.〔宋〕王明清:《揮麈三錄》,北京:中華書局 1961 年版。

31.〔宋〕王正德:《餘師錄》,《叢書集成初編》,北京:中華書局 1985 年版。

32.〔元〕方回:《桐江集》,南京:江蘇古籍出版社 1988 年版。

33.〔元〕方回:《桐江續集》卷三十二,四庫全書影印本。

34.〔清〕黃宗羲:《宋元學案》第 1 冊,北京:中華書局 1986 年版。

35.〔清〕何文煥輯:《歷代詩話》上冊,北京:中華書局 1981 年版。

36. 唐圭璋編:《全宋詞》第 1 冊,北京:中華書局 1965 年版,2011 年重印。

37. 吳文治主編:《宋詩話全編》第 2、3、4、7、9 冊,南京:鳳凰出版傳媒集團、鳳凰出版社 1998 年版。

38. 朱易安等:《全宋筆記》第 2 編,鄭州:大象出版社 2006 年版。

39. 孔凡禮點校:《唐宋筆記史料叢刊·曲洧舊聞》,北京:中華書局 2002 年版。

40. 傅璇琮編:《黃庭堅和江西詩派資料彙編》上、下冊,北京:中華書局 1978 年版。

後　記

　　今年是詩人陳師道誕辰 970 週年，謹以此書作為對一代之大家——陳師
道的紀念。

　　陳師道是中國文學史上一位重要的詩人，是北宋時期江西詩派的宗主之
一。他交遊的師友如曾鞏、蘇軾、黃庭堅、秦觀、晁補之、張耒等人，都是北
宋中後葉的著名人物。但在文學史上，對其關注的很不夠，而研究也相對較
少，遠不及其師曾（鞏）蘇（軾）之盛，亦不及蘇門四學士之受關注，雖然史
稱黃（庭堅）陳（師道），二宗並舉，但與黃庭堅相比，對陳師道的研究就差
得太遠了。這從本書第七章《二十世紀八十年代以來陳師道研究敘錄》即可
看出來。陳師道不僅在詩文創作上有很高的成就，而且在人格操守上也是非
常值得稱道和讚譽的。陳師道因不喜王學，不應科舉，故至壯之年仍為布衣。
然而，卻有曾鞏舉薦他（為朝廷以布衣難之而未果）、晁補之和張耒聯名舉薦
他（為陳師道婉拒），非師非友的朝廷重臣傅堯俞、章惇也欲一見而舉薦他（為
陳師道辭謝），最後由蘇軾等人舉薦他才接受徐州教授任。一個人能得這麼多
人一而再、再而三的舉薦，沒有很高的人望、沒有很好的口碑是不可能的。
像陳師道這樣性格狷介、「志節清亮，寧甘於餓死凍死，而不肯少枉其道」（羅
大經《鶴林玉露》卷十六）的人是十分難得而可貴的。陳師道後來因不著「趙
裘」，感寒得疾而逝。如此氣節，也是十分令人感佩的！故本書著重寫他與其
師友曾鞏、蘇軾以及蘇門弟子黃庭堅、秦觀、晁補之、張耒的交遊，兼及相關
的諸多人物，藉此觀照北宋中葉的文人狀況與文化人相互之間的情誼，這對
今天日漸稀薄的人際關係是一面很好的鏡子。

　　在方法上，本書主要採用繫年的方式，同時採錄陳師道對其師友以及宋

元明清以來各家對陳師道與其師友的相關論述，以揭示陳師道與其師友的交往之跡與交誼之情，以再現世間的人情之美，倫理之美；以讓今人感受到古人的那種難能可貴的溫暖之愛。並對一些疑誤，如陳師道的生年，陳師道見曾鞏以及陳師道見秦觀的時間等等，以按語的形式，或採舊說，或立新說，進行必要的辯證。

最後一章對二十世紀八十年代以來陳師道研究進行了敘錄，以見這四十年來陳師道研究的基本情況，並希望對學術研究提供幫助與參考。

由於資料的匱乏，如《後山居士文集》至今還沒有一個現代版的點校本，晁補之亦還沒有現代版的文集，等等，這極大地限制了研究的深度，缺點與錯誤在所難免，懇請方家不吝批評指正。

蔣成德

2022 年 3 月 10 日於徐州